KB028381

갈망에 대하여

On Longing

나의 어머니 그리고 할머니들—델로레스 스튜어트,
앨리스 스튜어트, 넬리 브라운—에게 이 글을 바칩니다.

갈망에 대하여
On Longing

미니어처, 거대한 것, 기념품, 수집품에 관한 이야기

수잔 스튜어트 지음 | 박경선 옮김

산처럼

| 일러두기 |

1. 이 책은 수잔 스튜어트(Susan Stewart)의 *On Longing : Narratives of the Miniature, the Gigantic, the Souvenir, the Collection*(Duke University Press, 1993)을 번역한 것이다.
2. 외래어 표기 및 외국 인명과 지명은 국립국어원의 외래어 표기법을 따랐다.
3. 원서의 주는 미주로, 옮긴이의 주는 본문에 *를 표시하여 각주로 실었다.
4. 본문의 인용문 가운데 국내 번역서의 해당 구절을 사용한 경우, 원주에 서지사항(번역된 책 제목, 옮긴이, 출판사, 출간연도)을 병기했다.

갈망에 대하여

미니어처, 거대한 것, 기념품, 수집품에 관한 이야기

| 차례 |

과장법

이 책에서 중심이 되는 것은 언어와 경험의 관계, 더 구체적으로 말하자면 서사와 그 대상의 관계를 논할 때마다 동원되는 몇몇 은유다. 이러한 은유들—역사와 정체停滯, 안과 밖, 부분성과 초월성—이야말로 이 책에서 다음과 같은 질문을 통해 논의하려는 문제의 핵심이다. 어떤 대상에 대한 서술은 과연 어떻게 가능한가? 서술과 이데올로기 그리고 그 '어떤 대상'의 창안 자체는 서로 어떤 관계인가? 또한, 의미 작용 방식으로서의 과장은 무엇을 과장하는 것인가? 이 에세이에서는 서사narrative를 욕망의 구조, 즉 대상object을 창안하면서도 거리를 둠으로써 기표記標와 기의記意 사이의 간극을 끊임없이 새겨 넣는 구조로 본다. 이기표와 기의 사이의 공간에서 상징계가 생겨난다. 내가 기원 및 대상과 서사의 관계를 고찰하는 동안, 독자는 내가 특히 노스탤지어라는 사회적 병증에 관심이 있음을 알아챌 것이다. 갈망이라는 일종의 통증을 책 제목으로 고른 이유도 바로 여기에 있다.

갈망이라는 단어는 의미가 매우 여러 가지인데, 그 모든 의미를 종합하면 이 책에서 다루는 서사, 과장, 척도, 의미 등을 포괄할 수 있다. 갈망이라는 단어에는 간절한 욕망, 임신 중 여성이 느끼는 공상 섞인 열망, 소유물이나 부속물 등의 의미가 있다.

　갈망의 첫 번째 의미는 '간절한 욕망'으로, 옥스퍼드 영어사전의 용례 목록을 보면 18세기 들어 의미가 분화됨을 알 수 있다. 조셉 애디슨의 1713년도 희곡 작품에는 이런 구절이 나온다. "즐거움 섞인 이 희망, 애정 어린 이 욕망, 불멸을 향한 이 갈망은 어디서 오는가?" 그런가 하면 1748년도에 작성된 조지 앤슨의 항해 기록에는 이렇게 적혀 있다. "우리 가운데 많은 이가 이제 조국을 향한 강렬한 갈망을 품기 시작했다." 불멸성의 죽음에 대해 짚으려는 것은 아니고, 욕망의 위치, 좀 더 특정해 말하자면, 욕망하는 서사에서 힘의 작용은 언제나 미래future-과거past로 향한다는 점을 지적하려는 것이다. 경험은 기원이자 종말, 즉 서사의 시작점이자 종결점까지 유예되어 물질성과 의미 사이의 관계를 생성해 내는 동시에 초월해 버린다. 그러나 이러한 욕망이라는 특정한 내용은 역사적 형성 과정에 종속되기 마련이다. 『앤슨의 항해』보다 127년 앞선 시점에 로버트 버턴은 이렇게 적었다. "집이 그립다고 징징대고, 남들이 갈구하는 것을 가지고도 만족하지 못하는 것이나, 마치 아일랜드 저지대 사람들이나 노르웨이 사람들처럼 세계적으로 비옥한 이탈리아나 그리스보다도 자기네 섬의 거친 땅이 더 좋다고 하는 것이나 다 어린애 같은 기질이다. … 어디든 천국과 멀리 떨어져 있기는 어차피 매한가지이고, 어느 도시에서나 햇살은 똑같이 따스하게 빛날 뿐이다. 현명한 사람에게는 어느 지역이나 아무런 차이가 없고, 스스로 바르게만 행한다면 친구들은 어디에나 있다. 선지자는 조국에서 외려 제대로 평가받지 못하는 법이다."(『우울의 해부』, 제2부 제3장 4절, p. 175) 이 대화에서 집을 그리워하는 상대방은 대체 누구인가? 그가 이름을 가지게 되고 현재를 부정하는 광증에 대한 나름의 범주가 생기는 것은 18세기 중반에 들어서면서다.

갈망의 두 번째 의미 '임신 중 여성이 느끼는 공상 섞인 열망'은 기원이라는 상상 속 지점에 우리를 한층 더 가까이 데려간다. 물론 그 기원은 불멸과 연관된 초월적 개념일 수도 있고, 대지와 연관된 시골/농경에 관한 개념일 수도 있다. 자연과 문화 간 경계, 즉 세포분열이라는 생물학적 '현실'과 상징계의 시작이라는 문화적 '현실' 사이의 간극이 임신을 통해 접합되기 때문이다. 이러한 구분—분화와 연관의 과정— 속에서 주체는 생성된다. 창조되는 것이기도 하고 그것이 아닌 존재로부터 떨어져 나오는 것이기도 하다. 그리고 처음의 그 분리/결합에 재생산 능력이 있고, 이는 모든 기표의 재생산 능력의 토대가 된다. 크리스테바의 "조반니 벨리니가 전하는 모성Motherhood According to Giovanni Bellini" 이후 우리는 여기서 그러한 경계에 해당하는 임신이라는 '다른 곳'에 초점을 맞출 수 있게 됐다. 프랑스어 enceinte는 '벽으로 둘러싸인' 상태를 의미하는데, 이렇게 둘러싸임으로써 모성은 그 가치가 부여되는 동시에 밀려나 소외된다. 영어에서는 '감금confinement'이라는 표현을 쓰기도 한다. 외딴 공간으로서, 임신이라는 문턱은 자연적인/본능적인 것의 과잉이지만 동시에 문화적인/상징적인 것의 전제 조건이기도 하다. 크리스테바는 이렇게 적고 있다. "그러나 여러 상징적 능력의 퇴행적 소멸로 간주되는 (임신 중의) 이러한 균등화 경향이 다양한 차이까지 축소하는 것은 아니다. 그러한 경향은 그 다양한 차이 가운데 가장 작고, 가장 오래되고, 가장 불확실한 것 안에 머문다. 상징적인 것들이 본능적 충동들 안에서 강력히 승화되어 안착하는 것이다. 그리고 이러한 일련의 '미미한 다름-닮음'에 영향을 미친다. … 이러한 다름과 닮음은 기호와 소통 같은 것만으로 사회를 세우기에 앞서 반드시 필요한 전제 조건이다. …"(p. 240)

모성이라는 이러한 본능적 '열망들'은 '공상적(열망cravings/새겨 넣음carvings)'이다. 그러한 열망은 어떤 것을 안에 받아들인 증상으로서, 일반화된 것이면서도 내면화된 갈망을 재현하기 때문이다. '**공상적**'이라는 형용사 자체는 바로 그 갈망을 생물학적 영속을 향한 자연적인 욕망으로 만들고자 한다. 모성이 이러한 연속체—대상**과** 대상의 관계—를 생성하는 것은 곧 통합적 제스처로, 그 재생적 힘은 바로 그 연속된 구성 요소들 간의 상호 의존성에 있다. 여기서 **갈망**의 두 번째 의미—'갈망한 흔적'—가 파생되어 나온다. 어머니의 욕망이 남긴 자국인 셈이다. 자취 혹은 흉터이기도 한 이 자국은 글쓰기라는 생성적 은유에서 그 동의어를 찾을 수 있는데, 여기서 글쓰기란 태아의 발달 중인 의식 그리고 과거에는 아무 이름도 없었던, 갑자기 돋아난 흔적 위에 무의식적으로 새겨진 글이다.

갈망의 세 번째 의미 '소유물 또는 부속물'이 주체의 생성이라는 이 이야기를 이어간다. 그중에서도 내가 특히 관심이 있는 것은 의미 있는 대상들을 생성함으로써 중요한 타자를 생성하고 낳기까지 할 수 있는 서사의 능력이다. 이와 동시에 내면이라는 개념의 형성 과정에서 그 타자가 차지하는 위치에도 주목하고자 한다. 여기서 우리는 덧달린 부분이라는 부속물의 의미도 떠올려볼 필요가 있다. 그 자체로 온전하면서도 몸에 덧대어진 부분으로서, 자아의 경계 혹은 윤곽 자체를 변형시켜 놓는다. 부르주아 주체의 경제 안에서 소지품의 기능은 부가성에 있다. 실내 환경이 내면의 자아를 대체하고 대신하듯, 소비문화에서는 그러한 부가성이 그것으로 인해 생성되는 주체를 대신한다. 그러므로 이 글의 초반부에서는 특정 서술 관습들 그리고 이를 통해 산업화 이후 장르에서 특히 발달돼 왔던 기존의 시점, '정확함', 거리, 시간성 같은 것들에 초점을 맞추어보고자 한다. 문학이 기계적으로 재생산되는 시대의 독자는 사물로서의 책과 사상으로서의 책 간의 괴리를 예리하게 간파한다. 그리고 읽는다는 행위의 고독은 부르주아 가정이라는 환경, 즉 내적 텍스트와 내적 주체 두 가지 모두의 창조를 흉내 내는 공간 안에서 생겨난다.

이러한 서술 관습들은 시간 개념을 어떻게 상정하는가와 밀접하게 얽혀 있다. 시간은 작품 속에서 묘사되기도 하지만 작품이 시간에 직접 관여하기도 하기 때문이다. 묘사, 시간성, 궁극적으로는 종결에 관한 관행들을 통해 서사는 특정한 세계의 형성을 '실현'하고자 한다. 그러므로 수많은 서사가 죽은 것을 산 것으로 만들기를 꿈꾼다는 데서 결국 모든 서사의 욕망은 실현 가능한 세계, '작동하는' 세계를 발명해 내는 것임을 알 수 있다. 이러한 의미에서 보면 모든 서사는 미니어처이며, 모든 책은 소우주다. 그러한 형식들은 항상 어떤 전체나 모형을 완결, 즉 종결짓고자 하기 때문이다.

이 책에서는 미니어처를 부르주아 주체 내면의 공간과 시간에 대한 은유로 간주한다. 마찬가지로, 거대한 존재는 국가나 공적 영역의 집단적 삶의 추상적 권위에 대한 은유로 볼 수 있다. 미니어처와 거대한 존재에 관한 서사를 고찰함으로써 자아와 세계에 대한 이러한 담론이 상호 규정하고 제한하는 방식에 대해서도 개괄해 보려 한다. 이러한 서사에서 드러난 문제들—안과 밖, 보이는 것과 보이지 않는 것, 시점의 초월성과 부분성의 문제—을 통해 이러한 논의 속에서 몸이 기본적으로 차지하는 위치를 알 수 있다. 타자의 몸을 대조적 기준으로 삼아 관습적인 대칭과 균형에 대해서 말하는 동시에 기괴함과 불균형에 대해서도 말하게 되므로, 몸은 우리가 규모를 인식하는 척도다. 몸은 과장의 기원을 대신한다고도 볼 수 있고, 좀 더 의미를 파고들자면, 환유換喩(자아와 연인의 육체적 합일)와 은유隱喩(타자의 몸)에 대한 이해의 기원을 대신한다고도 볼 수 있다. 서사를 살아 숨 쉬게 하고 사실상 실재에 대한 환상을 창조해 내기도 하는 것은 바로 이러한—부분으로 전체를 대신하려는—욕망이다.

결론 부분에서는 욕망을 대상화하는 두 장치인 기념품과 수집품에 대해 살펴볼 예정이다. 기념품은 모든 서사에서 드러나는 노스탤지어, 즉 기원을 향한 갈망에 대한 상징으로 볼 수 있다. 여기서 특히 중요한 것은 자아에 대한 서사의 기능이다. 가령 이야기에서 어머니와의 일체성을 상실한 지점 그리고 재결합과 합일, 반복 아닌 반복을 향한 끝없는 욕망에 관한 부분 등이다. 기념품은 거리(시공간적 외래성)를 요하지만 이는 결국 거리를 변형시키거나 무너뜨려 자아에 근접하거나 유사해지기 위한 것이다. 그러므로 기념품은 개인을 확장시키기 위해 세계를 축소한다. 수집품이 상품화 과정을 촉진하는 방식에 대해서도 이러한 맥락에서 살펴볼 예정인데, 이러한 개인적 서사는 바로 그 과정을 통해 오늘날 소비사회 안에서 작동한다. 노동이 교환으로, 자연이 시장으로 바뀌는 최종적 변형은 수집을 통해 볼 수 있다. 중요한 것은, 수집품은 모든 서사의 중요한 거점, 즉 역사가 공간으로 그리고 소유물로 변형되는 장소라는 점이다. 이 책에서는 먼저 대상에 의해 생성되는 서사에 대해 살펴본 다음, 기념품과 수집품이 서사라는 수단을 통해 대상으로 생성되는 과정에 대해서도 살펴볼 예정이다. 이처럼 이야기를 통한 대상의 창조는 한편으로는 부르주아 자아라는 허구와 추상적 관념들 그리고 또 한편으로는 교환경제에 좌우된다. 후기 자본주의의 마지막 단계에 들어서면, 역사 자체가 상품으로 등장한다.

그러므로 이 책은 과장의 의미를 탐구하고 있지만, 그렇다고 해서 정상적인 것이라는 기존의 모든 개념에 특권을 부여하려는 것은 아니다. 사용가치 경제에서 과장은 몸이 제시하는 비례의 척도와의 연관 속에서 이루어진다. 이 몸은 문화적으로 확정되지만, 여전히 살아낸 경험의 도구로서 기능한다. 살아낸 경험이란 감각이라는 이미 구조화된 축소판, 즉 몸 그리고 그 몸의 활동 무대인 세계 사이의 직접적 관계 이상으로는 더 이상 축소될 수 없는 상태를 유지하는 중재의 공간이다. 그러나 교환이라는 추상적 개념이 명백하기만 하면, 과장은 측정이라는 척도와 연계해 생각해 보아야 한다. 그리고 이 척도는 사회적 관습이라는 좀 더 추상적인 영역에서 제시하는 가치 척도이며, 그러한 사회적 관습은 권위라는 힘을 통해 이데올로기적 영향력을 획득한다. 마르크스가 그러했듯, 감각과 '살아낸 경험'이라는 개념 자체가 사회적 역사의 산물이라는 점을 인정해야겠지만, 직접적인 것과 매개된 것이라는 이러한 기존의 공식 틀 안에서 추상화 수준을 구분할 필요는 있어 보인다. 뿐만 아니라, 이러한 구분은 몸자체가 상품이 되는 과정을 설명할 수 있는 출발점이기도 하다. 이러한 소외의 과정은 '진짜 몸'이라는 사회적 개념의 정당성을 한층 더 강조한다. 즉, 소외되지 않은 주체라든가 매개 없는 자연과의 직접적인 관계의 가능성은 동일하게 이데올로기적이며 심지어 유토피아적이기까지 한 영역 안에서만 발현된다는 사실을 감안해야 한다는 뜻이다.

만일 권위가 시장, 대학, 국가 같은 영역에 부여된다면, 대체로 과장, 환상, 허구성 같은 것들은 반권위적이거나 비권위적인 영역—여성, 어린이, 광인, 노인의 영역—안에 어울려 자리를 잡아야 한다. 권위와 과장의 공간이 이런 식으로 조성되는 과정에서 우리는 노스탤지어를 품은 채 몸이라는 잃어버린 낙원 그리고 가장자리, 바깥의 신화에 참여할 수밖에 없게 된다. 과장은 늘 값싼 낭만을 폭로하며, 그것은 현실이기도 하다. 그러나 과장은 거기에 그치지 말고 계속 나아가야만 한다.

이 에세이가 서구 전통에 초점을 맞춘 것은 이미 학제 간 연구가 이루어진 범위로 한정하고 싶기도 했고, 논의된 과장의 방식들은 특정한 일련의 역사적 전개와도 무관하지 않기 때문이다. 그러나 에세이라는 것 자체가 본래 연대기라기보다는 일종의 수집선蒐集選이므로, 인과적 모형을 설명하기보다는 이질성을 전시하는 데 더 중점을 두고자 한다. 관광기념품용 예술에 대해서도 약간의 언급이 있기는 하나, 그 밖에 축척이나 환상에 관련된 비서구권의 풍부한 실험적 전통은 따로 다루지 않았다. 일본의 네쓰케根付,* 페르시아와 인도의 미니어처들, 인도네시아와 중국의 거인들, 소말리아의 미니어처 시詩 장르 같은 형식은 맥락적 의미를 전혀 건드리지 않고는 논하기 어려울 것이기 때문이다.

이 책의 마지막 부분에 나오는 각주 및 참고문헌은 화용론話用論을 비롯한 다양한 지적 측면에서 도움을 받았던 자료들이다. 특히, 바흐친, 바슐라르, 보드리야르의 저작들은 서사와 '사물들의 체계' 간의 관계를 기호학적으로 분석하고 비평하는 토대가 됐음을 강조하고 싶다.

이 에세이의 각 부분들은 1979년 10월 몬테카티니 테르메에

---

* 에도(江戶) 시대의 담배함으로, 정교하고 다양한 수공으로 해외 수집가들에게 특히 인기 있다.

서 열린 국제기호학회 '놀이언어대회Il Linguaggio del gioco,' 1981년과 1982년의 현대언어학회와 미국민담학회, 템플대학교 영문과 저널클럽학회, 1982년 존스홉킨스대학교 튜더앤드스튜어트클럽 등에서 발표한 것으로, 참가자들의 다양한 의견은 크나큰 도움이 됐다. 템플대학교에서 두 차례 제공한 하계 학술연구 기금과 펜실베이니아대학교의 존 F. 스웨드가 주축이 됐던 미국국립인문재단의 문학사회언어학 하계학회는 이 책에 소중한 자산이 되어주었다. 팀 코리건, 아만다 다건, 스탠리 피시, 에드워드 허시, 필립 홀란드, 데보라 코디시, 개리 솔 모슨, 크레이그 샤퍼, 에이미 슈먼, 앨런 싱어, 바버라 헌스타인 스미스, 존 스웨드, 제인 톰킨스, 애나 캐러 워커 등 이 연구 초기부터 최종 교정 단계까지 다방면에 도움을 준 동료 학자 여러분에게 특히 고마운 마음을 전하고 싶다. 나디아 크라프첸코는 이 원고를 정확하고 깔끔하게 타이핑해 주었고, 존스홉킨스대학교 출판부의 편집자 윌리엄 P. 시즐러는 기꺼이 내 외교관이자 지원군 역할을 맡아주었다. 교정에는 노라 포머란츠가 심혈을 기울여주었다. 끝으로, 이 책이 결실을 맺기까지 기꺼이 도움을 주었던 대니얼 할레비와 제이콥 스튜어트-할레비에게 감사를 전한다.

프롤로그

우리의 언어는 오래된 도시와도 같다. 골목들과 구획들
그리고 여러 시대를 거치며 덧세워진 낡은 집들과 새 집들이
미로처럼 얽혀 있고, 그 주변으로는 가지런하게 쭉 뻗은 도로들과
반듯반듯 똑같이 생긴 집들이 들어선 신시가들이 에워싸고 있다.
— 비트겐슈타인

마을로 돌아가는 동안 우리는 바늘처럼 뾰족뾰족 꼿꼿이 선
소나무 숲을 지나고 어둑한 나무 그림자가 곳곳에 어린
연못을 지나는데, 숨 막히도록 달콤한 향으로 공기가 묵직했다.
다리가 가느다란 흰 마도요 떼가 우리 곁을 휙 스치듯 날아가고,
진분홍빛 목화 꽃송이는 짙은 초록빛 줄기 속에서 환히 빛났다.
시골 아가씨 하나가 밭에서 호미질을 하고 있는데
머릿수건은 희고 팔다리는 검었다.
한때 우리가 보았던 이 모든 것이 아직도 주문처럼 맴돈다.
— W. E. B. 두 보이스

앞을 볼 수도 없고 자신도 보이지 않는 교외라는 개념에서부
터 출발해 보자. 계층 간에는 근본적으로 미끄러짐이 있다—여
정의 풍경은 없다. 교외는 우리 눈앞에서 현재를 부정하며, 풍경
은 과거와 미래의 손에 소진되어 버린다. 그러므로 교외의 두 축
은 노스탤지어와 기술이다. 버터교반기를 개조해 만든 전등이나

아이의 그림이 덕지덕지 붙은 냉장고, 산업 '단지', 보험사 '부지' 등을 떠올려보라. 교외의 독신성獨身性이 표명하고 있는 것은 그 도치倒置에 해당하는 자연이다. 여자는 태양이 되고, 남자는 그 주위를 도는 달이 된다. 바로 여기에 불안의 풍경이 있다. 자연에 가까이 있지만 자연에 소진되지는 않으며, 문명에 가까운 나머지 문명을 소진시켜 버리는 풍경이다. 교외라는 지형 속에서는 가족, 개발, 사회적 관계망 그리고 그 안에서 접합된 부재들이 폭로된다. 교외에서 걷는다는 것은 절룩거림 즉 속도를 포기했음을 공표하는 일이다. 교외에서 걷는 자들은 외부인뿐이며, 집집마다 마치 무대처럼 조명이 켜져 있지만, 장면들마다 행위는 모호하다. 이처럼 너무도 뻔하게 배치된 내부 공간 속에서, 불빛은 곧 혼란과 거리를 의미한다.

시골이란, 이상적 공간이며 유년의 공간이자 죽음의 공간이다. 외딴 숲이며, 우리 자신 대신 하늘이라는 무한한 거리를 되비추는 물이기도 하다. 자연의 패턴 속에서 우리는 인간의 흔적을 좇는다. 작은 나룻배 하나가 기슭에 매어 있고, 노는 잠든 듯 가만히 한데 놓여 있다. 어쩌면 사람의 형상이 있을지도 모른다. 하지만 현미경으로 들여다보아야 할 만큼 작을 테고, 어느 망각의 벼랑 끝, 혹은 그림의 뒷면에 있을 것이다. 곳곳마다 경작의 흔적도 황폐의 흔적도 있다. 밭이랑은 시구詩句처럼 쟁기질되어 있고, 도끼자루는 아름드리나무에 기댄 채로 남겨져 있다. 시골 풍경이 펼쳐진다. 마치 한 장의 지도처럼 우리 눈앞에서 한꺼번에. 그러나 항상 지평과 거리의 문제들, 깊이와 너비의 문제들이 있다.

눈앞에 보이는 들판을 가로지르기 시작할 때, 우리의 얇은 부분에 불과하다는 비극이 우리 등 뒤에 도사리고 있다. 거리는 무한히 확장되고, 내딛는 걸음마다 전진과 이동이라는 환영을 낳는다. 하늘을 나는 즐거움의 근원은 숨김없이 모습을 드러내는 시골 하늘과 바다 그리고 광활한 공간에서 우리가 경험하는 초월에 있다. 그러나 제트기가 사라져가며 남기는 궤적에서 우리는 전지全知를 향한 이 비행의 빈곤을 목격하게 된다. 사진마다 등장하는 것은 날개라는 음울한 기계뿐이다. 풍경의 회복, 순환, 개간이라는 개념 속에는 인위적인 것의 무용성과 생산적 가능성이 함께 도사리고 있다.

　도시에서 걷는다는 것은 바로 부분적인 시야/부분적인 의식의 분리를 경험하는 일이다. 이러한 걷기의 서사성은 우리가 알면서도 경험할 수는 없는 동시성에 의해 감추어진다. 길모퉁이를 돌 때쯤 우리의 대상은 다음 모퉁이 근처에서 사라진다. 거리는 각 방면에서 우리를 상대로 음모를 꾸미고, 이를 경계할 때마다 가능성의 폭은 좁아진다. 도시에 대한 담론은 혼합주의적 담론이며, 번역 불가능하다는 점에서 정치적이다. 때문에 국가의 언어는 이 담론을 생략한다. 도시의 모든 언어를 말하는 것도, 그 모든 언어를 한꺼번에 말하는 것도 불가능하므로, 국가의 언어는 기념비적인 성격을 띠게 된다. 사령부도 침묵하고 은행도 침묵한다. 이 초월적인 익명의 침묵 안에 기업적 관계라는 무언극이 펼쳐진다. 야간 조 노동자들과 주간 조 노동자들 사이에는 빛이라는 경계면이 놓여 있고, 교대 근무 속에는 실제 삶의 시간이 이탈되어 있다. 저마다 다른 속도로 도시를 걷고 있는 이들의 걸음은 각자 개인적인 이동성을 기록하는 손글씨와도 같다. 서성이는 군중 속에서 계층 관계는 질식당하고, 속도는 가로막히며, 기계가 등장한다. 말 탄 경찰이 만행을 저지르고 앞발을 치켜든 말은 갑작스레 공포를 느낀다.

여기 세 풍경이 있다. '완결된' 풍경이 있고, 뚝 떨어져 나온 문단처럼 단절된 풍경도 있으며, 동네 변두리에 자리 잡은 집시들의 천막촌이 있다.

제 1 장

서술과 책에 관하여

정물

　이 풍경들 사이에서 시점이 갈라진다. 속도에의 접근이 곧 초월에의 근접인 세계에서 시점이란 특히나 서사적 제스처다. 풍경을 바라보는 시점은 이제 더 이상 정적이지 않으며, 실행과 변형의 문제가 된다. 모더니즘이 시점에 대해 의구심을 품는 것은 전지성全知性에 대한 비판으로 볼 수 있으나, 이러한 비판의 뿌리는 자신의 존재와 역사만큼은 다 안다고 공언하는 자의식에 있다. 시점은 부분과 전체라는 두 가지 가능성을 제시한다. 제3의, 익명의 가능성은 여전히 말이 없다—앞이 안 보이니, 글쓰기는 끝이다.

　알레고리allegory에서 독자의 시각은 텍스트의 시각보다 넓다. 독자는 초과와 과잉의 지점까지 꿈을 꾼다. 알레고리적 이야기를 읽는다는 것은 서사, 인물, 욕망의 관계들 너머를 보는 일이다. 알레고리를 읽는 것은 미래에 사는 것이며, 서사의 종결 그 너머의 종결을 예상하는 일이다. 이러한 시각은 종말론적이어서, 그것이 천착하는 대상은 기원이 아니다. 가령 『천로역정Pilgrim's Progress』의 결말 부분을 보면 저자 존 번연은 독자가 종결에 다다르지 못함으로써 반복이 일어나고 세계에 그 서사를 더 깊이 새겨 넣게 된다고 보았다. 반복이야말로 동일하게 순환되는 역사의 패턴들에 대한 공표라는 것이다. 텍스트 전체를 반복해 훑는다 해도 읽기는 매번 동일한 읽기다. 읽는 행위의 핵심은 텍스트에 있는 것이 아니라, 독자의 변화에 있다.[1] 일단 이 변화가 실제로 일어나면,

시점은 끝까지 가득 채워져 온전한 전체가 된다. 그리고 우리가 어디를 바라보든, 이러한 종결의 작용을 보게 되고, 그 이미지는 세계 위에 영원히 각인된다.

역사의 순환성과 종결에 대한 전체적 시각에 대한 이러한 확신이 허물어지기 시작한 것은 산업혁명이 도래하고 새로운 형태의 리얼리즘과 신 '심리주의' 문학이 등장하면서부터다. 이언 와트의 설명대로,[2] 18세기 초에는 리얼리즘이라는 개념에 두 가지 변화가 일어났다. 첫째, 르네상스 시대 이후 집단적 경험을 개인적 경험으로 대체하는 경향이 지속되어 왔다. 둘째, **이러한** 세계 속에서 이루어지는 일상생활과 개인별 경험의 특정성이 실재의 근거지가 됐다.[3] 그리하여 알레고리의 리얼리즘은 본래의 자리에서 밀려나, 읽기를 통해 기호들을 내적으로 인지하려는 독자의 '서두름'으로부터 직면한 환경에 대한 독자의 이해로 이동했다. 물론, 여기서 환경은 외적인 것이며 끊임없이 변한다. 독자는 관찰자의 입장에 서 있으나, 시공간상 외부에 있으므로 시각은 여전히 부분적인 수준에 머물러 있다. 종결은 전향을 통해서만 가능하다는 의미에서, 알레고리에 대한 종말론적 시각은 독자를 텍스트의 생산자로 만든다. 그러나 18세기 소설의 생산은 저자와 독자의 몫으로 나뉘며, 독자가 만들어내는 부분은 저자의 작품에 대해 종속적이며 모방적이다. 이들 두 형식 사이의 접점에서 만나게 되는 것이 바로 악한惡漢소설이다. 외부인인 악한으로서 일련의 장소들을 바라보는 '독자'가 한편에 있고, 반대편에는 또 다른 등장인물이 있는데 외부인이라는 부분적 시각 탓에 이 인물은 우스꽝스러워진다. 이러한 총체적인 흐름 속에서, '방황하는 시점'이 등장했다.[4] 이 경우 독자는 텍스트 **내부**에 놓인 채 그 안에서 다양하게 조율된 일련의 시간 체계를 따라 움직이게 된다. 그러므로 새로운 읽기 과정은 이러한 새로운 형태의 리얼리즘으로부터 진화하여, 독자에게 등장인물의 지위를 부여한다. 독자는 스스로를 톰 존스, 파멜라, 조세프 앤드루스의 처지와 '동일시'하게 된다. 어떤 교훈이나 기의가 아니라 그 '고유명사' 자체에 자신을 대입시키는 것이다. 독자는 한 명의 등장인물이 되어 기호나 단서를 찾으려 한다. 종말론적 완결을 통해 해결되는 도덕적 난제에 꼭 들어맞는 기호나 단서를 읽는다기보다는 독자 나름의 기호를 읽는다. 세상의 기호들, 일상이라는 직면한 환경 그리고 소설 속 기호 간의 연관성을 읽어내는 것이다. 따라서 리얼리즘 소설에서 기호는 숨겨진 의미를 찾아 드러내는 것으로 귀결되지 않고 추가적인 다른 기호들로 연결되며, 이들 기호의 기의는 그 자체의 내면이 되는 탓에 특정한 형태의 주관성을 생산 및 재생산하는 기능을 한다.

이처럼 기호 위에 기호, 세계 위에 세계, 현실 위에 현실을 포개어 얹는 생산적 배치에서 정확성이라는 준거는 하나의 가치로서 등장한다. 또한 이 정확성은 언제나 매체 간 미끄러짐을 은폐하는 문제로, 추상적인 차원(언제 어디서나 참인 알레고리)에서 물질적인 차원(똑같아 보이는 것—이 새로운 리얼리즘의 토대가 되는 교묘한 기법)으로 옮겨진다. 세계 속에서 정확한 행위와 부정확한 행위라는 두 가지를 통해서만 이진법적으로 움직이던 알레고리적 인물의 자리를 이제는 기호를 찾아다니는 인물이 대신한다. 마치 거울과도 같은 정확성이 비추는 것은 세계가 아니라 세계의 이데올로기다. 리얼리즘 소설에서 정확한 묘사의 대상이 되는 것은 '개인적 공간', 즉 사적 소유의 공간 그리고 그 안에서 생겨나는 사회적 관계들이다. 우리는 로빈슨 크루소가 그 사회적 관계를 자신의 사적 공간에 남겨지는 자국이자 얼룩으로 여기고, 그러한 인간의 자취에 대해 공포를 느끼고 있음을 기억해야 한다. "끔찍한 상상이 내 머릿속을 헤집어 놓았다. 그자들이 내 배를 찾아냈고, 여기 사람들이 있었으며, 그렇다면 그자들은 틀림없이 더 큰 무리로 몰려와 나를 집어삼킬 것이다. 그들은 나를 찾아내지는 못했지만 혹시라도 내 땅을 찾아낸다면 내 옥수수 밭을 죄다 망가뜨리고 내 순한 염소 떼를 다 끌고 가버릴지 모른다. 그렇게 되면 나는 결국 굶어 죽고 말겠지."[5] 그러나 재물에 둘러싸인 황제의 환영, 즉 섬의 주인이 된 크루소의 환영이야말로 모든 환영 가운데서도 실은 가장 유해하게 사회적이다.

리얼리즘에서 모더니즘 그리고 포스트모더니즘으로의 흐름은 곧 물질로서의 기호에서부터 의미화 과정 자체로의 변화다. 모더니즘적 언어 사용의 재귀성再歸性은 언어 너머 바깥에 놓인 세계라는 물질적 존재보다도 세계를 만들어내는 언어의 능력에 대해 주의를 환기시킨다. 이 능력이 가리켜 보여주는 것은 기호의 자의성 그리고 동시에 언어가 만들어낸 일시적 세계다. 18세기 이전 소설과 이후 소설 사이 과도기가 그랬듯, 기호 자체를 향한 이러한 변화는 정치경제의 발달과 연관 지어 생각해 볼 수 있다.

언어의 교환가치는 현대 사회에서도 구어적 상황에서 종종 작동하는데(가령, 언어유희나 농담을 주고받는 경우), 유추하자면 이는 소위 잉여가치라 할 수 있는 형태로 대체된다. 문학 담론은 대화의 진행보다는 텍스트의 사실상 사적인 생산과 이해라는 틀 안에서 행해지며, 문학의 생산과 소비의 관계는 시공간적으로 점점 그 거리가 더 벌어지고 있다. 모더니즘 텍스트는 난해하고 이국적인 것을 선호하는데, 여기서 비롯되는 여러 형태의 소외는 문학의 생산력과 문학의 소비력 전반 사이에 점점 벌어지는 간극을 반영한다. 그리고 동시에 대중문화라는 헤게모니의 원인이자 결과인 그러한 생산력의 집중을 폭로한다.

딘 매카넬은 『여행자 : 유한계급에 대한 새로운 이론 *The Tourist : A New Theory of the Leisure Class*』이라는 에세이에서, 우리는 상품 간 관계를 일종의 '기호학적' 관계로 인식한다고 주장한다. "마르크스의 설명에 따르면 자본주의에서 상품생산 체계만큼 언어를 닮은 것은 없다. 언어는 전적으로 사회적이고 전적으로 자의적이며 스스로 온갖 의미를 만들어낼 수 있다."[6] 하지만 상품생산 체계가 언어를 '닮았다'는 설명만으로는 충분치 않으며, 그러한 닮음의 속성에 대한 개괄이 필요하다. 상품의 상징적 속성이 사용가치에서 교환가치로 변하고 각종 기호와 그 대립 체계 안에서 규정된다면 그 상징적 속성에 대해서도 짚어볼 필요가 있는 것이다. "상품 교환을 기호학적 현상으로 볼 수 있는 것은 물품 교환에 물리적 교환이 내포되어서라기보다는 교환 행위를 통해 물품의 **사용가치**가 **교환가치**로 변환되기—그러므로 의미화 또는 **상징화**

과정이 일어나기—때문이다. 이후 이 과정을 완성하게 되는 것이 바로 화폐의 등장이다. 돈은 **전혀 다른 것을 상징**하는 존재다"라고 움베르토 에코는 적고 있다.[7] 여기서 교환이라는 '순수 기호학적' 영역의 개념이 성립된다. (가령 휴고 발*이 시도했던 것 같은) 순수 '시적 언어'라는 가장 축소된 형태의 서술과 유사한 이 영역은 선물가게나 '애정의 증표' 같은 의도적 과잉에서 그 근거지를 찾을 수 있을 것이다.

만일 상품생산과 허구적 형식들의 조직 간의 관계를 전체 기호 체계의 일부로 본다면, 장르의 변화와 여타 생산양식의 변화 간에 동형관계isomorphism를 상정해 볼 수 있다. 이 관계에서는 포괄적인 변화가 서사로서의 역사라는 지배적인 개념에 미치는 영향은 전혀 중요하지 않다. 다시 말해, 어떤 문화의 장르 레퍼토리에서 관객과 공연자 간 거리는 행위자, 배우, 역사의 주체로서의 자아의 위치를 단적으로 보여준다.

장르란 시간이 흐르면서 등장해 온 일련의 텍스트적 유산으로 규정되고 또 전통에 의해 결정될 수 있는 (그리고 그로부터 갈라져 나오는) 것이듯, 역사도 시간이 흐르면서 경험이 조직되어 온 관습으로 볼 수 있을 것이다. 그러나 역사적·포괄적 관습들은 실재 위에 포개어 배치될 수 없고, 오히려 실재라는 사회적 구성의 기반이 되는 지배적 이데올로기의 형성 과정 속에서 모습을 드러낸다. 여기서 우리는 볼로시노프의 입장을 참고해 볼 수 있

---

* 1886~1927. 다다이즘 예술가들을 이끌었던 독일의 시인.

을 것 같다.

장르는 삶, 즉 현실 속 이중 지향에서 비롯되는 다양한 특징들
의 구체적인 조합에 따라 정의할 수 있으며, '전체적인' 예술 '형
태'에 해당하는 각 유형이 구사하는 이 이중 지향은 바깥에서 안
으로 그리고 안에서 바깥으로 동시에 향한다. 첫 번째 사례에서
관건은 사회적 사실로서의 작품의 실제 지위다. 현실의 시공간
속에서의 정의, 이용 수단들과 공연 양식, 상정된 관객층 그리고
기존 관객 및 저자와의 관계, 사회제도나 습속 및 기타 이데올로
기적 영역과의 연관성 등을 포함한다. 간단히 말하자면, 전반적인
'상황적' 정의가 중요하다는 뜻이다.[8]

문학 장르는 이데올로기적인 것에 뿌리를 두고 장르적 재료의
형태와 진행을 결정하기도 하지만, 동시에 장르가 생겨난 토양인
사회적 형성 과정이 장르 자체를 결정하기도 한다. 문학 생산자
와 소비자의 관계는 그 장르 형태에 반영되기 마련이다. 가령 번
갈아 하기 규칙을 생각해 보자. 이 규칙은 '대화'에 대해 우리가
떠올리는 개념 그리고 다양한 '대화적 장르'에서 매우 중요한 역
할을 담당한다. 재담이나 설전舌戰, 수수께끼 맞추기, 말장난, 속
담이나 농담 주고받기, 개인적인 경험을 서사로 풀어내기 등이
모두 대화적 장르에 속한다. 이러한 대화적 맥락 속에서 발화의
상호성은 허구적이든 비허구적이든 모든 장르 형식의 바탕이 된
다. 그러나 시공간적으로 상황 맥락에서 동떨어진 허구적 세계가

생겨나면서, 생산자와 소비자 간 거리는 점차 더 멀어지고 대화적 상호성이라는 대칭 구조 대신 공연자와 관객이라는 특수화된 가치들이 들어선다. 볼거리, 무대극, 소설은 공연자와 관객 간에 점점 더 벌어지는 거리를 보여주는 대표적인 경우다.

　다양한 민속 형식과 관련하여 이러한 간극에 대해 연구한 로저 에이브러햄스는 다음과 같이 주장했다.

　공연자-관객 간의 다양한 관계의 스펙트럼은 명확히 규정되지는 않으나 명백히 무의식적으로 감지되는데, 그 가운데 임의의 어느 지점에서 민속학자들은 공연자와 관객의 거리가 너무 벌어진 탓에 민속 상연이라 부르기는 어렵다고 판단하게 된다. … 민속자료의 영역에서도 이와 마찬가지로 자의적인 한계점이 나타난다. 다만 이 경우 논의 대상은 공연자와 관객의 관계가 아니라 제작자와 사용자의 관계다. **제작자-사용자** 관계의 스펙트럼에서 어느 지점에 이르면 둘 사이의 간극이 너무나 확연해져 민속자료라기보다는 기술의 산물로 볼 수밖에 없게 된다.[9]

　이러한 장르 변화의 기저에 있는 역사적·이데올로기적 형성 과정에 대해 좀 더 논의해 보는 것도 좋겠다. 가령, 상호 교환경제에서 공연자와 관객은 상황의 함수들이고, 여기에 (이론상으로는) 사회 구성원 누구나 동참할 수 있다. 그러나 이러한 역할들이 전문화된 사회에서는 역할은 그것을 맡은 구성원보다도 거대해지며, 확정적 성격을 띤다. "가면 뒤에 숨은 사람, 이 모든 '역할 연기' 아래 숨은 사람"이라는 은유가 가지는 묘한 위력은 후자의 현상이 야기한 계층화에서 비롯된다. 시간이나 역사 속에 존재하는 대신, 허구적 성격이 날로 강해지는, 후자에 속하는 이들 장르는 시간의 바깥에 ―역사적 시간이라는 다양한 우연이나 책임에 의해 조정되지 않은 상태로― 존재하는 것으로 간주된다. 기술의 산물은 제작과 사용이라는 상호적 맥락의 함수가 아니다. 그것을 생산해 낸 노동을 보이지 않는 것으로 만들어버린 다음 스스로 객체가 되어 스스로 영속한다. 전기 토스터나 『피네건의 경야經夜(Finnegans Wake)』모두 제작자들을 눈에 보이지 않는 부재이자 허구로 만들어버린다.

관객과 공연자, 주체와 행위자, 집단과 개인 간의 이러한 관계에서 중요한 측면은 바로 공연 속도의 차이다. 대화적 장르―좀 더 넓게 보면 직접 대면하는 상호작용의 장르도 포함―는 공연자와 관객 양측이 동시에 상호적으로 시간과 공간을 경험한다는 것이 특징이다. 이러한 본래의 시간적·공간적 맥락이 물리적으로 조작되기 시작한 것은 기술 복제가 등장하면서부터다. 발터 벤야민은 고전적 에세이 「기술 복제 시대의 예술 작품The Work of Art in the Age of Mechanical Reproduction」에서 이러한 기술 혁명이 가져올 수 있는 몇 가지 결과를 제시했다. 대상 즉 "원본original"의 권위는 위험에 처하고, 대상은 전통의 영역으로부터 떨어져 나왔으며, 예술 작품은 그것이 의존해 오던 의식儀式으로부터 해방됐고, 그 결과 전시 가치가 숭배 가치를 대체하기 시작했으며, 예술에 참여하는 대중이 늘면서 새로운 참여 양태가 등장한다.

"예술 작품 앞에서 집중하는 사람은 그 작품에 흡수당한다. …
반면, 산만한 대중은 그 예술 작품을 흡수한다."[10] 벤야민의 주
관심사는 기술 혁명이 시각예술에 미친 영향이었지만, 언어예술
에 인쇄술이 미친 영향 역시 살펴볼 필요가 있다. 발음하기 어려
운 단어를 조합한 말장난이나 이미지를 포함한 언어유희, 암기용
말짓기 같은 어린이용 장르를 제외하면, 언어예술은 발화를 둘러
싼 물리적 공간이나 속도에 대한 조작에 관여하지 않는다. 그러
나 인쇄술의 발명으로 담화의 물질적 측면이 미적 요인으로 등
장하게 됐다. 구두 언어예술은 시간 속에서 전개되지만, 문자 언
어예술은 시간과 공간 속에서 전개된다. 책은 구체적인 물리적
텍스트성, 즉 '동시다발적' 경계를 제공하지만, 구연에서 이는 상
황이라는 주변 맥락 속으로 녹아들 수 있는 부분이다. 그러나 책
은 한데 묶여 있으므로, 우리에게 초월적 동시성을 허락하지 않
는다. 책장은 시간의 흐름 속에서 펼칠 수밖에 없는데, 이 펼치
는 동작은 텍스트의 실제 속도와는 별 상관이 없다. 인쇄가 이루
어지면서, 공연 시점은 멀어지고 텍스트의 잠재적 허구성은 강
화된다. 책이 선사하는 환상의 가능성은 아일랜드의 전승 마르
헨märchen* 같은 구전 장르까지 거슬러 올라갈 수 있는데, 이러
한 장르는 불 밝힌 밤만을 맥락으로 삼는다. 아일랜드에서는 대
낮에 옛날이야기하는 것을 불길하게 여겼기 때문이다. 낮 동안
건초를 만들거나 감자를 캐면서 이야기를 전해 듣는 일도 있었

---

* 마법 등 초자연적인 내용이 주로 등장하는 민담.

지만, 이야기 대부분의 맥락은 밤이었다. 어부들이 밤바다에서 고기잡이 그물을 끌어올릴 때나, 남자와 여자가 밤을 지새우며 그물을 삼을 때면 서로 이야기를 들려주곤 했다.[11] 아직 인쇄되지 않은 책장의 눈부신 흰빛과도 같은, 밤의 여백 자체가 환상에 일조하며 불빛이나 짐승이 지나간 흔적을 읽을 수 있게 해준다. 인공조명이라는 기술은 구전되는 환상의 맥락을 파괴했지만, 그 대신 활자라는 인위적 언어 기술은 환상이 분출될 공간을 만들어냈다. 각각의 경우 이러한 이야기의 맥락은 일상이라는 직접적·역사적 맥락으로부터 은유적으로나 물리적으로 떨어져 나와버린다.

인쇄된 텍스트는 영화라는 것이 생겨나기 이전부터 이미 영화적이었다. 이야기하는 속도를 조절할 수 있고 시각적인 요소를 조작할 수 있으므로 독자는 텍스트의 시간 및 공간에 둘러싸여 있으면서도 그 시간 및 공간으로부터 명백히 분리되어 있는 구경꾼이 된다. 미셸 뷔토르*는 독자의 입장에 대해 다음과 같이 명료하게 설명한 바 있다.

우리가 어떤 문학'작품'에 대해 논하는 순간, 그리하여 소설이라는 영토에 발을 들이게 되는 그 순간 우리는 적어도 세 가지 시간줄을 중첩시킬 수밖에 없다. 새로운 사건이 전개되는 시간, 그 사건을 쓰는 시간, 그 이야기를 읽는 시간, 이렇게 세 가지 시

---

* 1926~ . 프랑스의 소설가로 누보로망의 대표자 중 한 명이다.

간이 중첩된다. 쓰기의 시간은 내레이터narrator의 중재를 통해 사건 전개에 반영되는 경우가 많을 것이다. 우리는 대개 제각기 다른 이러한 '흐름들' 간 속도의 차이를 상정한다. 그러므로 작가가 요약해 주는 어떤 서사를 우리는 2분 안에 읽는 것이다(작가는 그 내용을 두 시간에 걸쳐 썼을 수도 있다). 어느 등장인물은 그 서사를 이틀에 걸쳐 들려주었을 수도 있고, 그 서사는 2년에 걸쳐 일어난 일들에 관한 것일 수도 있다. 이렇듯 우리가 만나는 서사는 각기 다른 속도로 조직되어 있는 셈이다.[12]

이어 뷔토르는 텍스트 속에 삽입된 대화나 편지를 읽을 때 우리는 소설 속 등장인물들과 "똑같은 속도로 진행 중임"을 인지한다고 덧붙인다. 따라서 희곡을 말하고/읽는 문제가 여기서 생기는데, 희곡 읽기는 사실상 상연이나 공연에 근접한 읽기다. 인쇄는 정보 저장량이 엄청난데, 바로 그 동시성에서 우리는 한층 더 복잡한 일련의 시간 체계를 발견하게 된다. 리얼리즘 소설가의 과제는 복잡하게 얽힌 일단의 등장인물들을 데리고 복잡하게 얽힌 일련의 행위들 속을 통과하는 것이다. 달리 표현하자면, 다소 평범한 세상에 관한 다소 환상적인 전능함을 획득하는 것이다. 가령 『톰 존스』는 제4권부터 제18권까지 각 권에서 다루어지는 기간을 제목으로 붙였다. "일 년이라는 시간을 담다", "반년보다 조금 더 긴 시간을 담다", "약 3주의 시간을 담다", "사흘의 시간을 담다" 등이다. 그러므로 텍스트 외적 시간성은 작가의 시간(쓰기의 시간)과 독자의 시간(읽기의 시간)으로, 텍스트 내적 시간성은 내레이터의 시간(이야기를 들려주는 행위의 시간)과 텍스트 재현을 통해 묘사되는 시간(서술된 사건의 시간)으로 한층 더 세밀히 구분할 수 있게 된다.[13] 『톰 존스』라는 이 소설은 전지적 내레이터가 들려주는 중심인물의 역사이므로, 다양한 사건에 대한 톰의 경험(재현의 시간), 독자의 경험(내레이터의 시점과 톰의 시점 사이를 오감), 내레이터의 경험으로 다시 나뉘게 되는데, 여기서 내레이터의 경험이란 곧 이야기하는 행위의 경험이다. 그러므로 일상생활 속 경험의 연속성을 그대로 반영하여 작품도 연속성을 갖추고자 한다면 내레이터는 "한편" 전략을 취할 수밖에 없다. 가령 제10권("이야기가 12시간가량 더 진행되다") 중 8장 "이야기는 과거로 거슬러 올라가다"의 시작은 이렇다. "그간의 이야기를 계속 이어가기에 앞서, 잠시 되돌아보는 것이 좋을 것 같다. 소피아와 아버지가 업턴 여인숙에 갑자기 나타난 상황을 설명하기 위해서는 말이다. 어쩌면 독자는 제7권 9장에서 사랑이냐 의무냐 하는 긴 논쟁 끝에 (적어도 내가 보기에는) 으레 그렇듯 사랑 편을 들어주는 것으로 소피아 이야기가 마무리됐던 것을 떠올리며 흐뭇해 할지도 모른다." 이처럼 시간성에 대한 각기 다른 경험이 복잡하게 분절되어 있으므로, 서사적 목소리 그리고 결과적으로 그 이야기하기의 시간은 이처럼 메타서사적metanarrative 발언을 통해 초월에 근접한다. 전지적 내레이터는 자기 목소리의 시간성을 숨긴 채 동시다발성과 전지성을 갖추고자 애를 쓴다. 소설의 결말에 다다르는 순간 독자에게 그 전지적 위치가 허락되므로, 그러한 동시다발성과 전지성은 독자에게 유혹적이다. 결말에서 독자는 '졸업'하며, 독서를 완료한다. 알레고리에서와는 달리, 이는 그저 기호가 무성한 숲을 헤치며 또 한 번 걸어본 것에 불과한 것이 아니다. 서사적 목소리에 담긴 이데올로기적 측면들까지 고려할 필요가 있기 때문이다. 리얼리즘 소설은 알레고리처럼 이분법적으로 갈라지기보다는 ('해냈어'라고만 쓰인 자동차 범퍼 스티커만 해도 그렇다) 일련의 상충하는 이데올로기, 상충하는 관점들을 제시하며, 이 가운데 일부는 상충하는 텍스트 외적 그리고 내적 시간 체계들을 통해서 제시되기 때문이다. 전지적 내레이터의 승리는 독자를 독자 자신의 시간 체계 이외의 다른 특정한 시간 체계에 느끼는 공감 밖으로 건져 올릴 때 비로소 쟁취된다. 소피아가 사랑과 의무를 두고 벌였던 논쟁은 "(적어도 내가 보기에는) 으레 그렇듯 사랑 편을 들어주는 것으로 마무리"라는 풍자적인 거리두기 방식을 통해 제시되고 있다.

소설에 이처럼 기원과 권위의 자리가 부재하는 것은 문자 이후 시대의 여타 심미적 생산양식들에 견주어볼 수 있을 것이다. 벤야민의 설명에 따르면, 독자는 내레이터의 위치를 점하여 그 서사 너머 바깥에 서고자 하는 불가능한 열망을 품듯, 관객은 영화를 볼 때 카메라의 위치를 차지한다.

영화배우의 연기를 대중에게 보여주는 카메라는 그 연기를 완전무결한 전체로서 존중할 필요가 없다. 카메라는 카메라맨이 이끄는 대로 끊임없이 위치를 바꿔가며 배우의 연기를 촬영한다. 자료를 건네받은 편집자가 그것을 바탕으로 배열하여 구성한 다양한 각도의 장면들이 모여 영화가 완성되는 것이다. 이를 구성하는 움직임의 특정 요인들은 실제로는 카메라워크에 관련된 것들이다. 당연히 특수 카메라 앵글이나 클로즈업 등이 모두 포함된다. 이 때문에 관객은 배우와 아무런 개인적 접촉을 하지 않고도 비평가의 위치를 점할 수 있게 된다. 관객이 스스로를 배우와 동일시하는 것은 실은 카메라에 대한 동일시다.[14]

벤야민은 대중의 영화 감상에 관한 연구에서 기술이 관객으로 하여금 특정한 방식으로 영화를 보도록 통제하는 방식이라든가 그러한 기술 자체가 앞으로 발전될 방향에 대해서는 예상하지 못했다. 그럼에도 불구하고 영화가 등장하면서 해석하기는 보기로 대체됐다. 있는 그대로에 대한 환상, 즉 카메라의 '맨'눈과 공유하는 환상에 사로잡힌 눈이 해석의 자리를 대신하게 된 것이다. 여기서 우리는 자기 충족적 기계, 모든 부수적인 기호를 생성하는 기호 그리고 창조자를 지울 뿐 아니라 더 의미심장하게는 창조자의 노동마저 지워 없앨 수 있는, 프랑켄슈타인과 생각하는 컴퓨터 같은 것들을 지향하는 역사적 경향이 나날이 뚜렷해지는 추세임을 엿볼 수 있다. 오늘날 미국의 대중영화가 공포 영화와 특수효과 영화로 갈라진 것은 바로 이러한 재귀적 의미화 현상을 나타낸다. 「스타워즈」와 「E.T.」가 인기를 얻을 수 있었던 것은 바로 이 두 갈래를 결합시킨 다음 영화사 전반에 일반화된 노스탤지어로 가득 채웠기 때문이라고도 볼 수 있을 것이다. 사실, 관객들이 이들 영화의 과잉성을 견딜 수 있었던 것은 이러한 영화적 기호들이 지닌 생산성과 자기 참조성, 다시 말해 그 기호들이 물리적 지시체를 완전히 지워버린 데 있었다. 진정한 공포영화는 아마도 1895년 12월 28일 밤 관객들의 눈에 비친, 뤼미에르 형제의 「열차의 도착Arrival of a Train at a Station」이었을 것이다. 뤼미에르 형제가 상영을 위해 대관했던 카푸신 대로변 지하실에서 스크린 위의 기차가 45도 각도로 '돌진'하자 놀란 관객들은 밖으로 뛰쳐나왔다.[15]

스탠리 아로노위츠는 영화의 발전과 후기 자본주의의 발전 간의 관계를 다룬 글에서 이러한 도발적인 주장을 한 바 있다. "영화는 후기 자본주의와 동시 발생한 예술형식이다. 영사기는 대량 생산 못지않은 시간의 적이다. 욕망을 상품으로서 재생산하고, 지시체 즉 기의를 삭제하며, 오직 의미화 행위만을 남기기 때문이다."[16] 여기서 그 생산양식의 주된 의무는 스스로에 대한 재생산이다. 마찬가지로, 미국 포크 음악 역시 기계적 재생산이 증가하면서 '컨트리 음악'에서 '블루그래스'로 옮겨가던 흐름도 영향을 받았다. 컨트리 음악의 연주 속도가 관객, 즉 춤의 속도와 몸에 맞춘 것이었다면, 블루그래스는 연주 기교를 청각 속도의 한계까지 밀어붙이는 방식이라는 평가를 주로 받는 음악이다. 블루그래스는 몸의 움직임을 흉내 내는 대신, 그 움직임을 재생산해 내는 기계의 움직임을 흉내 낸다. 「오렌지 꽃 특급열차Orange Blossom Special」라는 곡은 기술에 대한 증언인 셈이다. 이 곡이 지시하는 대상은 단순히 음악적 혁신의 역사가 아니라 기계적 혁신의 역사다. 마찬가지로, '홀로그래피 아트'*라는 복잡한 기술 역시 그 작가와 지시체를 지워 없앤다. 그 기술이 작용한다는 자체가 중요할 뿐, 그것이 바깥의 어떤 대상을 가리킨다는 점은 중요하지 않다. 내용은 기이하게도 아무런 동기가 없어 보이며, 그 안의 기술적으로 정교한 여러 기제와도 기이한 부조화를 이룬다. 어떤 여자의 얼굴, 새장 속의 앵무새, 낭만적인 연하장에 담길 법한 풍경 등 내용은 제각각이다. 여기엔 해석 가능성도 전무하다. 모더니즘 예술이 일상을 '기이하게 만드는' 데서 즐거움을 찾았던 반면, 이 기술적인 예술은 그 기이한 것을 명백한 것으로 바꾸고, 클리셰 위에 미스터리를 포개어보는 데서 즐거움을 찾는다. 홀로그래피 아트는 텔레비전 광고와도 같다. 모든 **내용**은 무해하다는 선언적 제스처를 통해 기술의 신비화는 성취된다. 사실, 이러한 단순 명료하고 모방적인 내용 없이는 우리는 홀로그래프의 예술적 용도와 과학적 용도를 구분할 수 없을지도 모른다.

이러한 문자 이후 장르들에서 보는 사람의 시간 체계는 무너지고, 작가마저 지워 없앤 기계의 시간 체계가 그 자리를 대신한다. 텔레비전에는 여러 버튼이 있는 듯 보이지만, 사실 버튼은 단 두 개—켜기 아니면 *끄기*—뿐이다. 텔레비전에 절대로 달아서는 안 될 금지된 버튼들이 있다면 지가 베르토프**나 채플린이 작가로서 누르기 좋아했던 바로 그 버튼들, 즉 동작의 속도를 높이

---

* 레이저광선을 이용하는 입체사진술.
** 1898~1954. 다큐멘터리 영화를 개척하고 실험적 작품을 만들었던 러시아의 영화감독.

는 버튼과 동작을 거꾸로 돌리는 버튼일 것이다. 보는 사람은 이러한 차원을 조작할 수 있게 되는 순간, 텍스트성 즉 작품의 경계를 인지하게 된다. 그러한 조작을 통해 독자인 동시에 권위자가 된 보는 사람은 작품의 시간성과 공간성을 제어할 수 있게 되고, 따라서 특정한 해석을 새겨 넣음으로써 그 작품을 다시 제 손에 넣을 수 있게 된다. 이러한 특정 해석에는 방해하고 부정할 힘이 있다. 다시 말해, 예술 형태를 생산하는 방식이 몸의 상호성으로부터 기술적 추상성으로 옮겨가면서 주체도 영향을 받아 변화된다. 전자의 생산방식에서 주체는 전통의 공연자 또는 행위자이나, 후자의 생산방식에서 주체는 공연되는 대상이며 이는 생산방식 자체에 의해 결정되는 역할 분화나 **장치**의 작동으로 구성된다. 이러한 역할 분화의 간단한 예로는 유럽의 서커스단을 들 수 있다. 서커스 공연장의 다중 원형 무대는 동시 공연을 위한 것이 아니라 계급 차이를 명확히 하기 위한 것이다. 2등석과 3등석 티켓을 가진 이들은 중앙 무대에서 벌어지는 일들(화려한 불꽃 묘기나 인류학적·역사적 발명)을 끄트머리나 간신히 볼 수 있다. 뿐만 아니라, 거리 상연이나 다양한 공연 등 최근의 혁신적인 예술운동은 바로 이러한 분화의 폭을 좁히고자 애써왔다. 물론, 기계적이고 개인적인 것을 '집에서 손수 만든' 것과 공동체적인 것으로 대체하려는 이러한 노력의 바탕은 자의식과 노스탤지어였다.

조작과 가역성은 그들의 타자—일상적 세계의 전통적 시간관—를 표시해 드러낸다. 이러한 전통적 관점에서는 시간을 직선적이고 서사적이며 위계에 의해 분화되지 않은 것으로 간주하며, 일상 속 '존재'는 '하나 다음에 또 하나 연달아 있는 것'으로 규정한다. 그러나 허구라는 모형에서 제시하는 또 다른 관점에서 보면 일상의 시간은 그 자체가 맥락과 강화라는 기준에 따라 접합된 다양한 방식의 시간성에 따라 구성되어 있다. 일상 세계의 시간은 결코 분화나 위계가 없지 않다. 이 텍스트적 시간은 다양한 경계가 형성되거나 관련 경험에 의해 제한된 해석이 이루어지는 과정에 가담한다. 의식을 '흐름'이라 말할 수 있을지 모르나, 이는 그 '흐르는 성질'이라는 특질까지도 접합할 수 있다는 재귀적·예측적 이해의 과정을 통해서만 가능하다. 여기서 우리는 "예술 형태 가운데 예술 바깥의 경험 형태 아닌 것이 없다"는 케네스 버크의 주장을 떠올려볼 수 있을 것 같다.[17] 일상적 시간은 미분화된 선형성의 문제라는 지배적 개념은 작업장 내부 경험의 지배적 형태들과도 연계시켜 볼 수 있다. 그러한 개념은 시간성이라는 조립 공정, 즉 그 안의 모든 경험은 부분이자 파편에 불과한 조립 공정을 제시한다.

그러나 이는 **언어 없는** 경험일 것이다. 당면한 직접적 맥락 '이면'과 '너머'의 세계를 접합시키는 것은 바로 언어를 통해서이기 때문이다. 언어는 우리의 경험에 형태를 입혀, 서사를 통해 종결된 느낌을 부여하고 추상화를 통해 초월에 대한 환상을 심어준다. 그리고 바로 이 지점에서 경험의 사회적 속성이 뚜렷해지는데, 이는 언어가 사회적 현상이기 때문이다. 또한 우리가 물려받고 직접 살아낸 언어와의 관계를 통해서만 경험의 시간성은 조직된 그리고 심지어 조직 가능한 상태가 된다. 만일 경험의 형태가 '매개되지 않은 흐름'이라면, 이 불확정성을 정의할 수 있는 것은 오직 언어뿐이다. 언어는 사회적으로 형성된 것이기 때문에, 그 창조주인 동시에 피조물인 이데올로기적 영역으로부터 언어를 따로 떼어낼 수는 없다. 그러므로 경험이라는 이 지배적 개념의 함수에 대해 질문을 던져볼 필요가 있다.

일상적 삶과 예술, 의식의 흐름과 자의식 간의 괴리를 추정하는 가장 강력한 모형 가운데 하나는 바로 읽기와 쓰기라는 보이지 않는 사회적 공간, 즉 시간적으로나 공간적으로 일상성의 외부 그리고 상위에 있는 것으로 규정되는 공간 속에서 제시될 것이다. 읽기는 시간에 형태를 부여할지 모르나, 시간으로 셈하지는 않는다. 아무런 흔적도 남기지 않으며, 그 산물 역시 눈에 보이지 않는다. 책장의 여백에 남긴 표지는 쓰기의 표지이지, 읽기의 표지가 아니다. 아우구스티누스가 홀로 묵묵히 책을 읽던 그 순간 이래로,[18] 읽기는 다락, 바닷가, 통근열차 같은 고독한 장면들마다 깃들어왔는데, 이 장면들에서 깊은 외로움이 묻어나는 것은 단지 그 경계 밖의 여전히 소란한 일상에서 매우 가깝기 때문이다. 독자는 부재하는 작가에게 말을 걸고, 작가는 부재하는 독자에게 말을 걸 뿐이다. 글은 누군가와 '더불어 쓸' 수 없다. 소설 공장의 콜레트와 빌리* 같은 예외도 있지만, 작가는 혼자

---

* 시도니 가브리엘 콜레트는 20세기에 활발히 활동했던 프랑스 여성 작가로, 초기에 남편의 필명인 빌리로 작품 활동을 했다.

다. 읽기는 생각의 속도를 상정해 두거나 심지어 조종하는 것도 가능하지만, 쓰기는 몸의 속도, 손의 속도를 따른다. 만일 생각이 쓰기의 속도를 앞질러 버린다면, 텍스트는 의미작용의 홍수가 될 수밖에 없다. 반대로 쓰기가 생각의 속도를 앞질러 버리면, 컴퓨터가 쓴 시, 더 나아가서는 '영혼 없는' 비서마저 등장하게 될지 모른다. 손으로 글을 쓴다는 것은 몸의 속도를 미리 상정해 두는 것이므로, 개인적인 부분과 직결된다. 친구나 연인에게 진심어린 편지나 애도의 글을 전할 때 타자기를 사용하는 것은 별로 정중한 방식이 아니다. 직접 서명을 하고 자기만의 표시를 하는 것은 몸의 여느 흔적처럼 어떤 흔적을 남기는 일이다. 목소리가 시간에 남기는 흔적이라면, 손글씨는 공간에 남기는 흔적이다. 자기 편지나 일기를 태우는 것에 도덕적 정당성이 있다면 그것은 보복 살인보다는 자살의 도덕적 정당성에 가까울 것이다. 그러나 나머지 다른 것들과 함께 한꺼번에 태울 수 없는 기록은 곧 기록될 수 없는 기록이다. 일기 속에서 헤아려 셀 수 없는 시간이 있다면 바로 일기를 쓰는 시간이다.

대상 없는 슬픔

일상과 그 일상 속의 언어들, 사람들, 시간성이 수행하는 기능은 적어도 두 가지다. 첫째, 양적으로 역사를 지탱하며, 둘째, 질적으로 진정성을 지탱한다. 일상적 삶의 시간성은 아이러니가 특징인데, 사실 아이러니는 일상의 피조물이기도 하다. 이러한 시간성은 진행형이고 비가역적인 것으로 간주되면서도 반복과 예측 가능성을 특징으로 하기 때문이다. 한 장씩 뜯어낸 달력이나 쓰러진 나무에 새겨진 눈금 표시는 일상의 기호이자 셈을 통해 차이를 표명하려는 노력이다. 그러나 차이를 좁혀 죄다 그만그만하게 만들어버리는 것이나 애초부터 '흔적을 놓치게' 고안된 것 역시 바로 이 셈이다. 그러한 '셈', 그러한 기호화는 통상적인 것의 침묵에 묻혀 지워지고 만다.

크루소의 예를 다시 살펴보자. 크루소는 사회적인 것에 둘러싸여 있지만 여기서 보이는 것은 추상적 차원의 사회적인 것들—사회적인 것에 대한 데카르트적 이상, 즉 그야말로 랑그langue—이다. 역으로, 크루소의 시간 인식은 태양만을 표준으로 삼는데, 사실 크루소는 이 표준에 대한 감각이 없다. 이는 추상적으로 조직될 수 없는 표준이기 때문이다. 사회적 시간이 건네는 안락함을 잃어버린 크루소는 일지에 날짜를 헤아리는 대신 사물들 그리고 소유물과 창조물을 만들어낸 노동을 헤아려 적는다.

그러니 나는 안락을 누리며 굳세게 살아왔다. 하느님의 뜻에 따르고 그분의 섭리에 자아를 내맡긴 내 정신은 온전히 차분함을 유지한다. 덕분에 내 삶은 사람들과 어울려 지내는 것 이상으로 좋았다. 말벗이 없다는 것이 아쉬워지기 시작할 무렵 나는 스스로에게 묻곤 했다. 내 머릿속의 생각들 그리고 감히 말하건대 소리쳐 외침을 통해 하느님과도 직접 대화를 나누는 것이 세상의 인간 사회에서 누릴 수 있는 지극한 즐거움만 못하냐고.

이후 5년간 그 어떤 특별한 일이 일어났다고는 말하기 어렵지만 어쨌든 나는 예전처럼 줄곧 같은 방식, 같은 태도로, 같은 장소에서 살아왔다. 매년 내 보리와 쌀을 심고 내 건포도를 말리는 두 가지 일 외에도 몇몇 중요한 일에 시간을 들였다. 이 두 가지 일에 대해서 나는 늘 한 해 분량의 넉넉한 식량을 미리 비축해 두는 만큼만 일했다. 매년 하는 이 일 그리고 내 총을 들고 밖에 나가는 내 매일의 노동 이외에도 한 가지 할 일이 있었으니 그것은 바로 손수 카누를 만드는 것이었는데, 드디어 끝이 났다.[19]

크루소의 일상 속 절대적 권태는 이러한 사물들의 안티유토피아antiutopia, 즉 오직 사용가치로만 존재하는 사물들의 섬에서의 권태다. 마르크스도 크루소의 세계에 대해 이와 비슷하게 묘사했다.

기분 전환을 위해 마지막으로, 공동의 생산수단으로 노동하면서 각자의 개별 노동력을 하나의 사회적 노동력으로 인식하며 지출하는 자유인들의 결사체를 생각해 보자. 여기에서는 로빈슨 노동의 모든 특징이 재현되는데, 다만 그것이 개별적인 형태가 아니라 사회적인 형태로 재현될 뿐이다. 로빈슨의 모든 생산물은 순전히 그 한 사람의 개별적인 생산물이고 따라서 그 자신을 위한 직접적인 사용 대상이었다.[20]

『로빈슨 크루소』가 종말론적 작품이라면 종말은 (맨발 자국이 아니라) 배가 수평선 위로 모습을 드러내고 사용가치가 교환가치로 전환되는 바로 그 순간이다. 크루소가 배에서 돈을 꺼내오기로 결심하는 그 중요한 순간은 이러한 예상이 시작되는 지점이다. 작품의 '자본주의적' 기조가 드러나는 것은 단지 물건들을 소유하려는 크루소의 욕망보다는 바로 이 대목에서다.

『로빈슨 크루소』는 '일상 언어'의 포화점을 보여주는데, 여기서 일상 언어란 발화라기보다는 순수한 사용가치로서의 언어이자 보유한 어휘 목록으로서의 언어다. 일상 언어로 말하는 등장인물이 하나라도 있다면 그건 프라이데이다. 그러나 프라이데이가 일상 언어를 말할 수 있게 되기까지는 훈련이 필요했다. 프라이데이가 크루소와 대화를 나눌 수 있게 됐을 때의 구사 수준은 이렇다. "하느님 힘 세요, 마귀만큼 힘 있어요. 하느님은 왜 마귀를 안 죽여요? 사악한 거 더 못하게 안 해요?" 크루소는 이렇게 대응한다. "처음엔 뭐라 말해야 할지 몰랐다. 그래서 못 들은 척하고는 뭐라고 했냐고 되물었다." 질문에 더 이상 대처가 안 되자 크루소는 이렇게 적는다. "그리하여 나는 나와 내 하인 사이에 오가고 있던 대화의 방향을 틀고는 서둘러 일어나 불쑥 밖으로 나가버리곤 했다. 그러고는 그에게 어딜 다녀오게 시키기도 했는데, 분위기 전환에 좋은 방법이었다."[21] 결국 크루소는 프라이데이에게 간단히 "네"와 "아니요"로 말하도록 가르친다. 프라이데이의 언어를 직접적 맥락이라는 순수한 기능에 한정시키고 민중의 소리를 묵살하는 거대한 제국주의적 전통을 존속시키고 있는 것이다.

로빈슨 크루소에게 시간은 언젠가 발각될 공간이자, 섬에서 탐험되지 않은 채 남겨진 땅이다. 시간의 척도는 거리이고, 시간은 자연의 발견과 획득의 문제인 것이다. 그리고 이러한 의미의 시간은 물질세계와의 연관 속에서만 성립되므로, 상호성이나 반전의 여지가 없다. 크루소의 세계에 시간과 물질적 재화는 비축되어 있으나, 종결되는 순간까지 놀이나 교환의 여지는 전혀 없다. 마찬가지로, 일상생활의 관습들은 일상 언어와 물질세계 간의 절대적 지시성을 전제로 한다. 그러므로 이러한 신화의 테두리 안에서 보면 원시인, 민중, 농민, 노동계급은 자의식도 비판도 가식도 없이 말하는 셈이다. 그러나 '일상 언어'라는 이러한 편평한 표면 안에(혹은 아래에)는 여전히 직접 대면하는 사회적 상호작용 방식을 특징으로 하는 다양한 장르가 숨겨져 있다. 수다, 희롱, 약속, 농담, 대화 등을 주고받거나 사람을 소개해 주는 상황이 모두 이에 해당된다.

이러한 '보이지 않는' 장르들은 물질세계를 가리키는 '지시자'로서 순전히 실용적인 기능을 수행한다기보다는, 그러한 개별 장르를 탄생시킨 현재진행형인 사회적 현실을 유지, 조작, 변형하는 역할을 한다. 게다가 이러한 기능에는 직접 대면 장르뿐 아니라 모든 장르가 포함될 수 있다. '일상적' 장르와 '시적' 장르 대신 '직접 대면' 장르와 '문학' 장르의 구도를 대입해 볼 수도 있을 테고, 이러한 구분은 텍스트에 대한 다양한 참여 방식, 생산과 소비의 다양한 양식을 접합하는 데 유용하다. 아니 어쩌면 표준적/시적 구분은 비허구적/허구적 장르 구분으로 대신할 수 있을지도 모른다. 비허구와 허구의 구분은 서로 번갈아가며 '실재계'와 '상상계'를 만들어내면서 우리로 하여금 이데올로기적 형성 과정을 고찰하게 한다. 어떤 경우든 표준 언어와 시적 언어부터 구분하고 본다는 것은 말과 예술 작품을 동시에 통째로 시시한 것으로 만들어버리는 일이다.

표준과 일탈이라는 이러한 구분이 지워 없애려는, 혹은 단지 피해가려는 대상은 바로 기호의 위기—기표와 기의 간 간극—다. 이 위기에 대해서는 서구 형이상학에서 데리다를 비롯한 학자들이 현존presence의 신화로 지칭한 바 있다. 일상적 언어는 마치 물질세계의 일부처럼 흘러가고, 시적 언어는 일상적 언어에서 일탈한 것들로 이루어져 있다는 양 받아들이는 것은 언어와 지시체 간의 미끄러짐을 무시하는 것이다. 애초에 이 미끄러짐 때문에 모든 언어는 '표준성'이나 '본질'에서 일탈한 것이 되며, 사실 이 일탈이야말로 언어가 일종의 사회적 현상으로서 존재할 생산적 가능성이 된다. 일상 언어는 일상의 물질적 필요에 완벽히 포개어진다는 실용주의적 시각은 인류 타락 이전의 언어에 대한 시각이다. 진심 그대로 말하거나 본연 그대로의 민중의 목소리를 내는 것이 신비롭게도 가능하다는 것이다. 그러므로 민중은 서로 간의 차이를 의식하지 못한 탓에 한목소리로 일어설 수 있는 듯 보인다.[22] 언어에 대한 이 같은 이론들은 서구의 여타 원시 숭배 사이에 놓아도 될 정도로, 낭만주의와 모더니즘의 광기에 대한 찬미, 어린 시절이나 목가적인 것에 대한 숭배—정작 당사자인 광인, 어린이, 민중은 주도해 본 적 없는 숭배—가 바로 그에 속한다.

 그러나 언어를 강조하는 관점에서 이러한 기호의 위기를 볼 때 문제가 되는 것은 언어와 발화 간의 간극, 즉 언어라는 추상적인 것과 발화라는 실제적인 것 사이의 간극이다. 그러므로 구조주의는 발화와 그 상황보다는 문장과 그 변형에 초점을 맞춘다. 그리고 만약 이 문제를 맥락의 변화라는 차원에서 바라본다면, 우리는 비로소 발화로서의 언어, 즉 발화 상황에서 사용된 언어에 접근할 수 있게 되고, 기호의 자의성은 존재론적 난제로까지 이어짐을 깨닫게 될 것이다. 기호의 자의적 속성은 낱말과 사물의 관계 내에서 성립될 수도 있으나, 이는 사회적 실천 행위 praxis에서 비자의적 관계로 변하기도 한다. 이 지점에서 우리는 기호의 자의성을 교환가치의 '자의성'과 비교해 볼 수 있을 것 같다. 교환가치에는 상품의 물질적 속성이나 상품이 형성되기까지 투입된 노동의 양과는 아무런 본질적 연관성이 없으나, 그 가치가 사회적으로 결정된다는 점에서 보면 결코 자의적이지 않다. 이에 대해 마르크스는 이렇게 적었다. "그러므로 교환가치란 우연적이고 순전히 관계적인 가치이므로 결과적으로 내재적 가치인 듯 보인다. 상품과 불가분의 관계로 연결되어 있는 고유한 교환가치는 용어상 모순이 있는 것 같다. … 그러므로 첫째, 주어진 특정 상품의 유효한 교환가치는 동등한 어떤 것을 표현한다. 둘째, 대체로 교환가치는 그 안에 내포되어 있으면서도 구분 가능한 것의 특별한 형태이자 표현 양식일 뿐이다."[23] 그러한 자의성의 등장은 '자유 시장'이라는 환상을 만들어내는 사회적 기능을 담당한다. 요점은, 언어 사용 관습은 발화라는 구체적인 사회적 실천 행위에서 생기는 것이지 완벽한 랑그라는 기준에 불완전한 파롤parole을 비추어보는 추상적 측정을 통해 생겨나는 것이 아니라는 것이다. 언어 사용을 이러한 틀 안에서 살펴보다 보면 이상화의 변화를 목도하게 된다. 이상적인 것의 기준이 랑그에서부터 상황으로 옮겨간다. 맥락, 즉 직접 대면 소통에서 발화의 상황에 특권이 부여되는 것이다. 이 두 가지 입장—랑그라는 추상적이고 단일한 목소리와 발화라는 구체적이고 다중적인 목소리의 상황—에서 우리는 목소리로 표현된 두 가지 상충하는 이데올로기적 입장을 확인할 수 있다. 어느 한쪽 관점에 특권을 부여하는 것은 기호의 핵심적인 움직임을 저지하는 것이다. 볼로시노프라는 필명을 쓰던 바흐친은 이러한 움직임의 특징에 대해 기호의 사회적 "다多강세성multiaccentuality"이라 지칭하며 다음과 같이 설명했다.

계급이 기호 공동체와 늘 일치하지는 않는다. 기호 공동체란 이데올로기적 소통을 위해 동일한 기호 집합을 사용하는 총체적 공동체를 일컫는다. 다시 말해 여러 다른 계급이 동일한 언어를 쓸 수도 있다. 그 결과, 각각의 이데올로기적 기호마다 그 안에서 서로 지향이 다른 강세들이 교차한다. 기호는 계급투쟁의 무대가 된다.

이데올로기적 기호의 이 같은 사회적 다강세성은 매우 중요한 측면이다. 대체로, 어떤 기호가 그 생명력과 역동 그리고 지속적 발전 역량을 유지하는 것은 바로 이러한 강세들의 교차 덕분이다. …

하지만 이데올로기적 기호를 살아 숨 쉬는 가변적인 것으로 만드는 바로 그 요소 때문에 이데올로기적 기호는 굴절과 왜곡의 매체가 되기도 한다. 지배계급은 초계급적·외적 특성을 이데올로기적 기호에 부여하고, 그 안에서 일어나는 투쟁을 사회적 가치판단별로 구분하거나 그 사이로 몰아넣고, 기호를 단일 강세로 만들고자 애를 쓴다.

바흐친은 기호에 내재한 변증법적 속성은 혁명적인 변화와 사회적 위기 상황에서 완전히 모습을 드러내지만 사회의 보수적 경향 탓에 이러한 모순이 일상에서는 완전히 드러나지는 않는다고 덧붙인다.[24] 따라서 이데올로기적 기능은 일상적 언어와 시적(기호적·상징적) 언어의 분리와 그로 인한 의미에 대한 위계적 접근에서만 작용하는 것이 아니라 단일한 목소리를 내야 한다는 언제나 정치적인 강요에서도 작용한다. 기표와 기의라는, (통상적으로 분열증 경향이 있는) 타협 불능의 간극은 사회적 삶에 의해 점유됐다가 예술이라는 '자유로운 유희'와 일상이라는 안착된 '토대'로 분산되는데, 이 토대는 이질성에 대한 접근을 어떻게든 스스로 억제해야만 한다.

일상생활의 보수성은 관습, 반복 그리고 예측 가능한 사회적 현실 유지의 필요성을 강조하는 데서 기인한다.[25] 가령 '대화 나누기'의 주된 기능은 소속에 관한 진술, 즉 대화 자체의 지속과 적절한 종결을 염두에 둔 진술을 실행하는 데 있다. 그리하여 일상적 현실에 대한 재귀적 속성을 띠게 되며, 규칙에 지배되는 동시에 규칙을 만들어냄으로써 스스로를 되비출 수 있게 된다. 흔히 전통적인 것으로 여겨지는 이러한 행동은 상황의 바깥 그리고 그 너머에 있는 듯 보이면서도 동시에 상황을 직접 만들어내기도 한다. 이상적 언어에 대한 구조주의의 가정에서 우리가 확인할 수 있는 것은 언어적 이해에 대한 낭만주의적 시각으로, 이 낭만주의는 랑그가 지상에서 실현되는 순간에야 비로소 완성될 것이다. 그리고 상황이라는 맥락에 특권을 부여하는 맥락주의적 시각에서 우리가 발견하게 되는 것 역시 낭만주의다. 이 낭만주의는 기원이라는 잃어버린 지점, 즉 온전하고 총체적인 이해를 위해 맥락 안에 있어야 한다고 상정하는 지점으로 향한다. 기표와 기의가 갈라지기 이전인 기원이라는 이 지점, 발화와 맥락이 결합하는 그 지점과 우리의 관계를 고찰하기 위해서는 일련의 형성 과정—인용, 허구, 책—과 이들이 개입된 다양한 노스텔지어를 참고할 필요가 있다.

이처럼 기원, 즉 '본래의' 맥락에 대한 특권 부여는 인용의 양가적 지위에서 특히 두드러진다. 인용은 '인용 부호'를 통해 해당 발화에 무결성과 한계를 동시에 부여하기 때문이다. 인용 부호는 발화를 본래의 맥락으로부터 떼어내어 그 자체를 텍스트화함으로써 거기에 무결성과 경계를 동시에 부여하고 해석의 여지를 열어둔다. 몸통에서 잘린 머리와 같은 모습을 한 인용은 스스로 권위를 지닌 목소리로, 그 안에는 힘과 한계가 동시에 자리 잡고 있다. 인용은 지금 역사와 전통이라는 목소리, 즉 '시공을 초월한' 목소리로 말하고 있음에도 불구하고, 애초에 진정성을 부여했던 그 기원과 본래 해석의 맥락으로부터 단절되어 있기 때문이다. 일단 인용이 되면 해당 발화는 사회 갈등의 장으로 들어선다. 고정돼 버린 경계 안에서 시험 및 조작 가능한 대상이 된 채, 이제 다양한 맥락이라는 양가적 그림자 안에서 작용하게 된 것이다. 인용은 더 이상 저자의 소유가 아니며, 사용 권한을 지닐 뿐이다. 이와 동시에, 인용은 그 자신이 주변 맥락에 빼앗겼던 권위를 본래의 것에 빌려주는 역할을 한다. 인용 부호는 안으로 향할 뿐 아니라 바깥으로도 향한다. 인용 부호 바깥에 있는 것은 자발적이고 기원적인 것으로 여겨진다. 마음으로부터, 몸으로부터, 본성으로부터 우러나오는 말하기라는 포괄적 관습이 바로 여기서 나온다.

인용에서는 언어의 두 가지 주된 기능—추상적으로 경험될 수밖에 없는 대상을 현존하게 만들고, 경험을 텍스트화함으로써 해석하고 종결할 수 있게 만드는 것—이 작동하는 것을 볼 수 있다. 인용이라는 행위는 모든 언어 사용에서 작동하는 이러한 과정들을 강화시킨다. 카니발이라는 프레임 설정을 통해 사회적 삶에 대한 여타 텍스트적 장면들을 강화하고 전시해 보여주는 것과 마찬가지다. 인용이나 카니발에서 우리는 복원과 환상 탈피의 과정을 보게 된다. 텍스트의 경계는 고정되어 있으면서도 의심을 받게 되고, 시간과 공간의 진행적 속성 탓에 이러한 경계 짓기는 결코 완결되지 않기 때문이다. 앙리 르페브르는 "일상생활 안에서 그리고 일생생활에 의해서 서서히 누적된 힘들이 폭발한다는 그 사실 때문에 축제는 일상생활과 구분된다"[26]고 주장한 바 있다. 카니발은 일상에 대해 답안을 제시하는데, 그 답안이 바로 그 삶에 대한 전복이자 강화이며 조작이기도 하다. 카니발은 패턴과 모순 두 가지 모두를 노출하고 변형시켜, 삶을 파괴할 만한 힘을 지닌 일종의 폭발을 통해 일상에 대한 주장과 반대 주장을 동시에 제시하기 때문이다.

이처럼 인용은 복원과 환상 탈피라는 이중의 과정에 깊이 관여하는 일련의 조건들—이미지, 반영 그리고 무엇보다도 반복—로 우리를 안내한다. 반복을 상정하는 것은 예술이라는 추상적이고도 완벽한 세계, 즉 '현실 세계'의 진행적 속성에도 불구하고 텍스트가 반복해서 등장할 수 있는 세계 안으로 들어가는 것이다. 그러나 이러한 반복 없이, 이처럼 '하나 대신 둘'이 아니고서는, 그 하나는 애초에 존재 자체가 불가능하다. 정체성은 차이를 통해서만 명료하게 드러날 수 있는 것이기 때문이다.[27] 인용에서 우리는 변형된 생산의 맥락과 그 맥락의 권위로부터 분리된 발화를 발견하게 된다. 허구에서 발화의 프레임을 재설정하면 생산의 맥락과 방식 두 가지 모두를 변형시키게 된다. "이것은 놀이다"라는 메시지에 관한 연구에서 베이트슨이 설명했듯이, 놀이 메시지는 해석 절차의 변형을 의미화한다. 상황의 구성원들은 이러한 변형에 직접 참여할 뿐 아니라, 이를 추상적이고 은유적인 놀이 세계로 진입하기 위한 장치로서 이해한다.

놀이 그리고 놀이의 한 형태로서의 허구는 모든 간접화법이 지닌 능력—직접적인 맥락 이외의 맥락들을 재창조할 능력, 언어를 통해 추상적인 세계를 창조할 능력—을 과장한다. 그리고 맥락 수준에서 기호의 위기, 즉 기표와 기의의 간극이 재생산된다. 간접화법과 본래의 발화 간에 간극이 생기는 것이다. 허구가 제시하는 반복은 상상된 반복이다. 정말로 '이전에 일어난' 일이라는 권위가 불필요하기 때문이다. 허구적인 것은 곧 '본래의 맥락'이다. 순수한 허구에는 아무런 물질적 지시체가 없다. 그러므로 허구는 현존, 저술의 맥락, 기원에 대한 신화를 전복시키는 동시에 언어의 현실 생성 능력을 강조함으로써 이데올로기적인 것을 옹호한다.

허구를 통해 우리는 반복이 프레임 재설정의 문제이며, 그러한 반복에서 '동일성'이 생겨나듯 차이는 양방향으로 드러남을 알 수 있다. 그러므로 반복은 원본에 대해 이차적이거나 부수적인 것으로 볼 수 없다. 반복은 원본을 보충하거나 대체한다기보다는 원본을 창조해 내는 역할을 하기 때문이다. 마찬가지로, 허구에는 관습적으로 '리얼리즘', '부조리', '환상', '정밀' 같은 꼬리표가 붙지만, 허구는 주체를 반영한다기보다 주체를 창조해 낸다. 모든 허구는 살아낸 직접적 맥락의 권위와 그 맥락에서 비롯되는 경험의 '진정성'을 부인함으로써 일상이라는 상상 속 순수를 오염시킨다.

허구는 일상의 '바깥'이면서도 동시적인 세계 안에서 '발생'하기 때문에 그러한 일상적 삶의 선형성, 즉 서사성을 방해한다. 이러한 선형성을 중심으로 한데 얽힌 허구적 장르들은 주제의 반복과 변용을 통해 일상에 마치 서정시 같은 속성을 부여한다. 시간성에 대한 일상적 경험을 바탕으로 한 관습적 선형성을 주로 답습하는 서사 장르인 개인적인 경험 이야기조차도 경험을 해석하는 좀 더 광범위한 관습, 그야말로 포괄적인 관습의 테두리 안에서 그 서사를 구조화하는 역할을 담당한다. 그리고 그러한 구조화는 일상의 시간성과 '개인적 서사'의 시간성 두 가지 모두에 대한 타자들의 관여에 공명한다. 개인적인 경험 이야기는 그 포괄적 관습 면에서 가장 비개인적이며, 해당 장르의 이전 공연들에 지속적으로 참여하며 변형을 가해 왔다는 점에서 소설에 비견될 수도 있을 것 같다. 여기서 반복을 축적되는 것으로 간주하는 개인사의 진보는 사실 장르의 진보이자 문화적 가치 변화와 관련된 인물, 사건, 행위, 장면 같은 개념들의 정교화다.

말이든 글이든, 모든 허구는 우리의 경험에 서정적 구조를 부여하지만, 허구성과 인쇄가 결합되면서 동시성의 경험 그리고 대체적이면서도 서술적인 은유적 존재가 가능해졌다. 말은 시간 속에서 전개되는 반면, 글은 공간 속에서 전개되며, 기술 복제 과정을 통해 인쇄가 이루어지면서 책은 시간을 관통하는 물질적 존재이자 책 읽는 공동체를 포괄하는 추상적 존재가 된다. 게다가 저자의 이상과 관대한 독자 정도로 이루어진 이러한 공동체는 대체로 상상 속의 구성이다. 이러한 추상성은 그 어떤 순간, 그 어떤 저자나 독자도 접할 수 없으며, 매 순간 추정할 수밖에 없는 대상이다. 그러므로 텍스트의 재생산은 저자의 의도를 축어적으로 담으면서도 그러한 의도로부터 독립되어 있다. 독자 개개인이 창조해 내는 것은 새로운 해석이라기보다는 새로운 텍스트와 또 다른 저자다. 이 '저자의 권위'를 결정하는 것은 의도에 관한 관습들뿐 아니라 문학적 관습이라는 이데올로기이며, 여기에는 '문학적 삶'으로 알려진 사회적 형성 과정도 포함된다. 문어적 형태에서는 독자가 공연 대상/공연자로 치환되면서, 구전 장르에 관여하는 직접 대면 공동체 내에서 작용하던 전통과 상황 간의 긴장은 자리에서 밀려난다. 이러한 긴장에 대한 저자의 경험은 곧 그러한 경험들을 바탕으로 새로운 텍스트, 새로운 시간성을 창조해 내는 독자의 몫이기도 하다. 바탕이 된 경험들은 현실이든 상상이든 독자가 이미 이해하고 구조를 부여한 것들이다.

인쇄된 글의 동시성은 책에 물질적 아우라를 부여한다. 책은 사물로서 제 생명을 지니게 되는데, 이 생명은 인간의 시간, 즉 몸과 그 목소리의 시간 바깥에 존재한다. 그러므로 고전은 초월적 권위를 지니게 되고 인쇄된 모든 작품에 대한 고전주의도 성립된다. 책은 역사와의 긴장 속에 서 있고, 이 긴장은 책이라는 자체적 소우주 안에서 재생산된다. 그 안에서 읽기는 공간 안에 새겨진 자국들 전체를 가로지르며 시간의 흐름 속에서 이루어진다. 게다가 이러한 긴장 때문에 텍스트 안에서 열거된 모든 사건은 거리두기 효과를 지닌다. 텍스트를 초월적인 동시에 사소한 것으로 만들고, 실재와 상상의 구분을 허무는 역할을 하는 것이다. 여기서 이상ideal이 '단순한 실재'를 대체하면서 작품의 이데올로기적 속성은 자명해진다. 인쇄된 글이 늘 추상성을 띠는 것은 물질적 지시체의 필요성과 직접적인 본래 맥락의 제약 두 가지 모두로부터 벗어나기 때문이다. 그리고 인쇄된 글은 언제나 인용이다.

마찬가지로, 인쇄된 작품은 그 완전한 종결, 시작과 결말의 명료성 면에서 유사한 실행을 서사 속에서 찾는다. '살아낸' 역사는 열린 작품, 즉 정해진 시작이나 결말이 없는 작품으로 인식되는 반면, 인쇄된 작품은 기원과 종말—지극히 이데올로기적인 종결을 제시하는 일련의 규정들— 두 가지를 모두 갖춘 서사의 완성이다. 서사는 종결에 '관한' 문제이며, 사건들의 경계는 사건의 의미 해석을 위한 이데올로기적 토대를 형성한다. 실제로, 서사가 없다면, 경험의 조직이 없다면, 해당 사건은 존재조차 불가능하다. 이러한 조직은 시간성의 조직이며 시간성 안에 내포된 인과성의 확립이지만, 서사적 종결은 우리 일상의 시간성 바깥에서 이루어진다. 서사적 종결은 그 시간성 안에 휩쓸리지 않고 오히려 자의식과 관점의 조작에 따라 그 이야기 나름의 시간이나 공연이라는 맥락 안에서 이루어지는 것이다.

서사는 초월성은 있으나 진정성은 없다. 서사의 경험은 **타자**이기 때문이다. 인쇄된 글은 이러한 결핍을 이중으로 겪는다. 단지 살아낸 경험이라는 진정성을 상실했기 때문이 아니라, 작가의 목소리라는 진정성마저 상실했기 때문이다. 말하고 있는 이는 누구인가? 그것은 추상적인 목소리이며, 내뱉는 단어마다 자신의 부재를 선언하는 목소리다. 이러한 경험의 윤곽 안에서 우리는 동시다발적이면서도 모순적인 일련의 가정들을 발견하게 된다. 첫째, 살아낸 직접적 경험이 더 '진짜'이며 그 안에 담긴 진정성은 매개된 경험으로 옮겨질 수 없다는 가정이다. 둘째, 그러나 언어를 통해 전달된 매개된 경험과 서사의 시간성은 그 초월성 덕분에 패턴과 통찰을 제공할 수 있다는 가정이다. 노스탤지어라는 사회적 질병은 바로 이러한 두 가지 가정의 결합, 그 **증상들**의 접합 속에서 생겨난다. 노스탤지어적 재구성이라는 서사적 과정에 의해 현재는 부정되고 과거는 존재의 진정성을 획득하는데, 역설적이게도 이 진정성은 오직 서사를 통해서만 얻을 수 있다.[28]

노스탤지어는 대상 없는 슬픔, 갈망을 만들어내는 슬픔이다. 그런데 그러한 갈망은 진짜가 아닐 수밖에 없다. 살아낸 경험에 참여하지 않고, 그 경험의 앞과 뒤에 머물기 때문이다. 여느 다른 서사 형식과 마찬가지로 노스탤지어 역시 언제나 이데올로기적이다. 노스탤지어가 갈구하는 과거는 서사로서 말고는 존재한 적이 없고, 따라서 언제나 부재하며, 그 과거는 절절한 결핍으로서 스스로를 끊임없이 재생산해낼 태세를 취한다.[29] 역사와 그 보이지 않는 기원에는 냉담하면서도, 기원의 지점에서 직접 살아낸 경험이라는 불가능하리만치 순전한 맥락을 갈망하는 노스탤지어는 확연히 유토피아적인 얼굴을 하고 있다. 이 얼굴은 미래-과거, 즉 이데올로기적 현실뿐인 과거를 향한다. 노스탤지어적인 것이 갈구하는 이 욕망의 지점은 사실 부재로, 이것이 바로 욕망을 생성하는 기제다. 기념품에 대한 담론에서 살펴보겠지만, 노스탤지어적 상상 속에서 실현된 재결합은 서사적 유토피아다. 이 유토피아는 고정되거나 종결되지 못한 속성, 그 부분성에 의해서만 성립한다. 노스탤지어는 욕망에 대한 욕망이다.

노스탤지어의 지배적 모티프는 자연과 문화 사이의 간극을 지위 없애고, 그럼으로써 모성이라는 벽으로 둘러막힌 도시 안에서 생물학과 상징이 결합된 유토피아로 회귀하는 것이다. 노스탤지어적 유토피아는 인류 타락 이전의 에덴동산이다. 직접 살아낸 경험과 매개된 경험이 하나이며, 진정성과 초월성이 현재형으로 편재하는 태초의 세계. 기표와 기의 사이, 기표의 물질성과 기의의 추상성·역사성 사이에서 그리고 기록된 언어와 발화된 언어 간 매개된 현실 안에서 생겨나는 기호의 위기는 노스탤지어의 유토피아, 즉 말과 세계 모두가 진정성으로 충만한 유토피아에 의해 부정당한다. 노스탤지어가 꿈꾸는 것은 지식과 자의식 이전의 순간인데, 이는 노스탤지어적 서사의 자의식 안에서만 존속되는 순간이다. 노스탤지어는 모든 반복이 진짜가 아님을 슬퍼하고, 반복을 통해 동일성에 도달할 가능성을 부인하는 반복이다.[30] 그러므로 우리는 그동안 좇아온 시간성의 분열이 바로 여기서 노스탤지어의 분출 공간을 만들어내고 있음을 발견할 수 있다. 기호가 그 기의를 '포착'하지 못하고, 서사가 그 대상과 하나 되지 못하고, 기술 복제의 다양한 장르가 직접 대면식 소통의 시간에 근접하지 못하면, 기원을 향한, 자연을 향한 그리고 노스탤지어적 갈망 속에서 작동하는 매개되지 않은 경험을 향한 일반화된 욕망으로 귀결된다. 빈곤해진 동시에 풍요해진 기억은 측정의 도구이자 서사의 '잣대'로서 직접 그 모습을 드러낸다. 그러므로 근시와 원시가 이해를 위한 은유로 등장하게 되고, 이 개념들은 이 에세이가 전개되는 동안 점점 더 중요해질 것이다.

내부 장식

기표와 기의의 간극을 마주한 노스탤지어의 절대적 현존을 향한 갈망은 서사가 또 다른 의미화 현상으로 이루어진 의미화 현상임을 상기시켜 준다. 서사가 시작되기도 전에 언어는 이미 '의미한다'는 뜻이다. 일상적/시적 언어라는 문제의 또 다른 측면이 바로 여기에 있다. 자신의 역사로부터 그리고 실제 발화 상황의 경험에서 발생하는 모순들로부터 분리된 언어는 비어 있기 마련이며, 교환가치뿐 아니라 사용가치도 없을 것이다. 문학적인 것은 그 재료가 이러한 발화 더미이므로 새롭지도 비정상적이지도 않으며, 소련 기호론자들이 말했던 '2차 모델링 체계secondary modelling system'에 가깝다.

어떤 관점에서 시적 언어가 자연언어의 특수 사례라는 주장에 일리가 있다면, 관점을 달리하면 자연언어가 시적 언어의 특수 사례로 간주될 수 있다는 주장 역시 설득력 있다는 결론이 가능할 것이다. '시적 언어'와 '자연언어'는 지속적 긴장과 상호 번역 상태에 있으면서 동시에 상호 간 완전히는 번역될 수 없는, 좀 더 일반적인 체계의 특수한 발현이다. 그러므로 어느 소통 모델링 체계가 더 중요한가의 문제는 구체적 번역 행위의 기능적 방향, 즉 무엇이 무엇으로 번역되는가에 따라 결정된다.[31]

공연되는 순간 그리고 처음의 맥락으로부터 떨어져 나오는 순간에 이용 가능한 복잡한 언어들을 특정한 방식으로 혼합한 결과, 문학작품에는 유의성類義性의 여지가 없다. 그러므로 문학작품은 물리적인 종결 안에서 해석 수준의 종결 불가능성을 전시하는 것이다. 기호의 모순어법oxymoron을 드러내는 것이다. 기표는 물질적일 수 있으나, 기의는 물질적일 수 없다.

문학 장르가 관점의 구분을 허용하는 한,[32] 상충하는 언어들은 텍스트 내에서나 해석자의 언어와의 관계 안에서나 긴장 속에 놓이게 될 것이다. 이러한 언어 간의 충돌은 말해진 것에 관한 다양한 입장들 사이의 관계뿐 아니라 말해진 것과 말해지지 않은 것 사이의 관계에서도 비롯된다. 이데올로기적인 것의 도출은 의미화라는 패턴 속에서 이루어진다. 말해지지 않은 것은 문화적 가정의 무게를 짊어지고 있고, '누구나 아는 것'은 굳이 표명할 필요가 없기 때문이다. 그러나 이러한 표명되지 않은 가정들은 사실 모든 가정 가운데 가장 뿌리깊이 이데올로기적인 것들이다. 의식의 모든 측면을 깊숙이 메우고 있기 때문이다. 발화 상황이 작동하는 것은 바로 이 동일성과 차이, 표명되지 않은 것과 규정된 것 사이의 긴장 속에서다. 그러나 문학 장르가 제시하는 것은 발화 상황의 긴장만이 아니다. 전통과 공연 사이, 해당 장르의 과거 사례와 현재 사이의 긴장도 함께 제시한다. 문학은 녹음테이프 같은 방식으로 발화 행위를 재현하지 않는다. 문학은 문학사의 무게, 부담을 짊어지고 있고, 재현 형식을 형성하는 관습들, 즉 구술 담론의 관습에서 비롯된 동시에 그 관습에 영향을 미치는 관습들도 동반한다. 메리 루이즈 프랫은 『문학 담론의 언어 행위 이론에 관하여*Toward a Speech Act Theory of Literary Discourse*』의 각주에 이렇게 적고 있다. "문학은 종종 또는 항상 교훈적이라는, 다시 말해 세상을 변화시키고 행동을 이끌어내는 힘을 지닌다는 주장도 있을 수 있다. 그러나 문학적 발화 행위의 분석에서 이는 간접적인 목적으로 간주해야 한다는 이야기로 볼 수 있을 것 같다. 문학의 성취는 우선 재현적 목표 달성에 달린 것이기 때문이다. 모든 교훈적 일화는 이러한 방식으로 작동하며, 바로 이러한 점에서 직접적 설득과는 차이가 있다."[33] 그러나 이 과정에서 서정적 구조는 주장하고 (자기 연구 범위로 한정했던) 서사적 구조는 '묘사'하는 문학적 관습을 프랫 스스로 간과하고 있으며, 말해지지 않은 것을 통해 표명하고 있다. 즉 서정적 구조는 '설득'하려 드는 반면, 서사적 구조는 '정보 전달'을 하고자 한다. '직접성'은 포괄적 문체의 한 특색이다. 여기서 말하고 싶은 것은 서사를 이데올로기 영역 안으로 가져다 놓는 것은 바로 서사의 종결, '비동기성非動機性' 그 자체라는 것이다. 하나의 목소리를 내는 전통적 서정시는 **타자**의 목소리나 대안적 목소리, 혹은 반대하는 목소리를 명료하게 규정할 수 있는 반면, 다중의 목소리라는 환상을 품은 서사는 역사 속에서 작가의 목소리나 의도성이 지닌 형성하는 힘을 감춰버린다. 서사는 이데올로기적이다. 서사의 '말해지지 않은' 특질 면에서도 그렇고, 그 서술적 힘은 어떤 것을 눈에 보이게 만드는—우리가 행위라는 풍경을 인식하는 방식을 형성하고 그럼으로써 그 풍경과의 관계를 인식하는 방식도 형성하는—능력에 달려 있다는 사실로 보아도 그렇다. 이데올로기적 목적과 별개인 '재현적' 목적의 존재를 가정하는 것은 불가능하다. 재현이란 언제나 디테일에 대한 조작과 강제적 출현을 통해 '실재'하는 이상을 만들어내고자 애쓰는 것이기 때문이다. 인류학적 저술에서 '민속지적 현재'를 지속적으로 사용하는 것은 경험의 진행성과 관점의 다양한 목소리를 이처럼 부정하는 대표적인 사례. 문학이 서술하는 대상은 직접 살아낸 경험이 아니라 바로 그 경험을 조직하고 해석하는 관습들, 즉 해당 장르의 각 사례를 통해 수정되고 정보가 더해진 관습들이다.

무엇인가를 서술한다는 것은 무슨 뜻인가? 서술은 문화의 온갖 재현 형식에 나타나는 의미의 경제에 좌우되기 마련이다. 이 경제는 포괄적 관습들에 의해 형성되는 것이지, 물질세계 자체의 여러 측면에 의해 형성되는 것이 아니다. 자연에 대한 경외는 그 무한하고 완벽한 디테일과 마주했을 때 잉태되지만, 문화에 대한 경외는 정보의 위계적 조직, 즉 사회 구성원들끼리만 공유하는, 횡문화적·역사적으로 제각각인 조직에 좌우된다. 현실이라는 지배적 사회 구성 속에서 등장하면서도 또 그 현실과 상호적으로 영향을 주고받기도 하는 것은 우리가 선택한 주체라기보다는 우리가 선택한 디테일의 위계적 조직과 측면이다. 여러 장르가 '리얼리즘'에 근접하게 되면서 그들이 정보를 조직하는 방식은 일상의 정보 조직과 명백히 닮을 수밖에 없다. '리얼리즘' 장르가 거울처럼 되비추는 것은 일상이 아니라 일상이 정보를 위계화하는 방식이다. 리얼리즘 장르는 이러한 정보의 조직에 대해 모방적인 자세를 취하는 것이므로 가치를 모방하는 것이지, 물질세계를 모방하는 것이 아니다.[34] 문학은 세계를 모방할 수 없고, 대신 사회적인 것을 모방할 수밖에 없다. 문학은 역사를 벗어날 수 없다. 역사는 문학이 생겨나기도 전에 이미 언어를 매개로 삼은 의미화의 무게이기 때문이다.

여기서 우리는 서술 나름의 독립된 생명과 기능을 덮어 가리는 서술 관습들을 넘어서야 한다. 모든 서술의 기저에 있는 말해지지 않은 가정은 살아낸 경험을 뛰어넘는 경험이며, 타자에 대한 경험이자 허구에 대한 경험이다. 직접적 맥락, 즉 몸이 살아낸 경험에는 부재하는 시간과 공간을, 서술을 통해 표명하는 것이다. 서술에 대한 우리의 관심은 주로 문체에 대한 관심으로 표현되지만, 사실 서술에 대한 관심은 그에 못지않게 종결에 대한 관심이기도 하다. 서술이란 알지 못하는 것을 이미 아는 것에 포개어 놓아 보는 일이다. '형언할 길 없는' 경험을 한다는 것은 그저 개인의 주관적 의식이라는 이데올로기를 확인하는 것에 불과하다. 어떤 서술이 제시되고 실재로서 '채택될' 때마다, 언어라는 사회적 유토피아, 언어의 의미화 역량 그리고 그 역량에 관한 화자의 동일한 소속 자격에 대한 믿음이 확증된다. 글쓰기에 권위가 부여되는 경우라면 글로 쓰인 서술은 일상적 경험이 제시할 만한 그 어떤 모순도 초월할 수 있을 것이다. 일상과 분리된 이러한 타자성으로 인해, 모든 텍스트는 성스러운 텍스트가 될 잠재력을 지니고 있다.

그러므로 적정한 서술이란 늘 사회적으로 적정한 서술이기 마련이다. 기호가 소속된 곳에 필요한 이상이나 이하는 표명되지 않는다. 이러한 디테일의 사회적 조직과는 별도로, 서술은 무한성을 위협할 수밖에 없는데, 이 무한성은 위계를 상실한 발화의 무력감을 드러내는 제스처 속에서 발화의 시간 너머까지 뻗어 있다. 사회적으로 적정한 수준을 넘어서는 서술이나 디테일의 일상적 위계 조직을 방해하는 서술은 리얼리즘을 강화하는 것이 아니라 **실재의 비실재적 효과를 증대시킨다.** 만일 누보로망nouveau roman* 같은 글쓰기가 비인간적이고 아무런 동기도 없어 보인다면, 그것은 의미에 아무런 위계가 없어질 정도로 디테일의 표면이 평평해져 버렸기 때문이다. 그러한 글은 충분히 말해 주지 않으면서 동시에 너무 많은 것을 말해 주기도 한다. 마누엘 푸익이나 알랭 로브그리예 같은 소설가들이 제시하는 긴장은 디테일의 객관적 표면과 그 안에 숨겨진, 주관적일 수밖에 없는 주체, 즉 그 부재의 패턴에서 형성된 주체를 결합시킨다. 뷔토르는 이러한 글쓰기 방식의 특징을 "구조적 도치"로 규정하며 이렇게 설명한 바 있다. "우리는 주어진 어떤 순간의 중요성을 그것의 부재를 통해 강조할 수 있다. 주변을 살핌으로써 독자로 하여금 지금 이야기되는 내용 혹은 감추어지고 있는 내용의 짜임새 속에 무엇인가 빈틈이 있음을 감지하게 만드는 것이다."[35] 이러한 '객관적인' 문체는 '리얼리즘적' 거리에서 바라보는 관찰자의 태도와 관점을 취한다. 그러나 그 리얼리즘을 잠식하는 것은

---

* 1950년대부터 프랑스에서 발표되기 시작한 전위적인 소설들을 지칭하는 말로, 전통적 기법이나 관습을 파기하고 새로운 스타일을 창조했다.

다름 아닌 바로 이러한 태도의 공명정대함, 즉 (위계가 없는 데서 비롯되는) 초도덕적인 속성이다. 무의식적인 것이 일상의 피상적 리얼리즘을 잠식하는 것과 마찬가지다. 그러한 객관성은 리처드 에스테스 같은 오늘날 슈퍼리얼리즘 예술가들에게서도 볼 수 있다. 에스테스의 작품에서 우리는 일상에서 당연시해 왔던 디테일에 새삼 압도된다. 디테일이 너무도 사실적으로 제시되다 보니 오히려 환영 같은 느낌을 주는 것이다. 에스테스가 그림에서 선택한 도시 풍경은 문화적인 장면들로, 그 디테일은 인간적이면서도 비인간적이다. 인간의 의미화 관행 안에서 표현된다는 점에서는 인간적이나, 그러한 그림에 '휴머니즘'이라는 이름이 부여되는 것을 거부한다는 점에서는 비인간적이다. 이들 작품에서 우리를 압도하는 것은 표면, 즉 유리에 반사된 듯 묘사된 그 장면들이다. 모든 것은 그림의 표면을 가리키고 있고, 이 표면은 질감의 결핍, 흔적의 부재를 통해 반짝이고 있다. 에스테스의 작품에서 마치 사진과도 같은 재현이 단조롭게 느껴지는 이유가 바로 여기에 있다. 실제 풍경을 찍은 사진과 구별되는 점이 전혀 없는 것이다. 불현듯 그림은 그것을 맥락화하는 일종의 마술적 상품 같은 존재가 되어버린다. 에스테스의 그림이나 드웨인 핸슨의 조각에서 우리는 객관적 표면의 한가운데서 주관적인 실마리를 찾으려한다. 그러니 (작품마다 각기 다른 어딘가에 숨겨놓은 'Estes'라는) 작가의 서명을 찾아냈거나 핸슨의 조각작품 중의 관광객 하나가 알고 보니 진짜 관광객이었을 때 우리는 짜릿한 즐거움을 느끼게 되는 것이다.

리얼리즘 형식이 시간적·공간적 맥락, 즉 부르주아적 공간의 내부라는 맥락에서의 개인적 경험으로 점차 자리를 옮겨가면서, 서술되는 것은 바로 그러한 맥락의 디테일들이며, 그러한 디테일들은 부르주아적 삶의 관습들에 따라 서술될 수밖에 없다. 로런스 스턴은 일상의 "무의미하고 소소한 일들"이나 "삶의 사소한 사건들"이야말로 인물의 진실을 보여주는 것이라 결론지었다. 디테일이 우리의 일상적 삶에 위계와 방향성을 부여한다면, 그것은 리얼리즘 소설에 대해서도 마찬가지로 위계와 지엽성을 부여하는 셈이다. 한없이 잘게 쪼개어질 수 있다는 것은 훌륭한 리얼리즘 소설의 징표다. 18세기와 19세기의 리얼리즘 소설들에서는 부르주아적 삶의 두 가지 주된 주제의 반향을 볼 수 있으니, 그것은 바로 개인화와 세련洗鍊이다. 만일 현실이 개인적인 것의 진보 안에 있는 것이라면, 그 개인을 규정하는 데 사용되어야 하는 것은 바로 그 개인의 맥락이다. 물질세계, 즉 사물들의 세계에 대한 서술은 바로 그러한 세계를 통한 주인공의 진보를 서술하기 위해 필요하며, 서술이 '더 정교'할수록 글도 '더 정교'해진다. 그러한 서술은 가치를 범주화하며, 그 서술 목록은 언어의 추상성을 사물들의 물질성과 연계시킨다. 『시의 기호학Semiotics of Poetry』에서 리파테르는 다음과 같은 결론에 도달한다. "현실로서의 디테일들은 사실 사소한 것들이다. 그러나 단어들로서의 사소한 디테일들은 단지 기록됐다는 이유만으로도 주목할 만한 가치가 있다. 디테일들의 의미 없음은 기호로서 지니는 중요성의 또 다른 일면일 뿐이다. … 이처럼 의미론적으로 주어진 바는 여타 모든 디테일을 위한 본보기로, 이들 디테일은 단지 현실에 대한 모사模寫나 구성 요소로서뿐 아니라 기호학적 상수常數의 체현으로서도 기능한다."[36] 이 기호론적 우주 안에서는 물질적 대상이 교환 가치의 영역으로 완전히 변형된다. 부르주아적 리얼리즘에서 디테일은 기호 세계 안에서의 기능, 즉 실재의 자취라는 자체적 메시지 이외에는 아무런 **쓸모**가 없다. 장신구는 대상을 장식하는 것이 아니라 정의한다. 후기 자본주의 기호학이라 부름직한 스펙터클 형식에 관한 기 드보르의 비평에서 우리가 취하는 입장과의 유사점을 발견하게 된다. "그것(스펙터클)은 현실 세계에 대한 대리 보충, 즉 부가적인 장식이 아니다. 그것이야말로 현실 사회라는 리얼리즘의 핵심이다."[37] 기호 체계는 그 내재성과는 별개로 작동할 뿐 아니라 심지어 그것을 흡수하기까지 한다는 기 드보르의 주장은 『뉴요커』 최근호에 실린 롤렉스시계 광고에서도 분명히 확인된다. 이 광고에서는 홍보 대상인 상품을 존 치버 소설의 '정확성'에 비교하고 있다.

시간의 표준을 만들어가는 이들을 위한 시계, 롤렉스
독자들이 가장 사랑하는 작가이자 단편소설의 거장, 존 치버.
시대를 초월한 서사를 통해 미국적 삶이 지닌 달콤쌉싸름함을
음미한, 화려한 수상 경력의 작가.
존 치버의 글을 빛내는 것은 다름 아닌 세밀함이듯, 롤렉스를
만드는 데 영감이 되는 것 역시 세밀함이다. 이렇게 만든 시계
는 이 세상 어디에도 없다. 타협으로 얼룩진 세상 속에서 롤렉

스만은 엄격하고 치밀하게 탁월함을 추구한다. 롤렉스 오이스
터 퍼페추얼, 날짜·요일 표시 기능을 갖춘 최고급 크로노미터.
시간의 시험을 견디도록 설계된 명품.

치버의 기호를 시계의 기호로 대용할 수 있다는 가능성은 예
술 작품의 상품화뿐 아니라 대상 체계 내 교환의 상호 의존성
까지도 시사한다. 최근 개봉한 영화 「디바Diva」에서 상표명을 명
시해 강조(여기서도 '보상 판매 거래' 시 '상향 구매'*의 제스처 속에
서 롤렉스로 대체)하는 데서도 유사점을 발견할 수 있다. 상향 구
매라는 이데올로기는 언제나 주체에게 상상 속의 계층 이동, 즉
'라이프스타일'의 향상을 약속하는데, 여기서는 가상의 시간 변
환이 그에 해당된다.

세련이라는 것은 디테일의 표명뿐 아니라 차이의 표명, 즉 점
차 계층의 이익에 기여하게 된 표명의 문제이기도 하다. 보드리
야르는 부르주아적 사물들의 체계에 대한 연구에서 세련이라는
계급 관련 현상에 주목했다. 가령 부르주아풍 실내를 판가름하
는 기준은 '색조와 농담濃淡'에 달려 있다고 서술했다. 그레이, 모
브,** 베이지 등의 색상은 색이라는 것에 대한 부르주아 세계의
도덕적 거부를 나타낸다. "특히나 색에 있어서, 지나친 화려함은
내부를 위협한다."[38] 기호라는 것 자체는 기호 체계 안에서 다른

---

* 기존에 쓰던 것을 팔고 돈을 더 들여 더 비싸고 좋은 것을 사는 행위.
** 옅은 자줏빛.

기호들과의 차이 속으로 녹아든다. 계급이라는 의미화 관행에 따라 물질세계가 상징성을 띠게 되는 것이다. 그러므로 기호학에서 상징이 아닌 기호를 상정하는 것은 순진한 발상이다. 특히 후기 자본주의 시대에 들어서면 물질세계의 모든 측면이 계급 관계를 상징하고, 모든 기호는 기호 체계 내 각자의 위치를 세세히 판별하여 지시함을 볼 수 있다.

지금까지 우리는 디테일을 물질세계, 정물로서의 세계와 연관 지어 다루어왔다. 그리고 정물이란 소모성 사물들의 배열이 듯, 물질세계에 대한 책 속의 세부적인 서술은 사물로서의 책에 대한 관심을 유도하는 장치다. 활자의 배열과 장식으로서의 맥락의 배열은 밀접한 관계를 맺고 있는데, 이는 몸의 시간·공간을 가리키는 구전 장르에서는 찾아볼 수 없는 특성이다. 물질세계에 대한 서술은 스스로 동기를 부여하고, 방향 지시 없이도 표상으로 향하는 듯 보인다. 그러므로 정물은 물질세계라는 문화적 조직에게 말을 건네기는 하나, 그러기 위해 역사와 시간성을 은폐한다. 그리고 영원성이라는 환영에 동참한다. 정물이 전하는 메시지는 아무것도 변하지 않는다는 것이며, 서술된 그 찰나는 보는 사람, 즉 인지하는 개별 주체의 눈에 비친 그대로 머물러 있을 것이다. 루이 마랭은 이렇게 주장하기도 했다. "말 없는 회화이기 이전에, 정물화의 기능과 목적은 보는 이의 귀에 말을 걸고 속삭이는 것이다. 그것은 의식적이든 무의식적이든 정교한 문화 코드를 소유하고 있는 사람들만 이해할 수 있는 말이다."[39] 정물은 일상과 환유적 관계에 있다. 이 사물의 배열은 또 다른 세계에 틀이 된다기보다는 이 세계, 즉 소모성 사물들의 낙원 안에서의 개별적이고도 직접적인 경험의 세계라는 틀 안으로 들어선다. 여기서 우리가 알 수 있는 것은 모든 서술은 곧 묘사라는 것이다. 무한해 보이는 디테일을 어떤 절대적 틀 안에 가두어보려는 노력이기 때문이다. 이러한 틀은 적정성이라는 사회적 관습으로, 종결을 부여하는 기능을 한다. 서술 덕분에 우리는 아득히 먼 경험을 '볼' 수 있고 그 경험을 '머릿속에 그릴' 수 있게 되는데, 이는 상호 텍스트적 암시와 비유의 과정을 통해 이루어진다. 서술이라는 좀 더 '과학적인' 개념에는 없는 상대성과 작가로서의 의식이 묘사라는 개념에는 내포되어 있다고 한다면, 그것은 우리가 묘사에서의 개성적 창의성이라는 이데올로기와 서술에서의 복제성 및 초월적 관점이라는 이데올로기를 동시에 필요로 하기 때문이다.

서사적 종결은 하나의 시간성을 또 다른 시간성으로부터 분리하고, 이야기하기의 맥락과 이야기된 사건의 맥락 간 분리를 지시하는 등의 방식으로 경계를 표명한다. 서사가 물질적 삶이 아닌 행위에 대한 '세부적인' 서술 안으로 이동하는 경우, 시간성에 대한 조작으로서의 서사 스스로에 대해 주의를 환기시키기도 한다. 움직임의 디테일은 서사적 시간을 왜곡하며, 지식에 대한 독자의 접근을 조작한다. 이러한 움직임의 디테일에서 우리는 디테일을 이용해 어디론가 탈선하고, 또 그것을 폭로하지 않기 위해 어떤 대상 둘레에 동그라미를 새겨 넣는 동시에 디테일을 이용해 애태울 수 있는 가능성을 발견하게 된다. 그러한 탈선은 서사적 종결과 긴장 관계에 놓이며, 이 서사적 종결은 안에서 밖으로 열려 있다. 탈선은 유예 혹은 분노 속에 독자를 붙잡아둔다. 그 우회로 안에 영원히 남은 채 영영 제자리로 돌아오지 못할 가능성을 보여주기 때문이다. 특히 판타지 문학은 서사적 회귀 narrative looping라는 이러한 장치를 잘 활용한다. 환상은 완전히 다른 세계라는 틀이 씌워진 세계를 제시하는데 그러한 우회로에는 리얼리즘적 서사라면 내재화할 수밖에 없는 위계적 제약들이 없기 때문이다. 서사의 탈선은 담론 층위에서는 통사적 내포 syntactical embedding의 등가물로 볼 수도 있다. 통사적 내포는 물질적인 것과 청자와 관련된 화자의 위치를 맥락 속에서 조명하고 규정하게 한다는 점에서 단지 정보를 더해 넣는 문제가 아니라 정보를 재구성하는 차원의 문제인 것처럼, 서사의 탈선은 독자에게 초월성을 선사하는 대신 독자의 시선을 가로막고는 서사적 사건들의 위계를 만지작거린다. 중요한 것과 중요하지 않은 것은 구분되어야 한다. 탈선은 여정의 지루함, 풍경의 끝없는 자기 증식적 디테일, 즉 독자의 주의를 분산시켜 중요 지표를 거의 지우다시피 하는 디테일을 다시 붙잡는다.

장면의 디테일에서 우리는 자연이 문화로 변형된 것을 목격한다. 플롯의 긴박성에 따라서 혹은 독자를 작품의 의미화 실행에 동참시키기 위해 물질세계가 정돈되고 변형되는 것이다. 반면, 행위의 디테일에서는 일상적 시간성을 상대로 서사가 승리를 거두는 것을 목격하게 된다. 기어이 독자를 서사의 속도에 동참시키기 때문이다. 어떠한 경우든 독자는 그 일원임을 밝히며 독자 집단을 인정할 수밖에 없다. 텍스트는 안과 밖 사이의 이러한 대화에서 독자가 끌고 들어온 이데올로기적 관행을 이용하는 동시에 변형시키게 된다. 책은 관념인 동시에 사물이며, 의미인 동시에 물질성이다. 환경과 추론, 기호와 상징의 상호 침투는 부르주아적 주체를 위한 디테일들의 기능이다.

언어의 공간

말은 공간에 아무런 흔적을 남기지 않는다. 제스처와 마찬가지로 말 역시 당면한 맥락 안에 존재하며 다른 누군가의 목소리나 몸을 통해서만 다시 모습을 드러낼 수 있다. 동일한 화자라 하더라도 하다못해 역사에 의해 타자로 변형되기라도 해야 한다. 그러나 글은 오염시킨다. 흔적을 남기기 마련이며 이 흔적은 몸의 생명 너머로까지 이어진다. 그러므로 말은 진정성을 획득하는 반면, 글은 불멸을 약속한다. 최소한 죽음이 예정된 몸의 운명에 대비되는 물질세계의 불멸을 약속하는 것이다. 비석 없는 무덤에 대해 우리가 느끼는 공포는 곧 글 없는 세계의 의미 없음에 대한 공포다. 비석 없는 무덤이라는 은유는 소거된 소리와 양가적인 것을 결합시킨다. 비석 즉 표지가 없다면 경계도 없으며, 반복이 시작될 지점도 없다. 글은 공간에, 자연에 무언가를 새겨 넣을 장치를 선사한다. 나무껍질에는 연인들의 이름이 새겨지고, 다리 위에는 슬로건이 내걸리며, 지하철에는 희한하게 일률적이면서도 특이한 필체로 문신 같은 낙서가 새겨진다. 글은 세상의 자막 역할을 한다. 우리가 텍스트화하기로 선택한 대상들의 배열에 대해 규정하고 논평하는 것이다. 글을 말의 흉내라고 한다면, 그것은 일종의 '대본'으로서다. 공간 속에 표시된 말은 시간을 관통하며 다양한 맥락 속에서 회자된다. 글자 사이의 공간, 단어 사이의 공간은 말을 더듬거나 잠시 쉬는 것과는 아무 관련이 없다. 글에는 몸의 머뭇거림이 조금도 담기지 않는다. 그저 앎의 머뭇거림만이 담길 뿐인데, 이 머뭇거림은 역사 바깥의 공간에서 일어나며, 초월적이기는 하나 맥락이 부여하는 실체를 입증할 힘은 없다.

말의 경우 소리와 의미로서 뚜렷이 드러나는 언어의 추상적이고 물질적인 속성은 특히 글에서 훨씬 더 뚜렷이 드러난다. 기표의 물질적 속성과 기의의 추상적 속성이 서로 대비되는 이러한 기호의 모순어법은 마르크스주의 미학에 대해 특정한 문제를 제기해 왔다. 레이먼드 윌리엄스는 이 문제를 해결하기 위해 내적 기호—내적 언어—와 물질적 기호를 구분함으로써 이 문제를 해결해 보고자 했다. 하나는 의식 속에 자리 잡고 있는 반면, 다른 하나는 사회적 삶 안에 자리 잡고 있다는 것이다.[40] 그러나 내적 언어가 사회적 언어와는 대체 어떻게 다르다고 할 수 있을까? 분명 사회성의 정도의 문제는 아니다. 우리가 '내적으로'—발화하지 않고— 체계화하고, 실험하고, 환상을 입히고, 추론하기 위해 사용하는 언어는 곧 우리가 일상 전반에서 타자와의 관계 속에서 사용하는 것과 동일한 언어이며 관련된 역사도 동일하기 때문이다. '개인적' 언어든 '문화적' 언어든 마찬가지다. 언어에서 사회적인 것만을 따로 추출해 낼 수는 없다. 만일 그러한 추출이 가능하다고 한다면 역사를 초월한 개인적 언어, 즉 특정 계급의 이해에 상당히 부합하는 제스처를 상정하는 셈이 될 것이다. 움베르토 에코는 『기호학 이론*A Theory of Semiotics*』에서 기호학적 **내용**에 관한 좀 더 광범위한 논의의 일환으로 바로 이 부분에 대해 다음과 같이 해설하고 있다.

> **문화적 단위는 우리가 이해할 수 있는 범위 안에 있다**고 말할 수 있을 것이다. 그러한 단위들은 사회적 삶 속에서 늘 우리 손에 내맡겨져 왔던 기호다. 이미지는 책을 해석하고, 적정한 대답은 모호한 질문을 해석하고, 단어는 정의를 해석하며 또 반대로 정의가 단어를 해석하기도 한다. 나팔 소리 신호 '차려—엇!'을 해석하는 군인 계급의 제식 행위는 우리에게 음악적 기호전달체sign-vehicle에 실어 나르는 문화적 단위(차려—엇)에 관한 정보를 제공한다. 군인들, 소리들, 책의 낱장들, 벽에 꽂힌 깃발들 같은 이 모든 **에틱*** 실체는 물리적·물질적·**유물론적으로 검증이 가능하다.** 문화적 단위는 사회가 이러한 기호들을 서로 동일시할 수 있는 것과 뚜렷이 대비된다. 사회가 실제로 코드와 코드를, 기호전달체와 의미를, 표현과 내용을 동일시한다는 그 사실을 입증하는 데 필요한 기호학적 공리公理가 바로 문화 단위다.[41]

---

* 파이크(Kenneth L. Pike)가 음성학을 의미하는 영어 단어의 형용사형 phonetic 에서 소리를 의미하는 phone-을 제거하고 남은 부분(etic)으로 만든 조어로, 언어 나 행동 분석 시 기능적 측면은 중요하게 다루지 않는 연구적 지향.

기호가 의미를 지니게 되는 것은 기호의 그 어떤 본질적 속성 때문이 아니라 기호 공동체 일원들의 해석 행위를 통해서다. 그러므로 모든 기호마다 변화의 가능성이 생긴다. 물리적 성질과는 별개로 기의 또는 기표로서 기능할 수 있게 되는 것이다. 기호학적 우주는 구체적인 사회적 실행들을 통해 건설된 추상적이고도 해석적인 우주다.

미적인 것은 기호적인 것의 한 단면으로서, 추상적인 것에 의한 물질적인 것의 변형을 기념한다. 모든 놀이와 허구가 맥락의 틀을 재설정할 수 있다는 것은 곧 의미화 관행을 통해 변형을 가하는 것, 즉 의미작용을 통해 사용가치를 교환가치로 변형시키는 것이다. 후기 자본주의 시대가 상품을 미화하고 성적 욕망을 상업적으로 착취하는 특징을 보이게 된 것은 전혀 놀랍지 않다. 여기서 기호를 이데올로기적 형성 과정에 종속시키는 것은 그 물질성이 아니라 오히려 비물질성, 즉 기호의 물리적 형태와는 별개로 그 형성 과정의 이해에 부합할 수 있는 능력이다. 예술가들은 그러한 비물질성을 초월의 한 형태로 떠받들어왔지만, 이러한 비물질성은 사실 미적 형태들을 특정 역사적·사회적 내용과 연계시켜 주는 것으로 이해할 수도 있다. 예술은 기호의 이중 능력, 즉 모든 기호의 변형 능력을 과장한다. 예술에서 기호들은 비물질적 맥락 안에서 의미작용을 하지만, 다른 맥락의 기호들 역시 동일하게 비물질적인 기의를 나타내며, 동일하게 의미를 지닐 수도 있다.[42]

기호의 모순어법이 가장 부각되는 것은 책에서다. 의미로서의 책과 물건으로서의 책, 관념으로서의 책과 물질로서의 책이 대비 구도를 이루기 때문이다. 읽기의 사회적 형태는 내적 발화가 됐기 때문에 의미와 관념으로서의 책은 물건이나 물질로서의 책과는 한층 더 거리가 멀어졌다. 이와 같은 의도적이고 인위적인 분리는 유한 부르주아 독자와 '지식인 노동자' 사이의 간극, 마분지 표지를 씌운 책과 반달색인판* 책 사이의 간극과 맞닿아 있다. 대중서와 학술서라는 페이퍼백 출판의 두 얼굴은 책에 대한 이러한 초점을 한층 더 복잡하게 만든다. 대중서 페이퍼백의 경우 책이란 읽는 행위에 의해 파괴되는 소모품이고, 학술서 페이퍼백의 경우 학술적 담론의 '가치'가 값싼 펄프 재료 속에서 제시되기 때문이다. 뷔토르는 물건으로서의 책에 대해 쓴 에세이에서 상업 출판의 소비중심주의가 이러한 상황을 야기했음을 다음과 같이 비판한다.

책이 단 한 권이고, 그것을 제작하는 데 상당한 노동 시간이 필요했던 시절, 책은 자연히 '기념비', 청동상보다도 오래 남을 특별한 것으로 여겨졌다(나는 청동보다도 영속할 기념비를 세웠다 exegi monumentum aere perennius). 처음 읽는 책이 어렵고 시간이 오래 걸린다 해도 무슨 문제가 되겠는가. 책 한 권은 평생 자기 것으로 삼은 셈이니 말이다. 그러나 똑같은 책이 수없이 시장에

---

* 책의 페이지 가장자리에 원하는 부분을 쉽게 찾을 수 있도록 끝부분을 반달모양으로 잘라내어 표시해 놓은 것이다.

깔리는 순간, 어떤 책을 읽는다는 것은 그것을 '소비'하는 행위로 받아들여지고, 구매자는 자연히 다음 '식사'를 위해서나 다음 열차 탑승 시 시간을 보내기 위해 또 다른 책을 구매해야 하는 흐름이 생겨났다.[43]

뷔토르는 『방법서설』을 어느 기차역에서든 구할 수 있게 된 것에 만족하면서도 그 기념비적인 책을 잃게 된 것을 슬퍼한다. 고전, 즉 초월적인 문화적 산물로서의 책에 대한 향수 어린 애도였다. 시장 경쟁이라는 영역에서 속도는 소비의 부록이며, 책의 급속한 생산 및 소비 그리고 그로 인한 물질적 형태의 쇠락 가능성이 필연적으로 책의 내용마저 변화시키는 듯 보인다. 책이 소비될 수 있는 것이라면 관념도 소비될 수 있으며, 책이 파괴된다면 관념도 파괴된다. 소비자는 기억에 다가설 때 단지 노스탤지어만을 품고 다가서는 것이 아니라 부정직함도 잔뜩 품고 다가선다. 이 같은 기호와 기의의 부르주아적 결합은 금박 가죽 장정을 입힌 '세계문학전집'의 광고가 보여주는 고전의 극적 구출 장면에서도 뚜렷이 드러난다.

책 생산이 장인의 작업 영역 안에 머물러 있는 동안 대다수의 대중은 책에 접근할 길이 막혀 있었다. 가치의 위기를 촉발한 것은 단연 책의 대량생산이었다. 대량생산이 이루어지기 전에는 형식과 내용을 갖춘 것은 곧 온전하다는 환상이 있었다. 때문에 책 수집가는 박물관학자나 품을 법한 광적인 욕망에 사로잡히게 된다. 책 수집가가 품은 노스탤지어는 기표와 기의, 대상과 맥락 사이의 어떤 절대적 현존을 향한 것이다. 다른 수집가들과 마찬가지로 책 수집가 역시 생산의 순간과 관련된 직접적인 지식을 연속성과 외면적 형태로 대체하기 마련이다. 디즈레일리는 『문학에 관한 호기심Curiosities of Literature』에서 다음과 같이 적고 있다.

방대한 양의 책을 수집하려는 열정은 인류에게 호기심이 있은 이래 모든 시대마다 늘 존재해 왔다. 그러나 오랜 세월 동안 국립도서관은 왕실의 윤허가 있어야 세울 수 있었다. 문인들이 이러한 제국적·애국적 명예와 어깨를 나란히 할 수 있게 된 것은 … 정신적인 것의 생산을 대량 증대할 수 있는 기술이 도입되면서부터였다. 15세기까지만 해도 사실상 없다시피 하던 책에 대한 취향이라는 것이 불과 지난 400년 사이에 점차 일반화됐다. 그 짧은 기간 안에 유럽에서 대중 지성이 탄생한 것이다.[44]

왕실이 도서관에 후원자로 이름을 남기고 싶어 하던 심리("황제들은 어떻게든 자신이 세운 도서관에 자기 이름을 붙이려는 욕심이 있었다")[45]는 최근 들어서는 독자를 그가 소장한 책들과 동일시하거나 읽은 것의 총합으로 그 사람을 판단하는 분위기로 점차 넘어왔다. 디즈레일리가 순전히 자기만족을 위해 책을 모으는 이들의 장서벽을 비판하면서도 동시에 '책이라는 우아한 취향의 장식품'을 인정했던 병치 구도에 대해 생각해 보자.

책을 소유하고 향유하고자 하는 이러한 열망은 책을 사랑하는 이들에게는 외양을 값비싼 장신구로 꾸밀 수 있는 기회나 마찬가지였다. 겉치레로 남용될 법한 격정적 감정이기도 했다. 그러나 이러한 책들이 진정한 지식인의 소유일 때, 가장 색다른 제본들은 책 주인의 취향과 감정을 상징하는 경우가 많다. 위대한 철학자 투Thuanus는 최상급 서적들을 입수하여 소장했고, 마지막 장에 그의 친필 서명이 담긴 그의 장서는 지금도 사려는 사람이 많다. 그롤리에라는 유명한 아마추어 수집가가 있었는데, 뮤즈들조차도 아끼는 작품을 그 정도로 기발하게 장식하지는 못했을 것이다. 호기심이 유별난 수집가들의 서고에서 그롤리에의 장서를 몇 권 본 적 있다. 그롤리에의 책은 겉면이 취향과 기발함으로 장식되어 있었다. 금박을 입히고 특유의 깔끔한 압인이 찍혀 있으며, 각 작품 자체와 직결된 다양한 주제들로 장정을 나누어 그림도 그리고 채색도 되어 있다. 심지어 "조 그롤리에와 친구들!"이라는 정겨운 글귀까지 새겨 넣어, 이 귀중한 책들은 본인과 자기 친구들을 위해 수집된 것임을 밝히고자 했다.[46]

여기서 차이를 표명하는 것은 오직 '취향', 즉 계급별 소비를 나타내는 암호다.

단순한 물건으로서의 책은 사용가치라는 영역을 포기하고 교환가치라는 장식적 영역 안으로 들어선다. 발레리는 에드몽 드 공쿠르의 예를 언급하며 불쾌감을 드러낸다.

이제 전혀 다른 또 한 가지 예를 들어볼 텐데, 아무리 뛰어난 수집가라 해도 다양한 책을 갖추려는 욕망으로 인해 책의 기본적인 기능과 그에 걸맞은 장정을 망각하게 되면 얼마나 우스꽝스러운 지경에 이를 수 있는지 알 수 있을 것이다. 친구들 작품의 양피지 장정 초판본을 입수한 에드몽 드 공쿠르는 표지에 그 친구들의 초상화를 그려 싣게 했는데, 도데에게는 카리에르, 졸라에게는 라파엘로 같은 식으로 모델에게 가장 잘 맞는다고 생각되는 화가를 섭외했다. 그런 책들은 흠집이 날 새라 조금도 건드릴 수 없었으니, 유리 상자 안에 영원히 모셔두어야 하는 신세가 됐다. … 책이 정말 그러라고 있는 물건인가?[47]

글은 물건으로서나 지식으로서나 전시가 가능하다. 물건으로서의 전시 가능성은 그 물리적 속성, 생산양식이라는 한계의 제약을 받는다. 생산양식의 변형과 물리적 속성의 변형은 이러한 가능성의 바깥쪽 한계에 걸려 있다. 발레리는 이렇게 적었다. "어떤 흑마술 의식을 눈으로 보고 —약간의 공포를 느끼면서도— 손으로 만져도 보았던 기억이 난다. 아니 어쩌면 그것은 악마 숭배 의식을 다룬 텍스트였는지도 모른다. 사람 가죽으로 장정한 무시무시한 물건이었으니 말이다. 책등에는 머리타래까지 붙어 있었다. 심미적 문제는 차치하더라도, 이 혐오스러운 책의 섬뜩한 외관과 악마적 내용 사이에 밀접한 관계가 있는 것이 분명했다."[48] 이 놀라운 실제 사례에서는 장정과 내용, 육신과 영혼이라는 일련의 상응 관계가 무너진다. 이러한 물건은 문화적인 것이 언제나 자연적인 것을, 노동을, 죽음을 이긴다고 여기는 가치를 전복시킨다. 이러한 책은 피라미드가 끔찍한 것과 같은 이유로 끔찍하다. 죽음에 대한 기념비이자, 교환가치로 완전히 변형돼 버린 노동에 대한 기념비이기 때문이다. 여기서 금기는 살아 있는 육체를 단순한 물질로 변형시킨 것과 영혼을 물질로 바꾸는 인간의 노동을 배가시키는 것이다. 그 책은 자신의 내용을 살해하고 말았다. 우리는 이 책을 다다이즘의 책/오브제에 비교해 볼 수도 있을 것이다. 특히 바늘들로 덮여 있는 으스스한 모습의 책도 있었다. 이 경우, 그 책은 자기 충족적이며 침범이 불가능한 상태로, 우리가 가진 '책'에 대한 관념의 경계를 시험한다. 사람 가죽을 씌운 그 책이 책의 물리적 속성의 한계를 시험하듯, 다른 책들은 무한한 생산에 대해 말하고 있다. 생산은 결국 책의 역사—글의 역사나 소위 문학의 역사라기보다는 물건으로서의 책 제작의 역사—가 되기 때문이다. 봄보는 '이 세상에서 가장 진기한 책'에 대해 다음과 같이 서술하고 있다.

가장 특이하고 진기한 서적은 리뉴 공 집안의 것으로 현재는 프랑스에 있다. 『우리 주 예수 그리스도의 열정의 서, 식자를 사용하지 않은 글자』라는 제목이다. 그런데 이 책은 손으로 쓴 것도 아니고 인쇄한 것도 아니다! 본문의 모든 글자를 최고급 피지로 된 각 장에서 일일이 파냈으며, 파란 종이를 끼워 넣은 덕분에 최상급 인쇄만큼이나 가독성이 높다. 완성되기까지 들인 노고와 인내는 분명 과도한 수준이었을 것이다. 글자들의 정확성과 정교함을 감안한다면 더욱 그렇다. 어느 모로 보나 전반적인 솜씨는 그야말로 감탄할 만하며, 피지 역시 가장 섬세하고 값비싼 것을 썼다.[49]

산 블라스 지역 쿠나족의 몰라 수예품mola*처럼, 이 책은 글이 일종의 공예로서 세계에 새겨 넣는 통상적 패턴을 역전시킨다. 이 텍스트는 각인의 부재(어쩌면 부재의 각인이라는 표현이 더 적절할 수도 있겠다)를 통해 발화한다. 여기서 텍스트는 자연을 대리 보충하지 않는다. 오히려 자연으로부터 덜어냄으로써 무無표지 패턴을 통해 의미를 표지한다. 이것이 바로 문신과 낙인의 차이다.

이러한 의미의 패턴 형성은 인용의 문제와 지식으로서의 글의 전시에 대해 다시 생각하게 만든다. 추상적 세계, 즉 말을 통해 창조되고 글 속에서 시간을 관통해 영속되는 세계에 대한 인유引喩는 문학계 담론의 지배적인 측면이다. 인유로서의 인용은 인쇄된 작품들의 추상적 교환가치, 소속과 계급을 밝히는 진술로서의 가치를 환기시킨다. 그리하여 문학은 교환의 영역으로 들어선다. 그리고 이 영역은 글—물질과 추상, 실재와 이상, 실제와 이데올로기 같은 상충하는 영역들을 드러내는 편지, 차용증, 각종 '증서' 등을 주고받는 모든 상호적 행위—에 의해 표명된다.

---

* 어원은 '옷'이라는 뜻의 원주민 말로, 화려한 색색의 천들을 자르고 꿰매어 이어 붙이는 방식의 전통 수예로 일종의 퀼트.

제 2 장

미니어처

마이크로그라피아

책이 내 앞에 있다. 읽히지 않고 닫힌 채로. 아직은 하나의 대상, 그저 일련의 표면들일 뿐이다. 그러나 펼치는 순간, 정체를 들킨 듯 보인다. 물리적 측면들이 추상성 그리고 새로운 시간성들의 결합체에 자리를 내어주는 것이다. 이것이 바로 책과 텍스트의 구분으로, 데리다는 『그라마톨로지*Of Gramatology*』에서 이렇게 서술한 바 있다.

책이란 관념은 유한한 또는 무한한 총체성, 이를테면 기표라는 관념이다. 기표의 이러한 총체성이 있는 그대로, 즉 하나의 총체성이 되는 것은 오직 기의부터 성립된 총체성이 기표보다 먼저 존재하고, 그 문자 표기와 여러 기호를 감시하며, 자신의 관념성 속에서 기표와 별개일 때만 비로소 가능하다. 언제나 하나의 자연적 총체성으로 귀결되는 책이란 관념은 문자언어의 의미와 근본적으로 무관하다. 그것은 문자언어의 회로 차단, 문자언어의 금언풍의 활력 그리고 나중에 더 정확히 밝히겠지만 차이 일반에 맞서 신학과 로고스 중심주의의 해박한 옹호다. 만약 우리가 책과 텍스트를 구분한다면, 오늘날 모든 영역에서 예고되는바 그대로, 책의 파괴는 텍스트의 표면을 노출시킨다고 말할 수 있다. 이러한 필연적 폭력은 과거에도 역시 필연적이었던 모종의 폭력에 상응한다.[1]

책이라는 은유는 곧 속박에 관한 은유다. 외면과 내면, 표면과 심층, 은폐와 폭로, 해체와 결합에 관한 은유다. '표지 사이'에 있다는 것은 곧 지적 혹은 성적 재생산이라는 짜릿한 자극이다. 표지 바깥에 있다는 것은 마치 신과 같은 초월적 상태—시작이 종결 속으로 허물어져 매몰된 초월—에 있으면서도 동시에 '안으로 들어가지 못하게 가로막힌' 상태다.

책의 종결은 대체로 그 물질성, 그 표지가 만들어낸 환상이다. 책이 의미 수준에서 다뤄지는 순간, 무한성을 위협한다. 이러한 대비는 미니어처 책과 아주 작게 쓴 글씨를 통해 생긴 변형들에서 특히 두드러진다. 미세한 글씨는 글쓰기를 통해 몸을 이용한 기술의 한계를 시험한다. 미세한 글씨의 놀라움은 그러한 표지의 물리적 속성과 추상적 속성 간의 대비에서 기인한다. 거의 보이지도 않을 만큼 작은 그 표지는 지속적으로 의미작용을 하며, 그 극소함으로 인해 의미작용이 축소되기는커녕 오히려 확대된다. 하나의 그림 같기도 한 그러한 마이크로그라피아micrographia* 의 사례들 속에서 의미와 물질성 간 균형이 깨진 관계에 대한 치유가 강조됨을 발견할 수 있다. 미니어처 책은 이 관계의 상처를 헤집는 데서 즐거움을 찾지만, 마이크로그라피아로 이루어진 그림이 전하는 메시지는 사실 기호와 기의 사이에 **자의적** 관계란 없으며 **필연적** 관계가 있을 뿐이라는 것이다. 한 예로 『조지아 리

---

* 본래 아주 작은 크기로밖에 글씨를 쓸 수 없는 일종의 서자(書字) 장애 증상을 일컫는 말이나, 이 글에서는 매우 작게 쓴 글씨를 통칭한다.

뷰』 최근호는 '철자화'된 작가의 글을 작고 촘촘하게 배열하여 작가의 초상화를 만들어 실었다.[2] 이런 작업은 지도로 지구본을 만드는 셈으로, 충분히 초월적 관점에서 접근하기만 한다면 글 역시 다차원적이 될 수 있음을 시사한다.

자연이라는 책을 읽는 것이 르네상스 시대에는 토포스topos* 가 됐지만 책을 자연 속에 놓는 일이 선행된 것인지도 모른다. 디즈레일리는 『문학에 관한 호기심』에서 다음과 같은 알쏭달쏭한 말을 한다. "호두 껍질 속의 호메로스의 일리아드에 대해 플리니우스는 어떤 이들에게는 불가능해 보일지 모르지만 키케로가 본 바에 따르면 사실이었을 수도 있다고 한다. 아일리아누스는 금박으로 2행 연시를 쓴 어느 예술가를 눈여겨보게 되는데, 그 예술가는 그 시를 옥수수 낱알 껍데기 안에 넣었다." 그는 또한 영국 성서에 대해서 언급하면서 엘리자베스 시대의 서예가 피터 베일스가 "기껏해야 달걀만 한 크기의 서양 호두 안에 넣었다"고 했다. "호두 안에 성서가 들어가 있다. 그 작은 책 안에 대★성서만큼의 책장이 포함되어 있고, 그 작은 책장마다 본래 성서의 큰 책장만큼의 글씨를 써 넣었다."[3] 미세한 글씨는 공예 기술과 규율을 상징한다. 제품의 물질적 속성은 축소되지만, 그에 수반되는 노동은 증가하며, 그 전체 사물의 의미 역시 확장된다. 쿠르티우스는 이렇게 적고 있다.

---

* '장소'라는 뜻의 고대 그리스어가 어원인 말로, 특정 모티프의 반복으로 정형화된 주제나 개념을 뜻하는 수사학 용어.

여기서 읽기를 수용과 연구라는 형식으로 본다면, 쓰기는 생산과 창조라는 형식으로 볼 수 있다. 이 두 개념은 한 묶음이나 마찬가지다. 중세 지식인들 사이에서 읽기와 쓰기는 동전의 양면과도 같았다. 인쇄술의 발명으로 이 세계의 단일성은 산산조각 났다. 인쇄술이 가져온 거대한 혁명적 변화는 '이전까지 모든 책은 필사본이었다'는 한 문장으로 요약할 수 있을 것이다. 당시 손으로 쓴 책에는 물질적으로는 물론이고 예술적으로도 오늘날 우리는 더 이상 느껴볼 수 없는 가치가 있었다. 필사로 제작된 모든 책은 근면과 숙련된 기능, 장시간에 걸친 정신적 집중, 애정을 가지고 심혈을 기울인 작업을 재현해 내고 있었다.[4]

여기서 노동은 손의 노동, 몸의 노동이었으며, 단 하나뿐이라는 점에서 이 제품은 반복과 진짜가 아닌 것에 저항하는 버팀목과도 같았다. 필사 원고 시대가 끝나갈 무렵의 미세한 글씨의 등장은 글쓰기가 인쇄로 변해가면서 나타난 대표적 특징이다. 특히 글쓰기의 종잡을 수 없는 동향의 종식이었다. 글에서 몸이 만들어낸 실수들, 모방한 기억 같은 것들 역시 희미해지고, 마이크로그라피아의 경우에는 시간은 물론 공간에서도 차츰 쇠락해 갔다.

필사본과 인쇄본의 경계에 선 미니어처 책은 신기술에 바치는 찬가인 동시에 이전까지 필사본이 지니고 있던 의미를 건네받은, 노스탤지어를 품은 새로운 존재다. 맥머티는 15세기에 등장한 미니어처 책 인쇄에 대해 이렇게 설명한다.

물론, 인쇄술 발명 초창기—대략 1450년에서 1470년—에 제작된 초기 간행본incunabula* 가운데는 작은 크기의 책이 별로 없을 것이다. 초기 활자는 비교적 크게 주조됐던 탓에 당시 인쇄된 책들은 2절판을 제외하면 대부분 4절판으로, 부피가 상당했다. 그러나 1490년대에 이르자 여전히 드문 편이기는 해도 좀 더 작은 크기의 책들이 속속 등장하기 시작했다. 절단 및 활자 주조 기술이 정교해짐에 따라, 극소 판형의 책 인쇄에 필수적인 좀 더 작은 크기의 활자를 얼마든지 쉽게 제작할 수 있게 됐다.[5]

취급이 편리하다는 것이 작은 판형의 책을 인쇄하는 첫 번째 이유였지만, 인쇄업자들은 그 자체만으로 숙련된 기술을 과시할 수 있는 가장 작은 책을 만들기 위해 점차 경쟁에 열을 올리게 됐다. 작은 책은 제본 면에서나 인쇄 면에서나 한층 더 고도의 기술을 요했다. 가죽을 매우 얇게 뜨고, 모서리를 정확하게 마름질하고, 연장을 아주 섬세하게 다룰 수 있어야 했다.[6]

최초의 미니어처 책은 1468년 마인츠에서 인쇄된 페터 쉐퍼의 『모군티아의 나날Diurnale Moguntinum』이었다. 처음부터 이 미니어처 책은 그 다수성 속에서 잃어버린 무한한 시간, 그 노동의 시간에 대해서 그리고 최소한의 물리적 공간 안에서 허물어진 세계의 시간에 대해 이야기한다. 15세기에는 피렌체와 베네치아의 대상인들을 위해 기도서가 미니어처로 제작되기도 했다.[7] (가

---

* 1501년 이전에 활판 인쇄되어 현존하는 책을 지칭한다.

로세로 각각 5센티미터 정도 크기에, 금박 장정을 하고, 장식이나 고리에 끼워 허리띠에 달 수 있게 만들었다.) 달력이나 책력은 예나 지금이나 미니어처 책 인쇄업자들이 가장 선호하는 품목이다. 그 소우주적 측면들 덕분에 책력은 특히나 미니어처에 적합하다. 가령 19세기 초 보스턴에서 인쇄된 『미니 책력*A Miniature Almanack*』에는 "작음 안에 많음Multum in parvo"이라고 적힌 표제화가 실려 있다. 이 책력에는 월 단위, 주 단위, 일 단위 일정표는 물론이고, 일출·일몰 시각, 월출·월몰 시각, 보스턴의 만조, '바람직한 결혼'을 위한 조언, '친구의 자격', '인기', '뉴잉글랜드 주 법원 목록', '우편 요금표', '아메리카 대륙 연례 친우회 개최 시기', '금전장부', '특정 날짜로부터 정확히 한 달 뒤의 날짜를 계산해 보여주는 일정표', '1~12,000달러까지 6퍼센트 기준 일별 이자계산표', '메인 주 브루스터에서 조지아 주 세인트메리까지 주요 도로에 있는 주소지 목록'도 수록됐다.[8] 한마디로 이 책에는 일상의 세세한 부분들이 모두 담겨 있어서, 삶이라는 폭넓은 시간 안에 몸을 맞추어 넣는다기보다는 몸 안에 삶을 맞추어 넣는 듯하다. 비슷한 맥락에서, 가장 중요한 의미를 담은 책이자 세상의 과거와 미래를 모두 품고 있는 책인 성서가 종종 미니어처로 만들 대상으로 선택되곤 한다.

이런 책을 생산한 것도, 소비한 것도 모두 손인데, 이는 이성 그리고 그에 관련된 주된 감각―눈―에 대한 모욕이기도 하다. 미니어처 책은 인쇄술이라는 관습을 바탕으로 말을 하지만, 그에 못지않게 중요한 것은 현미경의 발명을 바탕으로 말을 하는 것이기도 하다는 점이다. 인간의 눈으로는 보지 못하는 세계 속에서 의미를 포착해 낼 수 있는 기계의 눈이 그 전제인 셈이다. 로버트 훅의 기록 『마이크로그라피아 : 돋보기를 이용한 미세 생체에 관한 생리학적 서술, 관찰과 연구』(1665)를 보면 이러한 발견에 대해 감지하게 된다.

1663년 4월 22일, 식초 속 거머리/ 4월 29일, 가죽에 푸르스름한 곰팡이. 부싯돌 속 다이아몬드의 보고/ 5월 20일, 눈 여섯 개짜리 거미/ 5월 6일, 각다귀 암수컷/ 5월 20일, 개미 머리. 각다귀처럼 난다. 바늘 끝/ 5월 27일, 나무 화석의 기공. 각다귀 수컷/ 6월 10일, 세이지 잎, 구멍이 보이지 않음/ 7월 8일, 면도날. 태피터 리본 5개. 노래기/ 7월 16일, 촘촘한 잔디. 베네치아산 종이의 금박 테두리/ 8월 5일, 벌집 모양 해초. 달팽이 이빨. 장미 잎사귀에서 자라는 식물.

서문을 맺으면서 훅은 이렇게 썼다. "내가 바라고 또 믿기로는, 이러한 나의 노력들은 다른 여러 자연 철학자들의 성과에 더는 비교되지 않을 것이다. 그들은 더 큰 일들로 도처에서 분주하다. 그러니 내가 보는 작은 대상들은 더 크고 더 아름다운 자연의 작품들, 즉 벼룩, 진드기, 각다귀, 말, 코끼리, 사자 등에 비견될 것이다."[9] 훅의 겸손한 말투는 반어적인 인상을 준다. 그가 사용한 새 도구와 장비의 실험 대상은 장난스러운 느낌도 있지만, 그 장난감은 아직 제대로 작동하기도 전이었다. 훅이 자신의 기록에 '마이크로그라피아'라는 제목을 붙였으며, 어쨌든 자연의 존재들, 즉 이전까지는 읽어낼 수 없었으나 이제는 정체가 드러난 것들에 대해 **쓴 글**이었다는 점이 의미심장하다. 미니어처 책이 그 표지 안에 세계를 소우주로 축소해 넣은 것이라면, 현미경은 의미의 세계를 열어 젖혀 모든 물질세계가 그 안에 소우주를 품고 있음을 보여준다. 현대로 넘어와서는 1928년 뉴욕 주 마운트 버논에서 W. E. 러지가 진행했던 프로젝트를 떠올려볼 수 있겠다. 러지는 가로 12×세로 약 16센티미터에 전체 두께 약 2센티미터의 미니어처판 뉴욕 시 전화번호부를 제작했다. 이 책을 읽으려면 어느 퇴역 해군 소장이 고안한 특수한 안경이 필요했다. 이 안경을 쓰면 벌거벗은 도시의 800만 개의 이야기가 펼쳐지며 의미로 이루어진 아코디언이 보인다.[10]

미니어처 책의 사회적 공간은 모든 책의 축소된 사회적 공간으로도 볼 수 있을지 모른다. 책은 몸에 대한 부적이자 자아의 상징이며, 소우주이자 대우주, 상품이자 지식이며 사실이자 허구다. 초기에는 기술을 과시하고자 하는 공예적 차원에서 물건으로서의 미니어처 책의 지위, 좀 더 구체적으로 말하자면 사람이 소유한 물건, 즉 부적 같은 물건으로서의 지위가 강조됐다. 간편하게 몸에 지니거나 달 수 있다는 사실 자체가 미니어처 책에 특정한 기능을 부여한다. 진짜 보석으로 미니어처 책을 장식하기도 한다는 점에는 미니어처 책의 보석 같은 속성이 투영되어 있다. 간혹 미니어처 책의 낱장을 종이 대신 금속을 써서 만들기도 했다. 제임스 더걸드 핸더슨은 이렇게 적고 있다. "이러한 유형에 속하는 책 가운데 내가 보기에 가장 아름다운 것은 은을 입힌 종류였다. 길이가 약 2센티미터쯤 되고 폭이 좁은 판을 덧댄 앞표지는 자연의 색채를 입혀 광택을 낸, 줄기와 이파리가 달린 팬지 꽃으로 장식했다. 앞표지의 나머지 부분에는 거미 한 마리가 매달려 있는 거미줄 그림을 요철이 있게 새겨 넣었다. 거미의 몸뚱이는 진주고, 머리는 작은 루비다."[11] 헨더슨은 굳이 책 제목까지 언급하지는 않았다. 분명 그게 중요한 건 아니니까 말이다. 하지만 여기서 선택한 꽃과 곤충을 통해 우리는 의미를 찾을 수 있다. 팬지는 사람 얼굴 형상을 하고 있어서 늘 일종의 미니 초상화처럼 여겨지는 꽃이며, 거미는 아마 가장 가정적인 곤충이라고도 할 수 있을 정도로, 집 안에 자기 집을 또 짓는다. 몸에 지니게 되는 이러한 책이자 장신구는 그것이 안과 밖, 담은 것과 담긴 것, 표면과 심층 사이에서 빚어내는 긴장을 통해 의미를 배가시킨다. 비슷한 예로, 클리블런드의 찰스 H. 메이그스는 "지난 세기 초 가로 1.1센티미터, 세로 0.8센티미터 크기의 『루바이야트_Rubáiyát_*』를 제작했는데, "세 부를 합쳐놓아도 우표 한 장을 다 가리지 못하는 크기였고, 그중 하나는 작가가 끼는 반지에 박아 넣어 보관할 수 있게 했다."[12] 미국 최초의 미니어처 책은 가로세로 5.4×8.6센티미터로, 이를 착용한다는 것은 사실 은유적으로나 가능한 일이다.

---

* 11세기 페르시아의 수학자이자 시인인 오마르 하이얌의 4행 시집.

결혼반지(보스턴, 1695)

손가락에 맞춘
결혼반지 하나
인간의 상처에 바르는
신의 연고
…
복음을 전하는 자 윌리엄 시커가
에드먼턴의 어느 결혼식에서
설교 중에 꺼내다.[13]

헨더슨은 이렇게 적고 있다. "1830~1850년 당시 잉글랜드의
멋쟁이 숙녀치고 보석으로 섬세하게 장식한, 앨버트 슐로스의 자
그마한 보석 책력 하나쯤 핸드백에 달고 다니지 않은 여자가 없
었는데, 우표 절반 크기의 이 책력은 작은 책 모양 상자에 담겼
고, 이 상자는 또다시 실크나 플러시 천으로 감싼 가죽 장정 상
자 안에 담겼다. 그리고 이 상자에는 손거울 모양의 앙증맞은 돋
보기도 함께 들어 있었다."[14]

말은 그 맥락에 의해 구성되듯, 여기에도 글의 내용과 형식을
결합시키려는 노력이 들어 있다. 대상을 되비추는 동시에 드러
내 보이는, 현미경이기도 한 그 거울은 미니어처 책의 이면—교
육적인 용도—에서 다시 모습을 드러낸다. 그러한 책들은 "먼지
쌓인 장신구함에 달린 장식으로서뿐 아니라 오래전 많은 아이

들에게 흥미 유발과 교육의 기초로서의 역할도 담당했기 때문이다."[15] 14~15세기에 사각형 나무판들을 붙여 만든 글자판은 손잡이가 달린 7.6~10센티미터 크기의 손거울 모양이었다. 나무판 위에 종이를 붙이고 겉에 십자가 모양을 새겨 넣었으며, 나중에는 알파벳을 써넣거나 주기도문으로 마무리하기도 했다. 종이 위에 쇠뿔 조각을 보호막처럼 덧입히기도 했다. 수업에 흥미를 돋우기 위해서 글자판 모양의 틀에 구워낸 생강 비스킷을 사용하기도 했다.[16] 수업을 잘 마치면 학생은 과자로 된 이 책을 먹을 수 있었다. 은유적으로나 실제로나 배운 것을 먹어치운 셈이다.

17세기 초 미니어처 성서들은, 1614년 런던에서 하만이 출간한, 운문으로 된 존 테일러의 『엄지 성경』과 마찬가지로, 아동용 특별 판형이었다.[17] 1850년대 필라델피아에서 W. N. 와이엇이 출간한 에드먼드 S. 제인스 목사의 미니어처 성서 서문을 보자.

그러므로 어린이들의 관심을 바람직한 방향으로 인도하고, 도덕적·종교적으로 감화 받도록, 그리하여 머리에는 적절한 생각이 자리 잡고 마음은 올바르게 움직이도록 하는 것이 대단히 중요한 문제가 된다. 그리고 이러한 바람직한 목표를 달성하기 위해서는 그들의 눈높이에 맞춘 그러한 성서 이야기나 서사보다 훌륭하게 계획된 것은 확실히 없다. 저자가 (출판사의 요청에 따라) 이 작은 책을 편찬하게 된 것은 바로 이러한 신념에서였다. 그가 소망하는 것은 아무런 유익한 교훈도 주지 못하고 아무런 고결한 감동도 선사하지 못하는 멍청한 작은 그림책들을 이 책이 대신하게 되는 것이다. 이 작은 책은 그 어떤 비슷한 책에서도 본 적 없는 놀라운 힘을 지니고 있으며, 쓰인 언어는 전적으로 성서적이다.[18]

1822년 뉴욕에서 말론 데이가 발행한 '미국의 소년소녀들을 위한 주머니 속 동반자'『작은 책 속의 지혜: 어린이를 위한 상냥한 길잡이』역시 목표가 비슷했다. "나의 목표는 작은 판형 안에 가능한 한 많은 문장을 엄선해 넣어 청소년들이 이 책을 주머니 속 동반자처럼 편하게 지니고 다닐 수 있게 하자는 것이었다."[19] 이 책의 맨 뒤에는 "다양한 짧은 문장들: 기억하기 쉽게 알파벳 순으로 정리"가 수록돼 있다. 우리는 여기서 책과 몸을 연결시키려는 시도를 엿볼 수 있다. 이는 실제로 '소화할 만한' 책을 만들고자 하는 노력인 동시에, 경구를 통한 종교적 교훈에 대한 사유와 미니어처 책이라는 물리적으로 압축된 표상의 형식을 연계시키려는 노력이었다.

인쇄술의 발명은 아동기의 발명과 시기상 맞물렸고,[20] 환상과 교훈이라는 아동문학의 두 측면은 미니어처 책을 통해 동시에 발전했다. 제인스 목사가 멍청한 작은 그림책들이라 지칭하며 싫어했던 동화와 민담이 실린 소책자들의 전신은 구전되던 환상 설화를 인쇄된 환상문학 형태로 옮겨 놓은 '파란 책Bibliothèque Bleu'이었다. 이들 책은 아이들이 소진해 버릴 단편적인 지혜를 제시하는 대신, 현실감을 잃어버리게 만들고도 남을 만큼의 무한하고 놀라운 세계를 아이들에게 선사했다. 미니어처는 여기서 사실의 영역이 아닌 몽상의 영역이 됐다. 낭만주의가 등장한 이후, 미니어처 책은 주로 문화적 타자 역할을 담당했다. 세계에서 가장 작게 인쇄된 책인 에번 프랜시스 톰슨 판 『오마르 하이얌의 장미 정원』(0.5×0.8센티미터)은 미니어처로 만든 이국적 색채의 책 안에 동양적 의미를 접어 넣으려 했던 메이그스의 시도 이후에 나왔다. 20세기 들어 미니어처 책은 광고에도 기여했다. 가령 1920년대에는 낱장을 금속으로 만든 책이 관광객들을 대상으로 한 호텔이나 관광지 광고에 쓰였고, 1916년에는 『라이프』 지가 그리고 1925년에는 『새터데이 이브닝 포스트』 지가 광고용 미니어처 판을 발간했다.[21]

마이크로그라피아나 미니어처 책에서와 같은 글씨 크기에 관한 실험은 기호의 추상적 본질과 물질적 본질이라는 분기된 관계를 과장해 드러낸다. 규모의 축소가 그에 상응하는 의미의 축소로 이어지지는 않는다. 실제로, 미니어처 책이 지닌 보석 같은 속성과 마이크로그라피아 기술 덕분에 오히려 이러한 형태는 특히 경구나 교훈적 사유를 담기에 적합한 '그릇'이 될 수 있다. 뿐만 아니라, 필사본과 인쇄본의 경계에 놓인 생산양식으로서 미니어처 책은 기념품, 부적, 아동기라는 작은 세상과 직결된다. 이러한 형태들을 서술하면서 내 텍스트는 디테일, 장신구, 장식으로 수놓아졌다. 그러므로 이러한 형태들은 의미와 물질성 사이의 이처럼 분기된 관계에서 한층 더 심층적인 측면, 즉 미니어처를 서술한다는 문제 자체를 되짚게 만든다. 내면성에 대한 과장 그리고 주체를 인식하는 개체의 시공간과의 관련성이라는 측면에서 볼 때 미니어처는 위계화 없는 서술의 무한성을 위협한다.

언제나 절대적인 선행성, 그러므로 언제나 회복 불가능한 심오한 내면성을 지닌 그 세계가 위협받는 것이다. 그러므로 우리에게 미니어처는 모든 책과 모든 몸에 대한 은유인 셈이다.

타블로 : 서술된 미니어처

지금까지 미니어처 책이 기호의 물질적·추상적 본질의 결합을 설명하는 방식에 대해 살펴보았다. 물리적으로 축소된 책의 크기는 텍스트의 의미에 대해 지엽적인 연관성을 지닐 뿐임을 강조한다. 그러므로 미니어처 책은 언제나 총체적 대상으로서의 책에 대한 관심을 유도한다. 그러나 텍스트 안의 미니어처에 대한 **묘사** 혹은 서술, 즉 모든 글쓰기, 특히 허구적 글쓰기 능력 역시 혹의 『마이크로그라피아』 같은 경우라고 생각해야 한다. 오감이나 살아낸 경험 이외의 방법으로도 알 수 있는 세계를 전시한 것으로 생각해야 한다는 뜻이다. 여기에 어린이는 끊임없이 은유로서 등장한다. 단지 물리적인 의미에서 어린이는 어른의 미니어처이기 때문이 아니라, 물리적 범위는 제한적이나 내용은 환상적인 아동기의 세계가 개개인의 인생 역사에서 어쨌든 한 장의 허구적인 축소판을 담당하고 있기 때문이다. 아동기의 세계는 역사, 적어도 주체 개인의 역사의 일부를 구성하지만, 어른의 삶의 현재성으로부터는 멀찌감치 떨어져 있다. 우리는 아동기를 마치 터널의 반대편 끝에 있는 —멀고, 작고, 윤곽이 뚜렷한— 어떤 것인 양 상상한다. 15세기 이래 미니어처 책은 주로 아동용이었고, 아동문학이 발전하면서 미니어처에 대한 묘사는 자주 쓰인 장치다.

글에서 서술은 맥락의 기능을 담당해야 한다. 말과 행동의 중심은 활자라는 외면성과 씨름하는 독자를 위해 '채워져야' 한다. 읽기라는 상황과 묘사라는 상황 사이에 다리가 되어주는 것이 바로 서술, 즉 익숙한 기호 영역의 활용이다. 글을 쓸 때 사라지는 것은 바로 몸 그리고 그 몸이 알고 있는 것—체험된 경험에 대한 시각적·촉각적·청각적 지식—이다. 그러므로 우리가 읽기의 맥락을 논할 때마다 읽고 있는 상황과 묘사의 상황이나 위치라는 두 가지 권위를 모두 좀먹는 이중구조의 작용을 목도하게 된다. 독자는 양쪽 세계 어디에도 속해 있지 않으나, 그 사이를 오가며 부분적이면서도 초월적인 다양한 시각의 스펙트럼 안을 서성인다. 상황 안에 상황이 있고, 세계 안에 세계가 있다. 소우주로서의 텍스트와 소우주로서의 독자의 상황 사이에서 갈팡질팡하는 것이다. 무엇이 무엇을 담는가는 종결의 순간까지 미정이다.

이러한 '실재' 세계와 텍스트상의 세계의 상호적 외면성은 언어는 오직 언어만을 모방할 수 있다는 문제에서 일부 기인하는 것이기도 하다. 언어를 통한 물리적 세계에 대한 묘사 및 재현은 감춰진 봉합 부위의 문제이자, 공동체에서 언어적 재현이라는 허구가 존속될 수 있는 절차적 상호성의 문제다. 그러므로 서사 속 미니어처화를 논하는 것은 곧 이러한 허구에 동참하는 일이다. 물리적 세계가 미니어처화되는 방식이 미니어처에 대한 언어적

묘사 장치로까지 그대로 연결되는 것은 아니다. 미니어처 묘사
는 지시적 영역을 구축함으로써 작동한다. 이 지시 영역에서 기
호들은 상호 관계에 따라 그리고 감각 세계의 구체적 대상들과
의 관계에 따라 진열된다.

솔로몬 그릴드릭의 『미니어처 : 정기간행 학술지』 서문은 이러
한 문학적 방법을 안내하는 길잡이가 될 수 있을 것 같다.

나는 스스로를 현실의 삶을 바탕으로 사진을 찍는 사람이라
고 생각한다. 닮은 구석을 포착해 내거나 이미 존재하는 대상의
특색을 그려냄으로써 원본의 완벽함이나 결함, 아름다움과 추
함을 치우침 없이 정확히 서술하고자 하는 사람인 것이다. 나는
라파엘로가 선보인 대담한 필치나 세밀한 윤곽선 같은 것을 시도
하려는 것도 아니고, **내가** 그린 그림이 **티치아노** 같은 화가나 표
현해 낼 법한 선명한 색감으로 빛을 발하리라 기대하는 것도 아
니다. 내가 시도하는 바는 일종의 **미니어처** 양식을 따르고, 필치
는 덜 과감하고 힘도 덜 들어가 있겠지만, 이어지는 스케치에서
는 풍부한 상상력이 두드러질 것이다. 그러면서도 한층 절제된 스
타일로 정확한 설계와 적확한 재현의 미덕을 끌어낼 수 있을 것
이다. 실제로 이러한 문체가 한층 더 적절한 것은 그것을 고용할
곳은 인생이라는 더 작은 극장이고, 청소년기의 미숙함이나 미덕
이 자주 내 노작들의 주제가 될 것이기 때문이다.[22]

작게 쓴 글이 지향하는 것은 그 글 자체나 저자에 대한 관심

을 불러일으키려는 것이 아니다. 대신, 끊임없이 물리적 세계를 지시한다. 외부를 내면화하기 위해 재귀적 언어의 내면성에 저항하며 그리고 우리가 지닌 것 가운데 3차원적 언어에 가장 근접해 있다. 그러한 글은 끊임없이 자기 바깥을 가리킴으로써 마치 조가비처럼 껍데기로 둘러막힌 외면성을 만들어낸다. "정확한 설계"와 "적확한 재현"은 거리 즉 "적절한 관점"—부르주아적 주체의 관점—의 장치들이다. 만일 그러한 것들이 "인생이라는 더 작은 극장"에 적합하다고 한다면, 이는 그로 인해 독자가 초월적 주체로서 재현이라는 영역으로부터 해방될 수 있기 때문이다.

미니어처에 대한 묘사에서 재현이라는 영역은 암시적 또는 명시적 직유 사용법을 통해 구축된다. 각각의 허구적 기호는 물리적 세계의 기호에 맞추어 조정되며, 여기에는 그 허구적 기호를 독특하면서도 현실적인 것으로 만들어주는 제스처가 동원된다. 스콧의 『마술의 발견』(1584) 인쇄본에 처음 언급된 난쟁이 톰에 관한 서사는 이러한 기법의 대표적인 예다.[23] 샬럿 영이 쓴 아동서 『난쟁이 토머스 경의 역사』(1856) 중에서 다음 한 단락을 살펴보자.

숲 근처 작은 농가에서 남자아이가 태어났는데, 세상에 그런 아들을 낳은 사람이 또 있을까? 그 아이는 몸집이 고작 두잎난초의 맨 끝에 달린 초록색 꽃잎만 했고, 사지는 멀쩡했지만 어찌나 가볍고 보드라운지 손에 올려놓아도 느낌이 없을 정도였다. 아이 엄마는 도토리깍정이 안에 엉겅퀴 갓털을 깔고 아들을 살며시

뉘이면서, 일찍이 빌었던 소원이 이루어진 것에 기쁜 것인지 슬픈 것인지 알 수 없었다. 오웬이 내쉰 가벼운 한숨에 아들이 거의 날아가 버릴 뻔했다.

사지 멀쩡하고 누구 하나 얼굴 찌푸리는 이 없이 그저 아름답고 사랑스러웠다. 초롱초롱한 눈빛은 푸른 꼬리풀꽃 봉오리 같고, 가냘프고 작은 몸은 찔레나무 가지에 갓 피어난 꽃봉오리처럼 풋풋하고 고왔다.

정말로, 태어난 직후 며칠간 아이는 어찌나 빨리 자라는지, 도토리깍정이를 금세 호두껍데기로 바꿔야 했고 그것마저 작아지자 긴꼬리박새의 따스한 둥지에서 재우게 됐다.[24]

여기서 서술은 시각에만 국한되지 않고 촉각에도 호소하며, 손은 미니어처의 척도 역할을 한다. 미니어처는 그것이 포함된 맥락을 독특한 것으로 만드는 능력이 있으며, 그 환상적 속성들은 전체 맥락을 변형시키는 외부 요소와 관련이 있다. 엉겅퀴 갓털은 이부자리가 되고 도토리깍정이는 요람이 되는가 하면, 아이 아빠의 숨결은 태풍이 되는 식이다. 그러한 변형된 규모들 가운데서 미니어처에 대한 과장은 균형과 등가원리를 끊임없이 확인해야만 한다. 그렇지 않으면 서사는 기괴해질 것이기 때문이다. 그러니 "그저 아름답고 사랑스러웠"던 것이다. 여기서 본보기가 된 것은 자연 그리고 그 세세한 조화다. 이 공간은 직유 그리고 몸과 자연 사이에 존재하는 등가원리가 관리한다. 익숙한 대상에 상응하는 일련의 것들이 규모를 설정한다. 미니어처화된 의미를 통해 시간은 관리되며, 미니어처는 순간과 그 순간이 빚어낸 결과들에 대한 기록이다. 영이 "정말로, 태어난 직후 며칠간 아이는 어쩌나 빨리 자라는지"라고 쓴 대목에서 묻어나는 기쁨과 아이러니는 미니어처의 속도를 설정한다. 어느 시점이 되면 톰이 그만 자라게 될 것이라는 이야기를 독자에게 꼭 할 필요는 없다. 분명 그 시점에 서술은 끝나고 행위가 시작될 것이기 때문이다.

미니어처에 대한 글은 반드시 필요한 상응 관계들 탓에 일종의 섬망譫妄 같은 서술이 성립된다. 대상이 된 미니어처의 포박된 삶은 그 글을 무한한 디테일의 정지된 맥락 안에 가져다 놓는다. '소인국 릴리퍼트의 거주민들'에 대한 걸리버의 설명을 그 예로 들 수 있을 것이다.

이 제국에 관한 서술은 별도 논문의 몫으로 남겨둘 생각이지만 먼저 호기심 많은 독자를 위해 대략의 개념들만 기꺼이 알려줄까 한다. 원주민들의 키는 보통 15센티미터 미만이어서 모든 다른 동식물 역시 정확히 같은 비율로 작았다. 예를 들어, 가장 키가 큰 말과 수소도 10센티미터에서 13센티미터 사이였고, 양은 기껏해야 4센티미터 남짓 됐다. 거위는 참새만 했다. 이런 식으로 단계별로 점차 작아져서 마침내 가장 작은 동물은 내 눈에는 보이지 않을 정도였다. 그러나 자연은 소인국 릴리퍼트 사람들의 눈이 모든 사물을 볼 수 있도록 적응하게 만들었다. 사람들은 매우 정확히 볼 수 있기는 하지만, 아주 멀리 있는 것까지 보지는 못했다. 가까이 있는 사물들을 뚜렷이 보는 그들의 시력을 확인할 수 있는 장면, 가령 어느 요리사가 보통 파리만 한 종달새의 털을 뽑아 손질한다거나 자그마한 소녀가 보이지도 않는 바늘에다 보이지도 않는 비단실을 꿰는 모습을 지켜보는 일은 정말 즐거웠다. 가장 키 큰 나무들은 2미터를 조금 넘었다. 왕실 공원의 몇몇 나무들 같은 경우는 내가 주먹 쥔 손을 뻗기만 해도 나무 꼭대기에 닿을 정도였다. 다른 식물들도 비슷한 비례였는데, 이에 관해서는 독자의 상상에 맡기겠다.[25]

여기서 볼 수 있는 것은 익숙한 대상에 상응하는 일련의 것들뿐 아니라 바로 그러한 것들이 서술을 통해 시도하는 환유적 확장이기도 하다. 걸리버가 나머지 일정 부분을 독자의 상상에 맡길 수 있었던 것은 적절한 비례 원칙을 정해 두었기 때문이다. 사실, 걸리버가 남겨둔 상상의 여지는 거의 없다! 이 대목에서 지시하는 대상의 흐름은 가장 잘 보이는 것에서부터 가장 잘 안 보이는 것으로 옮겨가는 것이 특징이다. 보이지 않는 실이 보이지 않는 바늘귀로 들어가는 순간, 우리의 시선은 나무들로 되돌아온다. 맨눈에서 현미경으로, 바깥에서 안으로, 일련의 흐름은 또 다른 국면을 불러들인다.

바슐라르는 『공간의 시학』에서 "이러한 식의 서술은 사물들에 대해 매우 사소한 부분까지 세세히 말해주다 보니 자연히 장황해진다"고 적고 있다.[26] 이러한 장황함은 의미를 증폭시킨다는 문제이기도 하다는 부연 설명도 가능할 것 같다. 디테일 면에서 서술을 증폭시키는 절차는 공간이 의미가 되는, 즉 모든 것이 '중요'해지는 과정과 유사하며 이 과정을 모방한다. 미니어처에 대한 묘사는 끝없는 서술적 제스처들 안에 붙들려 있다는 점에서 위계와 서사로부터 벗어나 있다. 이러한 묘사에서 많은 일이 **발생**하기 힘든 것은, 각 행위 장면이 공간적 의미에서 증폭되다 보니 그 페이지가 온통 맥락적 정보로 가득 차 버리기 때문이다. 세밀한 묘사는 대상을 그 의미화 속성들로 축소시키며 물리적 차원의 이러한 축소는 결국 이데올로기적 속성들의 증폭으로 이어진다. 레비스트로스가 프랑수아 클루에의 「오스트리아 엘리자베스 황후의 초상화Portrait of Elizabeth of Austria」[27]에서 레이스 깃에 대해 분석한 글에서 알 수 있듯, 그림 속 대상의 세밀한 묘사는 그 대상의 촉각적·후각적 차원을 축소시키는 동시에 기호체계 내 사물의 의미를 확대시킨다. 언어적 서술이 시각적 묘사에 근접하려 들 경우, 감각적 차원이 한층 더 축소되며, 실제 삶 속 사회관행적 발화로서의 그 말의 역사 때문에 이데올로기적 의미는 한층 더 확대되는 것을 발견할 수 있다.

이처럼 미니어처에 대한 서술과 묘사가 맥락적 정보에 가까워지고 서사에서는 멀어지는 경향으로 인해 서사적 종결에 대한 우리의 지각 역시 변형된다. 미니어처에서 우리는 시간적 종결보다도 그 위에 놓인 공간적 종결을 보게 되기 때문이다. 미니어처는 공간상으로 분명히 제한되어 있으면서도 시간상으로는 동결된, 그러므로 특정된 동시에 일반화된 세계를 제공한다. 미니어처는 추상적 규칙이 아닌 단일 실례에 집중한다는 점에서 특정된 세계를 제시하지만, 그 실례는 다른 실례들의 폭넓은 범위를 초월하고 대표하게 된다는 점에서 일반화된 세계를 제시하는 것이기도 하다. 미니어처는 타블로Tableau*의 종결, 즉 거기서 전시되는 기호들의 목소리를 열어젖히는 공간적 종결을 제공한다. 악셀 올릭은 고전적인 논문 「민담 서사의 법칙」에서 타블로에 대해 다음과 같이 이야기한다.

이러한 장면에서 배우들은 서로에게 다가간다. 주인공과 그의 말, 주인공과 괴물은 서로에게 다가선다. 토르는 큰 뱀을 배의 끝까지 끌어당기고 용맹한 전사들은 죽어가면서도 왕을 지키기 위해 왕의 곁을 떠나지 않으며, 지그문트는 죽은 아들을 손수 지고 간다. … 극적인 장면들이 대개 담아내는 것은 덧없는 것에 대한 느낌이 아니라 시간이 흘러도 영속하는 어떤 속성임을 알 수 있다. 블레셋 신전의 기둥들 사이에 선 삼손, 낚시 바늘에 걸려버린 큰 뱀과 토르, 괴물 늑대 펜리르에 맞서 복수에 나선 비다르, 메두사의 머리를 들고 있는 페르세우스가 그렇듯 말이다. 잔상이 남는 이러한 행위들—조각에서도 중요한 역할을 담당—은 보는 이의 기억에 아로새겨질 수 있는 특별한 힘을 지니고 있다.[28]

이처럼 타블로에는 두 가지 주요한 특징이 있다. 첫째, 상호 모순된다 하더라도 의미 있는 요소들을 한꺼번에 그림으로써 '관

---

* 극적인 장면을 묘사한 군상(群像)을 주로 지칭하며, 활인화(tableau vivant)의 동의어로 사용되기도 한다.

점' 바깥을 완전히 메워 넣는다. 둘째, 해당 순간을 특정하는 동시에 일반화한다. 타블로는 일종의 맥락적 종결을 제공하는데, 이는 그 발화 맥락을 근간으로 한 장르에는 부적합하다. 타블로는 당면한 맥락과 이야기된 맥락 간 거리를 효과적으로 다룬다. 이것이 오직 재현을 통해서만 가능한 것은, 타블로는 지속되고 있는 주변 현실로부터 틀을 씌워 떼어낸, 완전히 종결된 텍스트를 제공하기 때문이다. 여기서 우리는 조각작품뿐 아니라 사진에 대해서도 생각해 볼 수 있겠다. 사진은 개인의 인생사를 극적이면서 고전적인 것으로 만들어내 왔다. 가령, 가족용 차車나 크리스마스트리 앞에서 찍은 '스틸 사진'은 늘 뿌리깊이 이데올로기적이다. 속담이나 표장標章이 특정 순간을 우주의 도덕 작용처럼 해설하는 자막 역할을 하듯 이러한 사진들 역시 전형적인 어떤 순간이나 실제 사례에 영원성을 부여하기 때문이다. 그러므로 이러한 사진들은 개별적인 것에 대해 표명하고 있으면서도, 명확히 정의된 일련의 포괄적 관습들을 따른다. 가족 앨범은 단순한 개인의 통과의례 기록이 아니라 관습화된 방식의 기록이다 보니 모든 가족 앨범은 엇비슷하다.

프랑스의 초현실주의 작가 레몽 루셀은 평생 서술의 문제들과 씨름했는데 타블로를 그 토대로 활용했다. 그의 시 「시야La Vue」와 「음악회Le Concert」(1904)에서 내레이터는 재현에 대한 묘사 자체에 집중한다. 「시야」에서는 펜대에 박힌 작은 그림을, 「음악회」에서는 호텔에 비치된 편지지 상단에 찍힌 판화 도안을 그 대상으로 삼았다. 두 경우 모두 루셀이 선택한 것은 이미 정의돼 있는 재현의 공간—그림과 판화 도안—이었고, 불완전할 수밖에 없는 언어라는 매개로 '다시 쓰기'를 택했다. 해석 영역이라는 외면성, 즉 본 것에 관한 내레이터의 말이라는 외면성은 「샘La Source」(역시 1904년 시집에 수록)에서 더욱 확실히 구현되는데, 이 시는 내레이터가 점심 식사를 하는 젊은 두 연인을 바라보는 것으로 시작한다.

> 내가 점심을 먹는 식당에는 고요만이 흐르는데
> 구석 자리를 차지하고 밥을 먹는 커플은
> 섬세하고도 즐겁게 속삭이고 있네,
> 암시와 웃음으로 가득한 대화는 잘도 이어지네.

그 뒤 내레이터는 50페이지에 걸쳐 자신의 생수병에 붙은 상표 속 온천 그림을 묘사하고 나서야 다시 그 "누구도 듣지 못하는, 끊임없는 사물들의 속삭임"이라는 연인 이야기로 돌아간다.[29] 재현에 관한 재현이라는 이중의 자리 옮김은 『아프리카에 대한 인상Impressions of Africa』에 등장하는 수많은 타블로에서도 나타난다. 다음 장면에서 우리는 이 장치의 작동을 볼 수 있다.

묘석 뒤에는 검은 것으로 덮인 판자가 똑바로 서 있는데, 마치 석 장씩 넉 줄로 반듯하게 정렬된 열두 폭 수채화처럼 보였다. 그림 속 인물들이 서로 닮은 것을 보니 이 그림들은 어떤 극적인 서사와 연관이 있는 듯했다. 각 이미지마다 상단에 제목 형태로 몇몇 단어들이 붓으로 쓰여 있었다.

첫 번째 그림에는 부사관과 요란한 옷을 입은 금발의 여성이 고급 사륜마차 뒷좌석에서 노닥거리고 있었고, 「플로라와 레퀴루 주임 하사관」이라는 글귀로 이들이 누구인지 간략히 알 수 있었다.

다음 그림 「다이달로스의 공연」에서는 재현된 대형 무대 위에서 고대 그리스풍의 주름진 의상을 걸친 남자 가수가 목청 높여 노래 부르는 중이고, 특별석 앞쪽에는 주임 하사관이 앉아 있었다. 그 옆에는 플로라가 관극용 쌍안경으로 공연하는 가수를 보고 있다.[30]

내레이터는 나머지 열 폭의 수채화에 대한 서술을 이어간다. 이들 타블로는 존재하지 않는 어떤 텍스트에 대한 삽화로 볼 수도 있을 것이다. 시각적 묘사를 흉내 내는 서사를 통해 의미를 회복하려 시도하는 것은 본래의 텍스트적 종결의 연속성을 이중으로 저버리는 일이다. 루셀은 『나는 어떻게 내 책에 대해 확신을 가지고 글을 쓰는가』에서 "이들 활인화活人畫*는 빅토르 위고의 시집 『황혼의 노래』에 실린 나폴레옹 2세의 일부 구절에서도 연상해 볼 수 있다. 그러나 내 기억에 빈틈이 많다 보니 몇 군데 공백은 어쩔 수 없을지도 모르겠다"[31]라며 과감한 설명을 시도한다. 그가 설명한 두 구절을 살펴보자.

---

* tableau vivant. 분장한 사람들이 마치 한 장의 그림처럼 정지된 모습으로 명화나 역사적 장면 등을 연출하는 것.

1. 위고 : Eut reçu pour hochet la couronne de Rome

   (발음 : 위 르쉬 푸르 라 쿠론 드 롬

   뜻 : 로마의 제위를 장난감 받아들이듯 했도다)

2. 루셀 : Ursule brochet lac Huronne drome

   (발음 : 위르쉴 브로셰 라퀴론 드롬

   뜻 : 우르술라(위르쉴)는 위론 호수의 물새 떼를 막대에 꿰었
도다)

1. 위고 : Un vase tout rempli du vin de l'espéance

   (발음 : 엉 바즈 투 랑플리 뒤 뱅 드 레스페랑스

   뜻 : 희망의 포도주가 가득 찬 항아리)

2. 루셀 : ··· sept houx rampe lit ··· Vesper[32*]

   (발음 : 세-투 랑프 리 베스페르

   뜻 : 일곱 그루 호랑가시나무가 있는 비탈길이 저녁기도를
하다)

루셀은 언어유희를 사용해 위고의 시구들을 묘사하며 변형
을 가했다. 고의적인 이러한 잘못 듣기(잘못 읽기)는 언어로 변환
된 시각적 기의의 연쇄를 촉발한다. 각 기호마다 '정확한' 방식
의 인유는 물론이고 잘못된 인유 과정을 거칠 가능성도 안고 있
다. 루셀의 세계에서 모든 발화는 의미하는 것도 무한하고, 의미
하지 않을 수 있는 것도 무한하다. 그러므로 타블로는 '메시지

---

* 발음이 비슷하지만 뜻이 전혀 다른 문장을 만들어내는 말장난이다.

를 피력하는' 그림, 즉 글자와 그림을 사용한 일종의 수수께끼로서 작동한다. 그러나 그러한 수수께끼 자체를 이용하는 대신 수수께끼를 **글로 써서** 제시한 루셀의 모순적 장치는 독자를 그 메시지의 최종적 해독으로부터 한발 더 밀어낸다. 만일 그림 한 장이 천 마디 말의 값어치가 있다고 한다면, 그 역사의 모든 면—탄생, 해석, 오해의 각 장면—에서 그림이 천 마디 말의 무게를 떠안고 있음을 우리는 루셀을 통해서 알 수 있다. 언어로 읽히기 위해서는 그 어떤 타블로든 수사적 구조라는 형태가 부여되어야 하고, 그것을 재현할 언어의 형태를 획득해야만 한다. 그러므로 타블로에 대한 묘사 속에서 우리가 보게 되는 것은 기원으로서 선택된 지점 그리고 그 지점과 관련하여 의미 있는 측면들에 수반된 **도해**圖解다. 오른쪽으로, 왼쪽으로, 옆으로, 뒤로, 앞으로, 타블로의 언어는 끊임없이 중심부에서 변두리로 이동한다. 모호한 채로 남는 것은 바로 **가장자리**의 닫힌 영역이다. 언어는 이러한 공간적 종결 바깥에 머물러야 하기 때문이다.³³ 공간상의 유한한 시계視界를 서술할 때 언어의 가능성은 무한하다는 아이러니가 루셀이 연이어 사소한 장면을 택하는 데서 잘 드러난다. 그는 마지막 장편시 「아프리카의 새로운 인상」(1932)에 대해 이렇게 적고 있다. "서술적인 부분이 포함될 참이었다. 펜던트로 걸 수 있는 관극용 쌍안경 미니어처에 관한 것이었는데, 그 미니어처에는 눈에 갖다댈 수 있게 만든 지름 2밀리미터 크기의 렌즈 두 개가 달려 있고 그 안에는 각각 카이로의 시장과 룩소르의 나일 강둑 사진이 하나씩 들어 있었다."³⁴ 한정된 시계(미니어처 쌍안경

하나)와 묘사된 문화적 장면(오페라)은 시장과 강이라는 정적인 광경에 의해 더욱 변형된다. 자연이 서술을 통해 문화로, 문화로, 문화로 계속해서 변하는 것이다. 그리고 언어의 위계화도 사라진다. 눈에 보이는 것은 무엇이든 동등하게 서술 가능하며, 기원이 되는 지점은 단지 기원 지점, 즉 사물들의 잔잔한 표면을 가로지르는 이러한 활공을 시작할 장소일 뿐이다.

시각적 서술에는 피사계 심도*를 그려낼 수 있는 역량이 있다. 이는 원근법perspective의 발명으로 가능해진 부분이다. 언어적 서술로 원근을 표현하기 위해서는 종속 관계의 관습들에 의존할 수밖에 없으며, 이러한 관습들은 의미가 할당되는 동시에 거부되는 사회적 과정에 좌우된다. 이런 의미에서 볼 때, 서사 속 관점perspective은 늘 시점이라는 본질적으로 이데올로기적 입장에 좌우되기 마련이다. 그러나 피사계 심도라는 유사한 감각을 생성해 내기 위해서 언어가 사용하는 추가적인 장치가 또 있는데, 이는 바로 모호성이다. 여기서 심오함은 기호의 다의적 측면들, 즉 기호의 역사의 공명에 관한 측면들로부터 나온다. 단어 속의 단어, 발화 속의 발화, 문장 속의 문장, 인유 속의 인유, 작품 속의 작품은 다양한 일련의 맥락이 지닌 의미와 깊이를 언어 기능에 부여해 준다. 이러한 과정의 작용은 루셀의 독창적인 중첩 어휘적 실험에서 확인할 수 있다.

---

* 초점이 맞은 것으로 인식되는 범위.

가령 프랑스어 'palmier'라는 단어 같은 경우 나는 두 가지 의미—페이스트리의 일종과 나무의 일종—에서 생각해 보기로 했다. 페이스트리라는 뜻으로 생각해 볼 경우, 그 자체로 두 가지 의미를 지니면서 전치사 à로 연결될 수 있는 또 다른 단어를 찾아보았다. 그렇게 찾은(분명히 말하지만, 오랜 시간에 걸쳐 힘들게 찾아냈다) 예가 'palmier(페이스트리의 일종) à restauration(페이스트리를 파는 식당)'이었고, 나머지 부분을 중심으로 보면 'palmier(종려나무) à restauration(왕정복고)'도 가능했다. 그리하여 '탈루Talou 왕조*의 복고를 기념하는 트로피 광장의 종려나무'라는 문구가 탄생했다.[35]

「아프리카의 새로운 인상」 제2편에 관한 장 페리의 분석을 접한 레이너 헤펜스톨은 이처럼 전형적인 어휘적 이미지들로 인해 큰 것과 작은 것이 혼동될 수 있다고 지적한다. 조절 스패너와 십육분쉼표, 사진가의 삼각대와 세 개짜리 체리 한 송이가 달린 채 떨어져버린 가지, 샤모아**의 뿔과 눈썹, 동굴 안의 종유석과 진찰 받느라 크게 벌린 목구멍 안의 목젖이 혼동될 수 있는 것이다.[36] 재현 속에 재현을 하려는 이러한 충동에 대해서는 루셀의 문장 삽입식 운문 기법도 추가해야 한다. 이러한 기법은 최대 5중의 표현까지 포함하기도 한다(((((((!)))))). 이

---

* 루셀이 지어낸 가상의 아프리카 왕조.
** 유럽, 아시아의 산간지대에 사는 영양의 일종.

러한 삽입 구조는 독자로 하여금 책의 시간적 가장자리(시작과 끝)로부터 중심부로 이동하게 만든다. 그리고 독자는 그 중심부에 도달했음을 깨닫는 순간, 진행 중인 생각의 본래의 전개를 포착해 내려면 처음으로 돌아가야 한다는 견디기 어려운 부담을 지게 된다.[37]

루셀이 서술하기라는 과업은 필연적으로 소진消盡으로 귀결될 수밖에 없음을 상기시킨다고 한다면, 호르헤 루이스 보르헤스는 「알렙」에서 그러한 과업—즉 시각을 시간성의 영역으로, 동시성을 서사의 영역으로 옮겨다 놓는 일—은 필연적으로 권태로 귀결될 수밖에 없음을 상기시키고 있는 셈이다. 카를로스 아르헨티노 다네리의 소우주적 시「지구The Earth」에 대해 서술한 뒤 등장인물인 보르헤스와 저자인 보르헤스는 함께 다음과 같이 결론을 내린다.

나는 내 일생에 단 한 차례 1만 5천 행으로 된 12음절 시「폴리올비온Polyolbion」을 들춰볼 기회가 있었다. 저자인 마이클 드레이턴은 이 지형학적인 시에서 영국의 동식물 생태, 수로 지형, 산악 지형, 군軍과 수도원의 역사를 총체적으로 묘사했다. 나는 엄청나지만 역시 제한이 있을 수밖에 없는 이 저작이 같은 유에 속하는 카를로스 아르헨티노의 방대한 작품보다 덜 지루하다는 것을 확신한다. 카를로스 아르헨티노는 둥근 지구의 모든 것을 시로 표현하고자 의도하고 있었다. 1941년에 이미 그는 퀸스랜드주에 있는 몇 헥타르의 땅, 옵 강의 일 킬로미터가 넘는 수로, 베라크루스의 북쪽에 있는 가스 탱크, 콘셉시온 교구敎區의 주요 상가, 벨그라노의 온세 데 셉티엠브레 거리에 있는 마리아나 캄바세레스 데 알베아르의 별장 그리고 평판 높은 브라이턴 해양박물관에서 그다지 멀리 떨어져 있지 않는 터키탕의 시설들에 대한 묘사를 끝마친 뒤였다.*

루셀과 마찬가지로, 다네리도 지구를 설명한다는 불가능한 임무를 완수하기 위해 인유의 '심오함'에 의존하고 있으며, 보르헤스는 "다네리가 진정으로 하고 있는 작업은 시 자체에 있는 것이 아니라 시가 찬탄을 받아 마땅한 명분들을 창달해 내는 것"이라고 결론 내린다.[38]

다네리는 자신만만했지만, 구체적인 대상을 서술하려 들 때 언어는 부적격성이라는 무한히 자기 삭제적인 제스처, 다시 말해 인간의 다양한 인지 양식 간의 간극—감각, 시각, 언어 사이의 간극—을 다루는 제스처 안에 붙들려버린다는 사실을 우리는 발견하게 된다. 그러므로 미니어처를 서술하려는 이 같은 시도는 디테일의 무한성을 위협하는데, 디테일의 무한성은 곧 언어 표현의 무한성으로 번역된다. 미니어처를 서술하는 언어는 언제나 언어 표현의 부적격성을 드러낸다. 그러나 이와는 대조적으로, 언어 그 자체의 미니어처화는 '작음 안에 많음'에 해당하는 경우로, 살아낸 경험이라는 감각적 혹은 물리적 세계의 다양성

---

*『알렙』, 황병하 옮김, 민음사, 1996.

을 '요약'해 낼 수 있는 언어의 능력을 전시한다. 칼 지그로서*는 자신의 저서에서 시적 상상력이 지니는 '작음 안에 많음'의 속성에 대해 다음과 같이 적고 있다.

'작음 안에 많음'에 해당하는 최고의 사례는 어디서 찾을 수 있을까? 아마 음향이나 음악 영역은 아닐 것이다. 시간의 연속된 흐름은 음악을 인식하는 데 필수 요소로서, 음표가 연이어지며 형식 패턴을 만들어내기 때문이다. 압축은 인식이 즉각적 혹은 거의 즉각적일 경우에 한해 가능하다. 촉각을 통해 감상할 수 있는 형식 역시 시간 요인을 포함한다. 다른 감각의 경우, 가령 미각이나 후각은 특별히 간결하게 만들 여지가 있을 만큼 발달하지 못했다. 맛과 냄새의 감정적 자극은 기껏해야 연상에 의해 가능할 뿐이다. 달리 말하자면, '작음 안에 많음'은 눈과 생각을 통해서 도달할 수 있는 낙원이며, 수학 공식과 상징들 속에, 간결한 경구적 형태의 시 속에 그리고 시각예술이라는 미니어처 형식 속에 존재한다. 뿐만 아니라, 순수주의자의 관점에서는, 엄밀히는 장편시의 일부분이나 그림의 특정한 디테일도 '작음 안에 많음'의 경우로 받아들이기 어렵다.[39]

인용, 경구, 격언 등이 지니는 '작음 안에 많음'의 속성은 그들이 제각각 자유롭게 부유하는 담론 조각들로서 어딘가에 자리

---

* 1891~1975. 미국 출신의 큐레이터이자 미술상.

를 잡을 때 생겨난다. 이러한 담론 조각들은 추출된 직접적 맥락이 있음에도 불구하고, 살아낸 경험을 초월하여 모든 시간과 공간을 다루는 듯 보인다. '작음 안에 많음'의 뿌리는 분명 이데올로기적인 것이다. 그 종결은 곧 총체적 이데올로기적 담론의 종결로, 이러한 담론은 인간적이고 문화적인 것만을 다루며 자연적인 것은 다루지 않는다. 예외가 있다면, 자연이 틀로서 기능하는 경우다. 지그로서는 이 문제에 대해 다음과 같이 명시한다. "(본질적으로는 대자연의 초상화인) 리얼리즘 인물화와 풍경화는 대체로 작은 것 안에 많은 것이 들어 있는 경우에 해당하는 적절한 소재가 못 된다. 이러한 그림들의 공통된 기본 목적은 닮음에 있으며, 진정한 닮음은 상상에 의한 변주를 차단한다. 특정한 디테일은 곧 사실 기록으로, 다수가 아닌 단 하나의 대상을 지칭한다."[40] 그러나 누군가는 '작음 안에 많음'이 일종의 단일한 목소리, 즉 절대적 종결을 제공해야 한다고 덧붙여 말할지도 모르겠다. 그리고 그러한 것의 기능은 담론을 마감하고 부적격이라는 상처를 더 이상 헤집지 않는 것이다. '경구aphorism'라는 단어가 '한계를 짓다'나 '경계'라는 뜻의 그리스어에서 왔다는 사실을 기억할 필요가 있다. 지그로서 본인이 목가적이고 종교적인 작품들을 주로 선택했다는 사실부터가 이데올로기적 체계, 즉 문화적 의미라는 명료한 닫힌 체계를 다루고 있는 셈이며, '작음 안에 많음' 구조는 이를 토대로 성립된다. '작음 안에 많음'은 시각적인 것이나 언어적인 것이나 모두 전시 형식에서 가장 잘 드러난다. 그러므로 가정용 자수 견본 위의 자리는 이제 포스터, 카

타블로 : 서술된 미니어처 **119**

드, 자동차 범퍼 스티커, 티셔츠 등이 차지하게 됐다. '작음 안에 많음'은 일정한 틀 안에서 그러면서도 물리적 형태는 없이, 일종의 기념비가 되어 본래의 제한된 모든 맥락을 초월하는 동시에 온 우주를 말끔히 담아낸다.

사물들의 내밀한 삶

『아프리카에 대한 인상』 중 타블로 시리즈의 마지막 행으로 돌아가보자. 여러 폭의 수채화가 이 극적인 일련의 내용에 자리를 내어주자, "막을 내리는 통상적으로 원활한 기계장치가 이 정반대의 기이함을 시야에서 가리자, 카르미샤엘은 자리를 떴고 그로 인해 일련의 장면들은 행위 없이 종결됐다."[41] 타블로를 묘사할 때 작가는 상호 공간적 관계로 규정되는 사물들의 세계에 대해 언급할 수밖에 없다. 그러나 행위가 도입되는 순간, 글쓰기라는 과업은 서사에 대한 서술, 연속된 흐름 안의 사건들에 대한 서술 쪽으로 변화하기 시작하며, 사물들의 세계에 대한 서술은 '단순한' 맥락이 되어버린다. 서사적 사건들에 대한 서술에 부수적인 부분으로 전락하는 것이다. 목가적이고 민속지적인 글이나 장난감 세상을 만들어내는 아동문학 작품들에서 우리는 이러한 문제를 반복적으로 발견하게 된다. 타블로의 이 같은 면을 통해 우리는 모든 미니어처가 본질적으로 **연극적**임을 깨닫게 된다. 초월적 관점으로 인해 우리는 미니어처를 대상으로 인식하게 되는데 이는 이중의 효과가 있다. 첫째, 해당 사물은 완벽한 정지 상태에 있으면서도 사용, 실행, 맥락화 가능성을 시사한다. 둘째, 미니어처가 지닌 대표적 속성으로 인해 그러한 맥락화는 인유적 성격을 띠게 된다. 미니어처는 우리가 의도적으로 만든 틀 안에서 연상이나 상호 텍스트성을 이용해 일련의 행위들을 투사하는 무대가 되는 셈이다.

푸코는 루셀의 「음악회」에 대해 다음과 같이 적고 있다. "편지지 머리의 작은 장식 무늬는 기념품 펜대에 달린 렌즈처럼, 혹은 에비앙 물병의 상표처럼 놀라운 미로이지만 위에서는 잘 보인다. 그래서 숨기기는커녕 복잡한 거리, 회양목 나무들, 긴 돌담들, 물길 그리고 움직임 없는 발걸음으로 여러 방향을 향해 가는 듯한 작고 정교한 미니어처 사람들을 천연덕스럽게 내보인다. 이제 언어가 해야 할 일은 다만 이 무언의 형상들로 향해 가서 무한한 축적들을 통해 그것들의 빈틈없는 가시성을 찾는 일이다. 이 가시성은 사실 일부러 드러낼 필요는 없다. 그것은 사물 그 자체가 심원한 개방을 선사하는 것과도 같다."[42]고 말이다. 사물들의 세계가 스스로 내밀한 삶을 열어보일 수 있다는 것―실제로 일련의 행위들을 드러냄으로써 정해진 인지 범위 바깥의 서사성과 역사까지 드러낸다는 것―은 미니어처가 제시하는 한결같은 백일몽이다.[43] 이것이 바로 현미경의 백일몽이다. 삶 속의 삶, 의미 **안에서** 무한 증폭된 의미라는 백일몽이다. 그러므로 타블로 안에서 그리고 글과 활자라는 고정성과 외면성 안에서 보게 되는 포박된 삶의 상태는 늘 시작 지점의 머뭇거림을 품고 있는데, 이 머뭇거림은 그 반대인 움직임에 대해서도 진술한다. 들어올려진 채 머뭇거리는 상태인 지휘봉은 떨어지는 순간 터져 나올 행위를 진술하고 있는 것과 마찬가지다. 필사본 삽화에서는 첫 글자를 화려하게 장식해 왔다는 점이 의미심장하다.

아동문학에서는 머뭇거림이 움직임으로 바뀌고, 살아 있지 않던 것이 살아 움직이는 이 같은 변천이 생명을 얻은 장난감이라는 테마마다 늘 등장한다. 호두까기인형이라는 테마는 교훈적 아동문학과 환상적 아동문학의 경계에서도 확인된다. 1780년대 말에 출간된 『어느 바늘방석의 모험*The Adventures of a Pincushion*』에서 무생물들은 "일어나는 일들에 대해 전혀 의식할 수 없다. 그 사물들은 듣고 보거나 이해할 수 없기 때문"이라고 못 박을 필요를 느낀 메리 제인 킬너는 "나는 독자 여러분의 판단에 혼란을 주고 싶지 않으므로, 이 책을 읽기에 앞서 이 이야기는 상상 속의 일들로 이해해야 함을 일러두고 싶다"고 적었다.[44] 폴린 클라크의 『돌아온 열두 병정』은 맥스라는 소년이 우연히 찾은 브론테 남매의 장난감 병정들이 살아 있는 것을 발견하는 이야기로, 오늘날 이러한 테마적 장치의 대표적인 사례로 꼽을 수 있다. 작품 도입부에서 맥스가 그 장난감 병정들이 살아 움직이는 모습을 보여주기를 기다리는 장면에서 클라크는 그 움직임을 느릿느릿 보여주며 맥스가 빨아먹고 있던 왕사탕이 점점 줄어 없어지는 속도에 대비시킨다. "그런데도 맥스는 포기하지 않았다. 병정들이 움직이는 걸 이미 두 번이나 본 적이 있었고, 보았으니 믿었다. (누구나 그렇듯 맥스 역시 보지 않은 것들을 믿기도 했다.) 사탕은 이제 마음대로 움직일 만한 크기가 돼가는 중이었고, 무릎을 꿇은 자세로 앉은 맥스는 입안에서 사탕을 이리저리 굴렸다. 문득 맥스는 참다못해 결심했다는 듯 사탕을 와작 깨물었다. 끼어들기로 한 것이다."[45] 정물 묘사에서는 사물들에 주의가 집중되지만, 일단 무생물이 살아 움직이게 되는 순간, 행위를 서술할 때와 유사한 문제가 사물 묘사에서도 나타날 수밖에 없다. 맥스의 누나 제인은 '열두 병정'을 위해 식탁을 차린다. "그러더니 서둘러 식탁 위에 작은 청동 접시들을 늘어놓기 시작했다. 인형놀이 시절부터 가지고 있던 것들이다. 식탁 양 끝에 청동 촛대를 하나씩 놓고 그 사이에는 가장자리가 빛나는 작은 접시들을 포개어 놓았으며, 그 안에는 식빵 부스러기, 케이크 부스러기, 과자 부스러기, 말린 코코넛, 건포도, 은색 알약 같은 것들을 담았다. 접시로 쓴 것은 우유병 뚜껑이었다. 개인용 앞 접시마다 옆에 작은 와인 잔을 하나씩 놓았다."[46] "… 얼마 지나지 않아 곧 열두 병정은 이 초대에 응했다. 그들은 음식 맛을 보기 위해 발사나무로 된 건널판자를 받쳐놓고는 앞다투어 기어오르기도 하고 미끄러져 내려가기도 했다."[47] 축척의 문제가 나타나는 것은 물리적 세계와 연관됐을 때뿐이다. 움직임을 묘사하는 경우 이 단락 도입부에서 살펴본 것 같은 식의 비교에 의한 일관된 척도는 전혀 필요하지 않다. 여기서 사물들의 심오함은 면밀한 관찰을 통해서만 가능한 바로 그러한 차원에서 비롯된다.

자연에는 미니어처가 없다. 미니어처는 문화적 산물이다. 물리적 세계에 대해 인간의 눈이 일정한 작업을 수행하고 조작하며 특정한 방식으로 처리하는 데서 비롯된 산물인 것이다. 맥스

벼룩서커스.

조차 신의 창조와 조작 그리고 사람의 창조와 조작을 비교한다. "맥스는 다른 모든 작은 피조물에 대해 생각해 보았다. 생쥐, 두 꺼비, 딱정벌레, 나무그루터기보다 훨씬 작은 것들, 개미와 거미, 털이 복슬복슬한 애벌레 같은 것들. 필시 신에게는 맥스 자신 역시 이들 못지않게 작고 안쓰러워 보일 것이었다."[48] 미니어처는 규모에 대한 절대적 지각의 기준이 되는 인간중심적 세계를 가정한다. 인간에 관한 것과 그 외의 것을 병치시키려는 이러한 욕망을 잘 드러내 보여주는 것으로는 아마도 벼룩서커스 장면만한 것이 없을 것이다. 얼핏 보면 벼룩서커스는 무생물들이 살아 움직이는 그야말로 애니메이션 같다. 서커스에 쓰이는 기구들이 저절로 움직이는 것처럼 보인다. 동시에 벼룩서커스에는 움직임에 대한 설명이 있어서, 벼룩들이 우리 눈에 보이지는 않아도 거기에 있다는 것은 안다. 현미경을 통해 소우주적 삶에 대한 백일몽을 확인하는 것과 마찬가지다. 뿐만 아니라, 벼룩서커스는 그러한 서커스로 대표되는 자연에 대한 길들이기와 조작의 완결판이다. 벼룩 조련사는 사자 조련사의 쌍둥이이자 역상逆像이다. 벼룩 조련사는 자기 피를 벼룩들에게 자진해서 먹이기도 하지만, 사자 조련사는 피를 쏟는 상황을 모면함으로써 사람들로부터 찬탄을 받는다. 벼룩 조련사가 길들여야 하는, 보이지 않는 생물의 무한성은 맹수의 턱 못지않게 위협적이기 때문이다.

여기서 무생물과 생물의 문제들은 장난감에 대해 생각해 보게 만든다. 장난감은 허구의 물리적 구현이다. 판타지를 위한 장치이자 서사의 출발점인 것이다. 장난감은 내면세계의 문을 열고 사회적 놀이라는 추상적 공간이자 놀이터와는 다른 방식으로 판타지와 프라이버시에 가담한다. 어떤 것을 가지고 논다는 것은 곧 그 대상을 조작하는 것이자 일련의 맥락 테두리 안에서 그것을 이리저리 시험해 보는 것인데, 그 무엇도 확정적이지 않다. 앙리 달마뉴는 『장난감의 역사』에서 이렇게 말한다. "장난감과 놀이에 차이가 있다면, 전자는 어린이를 즐겁게 해주기 위한 물건인 반면 후자는 어린이의 교육과 신체 발달을 위해 쓰인다는 점이다."[49] 『옥스퍼드 영어사전』에 따르면 '가지고 논다to toy'는 것은 "농락하고 어루만지고 환상적인 이야기를 지어내고 장난치고 비위를 맞추고 조작하면서도 겁을 먹는 것"이다. 플라톤은 『메논』에서 다이달로스가 만든 저절로 움직이는 조각상에 대해서 적고 있다. 이 작은 신상들은 "묶어두지 않으면 도망가 버릴 것"이라는 것이다. 소크라테스는 이렇게 설명한다. "자유로운 상태인 것들 가운데 하나를 손에 넣는 것은 별로 소용이 없는 일이네. 도망친 노예들처럼 곧 달아나 버릴 테니까. 하지만 묶여 있을 때는 상당히 가치가 있다네. 그것들은 정말 아름다운 예술 작품이기 때문이지. 지금 이것은 참된 의견의 본질을 보여주는 한 가지 예라네. 그러한 의견들은 우리와 함께 머무는 동안은 아름답고 유익하지만, 오래 머물지 않고 언젠가는 인간의 영혼으로부터 달아나기 마련이지. 그러므로 원인이라는 매듭으로 묶어두지 않으면 별다른 가치가 없으며, 나의 친구 메논이여, 이처럼 그들을 묶어두는 것이 바로 회상이라네. 우리가 앞에서 동의했듯이 말이야."[50] 이 같은 설명에서 우리가 볼 수 있는 것은 포박된 삶과 절대적인 '완결된' 지식 간의 관계로, 이는 수집 개념에서 무척이나 중요한 부분이다. 그러한 대상들의 초월성 덕분에 그들은 끊임없는 변동과 역사를 견디고 살아남을 수 있지만, 바로 그 초월성이 그 대상들을 죽은 자들의 세계와 연결시키기도 한다. 죽은 자들의 세계는 유기적 성장이 끝나는 지점이자 산 자들에게 닿을 수 없게 되는 시작점이다. 장난감을 살아 숨 쉬게 하려는 욕망은 단지 모든 것을 알려는 욕망일 뿐 아니라 동시에 모든 것을 경험하려는 욕망이기도 하다.

무생물인 장난감은 포박된 삶, 타블로의 삶이라는 정물의 테마를 반복한다. 그러나 그 장난감이 살아 움직이는 순간, 전혀 다른 세계, 백일몽의 세계가 시작된다. 여기서 서사적 시간은 일상적 시간의 연장선상에서 시작되는 것이 아니라, 완전히 새로운 시간성의 세계, 즉 일상적 현실 세계와 평행인 (그러므로 절대 교차하지 않는) 판타지 세계다. 한편에는 장난감 기계가 있는데, 일상적 세계에서는 결코 불가능한 반복적이고 종결된 말만을 한다. 이 기계적인 장난감은 무한한 즐거움을 위협한다. 지치지도 느끼지도 않으며, 단지 작동하거나 하지 않거나 둘 중 하나다. 그런가 하면 다른 한편에는 죽은 자들의 세계 안에 장난감들의 진짜 자리가 있다. 바로 그 죽은 자들의 세계가 보여주는 전반적인 도치의 일환으로 생명 없던 것이 생명을 얻게 된다. 그러나 물건들의 세계란 늘 일종의 '우리 가운데 죽은 자들'이듯, 장난감이 보장하는 것은 '저편에서의' 삶이라는 세계의 (미니어처를 통한) 존속이다. 기억해야 할 사실은 장난감이 육아의 공간으로 들어온 것은 최근이며 애초에 장난감을 만든 것은 어른들이었을 뿐 아니라 단지 그들의 또 다른 발명품인 아이들만을 위해서 만든 것도 아니었다는 점이다. 가령 패션 인형은 본래 성인 여성들의 장난감이었다가 아동용 장난감이 됐다. 남편이 죽은 뒤, 카테리나 데 메디치의 소장품 목록에서는 패션 인형 여덟 점이 발견됐는데, 전부가 정교한 상복 차림이었고, 그 비용이 회계장부에 기재되어 있었다.[51] 오늘날 미니어처 카탈로그에는 인형의 집에나 진열장 선반에나 모두 적합하다는 추천 글귀를 넣는 경우가 많다.

장난감의 세계는 일상적 삶의 세계를 투사해 보여준다. 이 실제 세계는 작아지거나 커짐으로써 물질성과 의미 간의 관계를 시험한다. 우리가 장난감 기계에 전율이나 공포를 느끼는 것은 그것이 자기 호출적 허구의 가능성을 제시하고 있기 때문이다. 이러한 허구는 인간의 의미화 과정과는 무관하게 따로 존재한다. 적어도 산업혁명 이래 서구 세계를 끈질기게 따라 다녀온 무결점 로봇에 대한 꿈이 바로 이 지점에 있다. 18~19세기는 노동이 기계화된 시기이기도 하지만 자동화의 전성기이기도 하다. 지그춤 추는 아일랜드인, 삐악거리는 새, 매애매애 우는 양이 달린 시계, 과일 바구니를 지키며 으르렁거리는 개 등 자동으로 움직이는 장난감들이 쏟아져 나왔다.[52] 죽음과 가역성이라는 테마가 재등장한 것은 혁명이 일어난 시기에 프랑스에서 팔리던 단두대 미니어처 같은 장난감의 양가적 지위를 통해서다. 1793년에 괴테는 프랑크푸르트에 있는 어머니에게 편지로 자신의 아들 아우구스트에게 줄 장난감 단두대를 하나 사달라고 청한다. 괴테 어머니는 그런 장난감을 만드는 사람이야말로 형틀을 씌워 마땅하다며 아들의 청을 거절했다.

오늘날 그러한 자동식 장난감의 계보를 잇는 가장 대표적인 경우가 배, 기차, 비행기, 자동차 '모형' 등 기계화된 노동의 산물을 본뜬 모형들이다. 이 장난감들은 근본적인 의미에서 노스탤지어를 담고 있다. 미니어처화 과정에서 원본의 생산양식을 완전히 변형시키기 때문이다. 이들 장난감은 소외된 노동의 산물을 재현한 것으로, 장인의 노동으로 인해 그러한 재현 자체가 가능해진다. 대상을 조립부터 '마무리 손질'까지 온전히 손으로 생산해 냈다는 사실이야말로 모형 제작자의 개가다. 이러한 사적인 형태의 모형들은 애초부터 공산품 광고의 성격을 띠었던 공적인 형태의 전시 및 여흥과는 대조를 이룰 수밖에 없다.

역사적으로 미니어처 철도는 사적으로나 공적으로나 심미적 기능을 수행해 왔다. 19세기 중반경 실용적 가능성은 폐기되고 미니어처 철도는 실연용이나 전시용 모형으로 쓰이게 됐다. 1874년 잉글랜드의 아서 헤이우드는 국유지나 농지에서 쓸 용도로 미니어처 철도를 판촉하려 했으나 성공하지는 못했다. 그러나 이후 식당과 침실 차량까지 갖춘 오락용으로 그가 만든 철도는 인기를 누렸다.[53] 초창기 미니어처 철도의 기능은 심미적 또는 유희적 영역에서 찾을 수 있었다. 개인 소유든 공적 전시의 경우든 마찬가지였다. 20세기로 넘어오면서 미니어처 철도는 철저히 오락을 위한 것이 됐다. 1894년 아일랜드계 미국인 캐그니 네 형제는 뉴욕 시에 사무소를 열고 세계 곳곳의 놀이공원에 미니어처 기관차를 팔았다. 이들이 판매한 기관차는 표준궤도 기관차를 복제한 것으로, 뉴욕중앙철도의 유명한 999호 열차를 모델로 삼았다. 999호 열차는 1893년 당시 시속 181킬로미터라는 초유의 속도를 자랑했다.[54] 20세기 초의 이 기관차들에는 크기와 힘, 물질성과 의미를 분명히 구분 짓는 이름이 붙었다. 대표적인 예로는 작은 거인(이턴 철도, 1905), 거대한 원자(서턴파크 철도, 1907), 작은 코끼리(핼리팩스 동물원 철도, 1910) 등이 있었다.

미니어처 산업의 귀결은 놀이기구다. 여기서 놀이공원은 단순히 자연적인 것을 길들인 것이 아니라 기계적인 것을 자연적인 것에 도입하고 기계적인 것을 이용해 자연적인 것을 가로지름으로써 발생한 규모 축소 효과로 인한 문화의 이중 압인이다. 철도 자체는 풍경을 횡단하는 새로운 방식이었지만, 그것이 제공하는 시각은 부분적이었다. 풍경 너머로 움직이지 않고 풍경을 관통하는 관찰자의 시각이기 때문이다. 미니어처 철도에서 규모는 축소되고 그에 상응하여 디테일과 의미는 증대됨으로써 우리는 기계적인 것을 초월하는 동시에 그 맥락을 형성하는 자연적인 것마저도 초월할 수 있게 된다. 한층 더 축소된 탁상용 열차 모형 세트의 경우, 완결된 동시성과 초월성에 접근이 가능해진다. 이로써 자연적인 것은 숲에서 나와 공원의 각각의 나무로 그리고 또다시 열차 모형 세트의 풍경 속 인조 나무, 헛간, 젖소, 농부로 자리를 옮겼다. 자연에 대한 그 같은 시각의 초월적 변형을 설명한 대표적인 예로는 H. G. 웰스가 쓴 '플로어 게임' 시리즈 중 『리틀 워즈』를 들 수 있을 것이다. 이 책의 권두 삽화에는 이렇게 쓰여 있다. "나라가 전투태세다. 벽지로 만든 주택에는 문과 창문이 그려져 있고, 지붕은 포장지를 오려내 만든 것이며, 견고함을 더하기 위해 집집마다 장난감 나무벽돌을 채워 넣었다. 성과 교회는 갈색 마분지로 만든 것이다. 전쟁터 중심부를 가로질러 흰색으로 칠해 넣은 강이 하나 있는데, 이 강은 점점 넓어지면서 가운데 큰 바위를 지나 흐른다." 웰스는 자신이 만든 모형을 영국군이 사용하던 전술용 전투지 모형에 비교하며 이렇게 적고 있다. "내가 만든 모형은 영국군들이 쓰는 모형 못지않게 잘 만든 것이고, 크기로 보면 오히려 더 합당하다. 여기 보이는 이 전쟁은 비례상 합리적이었으나 인간적으로는 길을 벗어나 버렸다. 우리 선조가 인명 희생을 자잘한 이미지들과 상징적 먹거리들이나 자잘한 이미지의 소비로 바꾸었다 해도 다를 바 없었다. … 확신하건대, 제1차 세계대전은 현재로서는 세계에서 가장 값비싼 게임일 뿐 아니라 균형 잡힌 비례에서 완전히 벗어난 게임이다. 그 수많은 사람이며 물질이며 고통과 불편은 합리적인 수준을 벗어나 무서우리만치 규모가 큰 데다, 그것을 받아들이기에 우리의 머리는 너무 작기 때문이다."⁵⁵ 여기서 흐름은 자연히 일에서 놀이로, 실용성에서 심미성으로, 목적에서 수단으로 향한다. 하비 제독과 루이스 즈보로우스키 백작이 제작한 미니어처 철도가 처음 운영된 것은 1927년 여름 켄트 해안을 따라서였다. 책임자였던 5항구 총독 보상 백작은 이 철도 노선을 두고 "스포츠를 즐기던 이들이 만든, 세계 최고의 박진감 넘치는 노선"⁵⁶이라고 표현했다. 이러한 노동의 삭제, 이러한 메커니즘에 바치는 찬사가 영원성에 대한 약속, 즉 잉여가치를 통해 영원한 여가를 약속하는 것이 아니라면 대체 무엇이겠는가?

이 시점에서 '여행journey'과 '소풍excursion'이라는 두 단어의 의미를 대조해 보면 도움이 될 것 같다. 여행은 산업화 이전의 도덕 세계에 속해 있다. 하늘을 가로지르는 태양의 행로, 낮 동안 계속되는 육체노동에 수반되는 여정 그리고 순례 또는 인생행로 같은 것들이다. 이 알레고리적 개념이 시사하는 것은 체험된 경험과 자연 세계를 연계시키는 대응 관계의 선형성과 연속성이다. 이와는 달리 소풍은 추상적이고 허구적인 개념이며, 기계화된 노동과 기계적 재생산의 세계로부터 비롯된다. 소풍은 바로 그러한 노동으로부터의 휴가이며 의미의 일탈이자 과잉이다. 여행은 살아낸 경험을 끌어들이는 반면, 소풍은 살아낸 경험을 벗어나 밖으로 달아나 버린다. 소풍은 카니발 같은 형태지만, 소외된 카니발이며, 복귀에 대한 인식은 체념과 필요성에서부터 비롯된다. 오늘날 미국에서는 미니어처화된 풍경이 여전히 이처럼 박진감 넘치는 유희적 기능을 부각시키는 데 쓰인다. 미니어처 골프,

환상의 땅, 어린이 동물원, 동화책 속의 나라들은 이국성과 환상성을 미니어처 규모로 실현한다. 거기서 만들어진 이미지는 물질적 현실의 유형적 특질들을 지니고 있을 뿐 아니라 아예 존재하지 않는 현실의 재현 혹은 이미지로서도 기능한다. 여기서 지시체는 대개 환상적인 것이지만, 사실 거기에 '생명'을 부여하는 것은 대상의 미니어처화다. 애초에 물질적 존재가 없는 것을 미니어처로 만들 수는 없지만, 그 환상을 실재에 맞게 조정하여 전치轉置함으로써 그 환상을 미니어처화할 수는 있다. 가령 미니어처 유니콘은 선물 가게의 인기 품목인데, '미니어처 유니콘과 실제 유니콘의 관계는 미니어처 말과 실제 말의 관계'라는 이해를 틀림없이 전제로 삼을 것이다. 이러한 환상적인 풍경 속에서, 미니어처의 변형을 가능하게 하는 것은 마법이지 노동이 아니다. 자동화로 인해 작가의 자리는 반복되고 그러므로 박탈된다. 사실 놀이공원의 미니어처화된 풍경을 길들이는 것은 환상이지 벌목공, 목수, 건축가, 청소부 같은 '실제' 인과관계에 있는 노동자들이 아니다.

놀이공원이나 역사적 재구성은 대개 역사에 숨결을 불어넣겠다고 약속하며, 우리는 바로 이 지점에서 미니어처와 서사의 관계에 다시 한 번 특별히 관심을 쏟을 필요가 있다. 여기서 미니어처의 기능은 역사적 사건들에 '숨결'을 불어넣고 직접성을 부여함으로써 그들의 역사를 지워 없애고 그 현재성 안에서 우리를 잃어버리는 데 있기 때문이다. 미니어처가 선사하는 초월성은 공간적 초월로, 시간을 두고 이해해 나갈 생산적 가능성을 지워

버린다. 그러니 그 근원은 노스탤지어적이다. 여기서 미니어처는 노동뿐 아니라 인과성과 결과까지도 지워버린다. 맥락 속에 있기 위해 이해하기의 과정은 희생된다. 따라서 미니어처는 대개 특정 텍스트에 대한 물질적 인유이며, 그러한 텍스트는 더 이상 접할 수 없는 것이거나 그 허구성 탓에 2차적 허구 세계를 통해서 말고는 단 한 번도 접할 수 **없었던** 것이다. 이러한 '공원들'은 풍경을 내면성 및 허구성에 대한 노스탤지어적 인유로 규정한다. 베아트릭스 포터의 작은 조각상들이 탁아소 표시로 쓰인다거나 영국 가정의 벽난로 위에 놓인 토비 저그*가 그 집 중심의 충만한 온기를 상징하는 것과 마찬가지다.[57]

인형의 집

역사와 서사의 초월성과 내면성은 미니어처의 정점이라 할 수 있는 인형의 집의 지배적 특징들이다. 집 안의 집인 인형의 집은 안과 밖의 긴장이나 외면성과 내면성의 접합을 제시해 보일 뿐 아니라, 내면성의 두 양식 간의 긴장을 재현하고 있기도 하다. 둘러막힌 공간 안의 공간을 점유하고 있는 인형의 집에 대한 최적의 유비類比는 바로 로켓locket** 혹은 마음 깊숙한 곳의 비밀일 것이다. 중심 안의 중심이며, 내부 속의 내부다. 인형의 집은 물

---

* 삼각 모자를 쓴 할아버지 모양의 맥주잔.
** 사진을 넣어 목걸이에 달 수 있게 만든 케이스.

질화된 비밀이고, 우리가 찾고자 하는 것은 인형의 집 속의 인형의 집 그리고 그것이 약속하는 무한히 깊숙한 내면이다. 사실, 인형의 집을 만들 때 구조물 외부에는 상대적으로 신경을 덜 쓰는 경우를 종종 보게 되는데, 이는 안으로 향하는 흐름을 보여주는 또 하나의 증거다. 패션 인형이 그렇듯, 인형의 집은 본래는 (여전히 그렇기도 하지만) 어른들의 오락거리로 만들어진 것이었다. 인형의 집의 기원은 중세 시대 이래 특히 나폴리나 마르세유에서 흔히 볼 수 있던 예수 탄생 모형crèche이다. 나폴리 모형은 나무나 토기로 인물들을 만들어 세운 것이 특징이었는데, 얼굴과 손을 섬세하게 마감하고, 실크 옷을 입히고 은과 진주 장신구를 달았다. 이 인물상들 주변에 놓인 물건이나 동물 미니어처들에 대해 달마뉴는 이렇게 적고 있다. "미니어처 예수 탄생 조형물에 성탄 구유를 넣은 것은 더욱 강력한 진리의 봉인을 남기기 위한 것으로 보인다."[58] 가령, 시칠리아 모형의 전통을 보면 세속적 풍경 속에 신성한 것을 배치하는 방향의 흐름이 보인다. 모형의 중앙에는 그리스도 탄생 장면을 신화적으로 해석한 추상적인 인물상들이 놓여 있지만, 가장자리로 갈수록 풍경은 친숙해져 팔레르모의 언덕에서 달팽이나 약초를 채집하는 사람들이나 시칠리아 양치기들도 보인다. 이와는 대조적으로 16~17세기 유럽의 예술품 진열장은 세속적인 실내 장식에 중점을 두어, 미니어처 가구뿐 아니라 은, 도자기, 유리, 백랍 등으로 만든 다양한 작은 물건들을 전시해 두었다. 당시 네덜란드에서는 자기 집 가구들을 똑같이 재현해 만든 미니어처가 유행이었다.[59] 1637년 아우크스부르크 시는 스웨덴 왕 구스타브 2세 아돌프에게 바칠 선물로 웁살라대학교에서 진열장을 구입하는데, 안에는 자동인형 한 쌍, 요지경 한 점, 인형의 방 양식을 본뜬 작은 매 장식 한 점 등 실제 장난감들이 들어 있었다.[60]

인형의 집의 두 가지 주된 모티프는 부富와 노스탤지어다. 인형의 집은 무수히 많은 완벽한 사물을 제시하는데, 이 물건들은 기표로서는 대개 감당할 만하지만, 기의로서는 그렇지 않다. 오크니 섬 가정에서 도자기류를 넣어두는 찬장에서 흔히 볼 수 있는 미니어처 의자의 예를 들어보자. 인근에서 구할 수 있는 짚으로 만든 실제 의자는 본래 농가에서 흔한 가구였지만, 제작 과정이 굉장히 노동집약적인 데다 생산방식이 매우 난해해지다 보니 이제는 부자들만 들여놓을 수 있는 물건이 됐다. 한때 그 가구를 소유했던 농민의 자손들은 이제 미니어처, 즉 '장난감' 제품만을 살 수 있게 된 것이다. 사용가치가 전시가치로 전환된 경우다. 인형의 집이라는 세계에서는 대개 장난감의 가장 기본적인 용도—'가지고 노는' 대상—조차 찾아보기 힘들다. 인형의 집은 눈으로 소비하는 대상이다. 가장 유명한 인형의 집들—슈바르츠부르크-고타의 아우구스트 도로테아 공작부인이 주문 제작했던 궁정 생활을 재현한 미니어처나 1920년 잉글랜드의 메리 여왕을 위해 제작한 인형의 집[61]—은 상류층의 생활양식을 보여주는 화려한 전시품으로, 잠시 시간을 멈춘 채 완벽하게 완결되고 은둔적인 세계에 대한 환영을 제시한다. 『여왕의 인형의 집』의 서문에서 아서 벤슨은 이렇게 적고 있다. "2.5센티미터부터 30센티미터까지 척도를 전체적으로 일정하고 정확하게 유지하여 … 실물은 닮지 않고 풍자만화 같은 재미만 있는 장면이 주는 기괴하고 우스꽝스러운 느낌은 전혀 없다. 그렇다면 전체가 가진 **완결성**이 있는 셈이다. 폐하[메리 여왕]는 공인의 삶을 살면서도 삶의 소소한 요소들이 대단히 중요함을 깨달았다. … 여왕의 인형의 집은 바로 그 상징이다."[62] 불안정성, 무작위성, 조악함을 거부하는 이 상징물이 말하고 있는 것은 결국 그 경계에서는 볼 수 없는 모든 계급 관계가 아닌가 의심해볼 만하다. 그러나 이러한 부와 노스탤지어라는 모티프를 찾겠다고 유명한 사례만 들먹일 필요는 없다. 프랭클린 민트, 콩코드 미니어처 컬렉션, 페더럴 스몰웨어 코퍼레이션 등의 브랜드에서 선보인 미니어처 제품 광고나 카탈로그를 보면, "예스러운 가구", "동화 속 인물들"이라든가 "매력적인", "그림 같은", "고풍스러운" 제품이라는 표현들이 적혀 있다. 당시 "자그마하고 여성스러운" 것에 관한 담론에 몰두해 있던 부르주아 대중을 겨냥한 것이다. 인형의 집은 사생활과 사유화 기능(욕실, 하녀 방, 식당, 현관, 응접실, 침실)을 특화하고 (만든 이의 손이나 보는 이의 눈이) 고통스러우리만치 장식이나 디테일에 극도로 심혈을 기울여 만든 것이 특징인 사유재산으로서, 정면의 모습을 사실상 지워버린다. 인형의 집의 모습은 영속적이고 오염되지 않은 재산으로서의 자아, 사물들이 담긴 용기로서의 몸의 실현이다.

여기서 우리는 인형의 집을 간단히 장원시house-poem 전통과도 연관 지어볼 수 있을 것 같다. 장원시 역시 잘나가는 상류층

내부의 상태를 전시하고 구체화하는 역할을 했기 때문이다. 예를 들어 벤 존슨의 시 「펜스허스트에게」는 싱그러운 자연의 이미지와 눈과 귀를 통해 그러한 이미지를 소비하는 방식에 대해 묘사해 보여준다. 시는 멀리서부터 내면을 향해 움직인다. "그대의 산책로"와 "그대의 언덕"에서부터 "그대의 잡목 숲", "저지대", "그대의 연못"이나 격자 시렁을 댄 과실수들과 (자작농이나 소작농이 작물을 가져오는) 정원 울타리 안의 장면들을 거쳐, 탁자, 침대, 벽난로 그리고 마침내 "점잖고 덕망 있는 부모 품에서/ 매일같이/ 예절과 무기와 예술의 불가사의에 대해/ 읽고 있을" 펜스허스트 저택의 아이들에게로 이동한다. 발 닿는 대로 거니는 듯한 이 시의 서정성이 어쩌면 독자나 청중이 눈과 귀로 보고 듣게 되는 시의 전개 그리고 동일한 방식으로 소비될 사물들에 대한 묘사 사이에 성립되는 유사성을 감추고 있는지도 모른다. 또한 다양함과 풍요를 서술하고자 하는 충동은 슈바르츠부르크 고타의 공작부인이 자신의 인형의 집 안에 화장실에 들어간 공주, 골동품 벽장, 노점들이 들어선 바자회, 광대들과 돌팔이 의사, 고지사항을 외치고 다니는 지방 공무원, 왕실 우체국이 있는 시장 등을 집어넣고자 했던 바로 그 충동과 동일하다고 볼 수 있겠다. 뒤집히고 오염되는 조악한 세계가 인형의 집 안에서는 시공간의 경계를 철저히 조작하고 제어함으로써 통제된다.

이 집은 멀찌감치 떨어진 곳에서, 한 장면씩 따로따로 집중해서 보아야 한다. 존슨의 시에서 보았던 것과 마찬가지 방식이며, 전시되는 부의 정도에 비례하여 주택을 시장통으로부터 멀리 떨어뜨려 놓던 조경 전통과 일맥상통한다고도 할 수 있겠다. 즉, 소우주적 경향으로 보이는 것이 대우주적이기도 한 셈이다. "펜스허스트여, 그대는 보이기 위해 세워지지도, 어떤 손길이나 대리석을 질시하도록 세워지지도 않았다." 완벽함은 디테일과 부수적 사건에 집중해야만 감상할 수 있는 것이며, 의미는 이 지점에서 물리적 구조의 경계를 허문다. 미니어처 단품과는 달리, 인형의 집이라는 미니어처 세계는 촉각을 통해서는 알 수 없다. 몸의 언어에는 접근할 수 없으므로, 모든 형태의 미니어처 가운데서도 가장 추상적인 형태를 띤다. 게다가 인지적으로 인형의 집은 거대하다. 시 속에서 존슨의 시선이 멀리서부터 집 안으로 움직이면서, 이미지들은 점점 더 세밀해진다. 풍경은 점점 더 세세하고 치밀해지고, 시선은 소박한 유머("자두나 배"처럼 농익은 마을 처녀들이 소비될 대상으로서 "거저 얻어지는 것들 위에 보태어지듯", 물고기나 가금류도 기꺼이 죽겠다고 몸을 바치고 과일은 담장에 매달려 있다)로부터 점차 제임스 왕에 대한 환대 장면이나 자녀 교육에 대한 이야기로 옮겨가며 한층 진지해진다. 그러한 교육 덕분에 아이들은 부모를 부분별로 나누어 식별해 낼 줄 알게 된다. 그러한 각각의 특징들은 그들 행동의 세련을 재현한다.

반면, 「애플턴 저택에 대하여Upon Appleton House」는 바깥쪽으로 이동하며 절충한다. 애플턴 저택의 구조와 역사로부터 나와 초원과 숲으로 향하는데 내레이터는 바로 거기에 서 있다. 마리아 페어팩스의 미덕을 음미하고 나머지 장면들의 아름다움에 그녀가 어떻게 기여하는지 설명하며 시를 끝맺는다. 그러나 마벨의 시 역시 시간에 대한 저항과 소비할 수많은 대상으로서의 자연에 대한 관심을 전시하며, 소우주적 이미지와 대우주적 이미지를 병치한다. 이 시가 외적 구조에 비교적 무관심하다는 것과 인형의 집을 만든 이가 집의 외형에 무관심하다는 것 사이에서 유사한 점도 찾아볼 수 있을 것이다. 존슨과 마찬가지로 마벨 역시 독자의 시선을 한 번에 한 곳에만 집중시키고 있지만, 여기 각 장면마다 기발한 상상이 특징적으로, 페어팩스 전투와 수녀들, 요새 같은 정원, 바다 같은 초원, 환상이나 장난감을 다루듯 묘사한 소작농들이 등장한다.

풀 베는 이마다 건강한 열기를 내뿜고
이슬 맺힌 구릿대 같은 냄새가 나는 곳에서는
그 아내들이 마치 **빙글빙글 돌며 춤추는 요정들**처럼
목초지를 거닐며 풀 향기를 낸다.
춤이 끝날 무렵 그들이 입 맞출 때,
갓 말린 건초도 그보다 달콤하지는 않으리라.

집주인에 대한 유사한 방식의 거대화—.

하지만 이처럼 짐 진 집은 땀을 흘리고
크디큰 **주인**을 좀처럼 견디지 못한다.
그러나 그가 들어서면 부풀어 오른 복도는
흔들리고 **네모반듯하던** 광장은 **둥글게** 늘어나며,

주인의 **광대함**에 더욱더 시달리면,
이번엔 주인이 집의 옹색함에 짓눌린다.

    그리고 그에 상응하는 마을 사람들에 대한 미니어처화를 볼 수 있다.

반짝이는 풀잎 속에서 그들은 마치
유리에 되비친 한 폭의 풍경처럼 보이고
거대한 목초지 안에서 쪼그라들어
마치 얼굴 위의 반점처럼 보인다.
돋보기 낀 눈앞에 다가서기 전까지는
벼룩 같은 그들은
하도 넓게 퍼져 하도 느릿느릿 움직이니
마치 저 하늘의 **별자리** 같다.

    시간과 역사는 페어팩스를 위해 존재하며, 후대에서는 그의 물리적 크기와 애플턴 저택의 물리적 규모의 관계를 놀라워할 것이다. 펜스허스트의 후손들이 저택의 드넓음과 선조들의 도량의 드넓음을 연관 지어 생각했던 것과 마찬가지다. 그러나 미니어처 소작농의 세계, 즉 농부들과 시골사람들로 이루어진 장난감 같은 세계가 펼쳐지는 것은 타블로 같은 영원성, 다시 말해 역사보다는 '그림처럼' 배열된 장면 속에서다. 이러한 서술은 18세기 말 낭만주의가 등장할 때까지 전원문학이 채택했던 방식이다. 포프가 『전원시에 관한 담론*A Discourse on Pastoral Poetry*』에서도 썼듯이, 양치기의 삶에서 가장 좋은 면만 '노출'하고 비참한 처지는 감추기로 했더라면 가장 성공적인 시가 됐을 것이다. 포프와 그 이전 세대가 본 양치기는 땀 흘려 일하고 외로움 타는 낭만적 전원의 양치기라기보다는 태엽 장난감에 더 가까운 인물이다. 이 양치기들이 사는 곳은 판타지 세계, 즉 황금기나 아르카디아* 같은 문학적 세계이며, 이들의 이야기는 행복한 정밀성이 충만한 덕분에 서사라기보다는 서정시에 가깝다.[63] 좀 더 정확히 말하자면, 살아 있다기보다는 죽어 있는 상태다. 유기체에 반대하는 제스처로서의 기계화와 그에 수반되는 불멸성 그리고 명백한 역사 해체의 모티프이기 때문이다. 입센의 작품뿐 아니라 정치경제적 측면에서 보더라도 인형의 집이 재현하고 있는 것은 특정한 형태의 내면성, 즉 주체가 성소(환상)이자 감옥(타자성의 경계 또는 한계, 살아낸 경험이 될 수 없는 대상에 대한 접근 불가능성)으로서 경험하는 내면성이다.[64]

미니어처 시간

미니어처는 살아낸 역사적 시간에 소속되지 않는다. 리얼리즘이라는 환유적 세계는 일상적 삶의 시간과 서사의 시간을 완벽

---

* 펠로폰네소스 반도 중앙에 자리 잡았던 고대 그리스의 산악 지역으로, 목가적 이상향을 지칭.

하게 겹쳐놓음으로써 그 둘 사이의 간극을 지워 없애려 하지만, 미니어처라는 은유적 세계는 일상적 삶을 전적으로 그 외부의 전면에 가져다 놓는다. 미니어처의 축소된 규모는 일상이라는 세계의 시간과 공간의 관계를 왜곡시키며, 미니어처는 소비된 대상으로서 자신의 '사용가치'가 몽상이라는 무한대의 시간으로 변형됐음을 발견한다. '다른' 또 하나의 시간—살아낸 현실이라는 끊임없는 변화의 흐름을 부정하는 일종의 초월적 시간—을 만들어낼 수 있는 이러한 미니어처의 작용은 1948년 '이 달의 책 클럽'이 배포한 「미니어처 속 미술관Museum of Art in Miniature」 같은 프로젝트에서 확인할 수 있을 것 같다. 가장 끈질기게 역사와 맥락을 부인해 왔다고 할 만한 메트로폴리탄 미술관은 이 프로젝트에서 책에 붙일 수 있는 인지印紙의 그림 시리즈로 축소됐다. 장소나 범주—미켈란젤로, 로베르, 호메로스, 카르네발레, 고야, 렘브란트, 프라고나르에서 이탈리아, 로마, 프랑스, 에트루리아, 이집트, 중국 작품 등—는 무작위로 배열된 모습이다. G와 J 앨범에는 각각 '그림 속의 구약'과 '그림 속의 신약'이 들어 있는데, 따로 떼어낼 수 있게 되어 있으니 얼마든지 더 조작이 가능한 셈이다. 이 주목할 만한 현상 속에서 우리는 그 대상이 일상적 삶으로부터 떨어져 나오는 과정을 최소 세 단계—예술 작품과 그것이 의미하는바(그 자체가 반드시 '재현적'인 것은 아님) 사이의 거리, 미술관이라는 맥락 내에서 예술 작품의 탈맥락화, 미술관의 물리적 환경이라는 제약으로부터의 탈피 그리고 무한대에 가까운 일련의 가능한 배열과 재맥락화—로 발견할 수 있다. 역사의 확고해 보이는 무질서를 알파벳순이라는 '자의적' 질서로 대체시킨 백과사전이라는 미니어처 세계와 마찬가지로, 이 "미니어처 속 미술관"은 그 나름의 경계로 특정된 시간 안에 존재한다. 변하지 않을 듯한 역사의 무질서 대신 알파벳순이라는 '임의적' 질서에 따라 배치된 미니어처 세계인 백과사전과 마찬가지로, 이 「미니어처 속 미술관」은 그 자체의 시간 경계 안에서만 존재한다.

흥미로운 것은 규모의 경험과 지속 시간의 경험 사이에 놀랄 만한 실질적 상관관계가 있을 수 있다는 점이다. 최근 테네시대학교 건축대학에서는 성인들을 대상으로 한 실험에서 실물의 6분의 1, 12분의 1, 24분의 1 크기로 축소한 환경 모형을 관찰하게 했다. 휴게실을 재현한 그 안에는 판지로 만든 가구도 들여놓고 축소한 사람 모형도 넣었다. 수검자들에게 사람 모형을 실제 사람으로 가정하고 환경 모형 안에서 움직여가며 그 공간에서 할 만한 활동을 확인해 보도록 요청했다. 그런 다음 수검자 본인을 그 '휴게실 규모'로 상상한 뒤 그 안에서 각종 활동에 참여하는 모습을 그려보도록 했다. 마지막으로, 그러한 활동을 한 지 30분이 경과됐다고 느끼면 연구원에게 이를 알리도록 했다. 이 실험에 따르면, "지속 시간에 대한 경험은 실제 시간에 비해 압축되는데, 그 압축 비율은 실제 환경에 대해 모형이 축소된 비율과 비례했다." 즉, 12분의 1 모형에서는 30분의 경험이 5분 안에, 24분의 1 모형에서는 2.5분 안에 이루어지는 식이었다.[65] 내면성이라는 이러한 압축된 시간은 '사적인 시간'을 만들어낸다는 점에서 그 시간을 소비하는 주체의 내면성을 구체화하는 경향이 있다. 다시 말하자면, 미니어처 시간은 주체 내면의 시간성을 창조해 냄으로써 일상적 지속 시간의 틀을 초월한다.

이러한 시간 변형은 실제로 시간을 지연시킴으로써 사회적 대상에 대한 경험을 왜곡하는 역할을 하며, 이는 미니어처의 언어 변형과 유사하다. 언어와의 이러한 관계는 모든 지점에서 역설적이다. 앞서 살펴보았듯이, 서술된 미니어처의 문제는 기호로서 언어가 가지는 비非도상적 성격을 강조한다. 미니어처는 항상 서사보다는 타블로를, 해설적 종결보다는 침묵과 공간적 경계를 지향한다. 말은 시간 속에서 펼쳐지지만, 미니어처는 공간 속에서 펼쳐진다. 관찰자에게는 미니어처에 대한 초월적이고도 동시적인 시각이 부여되지만, 미니어처를 현실로서 실제 체험할 가능성에 대해서는 바깥에 갇힌 상태다. 바로 이 지점에서 하층계급, 소작농의 삶, 혹은 문화적 타자에게 오염되지 않는 영원한 미니어처 형태 안에서 제시할 노스탤지어적 욕망이 등장한다. 미니어처는 말에 저항한다. 말이 내면의 변증법적 혹은 대화적 속성을 드러낼 경우에는 특히 더 그렇다. 미니어처의 고정된 형태는 물리적 환경보다는 개인의 환상에 의해 조작된다. 그에 대응될 만한 언어적 상관관계를 찾아본다면 경구나 격언 같은 '작음 안에 많음'의 형태들이 될 것이다. 이들은 발화 그리고 당면한 맥락의 특징들에 종지부를 찍는 역할을 한다. 마치 타블로 같은 형태를 하고 있는 미니어처는 포박된 시간의 세계이며, 그 정적 상태는 그 경계 바깥에서 일어나는 활동을 부각시킨다. 그리고 이러한 효과는 상호적이다. 우리가 미니어처 세계에 몰두하는 순간, 외부 세계는 정지하여 우리에게서 상실되기 때문이다. 이러한 점에서 미니어처는 여타 판타지 구조와 닮아 있다. 오즈나 나니아의 세계로부터 혹은 잠에 빠졌다가 되돌아오는 것과 비슷하다.

릴리퍼트에서 걸리버는 자신의 몸이 된다. 미니어처 세계 안에서는 먹고 마시고 배설하고 잠자고 근육을 쓰는 것이 곧 사회적 실존의 총합이다. 릴리퍼트 사람들에게는 걸리버의 죽음조차도 문화적 혹은 사회적 의미라기보다는 유기체적 의미다. 걸리버의 거대한 몸과 거기서 풍겨낼 엄청난 악취를 어떻게 처리할 것인가가 문제일 것이다. 걸리버가 릴리퍼트에 들어설 당시, 낯선 외양의 몸으로 불쑥 등장하던 그 투박함은 곧 인형의 집에 다가서는 몽상가의 투박한 모습과 다를 바 없다. 모든 감각은 결국 시각으로 축소될 수밖에 없는데, 초월적 시각은 멀리 떨어져 있어야 성립되는 감각이라는 사실은 역설적이고도 비극적이다. 때문에 걸리버가 릴리퍼트에 머무는 내내 끊임없이 위험에 처하는 것은 다름 아닌 그의 두 눈이다. 초반에는 화살이 날아들어 아슬아슬하게 걸리버의 눈을 스쳐 지나갔는가 하면, 블레푸스쿠 함대 역시 눈을 공격했으며, 친구 렐드레살의 중재로 최후의 형벌은 목숨 대신 두 눈을 내놓는 것으로 경감되기도 했다.

걸리버가 릴리퍼트 사람들을 파악하는 것은 오직 초월적 시각을 통해서만 가능한 탓에, 서사적 목소리는 여행기의 관습 안에서만 그리고 (기시감 같기도 한데) 초창기 인류학의 목소리 안에서만 작용한다. 여기서 중요한 것, **관계를 맺고** 주목할 대상으로 선택되는 것은 패턴과 병치되는 디테일이며, 선별된 사례를 통해 설명된 광범위한 클리셰다. 모형이나 자동장치의 특색 자체가 바로 릴리퍼트 사람들의 특색이 되는데, 이들 민족의 특징은 완벽한 신체 조건과 수학적이고 기술 만능적인 가치다. 걸리버가 묘사한 내용을 보면 릴리퍼트는 완전히 문화적인 세계다. 시계처럼 정확히 작동하는 일련의 법과 관습 그리고 지시체들의 의미 이상으로 부풀려진 언어를 특징으로 하며, 자연은 계속해서 예술로 변형된다. "나라 전체가 끝없이 이어진 정원 같은 모습이었고, 구획된 경작지는 보통 3.7제곱미터 정도로 수많은 화단이 모여 있는 듯했다. 이 경작지 사이에는 반 스탱stang*쯤 되는 숲도 섞여 있었고 그중 가장 큰 축에 속하는 나무들은 내 짐작에 2미터쯤 되어 보였다. 내 왼손 위로 마을을 보았더니, 마치 연극에 나오는 도시를 그린 무대배경처럼 보였다."[66] 릴리퍼트의 놀라운 점은 기계식 장난감이 그렇듯 규모의 차이를 전제하지 않고도 움직임이나 변화를 보여준다는 것이다. 걸리버가 돌아가면서 기념품으로 소나 양 같은 자연적인 것들을 고른 이유가 바로 여기에 있다. 그러한 기념품들은 릴리퍼트라는 세계 전체가 제시하는 질과 양, 의미와 합계 간의 왜곡된 관계를 단적으로 보여주는 사례다.

모든 모형이 그렇듯, 릴리퍼트가 섬이어야 한다는 것은 절대적인 필수 전제다. 미니어처 세계는 그 절대적 경계가 유지되는 한

---

* 토지 면적 단위로, 1제곱미터쯤에 해당.

기괴한 것에 오염되지 않은 채 완벽한 상태로 남아 있을 수 있다. 가령 빅토리아 시대에 유행했던 유리 안에 넣은 예술품(대개 자연의 잔재를 변형시킨 것들)이라든가 조세프 코넬이 수집한 유리 종들을 생각해 보자. 유리는 오염, 즉 체험의 가능성을 제거하는 동시에 초월적 시각의 가능성을 극대화한다. 그러므로 미니어처 세계는 문화적인 것으로서 늘 과잉 코드화된 상태로 볼 수도 있다. 펜스허스트 저택의 벽난로, 뉘른베르크 주방 미니어처, 인형의 집 그리고 심지어 바로크 건축 천장의 실내 하늘에 이르기까지, 모두 길들여진 공간을 질서, 비례, 균형의 모형으로서 제시하는 경향을 보인다. 물론, 울타리로 둘러막힌 공간의 주된 기능은 항상 내부와 외부, 사유재산과 공유재산, 주체의 공간과 사회적 공간 사이의 긴장 또는 변증법적 대립을 만들어내는 데 있다. 둘러막힌 공간에는 불법 침입, 오염, 물질성의 소거 같은 위협이 가해지기 마련이다. 그리고 둘러막힌 세계의 내면성은 보는 사람의 내면성을 물화物化시키는 경향이 있기 때문에, 반복 역시 위협 요소로 작용한다. 미니어처인 대상은 그 절대적인 (이를테면 관습적) 대표성이라는 측면에서 '고유한' 것이기도 하다는 점을 기억하는 것이 중요하다. 미니어처의 기능은 산업화 이전의 노동이나 수공예에 대한 노스탤지어와 분리해서 생각하기 어렵다. 미니어처 가구 생산이 늘어나던 바로 그 시기에 애덤, 치펜데일, 셰라턴의 가구 도안들이 기성품 형태로 대량 재생산되기 시작한다.[67] 현대의 인형의 집은 전혀 현대적이지 않다. 빅토리아 시대에 인형의 집이 미니어처 복제품으로 인기를 끌었던 것은 결코 우연이 아닐 것이다. 당시 디테일과 물질성에 대한 집착이 미니어처의 일반적인 기능들과 닮은 구석이 있었던 데다, 빅토리아 시대 생산양식의 영향으로 자연을 문화로 변형시키는 작업이 정점에 달해 있었기 때문이다. 산업화 시대의 노동은 기능보다는 반복이, 전체보다는 부분이 우위를 점하는 것이 특징인 반면, 미니어처는 정반대의 생산양식을 재현한다. 사람의 손이 직접 만드는 생산물은 고유한 진짜다. 오늘날 우리가 미니어처를 발견하게 되는 곳은 바로 시작 지점(본인의 어린 시절이라든가 어떤 회사의 첫 공장 미니어처나 시제품 미니어처를 창가나 로비에 전시해 둔 광고안)[68]과 끝 지점(나이 지긋한 여성이 수집한 집안의 장식품들이나 퇴직 기술자가 만든 기차 모형 등 취미로 모으거나 만든 물건들)이다. 그리고 미니어처가 놓인 이러한 두 가지 지점 모두 초월적 위치, 즉 지금까지 살아낸 현실이라는 관점 안에 있어서 늘 노스탤지어를 품은 채 대상과의 거리를 유지하는 위치에서 바라볼 수밖에 없다.

이 장에서는 내면성에 대한 경험 그리고 그 내면을 구성하는 과정이라는 두 가지 역할의 관점에서 미니어처에 대해 살펴보았다. 환상과 허구성에 대한 추상적 경험은 주로 재현을 통해 접하는 것이다 보니 지금까지 작가의 입장이나 지식과 연관된 외부와 내부, 부분성과 초월성 간의 대화로 간주되어 왔다. 어린 시절과 역사의 노스탤지어적 측면과 관련하여 미니어처가 제시하는 것은 바로 축소된, 그러므로 조작이 가능한 경험이다. 오염될 리 없는 길들여진 경험인 것이다. 미니어처는 순수한 몸, 기계의 비유기적인 몸 그리고 반복되는 —그러므로 죽음이 아닌— 죽음을 상징한다. 다음 장에서는 초월성에서 부분성으로, 내부에서 외부로 이동할 예정이다. 거인이 서 있는 그 아래 북적이는 공간 속에서 어느새 우리는 더 이상 혼자가 아닌 자신을 발견하게 될 것이다.

제 3 장

거대한 것

하늘에 쓴 글씨(skywriting) : 외면성과 자연

성서 『욥기』의 마지막 부분에서 신은 욥에게 묻는다. "네가 낚시로 리워야단을 끌어낼 수 있겠느냐, 노끈으로 그 혀를 맬 수 있겠느냐? 너는 밧줄로 그 코를 꿸 수 있겠느냐, 갈고리로 그 아가미를 꿸 수 있겠느냐? 그것이 어찌 네게 계속하여 간청하겠느냐, 부드럽게 네게 말하겠느냐? 어찌 그것이 너와 계약을 맺고 너는 그를 영원히 종으로 삼겠느냐? 네가 어찌 그것을 새를 가지고 놀 듯 하겠으며 네 여종들을 위하여 그것을 매어두겠느냐?" (『욥기』 제41장 제1~5절) 밧줄에 매인 괴물, 길들여진 짐승, 애완동물 혹은 '다정한' 사자, 호랑이, 용 같은 희극적 이미지는 거대한 것들을 통해 보여주는 미니어처의 도치판이다. 미니어처는 종결, 내면성, 가정적인 것, 지나치게 문화적인 것을 재현하는 반면, 거대한 것은 무한성, 외면성, 공적인 것, 지나치게 자연적인 것을 재현한다. 가령, 코끼리 농담*은 이 원리에 따른 것으로, 분홍 코끼리는 자연과 문화의 가장 부적절한 조합이자 실내 장식가나 상상해 볼 만한 모습의 짐승이다.

미니어처는 우리에게 초월적인 장면을 선사하는데, 이는 시각을 통해서만 확인이 가능하다. 미니어처에 가까이 다가서는 순간, 우리의 몸은 이전까지는 미처 실현되지 않은 상태로 있던 표

---

* 코끼리가 등장하는 일종의 난센스 문답으로, 1960년대 미국에서 특히 유행했다. 예를 들면, 질문 : 코끼리가 담장 위에 앉는 시간은 언제인가? 답 : 담장을 새로 쌓을 시간.

면들이 빚어내는 혼란 속으로 빠져든다. 미니어처인 대상을 손으로 쥘 수 있지만, 그 순간 미니어처 세계와 비례가 어긋나버린 우리의 손은 분화되지 않은 형태의 풍경이 되어버린다. 몸이 일종의 배경이 된 셈이다. 인형의 집이 그렇듯, 미니어처 세계가 스스로를 둘러막는 순간, 우리는 바깥에 선 채 안을 들여다보는 것 말고는 아무것도 할 수 없다. 일종의 비극적 거리를 경험하는 것이다. 여기서 우리는 현대 민중화가 랄프 파사넬라를 떠올려볼 수 있다. 그는 아파트나 공동주택을 절개하여 단면을 볼 수 있는 구조처럼 그림으로써 그 건물들로 둘러싸인 내부의 전체 모습을 구석구석 동시에 살펴볼 수 있게 했다. 파사넬라는 서로 연결되어 있지 않은 극적인 이야기들을 동시에 펼쳐놓는데, 인형의 집을 볼 때와 마찬가지로 우리는 한 번에 한 장면씩에만 집중할 수 있다.[1] 그 많은 삶에 한꺼번에 직면하면 깊은 고독감을 경험하게 된다. 이는 소크라테스가 「구름」*에서 위에 매달린 바구니에 앉은 채 경험했던 것과도 비슷하고, 조금 덜 추상적인 예를 찾자면, 어쩌면 농가 바깥에 있던 프랑켄슈타인이나 모두 잠든 뉴욕시 위로 그림자를 드리운 채 서 있던 킹콩이 느낀 외로움과 비슷할지도 모르겠다. 미니어처는 몸을 거대하게 만들지만, 거대한 존재는 몸을 미니어처로 만들며, 특히나 몸의 '장난감 같고' '의미 없는' 측면들을 부각시킨다.

---

* 소크라테스를 궤변론자로 묘사한 아리스토파네스의 희극. 이 작품에서 소크라테스는 태양을 비롯한 기상 현상을 관찰하기 위해 줄에 걸어 공중에 매달아 놓은 바구니 안에 앉아 있는 모습으로 등장한다.

우리가 거대한 존재와 맺는 가장 근본적인 관계는 풍경과의 관계, 즉 우리를 '둘러싼' 자연에 대해 직접 살아내며 맺은 관계에서 분명히 드러난다. 여기서 우리의 위치는 미니어처와의 관계 속에서의 위치와 정반대다. 우리는 거대한 것에 의해 감싸지고, 둘러싸이고, 그 그림자 안에 갇힌다. 우리는 미니어처를 공간적인 전체 혹은 시간적인 부분으로서 인지하지만, 거대한 존재에 대해서는 부분적으로밖에 알지 못한다. 우리는 풍경 속을 관통하며 움직이지만, 풍경은 우리를 관통하지 못한다. 풍경과의 이러한 관계는 자연 세계 위에 추상적으로 투사된 몸을 통해 주로 표현된다. 결과적으로 미니어처나 거대한 것 둘 다 담음containment이라는 은유를 통해 서술이 가능할 것 같다. 미니어처는 담기는 대상이고, 거대한 것은 담는 그릇인 셈이다.

미니어처는 사적이고 개인적인 역사의 기원에서 발견되지만, 거대한 것은 공적인 자연의 역사의 기원에서 발견된다. 거대한 것은 자연적인 것과 인간적인 것의 접점에 선 표상으로서 환경을 설명한다. 그러므로 풍경에 대한 우리의 언어는 풍경 위에 투사된 거대한 몸일 때가 많다. 강의 어귀라든가 언덕의 발치, 땅의 심장부 같은 표현이 있는가 하면, 호수의 갈라져 나온 가장자리를 손가락에 비유한다든가, 강의 굽어진 부분을 팔꿈치에 비유한다든가 하는 식이다. 이처럼 풍경을 거대한 몸에 빗대어 읽어내는 방식은 인과적 설명이 담긴 민간전승에서도 찾아볼 수 있다. 스코틀랜드와 아일랜드 사이에 거인들이 닦았다는 길의 일부 구간인 거인의 둑길Giant's Causeway이라든가, 거인의 춤Giant's Dance(chorea gigantum)이라 불리는 스톤헨지,* 거인의 주전자 Giant's Kettles라 불리는 핀란드의 항아리 모양 구덩이, 거인의 도약Giant's Leap이라는 이름이 붙어 있는, 거대한 골짜기를 사이에 두고 나뉘어 있는 산간지대의 바위들이 그 예다.[2]

영국제도에서는 대개 불균형한 풍경이나 특이한 환경을 전설 속 거인들의 활동으로 인해 생긴 것으로 간주한다. 가령, 찰스 원의 『고대의 도싯Ancient Dorset』에는 블랙무어 골짜기 너머 언덕에 있는 둥그스름한 큰 돌 두 개에 얽힌 이야기가 나오는데, 두 거인이 무거운 것을 멀리 던져 더 힘센 쪽을 판가름할 때 지금 위치에 자리를 잡았다는 것이다. 근처에는 거인의 무덤Giant's Grave이라 불리는 큼지막한 둔덕이 있는데, 두 거인 중 진 쪽이 묻힌 자리라고 한다. 포모레족이라 불리는 스코틀랜드의 거인들 역시 거대한 바위를 멀리 던질 만큼 힘이 셌다고 전해진다. 해럴드 존 매싱엄은 영국의 거인들에 관한 책에서, 도싯의 세르네 아바스와 서식스의 윌밍턴 마을 잔디 언덕에 새겨진 거인 형상에 대해 이렇게 적고 있다.

마을을 벗어나자마자 나오는 자그마한 백악질 언덕 비탈에는 조야한 거인의 형상이 잔디에 새겨져 있었다. 서식스 윌밍턴의 거

---

* 영국 솔즈베리 평원에 거대한 입석 구조물이 원형으로 배치되어 있는 석기 시대 유적.

인이 그렇듯, 인근에서 보기 힘든 가장 높고 늠름하고 웅장하게 빚어진 신령한 산의 인장인 셈이다. … 거인의 불룩한 장딴지 둑길을 따라 바람 부는 언덕에 오르면 … 키가 55미터 정도 되는 거인이 오른손에 울퉁불퉁한 큰 방망이를 들고 있다. 물론 구릉 잔디에 새겨진 이 거인들 대다수는 비교적 근래에 만들어진 것이지만, 세르네의 거인, 윌밍턴의 롱맨, 버크셔 화이트호스 골짜기의 백마는 '오래된 고대 유적'이다.[3]

매싱엄은 이들 거인상은 오늘날 우리가 칭하듯 단순히 '발견된' 예술 형태가 아니라 누군가가 의도적으로 신의 모습을 의인화하여 재현해 놓은 것이라 결론 내린다. 또한 "민담 속 거인들은 백악질 언덕에 새겨진 거인들의 문학적 등가물이라 봐도 무방하다"고도 주장한다.[4]

세르네 아바스와 윌밍턴의 의인화 형상들 외에 영국 남부 구릉지대 잔디 위에 새겨진 백마들도 있다. 매싱엄이 언급하고 있는 버크셔 어핑턴 힐의 백마가 그중에서도 가장 유명한데, 코에서 꼬리까지 10미터 정도, 귀에서 발굽까지는 36.5미터에 달한다. 그의 기록에 따르면 여러 지역 교구가 이 형상의 손질과 관리를 담당했다고 한다. 20세기까지도 이 관리 의례와 함께 떠들썩한 각종 향연, 연회, 봉술棒術 시합 등이 어우러지는 대대적인 축제가 열리곤 했다.[5]

메리 윌리엄스는 이렇게 주장한다. "거인들의 존재를 믿기는 쉬웠다. 섬에 처음 침략해 들어온 이들은 거대한 멘히르menhir

들—스톤헨지나 에이브버리 등지에 큰 선돌들이 둥글게 배열돼 있는 유적—을 보고는 자연히 거인이 아니고서는 그렇게 거대한 바위들을 옮겨서 수직으로 세워 놓을 수 없었으리라고 생각했을 것이다. 앞서 언급했던 곳곳의 그 둥그스름한 큰 돌들은 거인들의 장난을 연상시킬 법했으므로 다양한 거인 이야기가 생겨났던 것이다. 이야기에는 아서 왕과 왕비까지 등장하고 거인들은 서로 거대한 바위를 집어던지기도 한다."[6] 같은 맥락에서, 큰 둔덕은 거인의 무덤으로 여겨질 법했다. 게르만 전승에도 비슷한 이야기들을 찾아볼 수 있는데, 거인들이 수로, 강, 호수, 섬, 산을 만드는가 하면, 거인이 흘린 눈물과 피가 모여 호수나 강이 생기기도 한다. 둥그스름한 큰 돌은 거인의 신발에서 떨어진 것이고, 커다란 호수들은 거인들이 남기고 간 발자국에 빗물이 고여 생긴 것이며, 숲에서 우르릉 울리는 소리가 나거나 논밭이 파도치듯 넘실댈 때는 필시 거인이 지나가고 있기 때문이라는 것이다.[7]

지형적 특색의 기원에 대한 이러한 설명에는 대개 지구에는 본래 거인 종족이 살았다는 이야기가 연관되어 포함될 때가 많다. 현생인류는 이 초기 종족의 남겨진 후예라는 것이다. 이러한 발상은 블레이크의 예언서들에 드러난 철학에서 그 발전된 형태를 찾아볼 수 있다. "이 세계를 감각적 존재로 빚어놓고는 이제 사슬에 묶인 채 그 안에서 사는 듯 보이는 거인들은 사실 이 세계의 삶의 이유이자 모든 활동의 원천이다. 그러나 '용기가 부족한 자는 교활함이 넘친다'는 말도 있듯, 그 사슬들은 길들여져

미국 버몬트 주 러틀랜드
의 프릭쇼, 1841.

버린 나약한 정신의 교활함이며, 정신에는 에너지에 저항할 힘이
있다.[8] 마찬가지로, 우라노스*의 자식들이 상징하는 것도 물리력
과 무법성, 문화 위로 흘러넘쳐 버린 자연이다. 키클롭스**의 외
눈은 대칭성과 '정확한' 시각에 대한 모독이고 식인 행위는 가정
적인 것에 대한 극단적 공격이자 문화적인 것에 대한 사유화이
며 경작이 배제된 그의 노동은 풍경에 남기는 흔적이다. 이와 유
사한 외눈박이 거인들은 불가리아, 크로아티아, 슬로베니아, 아일
랜드, 웨일스 등지에도 있다. 오디세우스는 키클롭스에 대해 이
렇게 묘사한다. "축복할 구석 하나 없는 망나니 같은 거인들 …
외눈박이들은 소집도 회합도 없고 오래된 부족 전통이나 협의
같은 것도 없이, 그저 각자 자기 동굴 안에서 지내며 아내와 자
식에게 부당하게 힘이나 휘두를 뿐 다른 이들이 하는 일에는 아

---

* 그리스 신화에 나오는 하늘의 신.
** 그리스 신화에 나오는 외눈박이 거인.

무런 관심이 없다."[9] 리바이어던에서 프릭쇼*에 출연하는 괴물에 이르기까지 거인은 복합적인 범주다. 경계와 규칙의 위반자인 동시에, 자연적인 것의 과잉으로 인해 자연히 문화 체제를 모독하는 존재다. 여기서 우리는 미니어처라는 시계와도 같은 정밀함의 대척점을 발견하게 된다. 미니어처는 사회적인 것을 조율하고 **모형** 우주에 숨결을 불어넣고자 '일'을 하는 반면, 거대한 것은 그 안에 (자기) 파괴 가능성을 품고 있는 광활하고도 '자연적인' 창의성을 뿜어낸다.

독일의 어느 전설에서는 거인 소녀가 산을 타고 골짜기로 내려가는데 거기서 한 농부가 밭 가는 광경을 본다. 소녀는 그 농부와 황소, 쟁기를 앞치마에 담아서 장난감으로 집까지 들고 온다. 이 장난감들을 부모에게 보여주자 부모는 난색을 표하며 그것들을 제자리에 갖다놓으라 한다. "이 사람들은 우리 장난감이 아니란다. 언젠가 거인들에게 엄청난 해를 끼칠 인간 종족이야."[10] 대개 거인은 신이 아니며, 초월적 공간에 살지 않고 바로 이 땅에 산다. 그들이 사는 그 세계에 의미는 아니라 하더라도 형상을 부여하는 것은 바로 감각 세계에서의 그들의 움직임이다. 그러한 전설 속 거인들의 원초성은 스펜서의 『선녀 여왕_The Faerie Queene_』 칸토** 제7권에 나오는, 적십자 기사와 싸웠던 거인의 탄생 장면에도 잘 그려져 있다.

---

* 서커스 등의 부속 행사로 기형적이거나 희귀한 외양의 동물이나 사람을 등장시키는 쇼.
** 장편시의 한 부분.

광활한 대지가 그의 투박한 어머니였고

그의 자랑스러운 종마, 몰아치는 아이올로스

그 숨결은 세상을 가로질렀다.

어머니의 공허한 자궁이 그녀의 숨은 뜻에

폭풍 같은 분노를 은밀히 불어넣고 채워 넣어

그녀는 잉태했다. 마땅한 때가 세 배만큼 지나

여자들의 자궁들은 숨을 거두어버리고,

이 흉물스럽게 끈적이는 진흙 덩어리를 낳고,

빈 바람으로 부풀었으며 죄악스러운 죄로 가득 찼다.[11]

다른 곳에서와 마찬가지로 여기서도 거인은 가장 원초적인, 혹은 자연적인 상태에서 땅과 연결되어 있다. 독일 전승에서 거인들은 대개 아무것도 걸치지 않은 상태인데, 간혹 잿빛 이끼, 짐승 가죽, 나무껍질 등으로 만든 옷을 입고 있는 모습으로 그려지기도 한다.[12] 이들의 자연과의 합일은 거인들 개개인의 옷이 따로 없다는 점을 통해서 한층 강조된다. 개별적인 옷이 없으니 당연히 개별적인 정체성도 없다. 이처럼 미분화된 인물들은 아서 왕처럼 이름을 가진 영웅에게 패배당한다.[13] 그러한 영웅들이 '실제보다 부풀려져' 있기는 해도 현대적 인물에 가까운 것은 전설적이리만치 역사적인 시대에 살았던 것으로 전해지며 서사를 통해 맥락화되기 때문이다. 거인은 공룡과 마찬가지로 익명의 개별적 존재라는 점에서 늘 자기 종족 최후의 생존자로 여겨진다.

미니어처가 우리에게 세계 안에 세계를 포개어보는 유추적 사고방식을 제시하듯, 거대한 것 역시 세계 바깥의 세계라는 유추적 사고방식을 제시한다. 두 경우 모두 현실이라는 사회적 구성과의 과장된 관계 속에서 변형되고 전시될 요소들의 선택을 수반한다. 그러나 미니어처는 비례, 통제, 균형이라는 정신적 세계를 재현하는 반면, 거대한 것은 무질서와 불균형이라는 육체적 세계를 보여준다. 가장 전형적인 미니어처 세계는 바로 인형의 집이라는 가정 주택 모형인 반면, 가장 전형적인 거대 세계는 하늘—특징이라고는 끊임없이 움직이는 비정형의 구름뿐인 광활하고 미분화된 공간—이라는 사실은 의미심장하다. 자연과 관련하여 이처럼 대비되는 유비의 방식은 자연을 묘사하고 제시함에 있어서 추구하는 그림 같은 것the picturesque과 숭고한 것the sublime이라는 역사상 대표적인 과장의 방식을 비교해 보면 좀 더 분명히 이해할 수 있을 것이다.

롱기누스의 『숭고함에 대하여Peri Hupsous』에 뿌리를 두고 있는 숭고한 대상에 대한 미적 경험의 특징은 경악과 경이다. 장엄한 경치는 영혼과 감정의 갑작스러운 확장을 가져온다는 것이다. 숭고한 것에 대한 낭만주의적 선언의 대표격인 에드먼드 버크의 에세이 「숭고함과 아름다움이라는 관념의 기원에 대한 철학적 탐구A Philosophical Enquiry into the Origin of Our Ideas of the Sublime and the Beautiful」(1757)에서 우리는 경악이 공포라는 심오한 감정으로 다듬어짐을 알게 된다. 여기서 공포의 감정이란 자연의 파괴적인 힘에 대한 찬탄이다. 묘지파 예술과 시 그리고 폐허에 대한 낭만적 취향은 각기 버크가 내린 결론의 구체화에 기여했다. 숭고한 것을 분류하면서 버크는 모호성, 힘, 궁핍, 광활함, 무한성, (막대한 노동과 노력을 요하는) 어려움, 장엄함 등의 속성에 대해 간략히 설명한다. 숭고한 것은 개인적이고 고통이 따르는 반면, 아름다운 것은 사회적이며 기쁨이 따른다는 점에서 둘은 서로 구별되며, 아름다운 것의 바탕에는 사랑과 그에 수반되는 감정들이 자리 잡고 있다.[14]

그러므로 아름다운 것을 지향하는 이런 식의 묘사가 시작된 것은 역사적으로 숭고한 것의 지향과 그림 같은 것의 지향이 교차하던 시기로, 숭고한 대상에 대한 이 같은 부르주아적 길들이기는 18세기 말 등장하여 빅토리아 시대에 꽃을 피운다. 숭고한 것이 지닌, 거대화되고 공포를 느끼게 하는 성질은 그림 같은 것이 지닌, 질서정연하고 다듬어진 성질로 길들여진다. 숭고한 것의 특징이 잠재적 무모함, 즉 자연의 무질서에 위태롭게 몸을 내맡기는 것이라면, 그림 같은 것의 특징은 형태, 색, 빛의 조화이며 이를 조정하는 것은 멀찍이 떨어져 있는, 보는 사람이다. 그림 같다는 말 자체에서도 명백히 드러나듯, 그림 같은 것은 자연을 예술로 변형시켜 유동적인 것에 형태를 부여하고 무한한 것에 틀을 씌우는 조작을 가함으로써 형성된다. 시, 회화, 원예, 건축, "여행이라는 예술"[15] 같은 것들이 구성하는 것은 풍경의 예술, 명상과 배열의 예술이지, 경이롭거나 압도하는 것에 대한 예술이 아니다. 1852년 출간된 『그림 같은 것들에 관한 책: 미국의 풍경, 미술, 문학 The Home Book of the Picturesque : or American Scenery, Art, and Literature』에 수록된 에세이 「풍경과 정신 Scenery and Mind」에서 E.

L. 마군은 이렇게 설명한다.

소인국 기준을 훌쩍 뛰어넘는 지극한 기쁨을 누리며 살면, 정신은 스스로 찬탄하는 어떤 거대한 장중함의 수준까지 고양된다. 장엄한 풍경은 흔히 냉소의 대상이 되기도 하고 진정한 사랑을 받기도 하나, 어쨌든 보는 이의 정신과 마음에 상당한 위대함을 전한다. 그리하여 종種의 상대적 가치는 축소될지 몰라도, 개체는 자신이 선사받은 확장감으로 인해 더 고결해진다. … 광범위하고 밀집된 인류 집단은 뛰어난 재능을 펼치기에 적합한 터전이 되지만, 열망이 있는 이들에게는 산만하고 소모적인 대도시가 오히려 피해야 할 나쁜 곳이다. 정신을 제대로 성숙시키는 데 필수적인 순수와 평온을 해치거나, 심하면 파괴시켜 버릴 것이기 때문이다.[16]

여기서 우리는 미니어처를 감상할 때 수반되는 속성들을 발견하게 된다. 멀리서 '굽어보는' 보는 사람, 상류계급의 초월성, 장난감처럼 축소된 노동, 내면의 물화 등이 바로 그에 해당한다. 아서 벤슨이 인형의 집에 관해 쓴 책에서 지적했던 메리 여왕의 인형의 집의 "고상한 취향의 조화"와 당대 하층계급의 삶의 "거칠고 기괴한" 특질 간의 괴리는 이러한 빅토리아 시대 사조의 20세기판 후예인 셈이다. 워런 버턴은 1844년 작 『풍경 보여주기: 자연의 아름다움, 그림 같음, 웅장함에 대한 생생한 묘사The Scenery : Shower, with Word Paintings of the Beautiful, the Picturesque, and the Grand *in Nature*』에서 이렇게 훈계하기도 한다. "정말 찬탄할 만한 그림이구나! 취향이 고상한 이는 이렇게 외치며 예술가의 기교에서 근사한 경치를 음미한다. 취향이 덜 고상한 이는 다소 조악한 모작을 보고, 아름답구나!라고 외친다. 아이들은 아무것에나 예뻐라! 하고 소리 지른다." 그는 감상할 줄 모르는 이들에게 자기 주변에 그림 같은 것들을 둠으로써 "부지런히 자기 수양"에 힘쓰라고 권한다.[17]

현대 포스트미니멀리즘 조각의 몇몇 형식에서 우리는 자연을 표현하는 숭고한 양식과 그림 같은 양식 두 가지 모두의 부흥을 볼 수 있다. 칼 안드레의 작품, 스톤헨지, 그 밖에 영국 남부 지방에서 발견된 대지 유적(미네소타 전역의 인디언 흙무덤도 이와 비슷한 성격) 등 일부 사례는 현대 대지미술earth art* 양식에 직접적인 영향을 미치기도 했다.[18] 이러한 운동으로부터 탄생한 작품들은 질감이 그대로 살아 있는 자연적인 재료를 사용하여 구조화되지 않은 공간에 비교적 대규모로 표현하는 것이 특징적이었다. 직접적인 맥락이나 환경과의 밀접한 관계를 나타내는 경우도 많다. 또한 이들 작품 대부분은 환경의 변화에 따라 수정되도록 설계되어 있다는 점에서 유연하다. 스톤헨지의 형태를 빚어낸 것은 예술가의 의도뿐 아니라 비와 바람과 햇볕이기도 하다. 마찬가지로, 에콰도르의 어느 활화산 주변의 밀밭에 지름 16미터 크기

* 예술의 상업화에 반기를 들고 풍경과 예술 작품의 합일을 꾀했던 1960년대 후반 미국의 예술 운동으로, 미니멀리즘의 영향을 받았다.

의 고리 모양으로 깎아 모양을 만든 데니스 오펜하임의 프로젝트 역시 물질적 오브제인 예술 작품의 영구적 (그리고 정통적) 상태를 부정한다. 현대의 대지미술이라는 거대화 양상은 멀리 떨어져서 대상을 인지할 수 있는 규모로 풍경 안에 또는 풍경 위에 흔적을 남기려는 시도다. 다시 말해, 대지미술은 풍경 속 지형들이 표명하는 동일한 정도의 의미를 나타내고자 하는 것이다. 이러한 의미 표명은 자연이 직접 선택한 본질적 과정의 문제라기보다는 문화적 가치와 그 영향을 받은 자연의 **사회적** 형태 간 관계의 문제이므로, 대지미술은 한편으로는 숭고한 것의 후예이면서 또 한편으로는 그림 같은 것의 후예인 셈이다. 대지미술은 자연적인 것을 강렬한 방식으로 전시하여 보는 사람을 직면시키고 놀라게 만드는 데 목적이 있다는 점에서 숭고한 것에 집중하는 장르다. 그러나 낭만주의가 공포를 유발하던 자리에서 미니멀리즘은 유머나 심지어는 아이러니까지도 추구한다. 현대의 대지미술은 직접적인 의도에 대해 말하고 있기 때문이다. 민간에 전승되어 온 '대지미술'의 경우와는 달리, 현대 대지미술의 기능은 전설적인 시대나 더 자연적이었던 아득히 먼 삶의 방식에 귀속되어 있지 않다. 얀 디베츠는 뉴욕 이타카의 어느 숲에서 일렬로 선 나무 열네 그루를 골라 지면으로부터 약 1.5미터 높이까지 흰색으로 칠하는 작업을 했는데, 여기서 분명히 나타내 보여주려는 것은 바로 자연 위에 문화가 남긴 흔적이다. 사실, 『이상한 나라의 앨리스』에서 하트 여왕의 백장미를 빨갛게 칠해야 했던 가련한 정원사들이 떠오르기도 한다. 대지미술 운동은 사람의 손으로 자연을 재배열하는 작업에 집중한다는 점에서 그림 같은 것에 대한 지향과도 연계시킬 수 있다. 그리고 규모는 거대할지라도 결국 땅이라는 오브제를 둘러막힌 갤러리 공간 안에 넣은 것은 자연을 문화적 범주 안에서 길들이고 개조하고자 했던 빅토리아 시대의 시도와 일맥상통한다. 가로질러 지나다닐 수 있도록 옥외에 전시한 대지미술 작품은 숭고한 대상 속에서 풍경을 경험하는 쪽에 가깝다. 보는 사람은 풍경으로 인해 난쟁이처럼 작아지므로, 시간이 흐르면서 점차 시각은 부분적 성격을 띤다. 그러나 그 안에 갇힌 대지미술 작품은 오브제가 되고, 보는 사람은 대상으로부터 한참 떨어져 동시적이고 초월적인 시각이 담보될 만큼 먼 곳에 서 있다.[19] 이처럼 갇힌 대지미술 작품은 풍경의 배열, 정형화된 정원, 궁극적으로는 위장된 자연으로까지 연결될 수밖에 없다. 오펜하임의 1968년 작 축소 모형들은 사실 풀, 꽃, 울타리, 고랑 등을 활용하여 경작을 은유적으로 표현하고 있고, 따라서 정형화된 정원의 배열을 따르고 있다.

비평가 시드니 틸림은 의미론적 관점에서 현대의 대지미술을 18세기와 19세기에 그림 같은 것을 이상으로 삼던 전통과 연결 지었다. "숭고에는 미치지 못하나, 이상理想의 대리물을 찾던 전통〔18세기, 19세기의 픽처레스크〕은 그 결과적 감상성으로 인해 고급예술high art이라는 이상에 종말을 고했다. 또한 고결한 감정을 감상적인 것으로 대체시키고, 세련된 사회의 과도한 정교함에 대한 해독제로서 자연 숭배를 제시했다. 동시에, 가장 정제된 형태의 세련된 취향을 의도적으로 드러낸 것이기도 했다. 20세기판 픽처레스크 운동으로서 대지미술 작품들은 모더니즘의 어법 못지않은 과잉 세련을 보여주었다."[20] 틸림은 그 과잉의 정교함을 근거로 대지미술 운동을 그림 같은 것에 대한 지향과 결부시키면서도, 두 예술운동 모두 '도덕적' 성격이 강하다는 점은 간과하고 있다. 대지미술은 1960년대부터 1970년대 초의 생태주의적 이상이라든가 자연으로 돌아가자는 운동, 예술을 포함한 각 분야의 제도적 관습을 거부하는 흐름 등과 떼어놓고 생각할 수 없다. 월터 드 마리아는 "신은 이 땅을 창조했고, 우리는 그것을 무시해 왔다"[21]며 절절하게 탄식했다. 이러한 '자연 회귀'에는 언제나 노스탤지어가 담길 수밖에 없다. 대지미술 작품은 창조와 착상의 순간을 담은 것이므로, 절대 처음의 형태로 돌아갈 수는 없으며, 사진이라는 거리를 통해서만 존재한다. 그림 같은 것을 추구하는 여타 형식과 마찬가지로, 이제는 창조한 이나 보는 이의 통제권 밖으로 밀려나 변형을 겪을 수밖에 없는 본래 사건[22]의 흔적에 해당하는 미적 인공물이라는 점에서 대지미술 작품 역시 기념품이나 유물의 예술이다. 그러나 (인체 기준에서) 대규모를 선택함으로써, 대지미술 스스로도 공적 공간의 기념물들이 당연시하는 거리를 모방하고 있다는 점은 아이러니다. 마이클 프리드가 지적했듯, 비개인적 혹은 공적 양식을 지향하는 리터럴리즘 literalism* 혹은 미니멀리즘 조각은 명백한 연극성을 지닌다. "조

---

* 이상화를 지양하고 사실적인 표현을 지향하는 예술, 문화 사조를 지칭하며 마이클 프리드가 사용한 용어로, 미니멀리즘과 대개 혼용된다.

각 작품은 크기가 큰 데다 관계적이지 않고 단독적인 특성까지 더해져, 보는 이를 —물리적으로는 물론이고 심리적으로도— 멀리 떨어져 있게 만든다. 보는 이를 주체이자 문제의 대상 … 즉 객체로 만드는 것은 다름 아닌 바로 이 거리두기라고도 볼 수 있을 것 같다."[23] 이러한 연극성이 지니는 아이러니는 모든 숭고함의 표현마다 이중의 목소리를 내는 속성에서 뚜렷이 드러난다. 자연의 외로움은 벼랑 끝—결과적인 (그러므로 중차대한) 경험의 무대—에 선 고독한 인물 앞에 펼쳐진다. 그러나 지켜보는 입장에 있는 이 사람은 그 틀, 즉 모든 것을 에워싸는 자연의 역할을 언제나 인지하고 있을 수밖에 없다. 그러므로 숭고함 속의 자연이란 언제나 길들여진 짐승에 불과하며, 언제나 행위를 대상으로 변형시키고 거리를 초월로 변형시키므로 늘 숭고한 아이러니다.

이 섹션에서는 자연적인 것을 표현할 때의 시점 선택과 자연에 대한 지배적 이데올로기와의 연관성에 대해 간단히 살펴보았다. 계몽주의에서 목가적인 것이 지니는 시계처럼 정밀한 매력, 낭만적 숭고에 대한 공포, 그림 같은 것을 지향하는 감상적 거리두기 등은 각각 그 기원이 되는 역사적 상황을 반영하고 있다. 그러므로 이러한 형식들은 항상 생산양식, 계급 간 거리에 대한 인식, 당대에 흔히 볼 수 있었던 농촌 및 도시 풍경 간의 공생과 결부지어 보아야만 한다. 뿐만 아니라, 낭만주의에서도 볼 수 있듯, 그러한 형식들은 그들 나름의 자체적인 내적 시대구분에 맞선 반동이거나 또는 부흥으로 간주할 수 있다. 자연적인 것의 거대화 경향에 대해서는 다양한 문화적 범주를 통해 접근해 볼 수 있다. 여기서 자연은 그 '스스로'가 그러한 범주화의 대상이며 따라서 서사가 만들어낸 역사의 행위자로서 점차 길들여지고 내면화된다.

외면성 : 도시

우리가 도시를 멀리 떨어진 초월적 위치에서 묘사함으로써 미니어처화하려 들 때, 도시 풍경을 자연화하려는 경향이 나타난다. 필립 피셔는 이렇게 지적한 바 있다. "웨스트민스터 다리에 관한 소네트에서 워즈워스는 시골풍의 틀을 가지고 도시 풍경을 조망하며, 맞은편에서 관망하듯 도시의 모습을 포착한다. 시 속의 도시는 아주 깊이 잠들어 평소와는 달리 가만히 멈춰있고, 관찰자는 그 장면에 틀을 씌워 바라보기 위해 도시 안에서 있지 않고, 도시 바깥이자 도시 전체를 마주볼 수 있는 다리 위, 공중에서 조망한다."[24] 도시에 대한 이러한 목가적 변형 pastoralizing의 시초는 메니푸스식 풍자Menippean satire*에서 바흐친이 "실험적 망상experimental fantasticality"이라 지칭했던 방식까지 거슬러 올라갈 수 있을 것이다. 여기서 실험적 혹은 이례적 시점에서의 관찰은 대상에 대한 '새로운 관점'을 낳는다. 가

---

* 기원전 3세기 철학자 메니푸스(Mennipus)의 이름에서 따온 명칭으로, 메니푸스식 대화 혹은 메니푸스식 풍자는 일종의 풍자극 장르다. 길이나 구조 면에서 소설과 비슷하나, 특정 인물보다는 불특정 다수의 태도를 풍자 대상으로 삼는 것이 특징이다.

령, 루키아노스의 「공중탐험Ikaromenippos」과 바로의 「엔디미온 Endymiones」은 높은 곳에서 도시의 삶을 관찰한다.[25] 이런 시점에서 보는 사람은 더 규모가 큰 자연적 풍경을 특정한 자리에 두고 확대시켜 봄으로써 문화적 풍경을 축소시켜 볼 수 있게 된다. 동시에 이 시선은 철저히 장면 밖에 머문다. 상응하는 관점의 변화를 경험하지 않고서는 도시의 삶 안으로 들어설 수 없는 것이다. 그러므로 위에서 내려다보는 시선은 여전히 다른 어딘가에서 바라보는 시선으로 머물 뿐이다. 이 시선은 도시를 **타자**로 만듦으로써 자연히 타자성의 은유를 택하게 된다. 자의식이나 분열감이 동반된다면 위에서 내려다보는 시선은 결국 거울 속을 들여다보는 것일 수밖에 없다. 가령 메니푸스식 대화로 되어 있는 루키아노스의 「카론Charon, or the Inspectors」에서 버턴은 다음 부분을 인용한 바 있다. "기지를 발휘해 루키아노스로 변장한 카론은 메르쿠리우스의 손에 이끌려 어떤 장소에 도달하는데, 거기서는 온 세상이 한눈에 보였다. 충분히 둘러보고 살펴보고 나니 메르쿠리우스가 그에게 무엇을 보았는지 묻는다. 카론은 어마어마한 많은 이들 그리고 난잡한 무리들을 보았는데, 사는 곳은 두더지굴 같고 사람들은 개미 같더라고 답했다. … 장난감이나 잡동사니를 두고 몇몇은 소동을 벌이고 몇몇은 싸우고 말을 타거나 달리거나 열렬히 탄원을 하기도 하고 교묘하게 논쟁을 벌이기도 하는 모습이었다. … 결국 그는 죄다 미치광이에 바보, 멍청이, 얼간이라고 싸잡아 힐난했다."[26] 이러한 시선에서는 풍자의 경향이 사회의 가식이나 인위적인 요소를 비꼰다는 점에서 늘 '자연적 입장'에 가깝기 마련이다.

그러나 도시 **안**의 존재가 부여한 의식 상태에 들어서는 순간, 거리는 붕괴되어 부분성으로 전락하고, 인식은 단편적이고 특히나 일시적인 성격을 띠게 된다. 안에서나 밖에서나, 도시를 보는 전형적 시선은 창을 통과한다. 한정된 틀과 제한된 관점 안에 갇힌 이 시선은 경험을 추상화하는 도시의 유리를 통과하며 중재되고 굴절된다. 산업화된 도시에서 공간의 창출은 생산 형태와 국가와의 관계 속에서 (생물학적 번식 수단인) 가족의 공간을 창출하는 문제를 포함할 수밖에 없다. 앙리 르페브르가 지적했듯, 이러한 공간의 재현은 곧 재현의 공간, 즉 이데올로기가 그 안에서 혹은 그곳을 통해서 형성될 만한 사회적 공간에 상응하는 것으로 이해할 수 있다.[27] 자본주의 체제에서 경제의 추상화는 이러한 공간들의 추상화를 낳고, 이 추상화 속에서 상품(재화/사물) 그리고 이들 물품 가까이에서 형성되는 사회적 관계들이 생겨날 수 있다. 산업화 이전 문화에서는 거대한 것을 주변의 자연적 풍경 안에 두었다. 낭만적인 숭고함은 노스탤지어에 이끌려 이 위치를 새로 창조해 낸다. 이는 내면성의 생산(의식이라는 개인적 인식의 광활함 위에 거울처럼 비친 자연 세계의 광활함)과 목가적 대상 속에서 작용하는 중재를 동시에 결합함으로써 가능해진다. 그러나 산업자본주의가 등장하면서 거대한 것은 교환경제라는 추상성 안에 자리 잡게 된다. 자연적인 것이라는 사회 이전의 세계로부터 물질적 생산이라는 사회적 세계로 자리를 옮겨간 셈이다.

바흐친은 라블레 연구에서 그로테스크한 것the grotesque에 대한 대중적 심상心像의 일부였던 거대한 형상은 풍경으로부터 카니발이라는 축제의 세계로 소속을 옮긴 것임을 지적한다. 『가르강튀아Gargantua』*는 카니발적 서사로서 풍경이라는 이 거대한 지형의 전통을 보여준다. 예를 들면 라블레는 거인이 죽을 담아 먹은 거대한 그릇 이야기를 하면서 부르주에 가면 지금도 이 그릇을 볼 수 있다고 덧붙인다. 우묵한 그릇 모양에다 '**거인의 컵** Scutella gigantis'이라 불리는 거대 바위가 있다는 것이다.[28] 농업 경제에서 거인은 시장이나 장날 그리고 그에 따르는 축제 하면 떠오르는 존재가 됐다. 거인은 조각상으로도 살아 있는 실물 형태로도 등장했는데, 잉여와 방종, 과다한 풍요와 무한 소비의 상징 역할을 했다. 여기서 거인의 소비 이미지는 장터와 물품 관계의 중심지라는 지역사회 정체성의 중심에 놓인다. 중세 말 유럽의 여러 도시에서는 동네 어릿광대들과 함께 '동네 거인'이나 심지어는 '거인 가족'까지 고용하여 온갖 민중 축제에 참여하게 했다.[29]

이러한 축제의 세계와 소도시의 형성을 『가르강튀아와 팡타그뤼엘』 초반부에서 찾아볼 수 있다. 과도하게 많은 트리프**(이 자체로 이미 소비의 이미지가 있음)를 먹어치우는 축제가 한창일 때 가르강튀아는 태어났다. "익히 알려진 대로 트리프는 푸짐한 데다 어쩌나 맛있는지 다들 손가락까지 핥아먹을 정도였다. 하지

---

* 프랑스 작가 프랑수아 라블레가 쓴 풍자소설. 같은 이름의 거인 왕이 주인공으로 등장하며, 1권 『가르강튀아』, 2~5권 『팡타그뤼엘(Pantagruel)』 등 총 5권으로 된 작품의 일부이다.
** 소나 돼지의 위 안쪽 부위로, 음식 재료로 쓰인다.

만 골치 아픈 문제가 있었으니, 쉽사리 상하는 탓에 보관이 어렵다는 점이었다. 그러니 아예 남기지 않고 싹 먹어치우는 것이 해결책이었다. 그러기 위해 시네, 쇠이예, 라 로슈 클레르모, 보고드리의 주민은 물론 쿠드레 몽팡시에와 베드 강 등지의 다른 이웃들까지 초대했는데, 다들 술도 잘 마시고 성격도 유쾌한 데다 스키틀* 놀이도 잘하는 친구들이었다."[30] 가가멜이 '밑'이 빠질 만큼(16쿼터, 2부셸, 6펙**) 먹어댔지만, 한 산파가 가가멜의 엉덩이를 틀어막아준 덕분에 마침내 가르강튀아는 "목말라! 목말라!" 하고 울어대며 엄마 가가멜의 귀에서 태어났다. 우리는 가르강튀아의 파리 여행 이야기를 통해 가르강튀아라는 인물과 소도시의 삶을 연관 지어 살펴볼 수 있다. 그가 갈긴 오줌에 파리 시민들은 흠뻑 젖어버렸고 그 가운데 익사한 사람도 이만육천사백열여덟 명이나 됐다. 피해 달아나던 이들은 "누군가의 장난에 흠뻑 젖어버렸어! 웃음으로par ris*** 흠뻑 젖었던 거야"라며 욕설과 저주를 퍼부었다. 이 도시의 옛 이름은 레우케티아였지만 이 일 이후 파리Paris로 불리게 됐다고 화자는 설명한다.[31] 그러므로 가르강튀아는 공식적으로 '파리'라는 도시의 설립자인 셈이지만, 역설적 의미의 설립자다. 그의 이야기는 북아메리카 원주민의 트릭스터trickster**** 설화를 연상시키는데, 트릭스터는 잇따른 사고와

---

* 나무로 만든 병 모양의 물체 9개를 세워 놓고 공을 굴려 쓰러뜨리는 게임.
** 환산하면 무게는 2킬로그램, 부피는 60리터 정도.
*** par ris의 발음이 '파리(Paris)'다.
**** 여러 신화에 등장하는 일종의 원형적 인물로, 거짓말, 속임수, 주술 등에 능하며 여러모로 모호한 인물.

실수 끝에 문화라는 활기찬 양상을 만들어낸다.[32]

부르주아 계급, 시장, 소도시의 성장과 더불어, 그로테스크한 것 중의 일부인 거대한 존재는 성聖과 속俗, 두 측면으로 분리된다. 거대한 것은 국가와 그 제도에 의해 전유되고 매우 진지한 모습으로 퍼레이드에 세워진다. 몸이라는 물질적 삶의 대표로서가 아니라, 도시에서의 삶을 구성하는 추상적인 사회적 형성 과정의 상징으로서 세워지는 것이다. 그런가 하면 또 한편으로, 거대한 존재는 그로테스크한 카니발이라는 침잠된 세계 속에서 세속적 삶을 계속 영위해 나가며, 몸으로 살아낸 현실과 방종에 대해 찬사를 보냄으로써 그야말로 공적인 삶의 급소가 되기도 한다. 프랑스 북부와 벨기에의 거인 행렬에 관해 쓴 책에서 르네 다레는 중세의 목각 거인상 행렬에는 다음과 같은 두 가지 모순점이 있다고 적고 있다. 한편으로, 이들 퍼레이드에서는 상당한 방종이 허락됐다. 거인 축제마다 먹고 마시는 연회가 벌어지고 공적 제도에 대한 풍자도 이어졌다. 알비파* 이단들이 등장했던 시기에는 "일부 성직자들, 혹은 이 사람들 일반이 점점 더 종교인들의 당대 풍속을 조롱하는 경향을 쉽게 이해할 수 있을 것이다. 흔히 이 종교인들은 낡은 악습 가운데 가장 심한 죄 속으로 빠져든다." 가령 리옹의 한 거인은 사탄이 인간과 자연을 지배하리라고 설교하는 알비파 전도자의 모습을 묘사하기도 했다.[33] 그

---

* 12세기 중반 프랑스 남부의 알비 지역에서 세력을 떨쳤던 기독교 이단인 카타리파의 분파.

러면서도 다른 한편으로는, 몇몇 지역의 행렬에서는 대단한 종교적 열의와 경건함이 묻어나기도 했다는 것이다. 이에 대해 다레는 바로 이러한 종교적 측면을 이용해 지역 장인들에게 감사를 표하거나 제품을 판매함으로써 이득을 볼 수 있었다고 설명한다. 거인들의 이러한 양면적 속성은 당대의 갈등 양상을 상징적으로 보여준다. 소도시에서의 세속적 삶, 토착 언어, 지역별 종교 제도의 상징으로서의 거인과 중앙집권적 국교 제도의 상징으로서의 거인이 서로 대비됐다. 시몽 드 몽포르의 십자군 원정에서부터 종교재판에 이르기까지 알비파를 혹독하게 탄압한 결과, 지역 교파가 로마교회에 복속되고 남부 지방이 파리 중앙정부에 흡수된 것은 이러한 갈등의 당연한 정치적 귀결을 상징적으로 보여준다.[34]

15세기경에는 거대하고 그로테스크한 문화적 영웅상들(르노는 헥토르나 헤라클레스로, 아이몽은 프리아모스로, 샤를마뉴는 아가멤논으로 분함)의 자리를 지역별 거인이 대신하게 되어 행렬에서도 성자상들과 나란히 모습을 드러낸다. 토착 언어와 지역 방언에 얽매여 있는 지역별 거인은 해당 지역민들의 애향심과도 연관된 존재다. "두에 사람 아무나 붙들고 자신이 생각하는 거인이 어떤 것인지 물어보라. 그는 '종탑이나 거인, 그건 다 두에 지방이요' 하고 답할 것이다. … 종탑과 거인은 모두 위대한 과거와 미래의 희망에 대한 거대한 상징이다."[35] 이런 지역 거인들은 종종 행렬 선두에 서곤 했고 이 행렬에는 성자들뿐만 아니라 몇몇 이례적인 인물도 섞여 있었고, 그중에는 고대 성서 속 영웅들이나 그리스와 스칸디나비아 신화 속 인물들도 있었다. 다례의 기록에 따르면 아라곤*에서는 의례 행렬 끝에 아메리카 원주민 여자, 아프리카 왕, 남태평양제도에서 온 여자, 중국인 남자, 유럽인 여자 한 명, 산초 판자, 둘시네아 공주, 돈키호테도 따라갔다.[36] 이러한 행렬의 유머는 병치의 유머로, 신성한 것과 세속적인 것, 익숙한 것과 낯선 것, 안과 밖, 남성과 여성, 관료적인 것과 민간 토착적인 것을 나란히 놓는 방식이다. 그 동네의 거인은 출생과 토착의 상징이면서도 한편으로는 환상—'내면' 감정의 확장된 외면—의 성격도 띤다. 거인은 문학 속 등장인물이나 문화적 타자 등 환상적 존재의 그 다른 상징들 옆에서 자리 잡고 춤을 춘다. 미니어처에서 환상은 개별화된 내면성을 향해 움직이는 반면, 거대한 것에서 환상은 본디 '주관적인 것'으로 여겨졌을 법한 대상을 외면화·공유화한다.

거대한 존재를 지역의 수호신이나 상업주의commercialism와 결부시켜 생각해 보기 위해서는 런던의 경우를 살펴보면 좋을 것 같다. 런던의 전설과 행렬 의례에는 거인과의 특정한 관계가 내포되어 있다. 몬머스의 제프리**가 기록한 『연대기Chronicles』를 보면, 런던은 그리스도 탄생 1008년 전에 거인들이 건설한 것으로 나온다. 전설에 따르면 이 도시는 본래 뉴 트로이라 불렸고, 브루트 즉 브루투스가 세운 곳이었다. 브루트는 트로이의 안테노르

---

* 11~15세기에 이베리아 반도 북동부 지역에 있었던 기독교 왕국.
** 1100년경~1155년경. 중세 영국 웨일스 지방의 소도시 몬머스에서 출생한 것으로 알려진 수도승이자 작가.

의 작은아들로, 거인 알비온과 그가 이끄는 거인 부대를 정복했던 인물이다. 브루트는 육박전을 치르고 알비온을 죽인 뒤 알비온의 두 형제 고그와 마고그를 쇠사슬에 묶어 오늘날 런던이 있는 자리로 데려갔다. 여기에 왕궁을 짓고 두 거인을 쇠사슬에 채워 문지기로 세워뒀다. 프레더릭 페어홀트는 길드홀의 거인들에 관한 책에서 이들 거인상이 세워진 곳은 런던 길드홀 입구로, 브루트의 왕궁이 있었던 자리라고 전하고 있다. 길드홀의 거인들에 관해 기록한 토머스 보어먼의 『거인의 역사*Gigantick History*』(세로 6.4센티미터, 가로 4센티미터, 2권)를 보면 전설에 약간의 차이가 있다. "코리네우스와 고그마고그는 용감한 거인이었다. 둘 다 명예를 중요한 가치로 여겼던 터라 온 힘을 다해 자유와 국가를 수호했다. 그리하여 런던 시는 이들을 길드홀의 대표로 세움으로써 이 힘센 거인들처럼 런던 시 역시 국가의 명예와 도시의 자유를 수호하겠다는 상징적 선언을 한다. 이 덩치 큰 거인들이 체구 면에서 모든 평범한 인간을 능가하듯 런던이라는 도시 역시 모든 다른 도시들보다 뛰어나다는 상징이었다."[37] 15세기부터 18세기까지는 유명 인사가 공무상 입성할 때 이를 환영하는 뜻에서 런던 브리지에 코리네우스와 고그마고그를 비롯한 여러 거인이 전시됐다는 기록이 있다. 또한 시장市長의 날 기념 행렬이나 세례 요한의 날 전야 축제에도 동원되곤 했다고 한다. 퍼트넘은 『영시의 기술*Arte of English Poesie*』(1589)에서 "런던에서는 세례 요한의 날 행렬 때, 사람들을 깜짝 놀라게 하기 위해 덩치가 크고 흉측한 거인들을 내세웠다. 마치 살아 있는 거인들처럼 행진을 하는 데다 어느 모로 보나 감쪽같은 모습이었지만, 실은 갈색 종이나 마부스러기로 속을 채운 인형이었다. 눈치 빠른 사내아이들은 밑을 들여다보고는 능청스럽게 알아챈 뒤에 한바탕 웃음을 터뜨리기도 했다"[38]고 적고 있다.

잉글랜드의 거인들은 거창하고 엄숙한 행사에 동원되는 경우가 많았지만, 세속성과 불경함 역시 이들의 중요한 특징이었다. 거인들이 등장하는 야외극을 상인들이 공연했으니, 더 이전 시대의 축일에도 볼 수 있었던 거인들의 후예인 듯도 하다. 영국과 프랑스에서는 거대한 모습으로 묘사된 온갖 괴물이나 짐승들 가운데서도 특히 용이 인기가 많았다. 대개 그러한 용은 악, 주술, 이단 같은 관념의 상징이었고, 전설에 등장해서는 도시의 수호성인과 싸워 패배당하는 것으로 그려지곤 했다. 이 지점에서는 테베*의 건립 신화도 떠오른다. 신화에 따르면, 카드모스가 땅에 뿌려 놓았던 용의 이빨에서 싹이 터 자라난 거인들이 바로 테베의 원주민이었다는 것이다. 노리치에서는 1832년까지도 시장의 날 행렬에 용이 등장했다. 하지만 사람 형상의 거인들은 과거의 이교도와 연관된 악의 형상으로 동원됐다. 1798년에 쓰인 『윈체스터의 역사*A History of Winchester*』를 보면 됭케르크와 두에의 거인들은 도시 주민을 잡아먹다가 도시의 수호성인에게 궤멸당하는 이교도의 상징이었던 것으로 나온다.[39] 12세기와 13세기 프랑스의 사례에서 볼 수 있듯 거인은 늘 정통성의 전복과 토착적·탈

---

* 고대 그리스의 수도.

중심적·지역별 정치 구조에 대한 충성을 연상시키는 존재였다.

거인의 등장은 공식 행렬과 허가받지 않은 축제—중앙과 지방, 성과 속—로 나뉘며, 계급사회에 반드시 필요한 새로운 공적 공간을 조성하는 데 이바지했다. 이러한 새로운 공간은 재생산과 생산이 이루어지는 공간으로, 계급마다 그 안에서 경계를 과장함으로써 스스로를 규정한다. 페어홀트의 기록에 따르면 부유한 상인들은 "조합원들이 모일 길드홀로 자신들이 지은 궁전에서 옛 귀족의 영광과 어깨를 나란히 했다. 이렇다 할 만한 선조가 없었던 그들은 공식석상에서 내세울 것으로 유서 깊은 자기네 도시의 전설을 택했던 것이다."[40] 봉건제도의 기반도 충성이었지만, 여기서 충성이라 함은 도시 그리고 그 도시의 경제적 관계들을 지탱하는 중산계급을 향한 것이었다. 보통 사람들이 '할아버지'라 부르던 메헬렌과 두에의 거인들은 단상 위에 올려 전시됐던 반면, 아빠, 엄마, 나이 차이가 나는 두 딸, 어린 아들로 이루어진 그보다 키가 작은 거인 가족은 그 뒤를 따라 행진했다. 아트, 루뱅, 됭케르크에서는 도시 거인들이 부부나 가족 단위로 등장했다.[41] 이 같은 세속의 '아버지'와 그 가족을 향한 민중의 충성은 카셀 등지의 행렬에서도 잘 드러난다. 카셀에서는 그 동네에서 가장 키가 큰 사람들이 아기 분장을 하고 거인 뒤를 따랐다. 거인들의 존재를 지속시키고 제시해 보이는 일은 르네상스를 거치며 세속의 영역으로 옮겨갔다. 거대한 존재는 길드를 대표하고, 관련 기념행사들은 나날이 상업적 성격을 띠게 되면서 자유무역과 상거래 기능을 수행하기 시작했다. 소도시 자치체에서는

"대중적인 쇼의 분위기를 띄우는" 용도로 거인들을 다른 소도시에 대여하는 경우도 있었다.[42]

도시라는 맥락 안에서 거대한 존재의 등장은 분명 대중적 **스펙터클**의 창출이라는 문제와도 관련이 있다. 스펙터클은 타데우스 코프찬이 기호의 인공화라 지칭했던 것의 대표적인 사례다. "스펙터클은 자연의 기호를 인공의 기호로 바꾸는 것이다. 그러므로 스펙터클에는 기호를 '인공화'하는 힘이 있다."[43] 자연 풍경 속에 있던 거대한 존재가 전유되어 시장 관계라는 도시적 환경 안에 배치된 것은, 자연의 양가적(생산적이면서도 파괴적인) 힘이 계급사회라는 생산과 재생산의 힘, 즉 인간에 의해 통제되어 세속화된 것으로 볼 수 있는 힘으로 옮겨가는 추세임을 특징적으로 보여준다. 그러므로 문화별로 특정한 가족 형태 같은 사회적 양식 역시 자연화된다. 거대한 존재는 마법과 종교의 영역을 떠나 몸이라는 도구와 물질의 삶으로 자리를 옮기며, 자연히 신성함의 영역으로부터 세속적인 민속 문화의 영역으로 이동한다. 그러나 기계 복제의 등장으로 스펙터클에의 참여는 한층 더 소원해진다.

기 드보르는 『스펙터클의 사회』에서 다음과 같이 주장한다.

스펙터클의 기원은 세계의 단일성의 상실에 있다. 현대적 스펙터클의 거대한 팽창은 이러한 상실의 총체를 나타낸다. 모든 개별적 노동의 추상화와 생산 전체의 일반적인 추상화는 스펙터클 속에서 완벽하게 드러난다. 왜냐하면 스펙터클의 **구체적 존재 양태**

가 바로 추상화이기 때문이다. 스펙터클 속에서 세계의 한 부분이 세계의 전면에 **표상되며**, 이것은 세계를 능가하는 위치를 점한다. 스펙터클은 이러한 분리를 의미하는 공통언어에 불과하다. 관객들을 한데 결합하는 것은 이들의 고립을 유지시키고 있는 중심과의 불가역적 관계일 뿐이다. 스펙터클은 분리된 것을 한데 결합하지만, 그것을 **분리된 상태로서** 결합한다.[44]*

예를 들면, 카니발 세계라는 참여형 경험과는 대조적으로, 퍼레이드는 몸 그리고 몸의 노동의 시간으로부터 한 걸음 떨어져 있는 것이 특징이라고도 할 수 있다. 퍼레이드는 공적 담론, 즉 농경의 시간으로부터 유리된 역사에 대한 담론의 산물이다. 카니발 행렬에서는 군중이 그 이미지와 함께 움직이지만, 퍼레이드에서는 이미지와 그것을 보는 사람 사이의 간극 그 자체로 인해 이미지가 과장된다. 카니발이 활용하고 있는 것은 공식적인 것과 그 반대의 것 그리고 군중으로서의 공연자와 공연자로서의 군중 사이의 방종하고 성적인 교환, 전시와 은폐의 은유인 반면, 퍼레이드가 추구하는 것은 매끄러운 표현, 즉 행렬 양극단의 무한성을 향한 공식적 기구의 원활한 움직임이다. 퍼레이드의 진정한 기원이나 결말은 그 힘에 대한 환상이 깨지는 경험을 하지 않고서는 알 수 없다. 제대로 바라본다면, 퍼레이드의 한계는 우리

---

* 기 드보르, 『스펙터클의 사회』, 유재홍 옮김, 울력, 2014. 단, 원래 번역서의 '스펙타클'은 '스펙터클'로 표기 수정해 인용했다.

자신이 바라보는 특정한 순간 너머에 있다. "밑을 들여다보는 눈치 빠른 사내아이들"의 시선보다도 더 너머에 있는 것이다. 그리고 우리와 퍼레이드의 움직이는 면 사이에는 경찰 저지선이라는 완벽하게 획일적인 선이 존재하며, 이는 퍼레이드의 공간적 종결을 완벽하게 하는 동시에 행진 방향이 전복되거나 다른 발화에 의해 방해받지 않도록 막기 위해 고안된 선이다. 책 표지가 책에 대해 그러하듯, 저지선은 퍼레이드에 대해 무결성과 완결된 아우라를 부여한다.

마찬가지로, 따로 떨어져 존재하는 대중문화 속 스펙터클은 살아낸 현실 바깥에 역사를 두는 동시에 살아낸 현실은 소비 시간이라는 영역 안, 즉 생산의 시간 바깥에 둔다. 기 드보르는 이렇게 표현한다.

이미지의 소비를 위한 시간—모든 상품의 매개—은 스펙터클의 모든 수단이 완전히 행사되는 장場과 이 수단들이 특정한 소비를 위한 장소와 주요 형태로서 총체적으로 제시하는 목표와 분리될 수 없다. 우리는 현대사회가 끊임없이 추구하는 시간 절약—교통수단의 속도나 봉지 수프의 사용에서 볼 수 있듯이—이 실제로 어떻게 표출되고 있는지 알고 있다. 미국인들은 단지 TV 시청을 위해 하루 평균 3~6시간을 보내고 있다.[45]*

---

* 기 드보르, 『스펙터클의 사회』, 유재홍 옮김, 울력, 2014. 단, 원래 번역서의 '스펙타클'은 '스펙터클'로 표기 수정해 인용했다.

급격한 전환이 일어났다. 카니발과 거기서 벌어지는 전복들의 —분리된 그러나 참여가 가능한— 시간으로부터 퍼레이드와 그 공적 서사의 —멀리 떨어진 채 결말이 열려 있는— 역사적 시간으로 그리고 또다시 여전히 멀리 떨어져 있지만 결말은 닫힌 소비의 시간으로 흘러온 것이다. 거대한 존재는 이제 인간의 범주에서 상품의 범주로 밀려나고 말았다. 직접 대면이 이루어지는 공동체에서 거인의 마지막 움직임은 폭로, 즉 거인 같은 기계의 존재를 공개적으로 드러낸 것이다. 그러나 상품 관계에서 거대한 존재를 전유하는 것은 상품에 마법을 거는 것이나 다름없다. 계급 관계 자체의 속성인 거대 기구를 숨기는 최후의 가면인 셈이다. 미니어처에 대한 우리의 시선은 이 지점에서 보강되고 전복되며, 여기서 제시된 구상적 물질성은 (완전히 별개인) 추상적 인지로 이어진다. 상품 관계의 거대화는 마찬가지로 몸에서 분리된 추상적 물질성으로서 경험된다. 대대적 할인 판매 같은 값어치들의 퍼레이드가 그 대표적인 예에 해당할 것이다.

묘사된 거대한 존재

거인은 움직임으로써, 시간 속에 있음으로써 재현된다. 정적인 풍경에서도 눈에 띄는 흔적은 바로 거인의 활동, 즉 전설 속 거인의 행동들로 인해 생겨난 것으로 여겨진다. 미니어처라는 정적이고 완벽한 세계와는 대조적으로, 거대한 것은 역사의 여러 힘이 빚어내는 질서와 무질서를 상징한다. 미니어처에 대한 소비주의consumerism는 고전에 대한 소비주의이며, 변화에 대한 욕구가 일 때마다 소비문화가 거대한 존재를 전유하는 것은 마땅한 일이다. 우리는 오래된 미니어처와 새로운 거인을 원한다. 또한 미니어처가 살아 움직이기를 꿈꾸면서도 거인의 정지, 몰락, 죽음을 반긴다.

산업화 이전의 거인은 자연의 위력을 지닌, 성질이 사나운 거인이다. 블레이크의 예언서에 나오는 거인(거침 없는 생산자)이나 고야의 거인(창조자인 동시에 파괴자)이 여기에 해당한다. 거대한 존재는 소비하는 힘, 즉 미니어처의 정반대로 간주된다. 미니어처는 개별적인 그러므로 완벽한 소비라는 유토피아로서 보는 사람에게 모습을 드러내지만, 거인은 대개 먹어 삼키는 자로서 보여지며 심지어 키클롭스의 경우처럼 식인자의 모습으로도 나타난다. 거인은 에스키모나 다른 북아메리카 원주민의 신화들마다 인간이나 길짐승 혹은 날짐승의 모습으로 등장한다. 대개 남성이고 대부분 식인 경향을 보인다.[46] 카이사르(『갈리아 전기』 6권 16장)는 인간을 희생 제물로 바치던 드루이드교의 관습을 언급했는데, 고리버들 세공으로 만든 거인 형상에 사람들을 산 채로 채워 넣고 불을 붙여 거인이 "자신에게 바쳐진 제물을 소멸"시키게 했다.[47] 『윈체스터의 역사』를 보면, 됭케르크와 두에에서는 특정 축일마다 고리버들 세공과 캔버스 천으로 높이 12~15미터의 장대한 거인을 재현해 세우는 풍습이 있었는데, 저자 밀너는 이를 비난했다. 안에는 많은 사람들이 들어가 그 거인 모양의 바구니를 이리저리 움직이게 만들었다.[48] 소인국 릴리퍼트에서는 거인이 된 걸리버 역시 한낱 육체적 기능의 집합으로 '전락'하고 만다. 엄청난 오물을 배출할 수 있는 소비의 짐승이자, 풀어놓으면 파괴를 행할 짐승에 불과했던 것이다.

거대한 존재에 대한 문학적 묘사는 미니어처의 경우와 마찬가지로 디테일과 비교의 문제를 수반한다. 그러나 미니어처 묘사는 무한한 상대적 디테일에 다가서는 반면, 거대한 것에 대한 묘사는 대개 움직임과 그로 인한 결과에 초점을 맞춘다. 때문에 『걸리버 여행기』에서 릴리퍼트 이야기는 정적이고 초월적인 인류학적 모형의 성격을 띠는 반면, 브로브딩낵 이야기는 부분적이고 직접적인 경험을 기록한 일기의 성격을 띤다. 릴리퍼트에 대한 묘사는 패턴, 설계, 복제 가능성 등 초월적 관심사를 다룸에 있어 과학적 담론을 지향한다. 릴리퍼트라는 세계는 그 포괄성으로 인해 소소하며, 그곳의 시간은 과거와 현재가 그물처럼 맞물려 얽힌 순환적 시간이자 서정의 시간이다. 이와는 반대로, 브로브딩낵에 대한 묘사는 직접적이고 부분적인 놀라운 행위를 다룸으로써 서사적 서스펜스의 경향을 보이며, 브로브딩낵의 시간성은 미지의 종결을 향해 움직인다. 1인칭 시점의 목소리는 현재에 서서 뒤를 돌아보고 있는 것이므로, 걸리버가 죽지 않고 살아남으리라는 예상이 가능하지만, 이야기가 끝날 때까지 얼마나 많은, 혹은 어떤 성격의 난관에 부딪힐지는 알 수 없다. 왕 앞에 납작 엎드렸던 걸리버처럼, 관찰자는 조작과 오해에 종속된 처지다.

1부의 비극은 걸리버의 눈에 대한 위협이고, 2부의 비극은 소비라는 위협, 즉 몸 전체가 하나의 대상 혹은 작은 애완동물로 전락해 파괴되리라는 위협이다. 걸리버는 농부의 상자 속에서 로드쇼를 한 뒤 여왕의 애완동물이 된다. "그러나 오류투성이였을 내 말을 너그러이 참고 들어준 왕비는 나처럼 작은 동물도 이처럼 지성과 교양을 지니고 있다는 것에 매우 놀란 눈치였다." 걸리버는 인형 크기에 맞는 가구가 놓인 이동식 벽장에 넣어졌고, 왕은 "몸집이 나와 비슷한 여자를 구해 주려고 무던히 애를 썼다. 내 종자를 번식할 수 있게 하려는 것이다. 하지만 길들여진 카나리아 새처럼 새장에 갇힌 채로 살게 될 후손을 남기는 치욕을 겪으니 차라리 죽는 편이 낫겠다는 생각이 들었다. 나중에는 진기한 물건으로 귀족들에게 팔려 이 왕국 여기저기로 뿔뿔이 흩어졌을 것이다." 현대의 공상과학소설 『거인들의 나라*Land of the Giants*』 역시 거인들에게 붙잡힌 인간들 그리고 지구상의 생명체들을 우리에 가두어 작은 동물 수집선을 구성하고 싶어 하는 거인들의 욕망을 묘사하고 있다. 브로브딩낵에서 걸리버가 자연 (고양이, 들쥐 떼, 우박, 개, 솔개, 개구리, 원숭이, 독수리 그리고 아기나 난쟁이 등 문화의 영향을 받지 않았거나 기형적인 인간 등이 모두 그의 적이다)으로부터 끊임없이 위협을 받듯, 『거인들의 나라』에 나오는 지구상의 생명체들 역시 거인들의 첨단 무기뿐 아니라 고양이, 뱀, 쥐, 강아지 등에게도 위협을 받는다. 후자에서 거인들을 상대로 거둔 주된 승리가 불을 사용해 거둔 것이라는 점은 의미심장하다. 여느 기본 요소와 마찬가지로 불은 양적으로나 질적으로나 영원히 미니어처로 만드는 것이 불가능한 대상이므로, 이는 소비라는 궁극적 이미지를 보여준다.

『걸리버 여행기』의 브로브딩낵 이야기에서 가장 끔찍한 이미지들은 소비에 관한 이미지로서의 여성의 몸과 연관되어 있다. 종종 과도하게 부풀려지고 그야말로 몸에서 분리된 채 이미지로 소비되곤 하는 여성의 젖가슴은 특히 여기서 전복되어 종양과 오염이라는 무시무시한 상징으로 변한다. 양육자였던 가슴이 파괴자로 변한다. 먼저, 유모의 젖가슴은 이렇게 묘사된다. "솔직히 지금껏 나는 유모의 거대한 젖가슴만큼 구역질나는 물체를 본 적이 없었다. 궁금해 하는 독자를 위해 젖가슴의 크기와 모양 그리고 색깔에 대해 뭐라도 알려주어야겠지만, 도대체 비교해 설명할 만한 대상이 없다. 2미터쯤 솟아올라 있는 젖가슴의 둘레는 족히 5미터는 됐다. 젖꼭지는 내 머리 크기의 절반만 했고, 양쪽 젖꼭지의 빛깔과 생김새는 반점이며 여드름 같은 것들로 얼룩덜룩하여 그보다 더 구역질 날 수 없을 지경이었다."[49] 그 이후 걸리버는 "어느 유럽인도 본 적 없을 흉측한 광경"을 만들어내는 거지 무리를 보게 된다. 그중에서도 눈에 들어온 것은 "젖가슴에 암이 생긴 여자"였는데, "엄청나게 부풀어 오른 젖가슴은 구멍으로 뒤덮여 있었고, 그중 두세 개는 내가 쉽사리 기어들어가 온몸을 그 안에 숨길 수도 있을 정도였다."[50] 시녀들이 그의 옷을 벗기고 "자기네 젖가슴 위에 쭉 뻗어" 눕게 했을 때도 그들 피부에서 올라오는 고약한 냄새 때문에 역겨워한다.[51] 자연의 과잉을 상징하는 젖가슴은 가까이 있는 걸리버를 집어삼킬지도 모른다. 그런데 이 지점에서 걸리버의 운명을 좌지우지하는 왕비는 이처럼 그를 집어삼킬 듯한 거인 여자들 중에서도 가장 두려운 존재가 된다. "여왕은 (위장이 약했는데도 실제로) **영국인** 농부 열두 명이 한 끼에 먹을 만큼의 음식을 한입에 털어넣곤 했다. 한동안 그 장면을 볼 때마다 나는 비위가 상했다. 왕비는 다 자란 칠면조 날개의 아홉 배는 되는 커다란 종달새의 날개를 뼈까지 오도독오도독 씹어먹고는 12펜스짜리 식빵 두 덩어리만 한 빵 조각을 입에 넣었다. 술은 금빛 잔에 담아 마셨는데 200리터도 넘는 한 통을 단숨에 삼키곤 했다."[52]

물론, 걸리버는 그런 역겨운 감정은 관점의 문제이며 영국 숙녀들의 아름다움과 릴리퍼트 사람들의 흠 없는 인상 역시 시점의 문제이자 제한된 지식 때문이라고 말한다. 무질서와 자연과 역사를 지워 없앤 미니어처에 대한 이상화 그리고 거대한 것으로 대표되는 그로테스크 리얼리즘의 토대를 바로 여기서 찾아볼 수 있다. 작은 것에 대한 소우주적 묘사는 대상을 확장하면서 동시에 '기이한 것으로 만든다'는 점에서 초현실적이고 환상적인 경향을 띤다. 『걸리버 여행기』 1권에서 걸리버의 주머니 안에 들어 있던 물건들을 묘사한 대목을 떠올려보자. 가령 코담뱃갑은 이렇다. "왼쪽 주머니에서는 은으로 된 궤짝을 발견했습니다. 뚜껑도 은으로 되어 있었는데 수색 작업을 하던 저희 힘만으로는 뚜껑을 들어 올릴 수가 없어서 그에게 열어달라고 요청했습니다. 저희 가운데 한 명이 그 궤짝 안으로 발을 디디는 순간 먼지 더미 같은 것에 무릎까지 푹 빠지며 저희 얼굴 쪽으로 먼지가 일부 날리는 바람에 다들 몇 번이고 재채기를 했습니다." 그런가 하면 권총은 이렇게 묘사되어 있다. "사람 키만 한 높이에다 속이 빈 철기둥이 그보다 더 큰 단단한 목재에 고정되어 있었습니다. 기둥 한쪽 끝에는 커다란 쇳조각들이 솟아나와 있는데 알 수 없는 형상이었습니다."[53] 현대의 작가 프랑시스 퐁주 역시 「어떤 조가비에 관한 기록Notes Toward A Shell」에서 비슷한 실험을 한 적 있다.

조가비는 작은 물건이지만 더 큰 물건처럼 보이게 할 수 있다. 그것을 처음 발견했던 광활한 모래밭에 다시 가져다 놓으면 된다. 한 움큼 쥐어든 모래가 손가락 사이로 거의 다 새어버린 뒤 손바닥 위에 조금 남은 모래를 보면, 몇 남지 않은 모래 알갱이가 제각각 눈에 들어오기 시작한다. 그 순간 그 알갱이들은 더 이상 작아 보이지 않고, 곧 조가비—굴 혹은 삿갓조개 어쩌면 이 맛조개의 껍데기—도 무슨 앙코르 사원이나 생마클루 성당 혹은 피라미드처럼 거대하고 정교한 기념비처럼 보이기 시작하며, 질문 받은 적 없는, 사람이 만든 이들 작품보다도 훨씬 낯선 의미로 다가온다.[54]

여기서 과장은 단지 규모 변화의 문제가 아니다. 규모와 양의 변화는 그에 상응하는 질과 복잡성의 변화와 관련해서만 의미가 있기 때문이다. 대상이 복잡하고 정교할수록 그리고 이러한 복잡함과 정교함에 더 관심을 쏟을수록, 그 대상의 의미 역시 더 "커진다." 퐁주의 설명에 따르면, 복잡성은 맥락과 역사의 문제일 뿐 아니라 다양한 구성 요소의 문제이기도 하다. 복잡한 요소들의 배정 자체가 문화적 과정이기 때문이다. 묘사가 대상의 형태를 결정한다. 묘사가 제유提喩*적일수록 우리는 묘사의 문화적 위계에 더 근접한다. 묘사가 제유를 지양하고 '명료하게 짚어주는' 과도한 표명을 지향하면, 소격疎隔(estrangement)을 통한 대상의 과장 효과가 발생한다.

거대한 것에 대한 묘사에서는 제유법이 그 지시체 즉 전체로부터 끊어져 나오는 일이 종종 발생한다. 브로브딩낵의 젖가슴들은 대상, 즉 몸으로부터 분리될 수 있는 유기체로서 무시무시한 존재감을 지닌다. 관찰자의 부분적 시각은 대상의 종결을 방해한다. 우리는 미니어처를 위한 환경을 창조해 내려는 충동을 느끼지만, 거대한 존재에 대해서는 그런 환경이 불가능하다. 오히려 그 거대한 것이 환경이 되어, 자연이나 역사가 그러하듯 우리를 집어삼킨다. 그러므로 공적 공간 안에 거대한 존재를 재현하는 경우 그 거대한 것이 우리 한참 위에 놓임으로써 보는 사람이 접근할 수 없는 초월적 위치를 점하도록 하는 것이 중요하다. 전통적으로, 이러한 기능은 공공 조형물을 통해 충족되어 왔다. 기념과 경축의 의미를 담은 그러한 조형물이 기대하는 것은 한정적 유형의 맥락화, 즉 대지미술에서 주로 다루는 장소site와 비장소nonsite의 관계를 통해 볼 수 있는 작품과 환경의 관계다. 그림과 문학 속 거대한 존재는 묘사된 인물을 묘사된 풍경에 맞춰 재조정하는 문제이지만, 조형물은 삼차원적 속성 탓에 자신의

---

* 사물의 한 부분으로 전체를 나타내는 비유법의 일종.

물질성과 보는 사람의 인체 척도 사이의 직접적 관계를 설명해야 할 수밖에 없다.

공적 공간의 예술은 가내 공예나 수집선/박물관처럼 탈맥락화된 예술과는 달리 영원성이 부여된 행진으로서, 공적인 삶, 즉 국가의 상징을 폴리스*라는 추상적 권위를 지닌 환경 안에 심어 넣는 일이다. 공공 기념비 앞에서 보는 사람 개개인이 축소되는 현상은 새겨 넣은 비문碑文의 기능에서 한층 두드러지며, 그 지침을 읽는 이에게 기대하는 것은 업적의 인식─전몰자, 승자, 영웅을 인정하고 장소의 역사에 집중하는 것─이다. 이런 유형의 모든 공공 기념비는 죽음에 대한 기념비이자 역사와 권위 앞에 엎드린 개인에 대한 기념비다. 한편, 19세기와 20세기 들어서는 과학, 기술, 우주 정복에 매달리면서 그와는 다른 형태의 공공 조형물과 기념비가 탄생했다. 에펠탑, 자유의 여신상, 필라델피아 시청탑의 윌리엄 펜 동상 등의 내부에서 꼭대기까지 올라갈 수 있다는 바로 그 사실이 말해주는 것은 보는 사람의 머리 위 그 너머의 추상적 초월성 그리고 보는 사람이 거인의 정체를 밝힐 수 있고 신 안에 숨겨진 기계장치를 찾아낼 수 있으며 도시를 직접 초월적 시각으로 바라보는 위치에 접근할 수 있다는 그 가능성이기도 하다. 대통령 집무실이나 펜트하우스 스위트룸이 대개 마천루의 꼭대기 층에 위치하는 한편, 바로 그 아래층에 공공 전망대가 배치되는 것은 바로 절대적 권위를 향한 기업형 욕망

* 고대 그리스의 도시국가.

에 대한 상징이다.

공적 공간의 거대 예술은 자연의 예술이 아니라 문화의 예술
이다. 그 형태의 주제의 출처는 다름 아닌 주변 도시의 삶이다.
겉잡을 수 없이 거친 바다가 낭만적 숭고의 핵심 은유라면, 연출
된 분수는 공적 공간 예술의 핵심 은유다. 이 섹션에서는 지금까
지 도시 건설에 동원되고 축제 행렬에 전시되던, 자연적 위력과
파괴력을 지닌 전설적 인물들로부터 공적 공간인 광장의 '영웅'
조각상으로 그리고 기업형 국가가 선호하는 추상적 조형물로 이
동해 가는 흐름을 살펴보았다. 소도시별 거인은 중앙의 권위에
서 부과하는 무게를 상징하는 동시에 바로 그 권위에 맞서기도
복무하기도 하며 존속되는 지역별 토착 전통을 기념한다. 또한
이 거인과 마찬가지로 말을 탄 영웅 역시 사회적인 것의 재생산
을 상징한다. 이 경우, 역사적 서사, 즉 이데올로기의 생성을 위
한 지침이 담겨 있다. 가령 자연이든 문화적 타자든 **외부 세계**의
침입으로부터 건국 선조들이 우리를 영원히 지켜주리라 믿을 수
도 있다. 말 탄 영웅이 각인시키고 있는 것은 자연 정복뿐 아니
라 말을 탈 수 있는 이들과 걸을 수밖에 없는 이들 간의 신분 차
이이기도 하다. 축제 행렬이나 기념비의 경우, 거인이 말하고 있
는 것은 관과 민의 담론 차이이자, 신성한 국가와 세속적인 국가
의 차이 그리고 역사의 특정 시기별로 정당화됐던 계급제도 간
의 차이다. 추상적 팝아트에 대해 살펴보면서 알게 될 테지만, 오
늘날 공적 형태의 거대한 것들 역시 유사한 이데올로기적 기능
을 수행한다. 상품 체계와 우리의 관계를 기념하는 동시에 의문

을 제기하기 때문이다.

레오 뢰벤탈은 대중문화를 연구하며 19세기 생산 영역의 영웅—카네기나 멜론 등의 인물로 분한 호레이쇼 앨저—에서 20세기 소비 영역의 영웅—영화배우나 방송인 등 소비되는 이미지로서의 영웅—으로 옮겨가는 과정을 추적한다.[55] 그 과정에서 뢰벤탈은 이러한 미적 이미지, 즉 주체를 표상하고 재현하는 형식이 지역성을 벗고 매스 커뮤니케이션이라는 추상적 공간으로 이동해 가는 뒤를 밟는다. 그러한 주체들이 '실제보다 부풀려져 있다'는 사실은 그 인물들의 역사적 행위의 결과라기보다는 그들을 표현한 매체의 문제이며, 재현은 그 지시체를 완전히 지워 없앤다. 사슬처럼 얽혀 누적된 형성 과정 속에서 서로 연관된 일련의 이미지들만이 있을 뿐이다. 그리고 기호를 통해 기호가 생성되는 이 형성 과정은 상품 관계라는 생성적 능력에 대응되는 미학적 결론으로 자연스레 이어진다.

기호의 이러한 생성적 능력은 앤디 워홀이 1964년 작 「재키 Jackie」에서도 다루었던 현상이다. 남편이 피살되던 날과 장례식 당시에 찍힌 재클린 케네디의 잘 알려진 사진 16점을 리퀴텍스와 실크스크린 기법으로 재현한 작품이다. 이 기법은 이미지를 장치화하여 기성품 같은 감정으로 표현함으로써 내용을 중립화하는 효과를 냈다. 워홀 스스로 말하듯이, "아무리 소름 끼치는 사진도 수없이 보고 또 보면 아무런 효과도 내지 않는다."[56] 경험 전체는 여러 스펙터클 형태 속에서 다채로운 경험이 되며, 규모와 의미의 과장 가능성은 살아낸 현실과 각각의 재현 사이의 거리를 통해 증폭된다. 스펙터클이 만들어낸 구경꾼에게는 맥락과 역사를 상대적으로 파악하는 능력, 몸을 상대적으로 인식하는 능력이 없다.

예술적 오브제에 대한 기계 복제, 즉 실제로는 원본의 진정성의 창조라고도 볼 수 있는, 원본의 진정성으로부터의 탈피는 예술 자체가 이런 과장 양식에 쉽게 영향 받게 되는 결과를 낳는다는 점을 기억해야 한다. 최근의 정신분석 작업이 말해주듯이 반복은 복제를 야기하는데, 사실 진짜에 아우라를 입혀주는 것이 바로 이 복제다. 바버라 로즈는 현대의 기념비적 조각의 기근 현상에 관해 이렇게 말한다.

피카소 작품의 기념비성에 대한 우리의 인식은 실질적 규모에 달린 것이 아니다. 사실, 내 경우에는 그 작품들의 기념비성에 대한 이해는 대부분 원본을 한 번도 본 적 없이 슬라이드나 사진으로만 경험하면서 이루어진 결과였다. 이런 식으로 인체와의 비교가 한 번도 이루어진 적이 없다 보니, 획기적인 1928~29년 작 「철사 구성Construction in Wire」 실물의 높이는 50센티미터밖에 되지 않았지만 상상 속에서는 한껏 커질 수 있었다. … 이를 깨달은 것이 미켈란젤로 안토니오니*가 처음은 아니겠으나 그의 지적대로, 사진은 어떤 크기로든 확대가 가능해서 심지어 어마어마하게

---

* 1912~2007. 이탈리아 영화의 신경향을 대표했던 영화감독으로, 인간의 정신적 교류의 불확실성과 고독감 등을 주제로 하여 작품을 만들었다.

거대한 크기로도 확대할 수 있다. 보는 사람은 사진의 도움을 받아 현대 초기 조각의 친근한 거실장식용 예술을 뒤샹-비용이 상상했던 야외용 기념비처럼 머릿속에서 변형시켜 볼 수 있다.[57]

여기서 헨리 무어의 '기념비적' 소형 조각상도 생각해 볼 수 있겠다. 바버라 로즈의 경험은 안내책자나 엽서에 재현되어 실린 문화가 오히려 진짜 문화가 따라갈 수 없을 만큼 더 의미 있고 매력적이라 느끼는 관광객 입장에서의 경험이다. 실제 문화는 역사와 차이에 의해 오염되기 때문이다.

이러한 이미지 확산 문제의 역설은 팝아트에서 가장 확연히 드러난다. 팝아트는 대중문화와 대중적 스펙터클이라는 추상적 공간 안에 자리 잡음과 동시에 공공 조형물의 공간을 점유해 버렸다. 시카고나 필라델피아의 도시 경관 곳곳에 놓인 올덴버그의 작품들은 이들 도시의 전설적 거인이자 지형학적 마스코트가 됐다. 이런 작품들은 다른 고공 건축물, 특히나 파사드facade*가 전부인 광고판이나 네온사인의 친척 격이며, '본래의original 오브제'가 됨으로써 진정성 안에 붙잡혀버린 기계 복제의 재현들이다. 사람들이 앤디 워홀에게 '진짜' 캠벨 수프 깡통에 사인해 달라고 부탁하는 현상만 보더라도 우리는 이러한 '진정한authentic 오브제'라는 역설이 기계 복제로부터 나오는 것을 볼 수 있다. 다시 말해, 루시 리퍼드를 비롯한 많은 이가 지적했듯이, 예술가의

---

* 건물의 전면.

진위도 예술 작품의 진위만큼이나 모호해진 것이다. 청동으로 주조하여 손으로 색을 입힌 후 청동 받침대에 세운 재스퍼 존스의 1960년 작 「밸런틴 맥주 깡통Ballantine cans」에서부터 나무 상자에 실크스크린으로 갖가지 상표를 입혀 슈퍼마켓의 상품 상자 더미처럼 쌓아놓았던 워홀의 1964년 스테이블 갤러리 전시에 이르기까지, 예술 작품의 생산양식은 그 오브제—소비재—의 생산양식 위에 포개어 배치되어 왔다. 존스의 작품은 여전히 그 단독성과 특별성을 뽐내지만, 워홀의 작품은 지시체와 이미지 양방향으로 뻗어 있는 기표의 사슬 속으로 사라진다. 그 결과가 바로 예술과 상품을 동시에 지향하는 기계 복제의 소비 미학이다. 즉, 예술 작업의 기계화(워홀이 남긴 유명한 말 "나는 기계가 되고 싶다"나, 로젠퀴스트는 과연 광고판 페인트공인가 아니면 광고판 예술가인가를 두고 생기는 혼란) 그리고 소비재의 심미화다.

팝아트의 주된 속성인 거대화와 새로움, 과장이라는 기계적 가능성에 대한 집착, 반고전주의 등은 이전의 스펙터클 활용 방식에서 볼 수 있었던 거대화라는 특성의 현대적 표현으로, 질보다 양, '내용물'보다 '파사드', 중재와 초월보다 물질성과 운동을 중시한다. 그러나 풍경 속 거대한 존재에 대해서는 한층 더 폭력적이고 자연적인 시대의 유물로서 접근이 이루어지지만, 도시의 거인은 결국 흉포함을 상실하고 토착성이라는 감상적 속성을 획득하는 동시에 역사적으로 결정된 미래에 말을 건넨다. 그런가 하면, 팝아트 속 거대한 존재는 새로운 것의 확산을 찬탄한다. '뉴욕 팝'에 관한 리퍼드의 비평대로, "사용은 과거를 내포한다.

그리고 과거는 심지어 아주 가까운 직전의 과거조차도 기억을 환기한다. 팝아트 오브제들은 시간이 얻어낸 독특함을 단호히 단념한다. 이 오브제들은 아직 닳아빠지지도, 남겨지지도 않았다. 개성을 얻을 시간이 없었으므로 모든 캠벨 수프 깡통은 생김새가 죄다 똑같고, 소가턱에서건 수시티에서건 일정한 순간에 한 채널에서 나오는 TV광고는 다 똑같다."[58] 팝아트 속 거대함은 대량생산이라는 추상적 공간 안에 존재한다. 여기서 인체는 거대하지 않으며, 이미지는 거대하다. 그리고 그 지시체가 실제로 오브제이건 아니건 이미지는 그 자체로 오브제다. 집 안이라는 내부 세계를 모방하기 위해 오브제들을 사용하는 정물화와도 다르고, 오브제를 선택할 때 도발적이고 노스탤지어적 경향을 보이는 초현실주의적 콜라주collage*와도 다르다. 팝아트 오브제는 상징적인 것을 거부한다. '의미' 없는 소비라는 추상적이고 독자적인 공간, 파사드의 공간 안에 존재한다. 팝아트가 거대한 것의 세속화와 탈자연화 마지막 직전 단계에서 시간성—생산 맥락에 상징적 의미를 부여하는 시대구분의 과정—에 종속되는 것은 시간성을 통째로 거부하기 때문이다. 공간 안에서 그것이 차지하는 위치로 인해 팝 오브제는 상징화에 만만해지듯(예로 동네 마스코트), 특정한 도해적 형태나 그에 수반되는 선언(혹은 선언의 부재) 역시 '시기 특정dating'에 만만해질 수밖에 없다. 마지막 장에서 살펴보

---

* '풀로 붙이는 것'이란 뜻으로, 본래 상관관계가 없는 별도의 이미지들을 최초의 목적과는 전혀 다른 방식으로 결합시켜 색다른 미(美)나 유머를 도입하는 기법. 팝아트 등 20세기 예술에서 널리 사용된다.

겠지만, 팝아트의 적敵은 새로움에 대한 노스탤지어로, 이는 키치 kitsch*와 캠프camp**의 모순에서 찾아볼 수 있다.

거짓말 : 언어의 거대주의

3차원적 재현에서 거대한 것에 대한 과장은 분명히 재료나 디자인과의 관계에서 제약을 받는다. 언어 또는 캔버스 위에 도료로 일단 재현을 하고 나면, 이미지와 물리적 세계 간에 간극이 생겨 과장이 일어나는데 이 경우 기술적 문제보다는 사회적 관습의 제약을 받는다. 작품의 '내적' 기호체계가 상대성의 영역을 형성하며, 구성 요소들은 그 안에서 전시된다. 그러나 그러한 미적/사회적 제약이 규모의 결정에는 아무런 역할을 하지 않는다고 추정하는 것은 지나치게 순진무구한 생각일 것이다. 많은 예술가들이 어떤 디자인이든 '부풀려도' 된다고 생각한다는 바버라 로즈의 한탄—그녀의 말을 그대로 옮기자면, "그러한 추측에 도사린 함정이 뭔지 깨닫고 싶다면 15미터짜리 드가의 무용수 청

---

* 본래는 고미술품을 모방한 복제품이나 유사품 등과 저속한 취향의 대중문화를 지칭하는 데 사용되는 말이었으나, 차츰 대중의 소비문화 수용과 관련된 철학적·미학적 범주로까지 확장되어 하나의 사회적 현상을 가리키게 됐다. 1960년대 초 팝아트의 등장과 함께 키치적 작품들 즉 통속미술에 대한 시선에 변화가 생김으로써, 통속미술과 고급미술 간의 구별이 모호해져 포스트모더니즘의 등장에 결정적인 실마리로 작용했다.
** 수잔 손택이 「캠프에 관한 단상(Notes on Camp)」이라는 에세이에서 부자연스럽고 인위적이며 과장된 것을 애호하는 독특한 감수성을 지칭하며 사용하여 널리 퍼진 개념이다. 키치가 고급예술을 모방하려는 데서 출발했다고 한다면 캠프는 통속적 하위문화 자체를 옹호한다는 점에서 대비된다.

동상이라는 악몽 같은 장면을 잠시 상상만 해봐도 될 것"[59]—은 주체가 제시한 미적 제약과 작품의 형태를 접합시키고 있는 것이다. 원하는 것이 패러디가 아닌 이상 아담하고 우아한 **매머드급** 발레리나란 있을 수 없다. 역사적으로 발레리나에 대한 묘사에서 크기와의 관련성은 고정되어 있기 때문이다. 실제로, 고전 발레의 시계 같은 정밀함에 대한 동시적·초월적 관점은 이 경우 미니어처화라는 뚜렷한 경향으로 연결됐다. 그러므로 19세기 발레에 대한 조세프 코넬의 애정은 형식뿐 아니라 노스탤지어와 주제에 관련된 측면에서 기인했다고 볼 수도 있을 것이다.

지금까지 우리는 언어와 물리적 규모 간의 비스듬히 어긋난 관계를 강조하며, 미니어처에 대한 묘사와 거대한 존재에 대한 묘사는 디테일의 위계라는 사회적 개념과 내적 비교체계에 좌우된다는 사실에 주목해 왔다. 작은 것에 대한 서술은 커다란 것에 대한 서술과 다를 바 없는 형태의 작업—비교 그리고 디테일과 예시의 선택—을 수반한다. 이러한 미적 서술 관습들은 허구를 구사한다는 장르적 제약에서 비롯된다. 그러므로 플로렌스 무그가 『사이언티픽 아메리칸Scientific American』에 게재했던 「걸리버는 왜 형편없는 생물학자인가」[60]라는 글은 중요한 부분을 놓치고 있는 셈이다. 몸집이 브로브딩낵인만 한 사람의 존재는 물리적으로는 불가능하지만 허구상으로는 얼마든지 적정할 수 있다. 특히 그 정반대의 경우인 릴리퍼트인의 물리적 불가능성과 허구적 가능성과의 관계 속에서라면 더욱 그렇다. 브로브딩낵 사람들을 발명해 낼 수밖에 없게 만든 것은 스위프트이기도 했지만 동시에 릴리퍼트 사람들이기도 했던 것이다.

과장과 관련된 미적 관습에 대한 이러한 고찰은 '미적 크기 aesthetic size'의 문제, 즉 장르와 의미 간 관계로 우리를 안내한다. 아리스토텔레스는 『시학Poetics』 7장에서 다음과 같이 적고 있다.

그러나 이외에도, 그림이든 혹은 어떤 다른 복합적 대상이든 아름답기 위해서는 그것의 부분들이 적절히 배열되어 있어야 할 뿐 아니라 크기도 적정해야 한다. 아름다움은 크기와 구조에 좌우되는 것이기 때문이다.

그러므로 너무 작은 그림은 아름다울 수가 없다. (시간에 대한 감각을 상실하면 시각에 혼란이 오기 때문이다.) 그리고 너무 큰 그림 역시 아름다울 수 없기는 마찬가지다. (한꺼번에 수용할 수가 없는 탓에 시각이 단일성과 온전성을 잃어버릴 수 있기 때문이다.) 폭이 1,700킬로미터쯤 되는 그림을 상상해 보라! 이처럼 몸이나 그림에 적절한 크기(한눈에 들어오는 크기)라는 것이 있듯, 줄거리에도 적절한 양(마음에 잘 간직해 둘 수 있는 정도)이 있기 마련이다.[61]

이 같은 주장은 인지적 차원의 문제로 볼 수도 있을 것이다. 이 경우, 복잡성과 단순성은 보는 사람의 지적 능력의 작용이 되는 셈이다. 하지만 이는 사회학적 차원의 문제로 볼 수도 있는데, 이 경우 어떤 형태의 적절한 확대는 예측되는 장르에 달린 것이 된다. 비문해적 문화에서 "마음에 잘 간직해 둘 수 있는 정도"라는 자격 기준은 기억이라는 특수하고 필수적인 기능에 부합하는 미적 가치다. 기억에 남을 법하지 않은 모든 작업물은 금세 그 사회적 생명력을 잃을 것이 뻔하다. 기계적 재생산의 등장으로 텍스트는 연쇄성에서부터 분리성에 이르기까지 텍스트의 물리적 형태를 통해 성립되는 수많은 속성을 얻게 된다. 반복은 이러한 변형의 가장 명백한 예시가 된다. 구두 예술에서 반복은 주요한 구조적·주제적 원리인 반면, 글로 쓴 작품들에서 반복은 부수적인 유희적 원리이기 때문이다. 작품의 물리적 규모는 해당 장르의 사회적 기능에 달려 있으며, 격언이나 그 밖에 '작음 안에 많음' 형태의 경제는 대화라는 직접적 맥락 그리고 그러한 맥락에서 지배적으로 작용하는 번갈아 하기 규칙에서 비롯된다. 『전쟁과 평화』의 구조에서 최대한의 변주와 복잡화가 가능했던 것은 일단 독자에게 허락된 여가 시간 덕분이기도 하고, 책이라는 물리적 상태 때문이기도 하다. 책의 그러한 물리적 상태 덕분에 '골라 읽기', 다시 읽기 그리고 읽기라는 연속된 상황들 위에 연속된 장章들을 포개어 놓기 같은 것들이 가능해지는 것이다. 마찬가지로, 바흐친은 '연회용 대화banquet dialogue'와 계몽주의라는 경구적 사고 간의 분기分岐를 추적해 왔으며, 전자를 사회계급 간 긴장의 전시로 그리고 후자를 통합된 의식에 대한 이상화이자 결과적으로 개별성individuality이라는 개념에 대한 가치 부여로 묘사하고 있다.[62] 버트램 제섭이 「미적 크기Aesthetic Size」라는 글에서 밝혔듯이, "크기 자체는 질적으로 느낄 수 있고, 혹은 실제로 질적 측면을 구성하기도 한다. 그러므로 **질적인 다른 모**

든 점에서는 동일한 큰 작품이 작은 작품보다 우월하다는 주장이 성립하기 위해 필요한 것은 미적 크기라는 원리를 자격 기준으로 인정하는 것"이라는 주장은 순진하다.[63] "질적으로 다른 모든 점에서는 동일한" 것이란 없다. 작품의 사회적 기능을 무시할 수 있는 입장이라는 것도 없기 때문이다. 사적 공간을 향해 표현된 사회적 가치들과 무관한 —특히, 가정에 관한 것이나 내적인 것이 내적 주체라는 사회적 형성 과정을 함축하는 방식과 무관한— 작은 작품 혹은 미니어처에 대해 논하기란 불가능하다. 그리고 자연을 향해 표출된 사회적 가치들이나 도시의 공적이고 외적인 삶과 무관한, 장엄하고 거대한 존재에 대해 논하는 것 역시 불가능하다. 미적 크기는 사회적 기능 그리고 사회적 가치들과 떼려야 뗄 수 없는 관계다.

규모와 관련된 길이 및 복잡성에 대한 조작 문제는 차치하더라도, 언어 예술 작품은 세계world와 말word 사이의 관계에 대해 작품이 취하는 입장에 있어서 제임스 조이스가 "거대주의gigantism"라 지칭했던 기법으로 이어질 수 있다. 가령 『율리시스Ulysses』의 키클롭스 장에서 조이스는 부르주아 사회의 담론으로 구성된 언어의 향연을 선보이고, 대중 저널리즘의 과장뿐 아니라 담론 중의 법, 의학, 의회, 과학 관련 전문용어jargon도 바니 키어넌 선술집 장면 안에서 전시한다. 조이스는 리나티, 고먼, 길버트 등 친구들에게 나누어준 율리시스 도식에서, '거대주의' 기법이 특징적으로 나타나는 선술집 장면에서 의도했던 것은 "국가, 정부, 종교, 왕조, 이상주의, 과장, 광신, 집단성"의 상징이었다고 적기도 했다.[64] 조이스는 우리가 지금껏 여타 재현 형식에서 보아 왔던 거대한 것들의 문학적 등가를 제시하고 있는 셈이다. 그리고 언어의 추상성으로 인해 의미를 '부풀릴' 가능성은 한층 고조된다. 그러한 허구들은 기표와 기의 사이의 간극 그리고 직접적 경험의 맥락과 점진적으로 거리를 둔 허구의 맥락 사이의 간극을 과장할 수 있다. 해당 장르의 기본적 맥락이 허구적 성격을 띨수록, 과장의 가능성과 잠재성 역시 커진다. 물론, 이러한 과장 유형의 대표적인 예로는 과장법hyperbole과 그것이 확장된 형태인 허풍tall tale을 들 수 있다.

라블레의 작품에서 언어는 과잉이 되어 목록을 이루고, 또 그 목록은 두 배가 됐다가 수집선처럼 되어버린다. 팡타그뤼엘과 파뉘르주가 '트리불레의 미덕'에 관해 나누는 대화("치명적 얼간이/ 고상한 얼간이/ 타고난 얼간이/ 올림 나b sharp 그리고 내림 나b flat* 얼간이")[65]를 보면, 형용사 병치를 무한정 이어갈 태세다. 마치 언어는 끝없이 자기 복제를 해서 '흙으로' 돌아갈 일이 없을 것 같아 보인다. 카니발의 그로테스크함이 특징인 이러한 과장적 언어의 뿌리는 민간전승이며, 따라서 라블레 작품에서 몸의 향연의 당연한 귀결은 시장의 연회가 선사하는 말과 이미지의 향연 속에 있다. 이러한 초기의 (동시적) 민간전승을 좀 더 살펴보기 위해서는 오늘날까지 필사본 형태로 남아 있는, 초창기에 구전되던

---

* 음이름 중 나음의 반음 올림과 반음 내림. 여기서는 논리적이지 않은 무작위적 수식어의 예로 사용됐다.

허풍 모음집 가운데 하나인 『진리의 새로운 구성*La Nouvelle Fabrique des Excellents Traits de Vérité*』을 짚어볼 수 있을 것 같다. 이 모음집은 필리프 달크리프라는 필명을 쓰던 한 노르망디 수도사가 엮은 것으로, 라블레 사후 한 세대가 지난 1579년경 파리에서 처음 출간됐다. 허풍스러운 전승은 주로 북아메리카 지역의 현상으로 생각되어 왔지만, 제럴드 토머스는 『진리의 새로운 구성』을 번역하고 분석하면서 유럽의 허풍스러운 전승은 역사가 훨씬 오래됐다는 주장을 펼친다. 아마도 달크리프 필사본은 현지 어느 선술집의 이야기 모임에서부터 비롯됐을 것이다. 달크리프는 독자들에게 이렇게 말한다. "그러니 그들 말마따나 쓸 만한 단어 두 개면 족하겠지만, 우선 내 멋대로 말해 보자면, 불과 150년 전까지만 해도 내가 직접 리옹에 갔을 때 여러 유쾌한 벗, 내 좋은 친구들과 어울려 지내며 마서질레트 선술집에서 맛있는 음식을 먹고 최고로 신선하고 맛있는 술을 마시는 동안, 유쾌하고 즐거운 이야기들이 수도 없이 쏟아져 나왔고 그중에는 간혹 전혀 새로운 이야기나 상스러운 소리들도 있었다. 그러면서 웃기도 많이 웃었고 울기도 많이 울었다."[66] 라블레의 작품에서 볼 수 있듯, 허풍스러운 전승은 그간 우리가 열거해 온 거대한 것들에 관한 주제들과 결합한다. 그로테스크한 것, 몸, 연회, 여가, 외적인 것 그리고 가정에 관한 것보다 우위에 서는 공적인 것 등이 그에 해당되며, 관官보다 민民 그리고 성聖보다 속俗이 우위에 놓이게 된다. 유럽 그리고 이후 미국에서는 선술집에서 이루어지는 편안한 분위기의 허풍떨기 모임이 거짓말 클럽Liar's Club이라는 정형화된 형태로 자리 잡게 된다. 토머스의 기록에 따르면 18세기 들어 프랑스 및 네덜란드 각 지역에서 이러한 목적의 모임들이 생겨났다. 그 예로, 1783년 왈롱 방언으로 된 노래에 열중하던 이들이 카나리아 클럽La Societe des Canaris을 만들었는데, 이 모임은 훗날 거짓말쟁이들의 모임Cercle des Minteurs이, 1834년에는 유쾌한 거 짓말 내각Li Cabinet des Mintes이 됐다. 이 모임에 들어가려면 허풍 스러운 이야기를 방언으로 능숙하게 할 수 있어야 했다.[67] 그러 니 허풍스러운 이야기 모임은 거대한 존재의 퍼레이드나 그에 수 반된 토착적인 연회가 포함된 장날의 일상적 버전으로 보아도 무방했다. 두 경우 모두에서 볼 수 있는 것은 일의 시간적 중단, 중앙의 공식적 가치의 토착적 가치로의 전복, 균형보다는 축적이 라는 떠들썩한 과시다.

민속 영역에서 허풍스러운 이야기는 그 말하는 맥락과 특정한 관계가 있다. 글로 쓰인 작품 속 대화는 과장의 기준을 상정하 고 그즈음에 머무는 반면, 그러한 모임에서의 허풍은 절제된 표 현에서 시작하여 개별적인 서사적 요소를 진행시켜 나가며 일상 의 살아낸 경험에 의해 규정된 현실로부터 계속 멀어져간다. 조 라 닐 허스턴이 플로리다의 아프리카계 미국인들의 민속을 연구 한 『노새들과 사내들Mules and Men』에서 과장법이 난무하는 자리 를 묘사한 글을 보면 다음과 같은 예가 등장한다.

(조가 대답했다) "이봐, 그 남자는 얼마나 못생겼는지, 병에 걸 리라는 저주를 건다 해도 저주가 슬금슬금 다가가다 말고 삼주

동안 경련을 일으키게 생겼어."

그때 블루 베이비가 불쑥 끼어들었다. "그건 못생긴 것도 아니야. 당신들은 아직 진짜 못생긴 사람을 못 봤어. 나는 흰독말풀이나 원숭이보다도 못생긴 남자를 본 적 있다고."

모두들 박장대소하며 더 가까이 모여 앉았다. 그러자 경찰관 리처드슨이 말했다. "내가 본 어떤 못생긴 남자는 밤에 사람들이 그 남자 얼굴 위에 담요를 펼쳐 덮어야 할 지경이더군. 안 그러면 잠이 그 남자 얼굴 보고 도망가게 생겼더라고."

사람들이 한 바탕 더 웃고 나니 클리퍼드 울머가 말했다. "내가 진짜를 말해주지. 댁들이 말하는 남자들은 못생긴 근처에도 못 갔어. 그 정도면 귀여운 녀석들이라고. 내가 아는 못생긴 남자는 얼마나 못생겼는지 미시시피 강에다 던져 넣은 다음 못생김을 여섯 달은 벗겨내야 하겠더라니까."

"자, 개는 클리프에게 줍시다." 짐 앨런이 말했다. "클리프의 허풍이 최고였어."**68**

이날 아침 사내들은 오지 않는 십장什長을 기다리는 동안 너스레bookooing(많다는 뜻의 프랑스어 단어 'beaucoup'에서 만들어진 말로, 특별한 목적 없이 와자지껄 떠드는 것)를 떨고 '거짓말'을 하며 시간을 때우고 있다. 이 단락의 이야기를 결말로 이끄는 것은 클리퍼드로, 그의 이야기가 최고로 과장된 것이기 때문이다. 그러나 허풍스러운 이야기 모임이란 것이 으레 그렇듯 이런 식의 거짓말은 무한성을 위협한다. 이 모임의 맥락은 누적 방식으로 작용한다. 각각의 거짓말은 다음 거짓말이 또 다음 거짓말을 만들어낼 수 있는 발판이 되는 것이다. (여기서 우리는 점점 길어지는 피노키오의 코가 얼마나 적절한 은유인지 알 수 있다.) 그러므로 허구는 절제된 표현으로부터 점차 가장 불가능하고 개연성 없는 이야기로 옮겨가기 마련이다. 허풍스러운 이야기는 주로 남성 장르로, 노동자의 쉬는 시간과 관련되어 있다. 일이라는 실제 살아낸 경험, 즉 적어도 지금까지는 몸을 통해 '직접' 알게 됐던 경험과는 달리, 이러한 이야기는 허구적 세계에서만 가능한 경험들을 창안해 낸다. 여기서 환상적인 존재는 일인칭의 목소리와 엄청난 사건들의 병치나 '뻔한 거짓말'을 전설로 포장해 —즉, 모종의 역사적 과거 안에서는 참이라고— 들려주는 방식을 통해 강조된다는 것은 아이러니다. 유럽 및 북아메리카 지역에서는 허풍을 즐기는 이들은 주로 선원, 사냥꾼, 어부, 이민자, 군인 등이고 간혹 농부도 포함된다는 점에 주목해 왔다.[69] 다들 일터와 가정 간의 거리가 상당하며, 야외에서 하는 단독 노동이라는 상황도 공통된 특징이다. 이들은 가정적이고 길들여진 양식의 사교성과는 거리가 멀다는 점에서 '외부'의 입장에 놓여 있다. 우리 입장에서는 유일한 목격자가 내레이터뿐이므로 '떠나온 사람'의 이야기일수록 오히려 믿을 법하지만, 한편으로는 그 이야기가 청중의 경험 범위를 넘어서기 때문에 오히려 믿기 어렵기도 하다. 그러므로 내레이터는 절제된 표현과 과장된 표현을 넘나드는 패턴 속에서 자신의 신뢰도를 십분 활용한다. 허풍스러운 이야기는 이처럼 맥락 속에 그 자리를 잡는 탓에 전반적으로 정반대 성격의 경구를 들먹이게 된다. 경구적 사고는 상황이라는 직접적 맥락으로부터 떨어져 나와 초월을 지향하며, 상황을 '규칙'하에 포섭시키고자 한다. 그러나 허풍스러운 이야기는 그 자체의 서사적 과정, 즉 단계별로 진행되어 가며 새로운 것을 만들어내는 과정에만 매달린다. 그러다 보니 사실상 인용될 만한 가치가 없고, 이야기의 개별 구성 요소는 이야기 전체의 서사적 구조 안에 매여 있으며, 이야기 자체가 맥락 구조 안에 얽혀 있어서 거기서 떼어낼 경우 효과가 현저히 떨어지는 것을 피할 수 없다. 그러므로 문학 속의 허풍은 구두로 이야기를 주고받는 모임에서 볼 수 있는 즉흥적 기법은 쓸 수 없다.

'신세계', 즉 광활한 황야 그리고 그에 수반되어야 하는 특정 형태의 엄청난 육체노동이라는 개념은 북아메리카 지역에서 특히나 뚜렷하고 흔하게 볼 수 있는 허풍스러운 전승의 원천이 되어왔다. 허풍은 변경邊境의 장르—확장적 형식—인 동시에 이주移住의 장르—'보고서'에 대해 몇 단계 거쳐들은 간접 경험—다. 『사제 요한의 서신*The Letter from Prester John*』이나 『맨더빌의 여행 *Mandeville's Travels*』 같은 작품들을 떠올려보면 가공架空의 여행문학이라는 전통은 그 기원이 중세 시대까지 거슬러 올라가는데, 북아메리카 지역의 여행자들 사이에 구전되는 이야기에서 그 유사한 예가 발견된다. 직업적인 허풍 이야기꾼의 전통이라든가 통속문학에서 발견되는 이러한 서사의 기록 버전에서다. 북아메리카 지역에 정착이 이루어지기 시작한 것이 문자 이후 시대의 일이므로, 구어적·문어적 형태의 과장은 동시에 나타났다. 그러나 그러한 이야기들이 생겨난 것은 분명 구어적 맥락—야간의 벌목장이나 잡화점, 동네 선술집 같은 휴식 시간의 맥락—에서였다. 문어적 형태가 구어적 형태를 사실상 대체해 버리자, 그러한 이야기들은 노스탤지어의 대상이 되다 못해 심지어는 아련한 시선으로까지 바라보게 됐다.[70] 가상의 짐승이나 식물, 마법과 주술을 행하는 아메리카 원주민들과 흙의 풍요나 물의 기적적 힘이 등장하던 17~18세기 정착민들의 이야기는 18세기 말 이후로 말과 글 두 가지 형태의, 직업적 차원의 이야기로 대체됐으며, 변경의 개척자(데이비 크로킷), 나룻배 뱃사공(마이크 핑크), 나무꾼(폴 버니언), 카우보이(피코스 빌), 뱃사람(올드 스토멀롱), 철강 노동자(조 매거랙), 밀밭 농부(피볼드 피볼드슨), 석유 노동자(깁 모건), 안내원(짐 브리저), 농민(해서웨이 존스), 철도 노동자(존 헨리), 기술자(케이시 존스) 등이 주인공이 됐다. 크로킷, 핑크, 헨리, 해서웨이와 케이시 존스 등이 역사적 실존 인물이라 해서 그러한 인물들이 등장하는 일련의 서사들의 공상적 성격이 크게 축소되는 것은 아니다. 이야기는 리얼리즘이라는 외적 기준보다는 내적 기준에 좌우되기 때문이다. 이야기 속 등장인물들은 생산의 영웅들로, 자연적인 것이라는 구세계 거인들의 자리를 대신한다. 가령 다음에 나오는 피볼드 피볼드슨에 관한 문학작품 속 허풍스러운 이야기는 유럽의 거인 이야기처럼 인과성을 지니고 있으면서도 거인의 엄청난 생산적 능력을 강조하고 있다.

그 시절 네브라스카는 나무 한 그루 없는 광막한 초원이었으므로, 피볼드는 자신이 생각해 두었던 통나무집을 지으려면 다른 지역에서 나무를 찾아야 한다는 것을 깨달았다. 이 힘센 개척자는 서쪽으로 길을 떠나 걷다가 캘리포니아의 삼나무 숲에 다다라 적당한 나무를 발견했다. 피볼드는 열두 그루를 골라 뿌리째 뽑아서 쇠사슬로 단단히 묶고는 네브라스카로 돌아갔다. 집에 도착했을 때 그는 나무꼭대기 부분이 죄다 깎여 있음을 깨달았다. 대륙 절반쯤을 횡단하며 끌고 오느라 벌어진 일이었다. 캘리포니아와 네브라스카 사이에는 오늘날까지도 붉은 흙과 모래가 길처럼 뻗어 있는 것을 볼 수 있다. 피볼드가 끌고 오면서 가루가 되어버린 삼나무들의 흔적이다.

피볼드는 어깨를 으쓱하며 시큰둥하게 말했다. "아, 뭐, 다 살면서 배우는 거지." 하지만 그도 사흘이나 걸려 캘리포니아까지 오가며 얻은 것이 고작 나무 열두 그루터기라는 사실은 실로 유감이었다.[71]

구세계의 거인은 거침없는 자연의 힘을 대표했지만, 이들 북아메리카 지역의 이야기 속 인물들은 대개 자연을 길들이는 것으로 널리 알려져 있다. 피볼드슨은 거대한 붉은 삼나무 숲을 톱밥으로 만들어버렸고, 피코스 빌은 3미터나 되는 방울뱀을 목걸이처럼 목에 두른 채 퓨마의 등이나 사이클론*에 올라타고 다니며, 위도 메이커라는 자신의 애마를 망아지 시절부터 니트

---

* 강한 회오리바람을 일으키는 인도양의 열대성 폭풍.

로글리세린과 다이너마이트를 먹여가며 키운 것으로 묘사되어 있다.[72]

이러한 신세계 거인들은 직업상 지역색이나 민족색이 있는 토착성 안에 자리함으로써 집단의 삶을 상징한다. 가령 '폴 버니언의 날'은 미네소타와 뉴햄프셔, 워싱턴 주 몇몇 벌목 지역의 공동체에서 치르는 행사다. 리처드 도슨의 기록에 따르면, "이러한 행사에서는 폴 버니언의 모습을 한 장대한 조각상이 우뚝 서서 나무 베기 시합이나 벌목꾼들이 벌이는 온갖 경기들—물에서 통나무 굴리기, 카누 뒤집기, 통나무 톱질하기, 땅에서 통나무 굴리기, 통나무 자르기—과 겨울철 오락거리들—스키, 봅슬레이, 스케이트—이 벌어지는 활기 넘치는 장면을 지켜본다. 눈이나 금속을 이용해 폴 버니언의 모습을 만드는 경우도 가끔 있고, 영웅 역할에 걸맞은 덩치의 사내들이 하루 동안 폴 버니언 역할을 하기도 한다. 대중의 상상력 속에서 이 '신화'가 하도 빠른 속도로 멀리까지 퍼져 나가다 보니 1939년에는 뉴욕과 캘리포니아의 세계박람회장 곳곳을 폴 버니언 옹의 모습을 한 조형물들이 장식하기도 했다."[73] 전설 속에서 폴 버니언은 연회나 방종한 소비의 이미지와도 연관됐다. J. 프랭크 도비는 「왕의 연회Royal Festing」라는 글에서 이렇게 썼다. "거대한 천막들은 막대한 노동 면에서 보나 양질의 음식과 잠자리 면에서 보나 놀라운 곳이다. 자기 사람들을 잘 먹이는 것이 폴에게는 무엇보다도 중요한 일이었다. 그러다 보니 스토브를 실은 장비가 늘 주방 막사를 분주히 드나들 수밖에 없었다. 그곳 사람들은 콩 수프를 굉장히 좋아했기 때문에 조 머퍼턴이 짐마차에서 가마에 담긴 콩을 내린 다음 한 철 내내 콩 수프를 끓였다. 하인 수십 명이 베이컨을 발에다 붙들 어 매고는 석쇠 위에서 스케이트를 타듯 움직이며 사람들이 좋 아하는 핫케이크를 구울 수 있게 기름칠을 해댔다."[74] 비슷한 예 로, 현대의 소도시별 가운데 가장 눈에 띄는 '농장의 무법자 모 스Mose the Bowery B'hoy'는 앉은 자리에서 기분 전환으로 한 번에 운반차 몇 대 분량의 맥주를 들이켰고, 그가 60센티미터짜리 시 가에서 내뿜는 연기에 이스트 강의 배들이 떠내려갔다.[75] 연회, 물리력, 지역 전통과의 연결고리 같은 것들이 이 세속적·직업적 거인들의 주된 특징이었다. 기계 생산의 추상적 무한함에 맞섰던 존 헨리의 비극적 투쟁은 살아 있는 전통으로서의 거인 이야기 의 종결과 거대한 존재라는 노스탤지어적 거리두기의 시작을 보 여준다.

20세기 들어 거대한 존재의 영역을 상업광고라는 집중된 양 식이 전유하게 됐다는 전조가 있어왔다. 크로킷 같은 초창기 인 물들에게는 개별적 영웅 그리고 공동체적 가치의 상징으로서 가 치가 부여된 반면, 피코스 빌, 조 매거랙, 피볼드 피볼드슨은 신 문이나 잡지를 더 팔아보려는 '지방색 작가들'이 만들어낸 인물 들이다. 폴 버니언을 유명하게 만든 것은 레드리버 벌목회사의 광고 책임자였다. 그는 자사 제품의 홍보 책자에 실린 품질을 입 증하는 문구에 버니언 이야기를 섞어 넣었다.[76] 이렇듯 거대한 존 재가 토착색을 벗고 상품광고라는 영역에 의해 전유된 것은 거 대한 것이 생산이라는 추상적 공간으로 이동했음을 보여준다.

'졸리 그린 자이언트Jolly Green Giant'*나 '미스터 클린Mr. Clean'** 같은 오늘날의 거인들은 사실 제품에 불과하다. 우리가 그들의 등 뒤에서 발견하게 되는 것은 노동이 아니라 냉동콩과 살균제 냄새이며, 상품들은 광고 자체의 서사에 의해 자연적인 것으로 둔갑하고 마술처럼 만들어져 등장한다. 이러한 거인들은 생산으로부터 익명성으로의 전환 그리고 여가와 생산으로부터 소비로의 변형을 상징한다. 이와 유사하게, 기호의 건축(가령 뉴저지 주 남부에서라면 "샴페인 병에서 좌회전하세요. 공룡을 지나쳤다면 너무 멀리 간 겁니다" 같은 식으로 길을 알려줄 수 있다)은 공간이나 주거지와 관련된 실제 삶 속의 관계들이 상품이라는 추상적 이미지에 포섭됨을 보여준다. 식료품점 체인의 이름들—자이언트, 스타, 애크미Acme***—만 보더라도 이러한 교환경제의 추상성을 다루고 있다. 지방색을 띤 영웅이 휴양지, 즉 '환상의 섬'의 상징이 되어 소비라는 스펙터클 속에 통합되어 버림으로써 이러한 과정은 완성된다. 디즈니의 세계는 탈맥락화된 일련의 토착적 거인들이라는 메타스펙터클metaspetacle이 된다. 그러므로 후기 자본주의에서 거대한 존재는 사적인 산업 생산의 영역으로 통합되어 버리는 것을 볼 수 있다. 거대한 존재가 소비라는 사이비 노동pseudo-labor으로 번역되는 동시에 그 감각적인 소비 윤리도 그 산업 생산의 영역으로 자리를 옮기면서 이루어진 일이다.

---

* 미국의 채소 가공식품 업체인 그린자이언트사의 마스코트의 이름.
** 프록터앤드갬블사의 청소용품 브랜드명이자 마스코트.
*** 정점(頂點).

자연히 미니어처에 대한 논의는 거대한 존재의 그늘 안에서 이루어질 수밖에 없었다. 거대한 것들에 대한 논의—풍경과의 관계, 자연과 도시의 외면성에 대한 관계, 재현 체계 내에서 차지하는 위치—를 마무리하는 지금, 과장에 대한 모든 고찰의 기원인 몸이라는 장소로 결국 돌아와 있는 우리 자신을 발견하게 된다. 전통적으로 몸은 규모를 이해하고 인지하는 주된 방식이었다. 이 장의 초반부터 우리는 몸의 이미지가 풍경 위에 어떻게 투사되고 풍경에 형태와 정의를 부여할 수 있는지 살펴보았다. 영어권의 세계는 몸에 의해 측정된다. 손과 발의 길이를 이용하기도 하고, 팔을 쭉 뻗었을 때 코부터 손가락 끝까지의 길이는 야드yard가 된다. 마찬가지로 사용가치 경제하에서 대상들은 몸의 용어들을 배제하고는 정의할 수 없다. 도구의 세계는 곧 손잡이, 팔, 날개, 다리의 세계다. 큰 낫이라고 하면 우리는 으레 추수하는 이의 굽은 등이라는 시각적 재현을 대신 떠올린다거나, 주먹 같은 망치라고 하면 재배하는 이의 갈퀴 같은 손의 모양을 연상하게 된다. 이러한 이미지는 환경 속에서 그리고 환경을 가로지르며 움직이는 연장으로서 몸의 이미지이며, 이는 물질세계가 몸의 필요와 목적이라는 물리적 확장인 것과 마찬가지다. 그러나 몸과 세계 간의 이러한 관계는 몸이 실제로 점유한 물리적 공간 안에서만 성립된다. 미니어처는 표면과 질감에 대한 시각적 접근만을 허락할 뿐, 공간을 관통하는 움직임은 허락하지 않는다. 반대로, 거대한 존재는 우리를 에워싸지만 살아낸 경험에는 접근할 수 없다. 두 가지 과장 방식 모두, 그들이 허용하는 과장의 정도에 비례하는 추상화 경향을 띤다. 극히 작은 대상은 '육안으로 볼' 수 없다. 그 작은 몸은 특정 기구, 즉 기술적 장치라는 옷이 필요하다. 미니어처나 마이크로컴퓨터는 기기의 최정점이며, 인류의 발자취와 함께한, 기계적으로 확장된 공간으로 변형된 도구다. 마이크로컴퓨터는 한 단계 더 나아간 정신의 추상화이자 거리두기로, 그 장소 자체가 이미 가장 추상적인 몸의 형태를 하고 있다. 그러니 컴퓨터를 신화화하여 마치 로봇이나 생명이 부여된 기계로 간주하는 경향이 생기는 것이다. 초월적 공간, 즉 저 위의 공간에서 나타나는 거대한 존재가 거울처럼 되비추는 대상 역시 제도라는 추상적인 것들—종교나 국가 혹은 나날이 두각을 드러내고 있는 추상적 기술이나 기업 권력 등—이다. 몸 위의 이러한 공간은 기업 구조의 익명성이나 광고라는 분리된 형태의 상보적 '개인주의'가 점유해 버린다. 미니어처가 손으로부터 눈으로 그리고 다시 추상성으로 자리를 옮기는 반면, 거대한 존재는 몸이 인접한 공간의 점유로부터 초월(불완전하고 부분적인 시각만을 허용하는 초월)로 자리를 이동한다. 그렇다면 핵에너지는 가장 작은 추상성(분열된 원자)과 가장 큰 추상성(기술에 의한 세상의 종말)을 결합시킨다는 점에서, 기술적 추상화가 가장 극단적으로 구현된 사례로 볼 수 있을 것이다.

그러므로 몸은 미니어처와 거대한 존재의 접합에서 '정지된 중심', 즉 고정불변의 척도 역할을 하지만, 우리는 몸이 미니어처에 의해 내면화되고 또 거대한 것들의 다양한 전시 방식에 의해 공개되고 외면화된다는 것도 기억해야 한다. 다음 장에서는 그러한 중심, 그러한 척도를 다양한 방식으로 활용해 보고자 한다. 그로테스크한 몸이든 혹은 균형 잡힌 대칭적인 몸이든, 몸의 장소와 특권은 사회적 담론, 즉 몸의 지위 자체를 주관적인 것으로 표명하는 담론에 의해 규제를 받는다.

제 4 장

상상 속의 몸

그로테스크한 몸

몸은 담기는 동시에 담는 역설을 보여주는 존재다. 그러므로 우리의 관심은 자꾸만 몸의 경계 혹은 한계로 집중되기 마련이다. 바깥에서 볼 때는 대상으로서의 몸의 한계에, 안에서 볼 때는 물리적 공간 확장의 한계에 주목하게 된다. 라캉은 '성감대'를 몸의 표면에 갈라지고 벌어진 부위—입술, 항문, 음경 말단, 눈꺼풀 사이의 틈 등—로 묘사했다. 그러한 구멍들과 관련된 기관의 기능으로부터 몸을 분화시킴으로써 '끝', 경계, 가장자리를 인지할 수 있게 하는 것이 바로 이러한 몸의 표면에 있는 틈이나 구멍이라는 것이다. 이러한 틈이나 구멍은 주체의 표면에서 묘사되므로 거울상도 없고 재현할 바깥 같은 것도 없다. 바로 이 점이 그것들을 "그 주체를 채우는 '속', 좀 더 정확히는, 의식의 주체가 되는 데 필요한 바로 그 주체(의) … 일종의 안감으로 만든다."[1] 그러므로 무언가가 들고나는 이러한 구멍들은 주체, 즉 개별적 몸, 궁극적으로는 자아라는 개념을 구성하기 위해 작동하며, 이로 인해 그러한 경계를 넘는 생성물들은 대단한 문화적 관심사가 된다. 몸의 안과 밖에 모두 있는 것(대변, 소변, 침, 생리혈 등)은 그 모호하고 이상한 지위 탓에 금기시되는 경향이 있다.[2] 성감대를 사유화하고 공적 공간의 영역 안에서 그 쾌감을 투사하는 것을 금지하기 위해서는 상당한 문화적 규제가 필요하며, 그러한 규제는 개별 주체뿐 아니라 그 주체가 점유한 '사적 공간'의 발전에도 도움이 된다.

우리는 무엇이 몸이고 무엇이 몸이 아닌가 알기 원하며, 구분이 모호한 그 경계가 결국 의례나 카니발적 그로테스크의 영역에서 재정의되는 것을 발견하게 된다. 바흐친은 그로테스크한 몸을 무언가가 "되어가는 몸"이라 규정했다. 그로테스크한 몸은 창자, 성기, 입, 항문의 과장을 겪는다. "이 모든 볼록함과 구멍에는 공통된 특징이 있다. 몸과 몸 사이 그리고 몸과 세계 사이의 경계에 대한 극복은 바로 그 안에서 이루어진다는 점이다. 상호교환과 상호 지향이 그 안에 있다."[3] 거대함의 한 형태로서의 그로테스크한 몸은 부분들로 이루어진 몸이다. 몸의 중심점인 그 생산적·재생산적 기관들은 그들 나름의 독립적인 삶을 살아가게 된다. 그로테스크한 존재가 벌이는 퍼레이드는 대개 그 과장된 부분의 고립이자 전시다. 풍선을 잔뜩 채워 넣은 거대한 가슴속에 숨은 무언극 배우라든가 혹은 그보다 덜 형식적인 경우로는 실제 달—균형, 비례, 깊이의 상징—의 얼굴 대신 차창에 다른 '달'*을 대체해 비추는 장난을 치는 남자 고등학생을 예로 들수 있을 것이다. 몸의 부분들에 대한 이와 같은 분산과 재배치는 기능적 도구로서의 몸과 정체된 삶으로서의 몸, 다시 말해 고전적 누드와는 정반대에 해당한다. 가령 중세의 수사학에서 몸은 서술 관습상 머리부터 발끝의 순서로 보여야 했다. 그러나 그로테스크한 몸은 이러한 순서를 뒤섞어 제시하고, 수직성보다는 생산이라는 기준에 따라 해체하고 재표현한다.[4] 카니발 중에 벌

---

* 비속어로, 엉덩이를 드러내 보이는 장난을 뜻한다.

어지는 몸의 구성 요소 간 자유로운 교환, 대체, 상호 침투는 그 맥락이 되는 축제와 시장의 맞교환을 상징한다. 중세 후기와 16세기에 소극笑劇,* 퍼레이드, 거리 공연 등에서 그로테스크한 이미지에는 돈과 달콤한 과자도 함께 따라붙곤 했다. 퍼레이드 중에는 '수도원'이라 이름 붙은 정체불명의 단체들, '광대 모임', '연극회' 같은 곳들에서 가짜 동전들을 뿌려댔다. 19세기와 20세기 초 미국에서도 사이드쇼side-show**에서 카니발 호객꾼들이 비슷한 의도로 기념품 동전을 나눠주곤 했다.[5]

그러므로 그로테스크한 몸은 몸의 내적 요소들에 대한 과장, 즉 '안이 바깥으로 나오도록' 뒤집거나 몸의 외부에 있는 구멍이나 틈을 내보이는 것에서 비롯될 수 있다. 그러나 몸의 외부와 내부 간의 이러한 상호 침투뿐 아니라 섹슈얼리티의 교환, 짐승과 인간 사이의 교환 등도 그로테스크함과 그로 인한 상호 교환 및 무질서에 대한 감각을 만들어내는 데 동원될 수 있다. 나탈리 제몬 데이비스는 근대 초기 유럽에 관한 글에서 이렇게 언급하고 있다.

성전환sexual inversion 의례나 주술적 행사는 대개의 경우 몸짓이 요란한 그로테스크한 여자로 분장한 사내들로 가득했다. 독일과 오스트리아 몇몇 지역에서는 카니발 기간 동안, 남자로 분장

---

* farce. 중세 도덕극의 막간극 형태로 시작된, 비속한 짧은 희극.
** 서커스나 박람회 등에서 호객용으로 공연하는 짧은 극.

한 이들 절반과 여자로 분장한 이들이 절반인 남성 참가자들은 경중거리며 거리를 휘젓고 다녔다. 프랑스에서는 성 스테파노 축일*이나 새해 첫날에 맹수나 여자로 분장한 사내들이 사람들 앞에서 뛰어다니고 춤을 추었다(적어도 중세에는 그랬다). 15세기와 16세기 프랑스의 점잖은 신학자들과 고위 성직자들은 바보 축제 Feast of Fools라는 떠들썩한 행사를 성당에서 금하려 했지만 젊은 성직자들과 평신도들은 축제에 기꺼이 참여했고, 그중에는 여자 분장을 하고는 음탕하고 방종한 몸짓을 하는 이들도 있었다.[6]

잉글랜드와 아일랜드에도 전통적 무언극에 여장 남자들이 등장했다. 특히 그로테스크하고 음탕한 '베시'와 '하녀 매리언'이 대표적인 캐릭터다. 아일랜드의 성 스테파노 축일의 관습인 '렌보이 wren boys'에서는 남자들이 여자 분장을 하거나 짐승 가죽을 뒤집어쓰고 뿔을 단 모습으로 변장했다.[7]

인류학과 역사학 연구에서는 그러한 상징적 전복이 세계를 뒤집어 보이는 방식, 다시 말해 확연한 무질서 속에서 문화적 범주와 위계가 배치되는 방식에 주목해 왔다. 전복에 관한 이론들은 이러한 상징적 현상을 학습을 통한 문화적 범주의 재확인, 변화 및 혁명을 위한 기제, 자칫하면 소요를 일으킬 대중에 대한 '안전 장치'로서 설명해 왔다. 이러한 결론들은 대부분 트릭스터 캐릭터에 관한 비교문화적 연구를 기반으로 한다. 트릭스터는 자연과

---

* 순교자 성 스테파노를 기리는 기독교 축일로, 성탄절 다음 날인 12월 26일.

문화 간 경계를 끊임없이 침범하기 때문이다. 트릭스터는 짐승이면서 사람(까마귀나 코요테 등 '말하는' 짐승이나 거미 같은 생산자)이고, 남성이면서 여성(남성이든 여성이든 닥치는 대로 짝짓기를 함)이며, 문화적 금기를 깨는 존재(다른 동물군에만 한정된 먹이를 종종 먹거나 전혀 먹을 수 없는 것을 먹기도 함)다. 그러나 한편으로는 창조적인 정령이면서도, 엄격한 제도를 거부함으로써 문화의 토대를 마련한다는 인정을 받음과 동시에 문화 규범을 어긴다는 비난을 받기도 한다. 가령, 트릭스터에 관한 폴 라딘의 고전적 연구의 기초가 된 위네바고족* 트릭스터 신화의 결론 부분을 보면, 트릭스터가 미시시피 강을 방출하여 대지 위에 넘쳐흐르게 한 덕분에 농경이 비로소 가능해진다.[8]

생리학적으로나 제스처로나 그러한 과장의 기능은 그것이 등장하는 특정한 역사적 맥락과 연관될 수밖에 없음은 분명해 보인다. 바보 축제나 르네상스 시대의 거대한 존재들을 평신도들이 전유함으로써 카니발적 그로테스크함은 민중의 '제2의 삶,' 즉 종교 및 국가 제도의 공식적인 지침에 반기를 드는 반反질서적·토착적 권위의 삶을 상징하게 되었다. 이러한 분할 덕분에 이러한 형태의 축제적 무질서는 계급 갈등이 발생했을 때 오히려 반항 정신 속에 삼켜져 버릴 가능성이 높았다. 그러나 명백히 종교 혹은 국가의 권위라는 틀에 갇히거나 한계에 부딪힌 전복의 의례들(예로 견진성사堅振聖事 등 공식적인 성인식이라는 경계적 단

---

* 북아메리카 인디언의 한 부족.

계들*) 또는 민중 계급의 외부에서 수직적으로 부과된 전복 현상 (예로 TV 풍자쇼)은 항구적 변화로 이어질 가능성이 희박하다. 이처럼 공식적으로 인가된 형태는 참여자들로 하여금 문화적 범주들을 반대편 입장에서 접합시키도록 강요함으로써 오히려 그러한 범주들을 재확인하는 기능을 수행하는 듯 보인다.

게다가 그로테스크한 몸이라는 이러한 이미지들은 다름 아닌 이미지 즉 재현이라는 사실도 고려해야 한다. 여느 다른 예술 형태와 마찬가지로, 이들도 그 주체의 재현과 변형을 야기한다. 그러나 그 몸으로부터 예술 작품을 만들어내는 작업에는 일종의 대리 보충이나 연장이 수반된다. 의상, 가면, 위장으로서의 예술 작품은 외적 객체로서의 예술 작품과 유의미한 차이가 있다. 몸은 공간 안에서뿐 아니라 시간 안에서도 퍼레이드에 세워지고 전시된다. 몸이 등장하는 그러한 맥락들은 대개 참가자와 관객 간의 구분이 거의 혹은 전혀 없도록 구성된다. 그러므로 예술 작품, 예술가, 관객 간의 거리는 이중으로 붕괴된다. 몸이 곧 작품이며, 작품과 보는 사람 간의 단선적 거리 대신 개인들/작품들 간의 상호성이 존재한다. 얼굴과 마찬가지로 가면과 의상 역시 필립 피셔가 말한 "민주적 공간" 개념으로 이해가 가능하다.[9] 이 민주적 공간은 우리 머리 위가 아니라 인식 노선 바로 앞에 놓인 공간이며, 권위적이고 초월적인 구조에 의해 점유된다. 혹은 발치에 있어서 우리가 몸을 낮추게 되는 공간이거나, 바로 등 뒤

---

* liminal stage. 자극에 대하여 반응이 일어나기 시작하는 점이나 경계.

에 있어서 눈에는 보이지 않는 위협적인 공간일 수도 있다. 그러나 이 공간이 민주적인 것은 단지 직접 맞설 수 있다는 이유 때문만은 아니다. 이 공간의 민주성, 상호성은 그 공적 속성에 달려 있다. 각각의 문화마다 다양하게 사적 영역으로 규정하는 것은 바로 이 공간 너머이고, 문화적으로 규정된 인식에서 외딴곳으로 규정하는 것은 바로 이 공간 안이다. 타자에 의해 점유된 공간, 즉 대화의 공간인 것이다. 그러므로 가면, 의상, 위장은 카니발과 축제 속에서 고유한 맥락을 찾으며, 그 안에는 역할의 특화가 거의 없고 위계는 전복된다. 마스크나 위장이 의례에 이용될 경우에는 특화가 일어나지만(예를 들면, 호피족* 의례 겸 축제의 카치나kachina** 분장을 한 광대들), 이 경우에도 공연자는 관객과의 직접 소통에 참여할 수밖에 없다.

카니발의 그로테스크한 몸은 이러한 민주적 상호성 구조에 동참하는 반면, 그로테스크함이라는 스펙터클은 대상과의 거리두기 그리고 그로 인한 '미화aestheticization'에 관한 문제다. 카니발에서 그로테스크한 존재는 몸 다시 말해 가장 관능적인 차원의 자연의 생산과 재생산 능력에 대한 과장이자 찬탄이다. 그러나 스펙터클에서 그로테스크한 존재는 부분으로서가 아니라 전체, 그것도 기이한 전체로서 모습을 드러낸다. 카니발에 참여하는 이는 카니발이 선사하는 사건들 속에 끌려들어가며, 그럼으로써

---

* 미국 애리조나 주 북동부에 사는 푸에블로 인디언의 일족.
** 푸에블로 인디언의 수호신으로, 비의 신.

무질서의 가능성을 경험하고 그 상태를 새로운 질서로 상상해 볼 수 있게 된다. 이와는 대조적으로, 스펙터클을 보는 이는 자아와 스펙터클 사이의 거리를 확실히 인지한다. 스펙터클은 시작과 끝 양쪽 모두 바깥에 존재한다. 대상과 보는 사람 사이에 간극이 있다는 데에는 의심의 여지가 없다. 스펙터클은 오염을 피하기 위해 기능한다. "뒤로 물러서십시오, 신사숙녀 여러분. 지금부터 충격적이고 놀라운 광경을 보시게 될 겁니다." 뿐만 아니라, 스펙터클은 일방향을 전제로 한다. 카니발과 축제의 상호적 시선과는 달리, 스펙터클은 대상은 눈이 멀어 있으며, 오직 관객만이 볼 수 있음을 상정한다.

물리적인 몸의 비정상aberrations에 대한 역사는 스펙터클이라는 이러한 구조와 불가분의 관계다. **괴물**monster이라는 말의 어원은 '경고하다'라는 의미의 moneo, '전시하다'라는 의미의 monstro와 관련이 있다.[10] 헬레니즘 시대부터 중세를 거쳐 르네상스 시대에 이르기까지 난쟁이들, 소인들 그리고 간혹 거인들은 궁정 생활의 장신구로서, 오락거리나 애완용으로 곁에 두는 존재였다. 18세기에 이들은 선술집에 전시품처럼 놓이기도 하고, 지역 신문이나 전단에 광고 문구와 함께 등장하기도 했다. 브로브딩낵에서 걸리버의 운명은 이러한 역사를 (역으로) 보여주고 있다. 브로브딩낵에서 처음에 걸리버는 상자에 담긴 채 시장이나 선술집에서 구경거리로 전시되고, 그 뒤 왕궁에서 일해 달라는 청을 받고서야 그 상황을 빠져나오게 된다. 걸리버처럼 "그토록 작은 동물이 그러한 지성과 교양을 갖추고 있는 것에 무척 놀

란" 왕비는 그를 사람인 애완동물 혹은 인형으로 받아들인다.[11]

에드워드 우드는 『거인과 난쟁이*Giants and Dwarfs*』에서 "1712년 플리트 스트리트, 솔즈베리 코트 극장 맞은편 듀크 말보로스 헤드 입구"에서 열리는 난쟁이 부부와 "여왕 폐하가 허락한 행사로, 채링크로스 뮤스게이트 맞은편에서 모두 산 채로 전시"된다는 "세계 각지에서 수집한 온갖 기이하고 놀라운 피조물들"의 전시를 광고하는 전단지를 소개한다. 거기에 쓰인 홍보 문구는 다음과 같다.

첫 순서는 키가 90센티미터쯤 되는 난쟁이 흑인으로, 나이는 서른둘에 자세가 꼿꼿하고 어느 모로 보나 균형 잡힌 몸을 가지고 있다. 이 블랙 프린스라는 별명의 남자는 기독교 국가의 거의 모든 왕과 왕자들 앞에 그 모습을 선보여왔다. 다음 차례는 그의 아내인 난쟁이 여인으로, 키가 90센티미터가 채 못 되고 나이는 서른이며 이곳의 여느 여자들처럼 자세가 곧고 균형 잡힌 몸을 가지고 있다. 주로 요정 여왕이라는 별명으로 불리는 그녀는 아이를 가져 배가 부른 몸으로 춤을 추며 눈길을 끄는 덕에 보는 이마다 즐거워한다. 이들 부부가 데리고 다니는 터키라는 작은 말은 키가 60센티미터에 불과하고 열두 살 남짓 됐는데, 시키는 대로 신기한 동작들을 선보이며 눈길을 사로잡는다. 세상에서 가장 작은 남자와 여자 그리고 말이 살아 움직이는 광경을 또 언제 보겠는가. 게다가 말이 지내는 곳은 상자 속이다.[12]

여기에 대중적 미니어처의 비극이 있다. 이 프린스는 기독교 국가의 왕자들처럼 왕자라는 이름을 지녔지만 축소되고 정복된 존재이며, 문화적 타자다. 그의 아내는 "아이를 가져 배가 부른" 기괴한 모습을 하고 있고, 희한하게도 즐거움을 선사하는 그의 말은 반복과 활기를 약속하는 존재다. 이 장난감은 생명을 얻기는 하나, 그것을 넣어두는 상자는 관이 약속하는 것과 같은 영생을 선사하는 셈이므로 그 생명은 곧 죽음일 수밖에 없다. 마찬가지로, 레슬리 피들러는 『프릭들Freaks』 연구에서 이렇게 기록하고 있다. "아이러니하고 당황스러운 사실은 (우리 입장에서 거인에게 감정이입한다는 게 얼마나 어려운 일인가!) 거인들은 지금껏 피해를 입히는 쪽보다는 피해를 당하는 쪽으로 묘사되어 왔다는 점이다. 사이드쇼의 볼거리로 전락하기 전에는 주로 병정—눈에 띄게 행진 대오 맨 앞줄에 세웠음—으로 동원되거나 문지기로 세워져 왕궁을 찾는 이들에게 큰 키로 강한 인상을 주곤 했다."[13] 피들러가 연대기 순에 따라 기록한 여타 형태의 '프릭'—수염 난 숙녀, 야생의 사내, 떠돌이 꼬마, 자웅동체 인간, 샴쌍둥이 등—은 스펙터클이 되었다가 결국 파멸할 운명이었다.

종종 "자연의 돌연변이freak of nature"라 일컬어지는 프릭이 실은 문화의 돌연변이라는 사실은 중요하게 다룰 필요가 있다. 프릭의 변칙적 상태는 스펙터클이라는 과정을 통해서 표명된다. 보는 사람과 일정한 거리를 둠으로써 보는 사람을 '정상화'하는 동시에 프릭을 변종으로 규정하는 것이다. 그리고 스펙터클은 침묵 속에 존재하므로, 대화는 없다—행상인이나 호객꾼의 프레임이 존재할 뿐이다. 규모가 비교적 작고 운영 상태가 열악한 카니발의 경우 종종 그렇듯, 프릭이 나름의 '판촉'을 하고 다니는 경우에조차도, 프릭의 전시라는 타블로식 침묵과 판촉이라는 애초의 메타코멘터리metacommentary 사이에는 절대적인 간극이 존재한다. 이러한 분리는 보는 사람에게는 일종의 주저함으로서 분명히 감지된다. 막이 내려오기 전이라든가 보는 사람이 자리를 뜨기 전에 잠시 멈추게 되는 순간 말이다. 보는 사람은 가던 길을 계속 가야만 하며, 침묵을 가로지르는 대화는 금지된다. 변종과 마찬가지로, 정상적인 것이란 사물의 표면이나 외양에 국한될 수밖에 없기 때문이다. 프릭은 문화적 타자와 불가분의 관계로 얽혀 있다— 난쟁이 흑인, 터키산 말, 샴쌍둥이(그러나 창과 응은 부모가 샴Siam* 출신임), 아일랜드에서 온 거인 등만 보더라도 그렇다. 가령 피그미족**에 관한 이야기는 호메로스(『일리아드』 3.3), 헤시오도스, 헤로도토스(피그미족을 아프리카 및 중부 인도에 사는 것으로 기록), 오비디우스(『변신 이야기Metamorphoses』에는 피그미족과 두루미 떼가 벌인 전투에 관한 전설 등장)까지 거슬러 올라간다. 서구 세계가 다른 전승들과 접촉하기 시작하던 초기부터 난쟁이 이야기는 시작된 셈이다. 그 밖에도 『맨더빌의 여행』이나 아우터 헤브리데스 제도***에 관한 도널드 먼로의 1549년 연구에서도 피그미족에 관한 이야기가 나온다.[14] 문화적 타자의 몸은 이러한

---

* 태국의 옛 명칭.
** 성인 남성의 평균 신장이 150센티미터 이하인 저신장 인종의 총칭.
*** 스코틀랜드 북서 해상에 있는 열도.

비유를 통해 귀화되는 동시에 길들여지며, 이는 전반적으로 식민지화로 간주될 만한 과정이다. 모든 식민지화는 짐승 같은 방법으로 짐승을 길들이는 과정을 포함하므로 다른 동물과 인간, 다름과 같음에 대한 전환conversion과 투사projection가 모두 이루어진다. 프릭이 전시되는 동안 재현하는 것은 변경에 대한 명명과 황야 즉 바깥이 이제 영토가 되었다는 확인이다.

프릭의 역사에서 프릭은 늘 객체로 상정되어 왔다. 사실상 포획된 존재로서 왕궁에 헌납되거나 외과 대학으로 보내지거나 혹은 경제체제의 영향으로 인해 자기자신을 스펙터클 상품으로서 팔아야 하기도 한다. 제2차 세계대전 선전용 영화 속에 출연해서 유명해졌던 난쟁이 용접공들을 빼면 '경이'로운 수준에 도달할 수 있었던 다른 사례는 찾아보기 힘들다. 그렇다 보니 피들러는 미국에 노예로 팔려갔던 샴쌍둥이 창과 응이 남북전쟁 직전 시기 즈음 직접 노예를 거느리게 됐던 것은 대단히 놀라운 경우라고 적고 있는 것이다.[15] 생리학적으로 프릭은 자아와 타자 간(샴쌍둥이), 남성과 여성 간(자웅동체), 몸과 몸 바깥 세계 간(일부분이 과잉으로 덧달린 괴물), 다른 동물과 인간 간(떠돌이 야생 인간) 경계의 문제를 재현한다. 이는 우리가 그로테스크한 재현 속에서 발견한 것과 동일한 문제들이다. 환상을 통해서건 '실재'를 통해서건 여기서 중요한 것은 존재론이라기보다는 이러한 관계들에 대한 고찰의 필요성이다.

프릭을 제시하는 언어가 소통으로부터 유리되어 객관적 성격을 띤다는 점은 의미심장하다. 걸리버의 모국어는 브로브딩낵 사람들에게 "그가 쓰는 자그마한 언어"라 불리며 짐짓 폄하되지만, 궁정 광대로서 난쟁이 걸리버는 지혜롭다는 찬탄을 받는다. 샴 쌍둥이에 관한 초기 기록들 가운데는 제임스 4세의 시중을 들었던 '스코틀랜드 출신 형제'도 있었는데, 이들은 "소프라노와 테너 두 파트로 노래를 부르며 악기를 연주하여 왕실의 총애를 받았다. 라틴어, 프랑스어, 이탈리아어, 스페인어, 네덜란드어, 덴마크어, 아일랜드어로 재치 넘치는 대화를 들려주기도 했다."[16] 이와 비슷한 경우로, 1740년 8월 18일 자 『런던 데일리 애드버타이저London Daily Advertiser』에는 "채링크로스의 러머rummer* 선술집에는 한 난쟁이가 여러분께 선보여지기 위해 도착해 있습니다. 키는 1.2미터 정도에 마흔 다섯 살이고 … 제2의 삼손으로 불립니다. 18개 국어를 구사합니다"[17]라는 광고가 실렸다. 스펙터클의 언어는 응당 쇼의 언어다. 관객과 대상 사이에 등치되는 지점들의 거리를 한층 더 벌려놓는 과장된 어조로, 제시해 보일 파사드를 표명하며 또 한 겹의 표면을 선사한다.

프릭은 살아낸 섹슈얼리티가 아닌, 거리를 둔 특정한 형태의 포르노그래피와 연관될 수밖에 없다. 스펙터클은 추측으로 귀결될 뿐이다. 그러므로 피들러의 주장대로 프릭의 실제 섹슈얼리티는 수많은 생물학적 한계의 부담을 안고 있으며 전설 속에서 공존하는 스펙터클 섹슈얼리티와는 별개로 독립된 삶을 산다. 이러한 섹슈얼리티는 상상 속의 관계다. 여성의 몸을 면밀히 배치

---

* 큰 술잔이라는 뜻.

해 넣은 '야한 여자' 포스터는 마치 부위별로 다양하게 잘라낸 고기 살점이 된 수소의 몸과 같아서, 카니발에서 볼 수 있는 섹슈얼리티와 소비의 요란한 이미지들과는 크게 동떨어져 있다. 카니발의 "되어가는 몸"과는 대조적으로, 사이드쇼의 몸은 무시무시한 종결을 제공한다. 그러므로 프릭은 살아 있건 죽어 있건 상관없다. 영국 외과수술계의 아버지인 존 헌터는 거인 제임스 번의 뼈를 구했을 때 그를 산 채로 연구하게 되기라도 한 듯 기뻐했다. 이와 비슷한 예로, 치머만이라는 이름의 거인을 납치하려던 프로이센의 프리드리히 1세 역시 관에 그를 가두었다가 질식시켜 죽게 만들었지만, 이전에 왕궁으로 산 채로 데려왔던 다른 거인들에 대해서와 다를 바 없이 치머만의 해골만으로도 흡족해 했다.[18] 한층 더 결정적인 사실은, 과장되고 빠르게 내뱉는 홍보성 언어의 파사드로 인해 프릭이 진짜인지 아닌지는 별로 중요하지 않은 문제가 되어버린다는 점이다. 보는 이를 흥분시키는 것은 그 혹은 그녀의 존재 가능성 그 자체이며, 우리가 그 스펙터클 속에서 찾으려는 것은 결국 살아낸 관계가 아니라 상상 속 관계다.

미니어처가 된 몸

블랙 프린스 부부를 광고하는 전단지는 "이곳의 여느 여자들처럼 자세가 곧고 균형 잡힌 몸"을 가진 "요정 여왕"인 그 아내에게 관심을 집중시킨다. 소인과 난쟁이, 그로테스크한 것과 표준적인 것이 대조되는 지점으로, 이러한 이례anomaly의 두 종류를 각기 다른 방식으로 수용하게 만드는 작용을 했다. 난쟁이는 그로테스크함의 영역이자 어둠의 세계에 속해 있는데, 자그마한 존재는 요정들의 세계에 속해 있는 것이다. 요정들의 세계란 자연적인 것의 세계로, 자연의 거대한 측면들보다는 디테일의 완벽함에 주목시킨다는 점에서 그렇다. 요정은 거인과 마찬가지로 인간보다도 앞서 지구에 살던 종족이지만,[19] 잃어버린 세대가 아닌, 현존하는 대안적 현실로서 묘사된다. 멀리 떨어진 자연 속에 동시대에 살고 있으면서도 특정한 조건(산이나 호수 또는 동굴이나 산속의 굴)에서나 '예지력' 있는 이들에게만 보이는 것으로 전해진다.[20] 1594년 이전까지는 요정이 특별히 몸집이 작은 것으로 그려지지 않았으나, 르네상스 후기에 들어서면서부터 잉글랜드에서는 요정을 인간의 미니어처로 묘사하는 관습이 생겨난다. 그리고 기존의 전통에 따라 굉장히 아름답고 완벽한 인물로 묘사된다. 래텀은 엘리자베스 시대 요정 설화에 관한 연구에서 이렇게 언급한다. "엘리자베스 여왕은 잉글랜드에서 요정에 견줄 만한 아름다움을 지닌 단 한 사람이었다."[21] 우리는 여기서 육체적 완벽과 이상화를 만들어내는 것은 바로 거리라는 걸리버의 발견을 다시금 확인할 수 있다. 요정은 살아 움직이는 인형으로서의 매력을 지니고 있는 존재다. 자연적인 것의 제약으로부터 자유로운 문화적 이상인 셈이다. 그로테스크함은 온갖 성감대, 벌어진 틈, 구멍이 뒤섞인 형태로 분출되지만, 인형/요정은 침범할 수 없는 순수한 표면을 제시하며, 적절하게 디테일이 갖춰진 맥락 안에서 균형 잡힌 모습을 하고 있다. 심리학계의 선구자 스탠리 홀이 『인형 연구*Study of Dolls*』에서 간파했듯, "공포와 증오의 대상도 작은 규모로 비슷하게 만들어 놓으면 즐거움을 선사한다."[22] 이렇듯 일찍이 요정들에게 부여됐던 양가적 속성도 그들의 매력을 손상시키지는 않는다.

요정이 제시하고 있는 것은 미니어처에 대응되는 살아 움직이는 인간이다. 질보다 양을 중시하는 거대한 존재와는 달리, 요정은 디테일의 세밀한 완벽함과 교화된 형태의 자연을 재현한다. 남성인 요정(적절하게도 '마네킨mannikin'이라 불림)에 관한 이야기도 있지만, 요정 세계는 주로 여성적 세계로 묘사된다. 거인 세계가 주로 남성적인 것과 마찬가지다. 거인, 난쟁이, 엘프 같은 형태의 그로테스크함이 지니는 단독성과는 대조적으로, 요정은 요정 나라에 특정된 문화(의복, 의례, 경제, 권력 구조)를 지닌 일종의 사회화된 존재로 그려진다. 성직자 로버트 커크는 『엘프, 파우누스, 요정들의 비밀공화국』이라는 글에서 요정들은 "부족별로 그리고 계층별로 천차만별로 나뉘어 있고, 출산, 양육, 결혼, 죽음, 매장 등 표면상으로는 우리와 별다를 바 없는 관습을 지니고 있으며,[23] 그들의 옷차림이나 말은 그들이 사는 곳 아래 세상의 민족이나 국가에서와 다르지 않다."[24] 지금 우리는 키클롭스의 세계와는 동떨어진 왕국에 있으며, 여기에 "소집, 회합, 협의 같은 오랜 부족 전통의 방식들"은 없다. 오히려, 인형의 집이라는 미니어처 세계처럼 요정들의 세계는 장식과 디테일의 세계다. 몇몇 요정을 붙잡아보려는 콘월 지방의 한 구두쇠에 관한 이야기의 도입부를 살펴보자.

　　악사들이 나온 뒤 병사 무리에 이어 금은 식기에다 온갖 진수
성찬을 담아 나르는 하인들이 나왔고, 그다음 귀족과 귀부인들
이 나와 적당히 자리를 잡고 나니, 그들 뒤로 하늘하늘한 옷을
입은 꼬마 요정들이 무리지어 나와 꽃을 흩뿌리자 떨어진 꽃은
바로 그 자리에 뿌리를 내렸다. 그리고 마침내 왕과 왕비가 금은
보화 장식으로 화려하게 빛나는 주빈석으로 올라가 앉았다! 욕
심 많은 구두쇠의 눈길을 사로잡은 것은 바로 이것이었다. 그는
이 정교하고 아름다운 미니어처 전체를 자기 모자로 덮어 감출
수 있었고, 곧 무릎을 꿇고는 탁자 위로 기어올라갔다.[25]

다른 미니어처 세계와 마찬가지로 요정들의 세계 역시 디테
일에 대한 환각을 선사한다. 그러므로 알프레드 너트는 "요정 세
계의 특징인, 정돈된 상태와 질서정연한 방식에 대한 사랑은 특
정한 시절과 맞닿아 있다. 그 시절에는 시골에서 삶을 영위하는
것이 일정한 종교적 의례의 일부를 형성했고 그러한 의례는 모
든 사소한 부분까지 일일이 한 치도 어긋남 없이 정확히 이행해
야만 했다"고 주장하지만, 굳이 그런 신화-의례 이론까지 들먹
일 필요는 없어 보인다. 디테일과 질서에 대한 그 동일한 집착은
미니어처 그리고 미니어처와 사적 공간의 질서와의 관계에 대해
묘사한 다른 사례들에서도 발견할 수 있기 때문이다.[26]
　　요정을 본 사람은 이 살아 움직이는 미니어처와의 만남의 끝

에서 '깨어날' 수밖에 없다. 그러므로 요정의 전설은 판타지의 순환 구조를 따른다. 거대한 존재가 역사 속 시공간을 차지한다면, 요정은 끊임없는 현재 속에 산다. 요정계의 통치자는 오래된 존재인 동시에 늙지 않는 존재로 묘사되곤 한다. 엘리자베스 시대의 요정 설화에 따르면 요정 세계의 통치자는 단 한 명이며, 자기 종족의 역사만큼 나이를 먹었고 백성들과 같은 국적을 지닌 그녀는 여왕벌이 그렇듯 작위가 있을 뿐 이름은 없다.[27] 헨리 본은 『민중의 유물Antiquitates Vulgares』(1725)에서 "대개 모든 인간이 잠든 뒤 달빛 아래 춤을 추니 그들의 모습을 볼 수는 없었지만, 다음 날 아침 그들이 춤추고 간 자리는 쉽사리 알아볼 수 있었다. 요정들은 서로 손을 잡고 원을 그리며 춤을 추는 탓에 다음 날이면 잔디 위에 크고 작은 동그라미가 흔적으로 남기 때문이다."[28] 이러한 형태의 흔적은 요정 전설의 구조, 즉 거대한 것들에서 발견되는 서사적인 역사의 방식과는 대비되는 환상적이고 서정적인 형식이 되비춰진 것으로 볼 수 있다.

아일랜드의 전승과 더불어, 엘리자베스 이전 시대와 엘리자베스 시대의 요정은 힘이 있는 데다 사악하기까지 한 인물로 그려지곤 했으나, 빅토리아 시대에 이르자 요정 길들이기는 완성되고 잉글랜드의 요정은 요정 같은 아이라는 빅토리아 시대 판타지가 지속적으로 창조해 온 존재와 불가분의 관계로 연결된다. 빅토리아 시대의 이 아이는 자연과 더불어 마법에 가까운 교감을 나누는 존재로 여겨졌지만(예를 들어 앨리스와 이름 없는 숲 속의 아기 사슴을 생각해 보라), 이러한 자연은 아주 작으며 언제든 문화로 변형될 수 있다. 요정 같은 아이의 존재에 대한 이러한 믿음이 정점에 다다른 것은 에드워드 시대 말의 코팅리 요정 사진 현상에서 볼 수 있다. 코넌 도일 같은 신지론자神智論者*들에게 큰 관심의 대상이 되었던 이 요정 사진들을 찍은 것은 사진 속 요정들과 오래 알고 지내왔다는 코츠월드의 어린 자

코팅리 요정 사진.

매였다.[29] 에밀리 왓슨의 『정원의 요정Fairies of Our Garden』(1862)은 이 같은 판타지의 시초다. '요정 여왕의 옷장'이라는 제목이 붙은 섹션에서 왓슨은 이렇게 설명한다.

어느 계절, 길고 긴 여름휴가가 끝날 무렵—요정들이 각자 나름대로 여가를 즐기거나 빈둥거리며 쉬며 보냈던 때가 지나자—여왕은 요정들을 부르더니, 새 의상을 마련하라는 분부를 내렸다. 몇은 속옷을 만들 리넨을 짜고 또 몇은 드레스에 쓸 비단을 짜고 또 누군가는 스타킹을 만들고, 그럴 참이었다. 리넨을 만들기로 한 요정들은 허둥지둥 산이며 골짜기를 뛰어다니며 재료로

---

* 직관이나 영적 황홀경 등을 통해 신을 알 수 있다는 철학적 입장.

쓸 엉겅퀴 관모를 채집했다. 비단 재료로는 인주솜풀의 비단 같은 봉오리를 한 아름 구해오고, 가을날 숲 덤불 사이를 떠 있는 거미줄 같은 것들은 스타킹을 만들기 위해 모아왔다. 그러고 나서 리넨 짜는 요정들이 엉겅퀴 관모 뭉치를 잔디 위에 펼쳐놓으면, 요정 둘이 커다란 밤송이를 붙들고 이 관모를 잘게 쪼개고 결을 정돈해 매끈한 직물로 만들어내고 있었다.[30]

자연의 기호 각각은 체계적인 방식으로 문화의 기호로 변형된다. 당대 가정에서 솔방울로 그림 액자를 만들거나 조가비로 전등갓을 만들고 다양한 자연적 대상을 '말린' 다음 유리 아래 가두어두는 등의 방식이었다. 여기서 속옷에 많은 신경을 쓴 것도 우연이 아니다. '덮개cover'에 대한 빅토리아 시대의 집착을 엿볼 수 있는 대목이다. 조지 스페이트는 『영국 장난감 극장의 역사*The History of the English Toy Theatre*』에서 다음과 같이 적었다.

다음 세기가 되면 응접실은 거대하게 축적된 여성적인 솜씨 아래로 가라앉을 참이었다. 사물들마다 금박을 입혔고, 칸막이마다 염료를 칠하거나 모직물로 장식을 했으며, 손지갑은 뜨개질로 만들고 식탁에는 손수 그림을 그렸으며, 자수본에 수를 놓고 양탄자와 깔개를 손수 짜서 만들고, 도자기 장식품을 모방해 만들거나 오색 비단으로 풍경화를 만들었으며, 발판에 덮개를 씌우고 유리창에는 투명한 재질의 장식을 붙여 가렸고, 조화造花를 만들고 종이노끈을 꼬아 선세공한 바구니를 만들기도 했으며, 글자

도안이나 각종 기념품, 운문과 수수께끼, 수채화와 인쇄물 등으로 스크랩북을 가득 채웠다.[31]

덮개는 자연을 덮어 감춤으로써 자연을 한층 더 자극적인 존재로 만든다. 덮어둔 것은 노출을 유도하며, 언제나 스트립쇼의 가능성을 품고 있다. 가령 이러한 빅토리아 시대 취미 속에 드러난 통제하려는 충동(넓게는 18세기부터 20세기까지 확장시킬 수 있는 시기에, 미국의 많은 노년 여성들은 여분의 화장지를 보관하는 용도로 코바늘로 뜨개질을 해 작은 '덮개'를 만듦)은 당대의 섹슈얼리티가 지닌 이중적 성격을 보여주는 징후 같기도 하다. 억압과 방종에 대한 이러한 동시적 충동은 특정한 도덕규범 그리고 포르노그래피와 거리를 둔 욕망에 대한 선호 두 가지 모두가 꽃을 피우는 결과로 이어졌다.[32]

1920년대 초에 등장한 코팅리 사진들은 아이와 환상적인/자연적인 것을 결합시킨 사례로서뿐 아니라 나날이 커지는 이미지의 중요성과 과장의 가능성의 상징으로서도 의미가 있다. 여기서 에드워드 시대의 이미지는 빅토리아 시대의 환상이 정점에 달한 결과물인 셈이다. 살아낸 경험보다도 사진이 더 믿을 만한 대상이 된 것이다. 이들 사진의 유효성을 '과학적으로' 검증하는데 엄청난 관심이 집중되어 왔다. 그러나 그와 동시에 이 사진들은 자연적인 것을 문화의 영역 안으로 끌어들이고 있다. 풍경 사진이 자연을 일종의 문화적 산물로 변형시키고 있듯, 이들 요정 사진 역시 요정들에게 일종의 미적인 '리얼리즘'을 부여하고 있다. 코팅리 요정들이 주로 입고 있는 현대적인 플래퍼flapper* 스타일의 의상은 이들을 한층 더 그럴싸한 존재로 만들어주며, 모든 사진의 시공간을 이루는 불멸의 초월적인 현재의 일부가 되었다. 마찬가지로, 오늘날 회의주의자들은 찰스 도지슨**이 어린 여자아이들의 나체 사진을 찍는 데 관심이 있었던 것을 두고 호색적인 행동으로 해석할지 모르지만, 그의 이러한 관심 역시 자연적인 것을 다듬어내는 작업으로서의 사진의 위치와 연계시켜 볼 필요가 있다. 몸은 정원이 되었다. 자연적 숭고함이라는 통제되지 않는 섹슈얼리티로부터 멀찌감치 떨어진 정원이 된 것이다.

몸에 대한 '사실적' 묘사에는 관습만이 있을 뿐이다. 그로테스크한 것을 지향하는 관습이든 혹은 이상적인 것을 지향하는 관습이든, 묘사된 몸은 언제나 과장되는 경향이 있다. 인간의 형태를 오차 없이 해부학적으로 그린 것만큼 재미없는 이미지도 세상에 없을 것이다. 이런 문제는 입장의 부재라는 해당 문제로부터 비롯된다. 그로테스크 리얼리즘은 몸에 대한 몸 스스로의 앎, 조각들과 부분들에 대한, 즉 끊어진 팔다리와 부재하는 중심에 대한 앎을 상징한다. 부분들로 나뉜 채 그 자신의 것으로 알려져 있는 타자의 몸은 오직 포옹 속에서만 존재한다. 그로테스크한 것이 살아낸 섹슈얼리티의 영역이 된 반면, 이상적인 것은 관

---

* 1920년대에 복장이나 행동 등에서 자유분방함을 추구했던 여성들을 지칭할 때 사용되던 용어로, 짧은 드레스가 대표적인 스타일.
** 『이상한 나라의 앨리스』를 쓴 동화작가 루이스 캐럴의 본명.

음증이나 포르노그래피의 영역의 성향을 보이는 이유가 바로 여기에 있을 것이다.

이러한 핵심을 제임스 조이스는 『율리시스』의 나우시카 장 중 타블로 장면을 통해 우리에게 신랄하게 지적해 보여준다. 상황을 몰래 지켜보던 오디세우스/블룸은 해변의 여인들의 모습을 마치 그림 그리듯 집요하게 설명한다. 시시 카프리가 해변을 달리는 장면에서, "일부러 키가 커 보이려고 구부러진 프랑스제 하이힐을 신은 그녀가 무언가에 우연히 발이 걸려 넘어지는 바람에 멋지게 나동그라졌다면, 그녀에게는 마침 잘 된 일이었을지 모른다. **타블로!** 그걸 목격한 신사에게는 대단히 매혹적인 폭로였을 것이다."[33] 여기서 조이스는 어떤 메시지를 상징화하는 포즈를 취한 뒤 "타블로!"라고 외치는 실내 놀이를 차용하여 그 포즈는 완결된 것이며 얼마든지 관찰되고 해석될 대상임을 알리고 있다.[34] 그러나 그는 어떤 사건—정지되어 완벽한 상태인 탓에 해석은 가능하나 접근은 불가능한 우주, 그 기의는 세계가 아니라 욕망인 우주—을 이상화하고 거리를 두는 사진의 기법도 차용하고 있음이 분명해 보인다. 블룸의 시선을 따라 우리의 관심도 거티 맥도웰*에게로 향한다. 그녀는 또 다른 과시/과시자인 "배회하는 바위들Wandering Rocks"**의 미스 던Dunne을 그대로 되비추고 있으며, 또한 미스 던은 더블린 무대에서 '치마를 살짝 들춰

---

* 해변에 있던 여인들 중 하나로, 블룸이 그녀를 훔쳐보며 자위함.
** 『율리시스』의 10장 제목.

올리는' 마리아 켄들의 과시벽을 되비춤으로써 타블로가 늘 약속하는 이 그림 속의 그림을 한층 더 복잡하게 만든다. 우리는 미스 던이 블레이지스 보이랜―이후 몰리의 품에서 다소 덜 매개된 형태의 섹슈얼리티를 경험하게 됨―에게 고용돼 일하는 처지임을 기억해 두어야 한다. '작고 여성스러운' 것들에 대한 담론에 둘러싸인 거티는 자기의식적 상품으로서 제시된다. 그러므로 역설적이게도, 그녀에 대한 블룸의 욕망, 즉 거티를 대상으로서 상상 속의 완결된 그림으로 만들고자 하는 욕망은 그 욕망의 자위에서도 동일하게 재귀적이다. 이러한 완결된 그림이 살아낸 경험이라는 부분적 시각으로 변하자 ―일어나 다리를 절룩거리는 거티의 움직임으로 인해 그 타블로가 깨지는 순간, 블룸은 이렇게 말한다. "여자에게 결함이란 열 배는 더 나쁘다. 대신 사람을 예의바르게 만들지. 내가 한창 그녀를 보는 동안은 몰랐던 게 다행이군."[35] 움직임을 인식하는 순간 완벽한 전체가 깨지는 이 현상은 다섯 페이지 뒤에서 되풀이되는데, 이번엔 반대로 몰리에 의해서다. "몰리에게 커프 스트리트 모퉁이에 있는 남자가 잘생겼다고 말하며 그녀도 좋아할 거라 생각하던 바로 그 순간 나는 그가 의수를 끼고 있음을 알아차렸다." 이러한 장면들에서 (거티는 부분적으로만 온전한 전체이므로 장 전체가 그녀에게 할애되지는 않음) 조이스는 모든 포르노그래피가 지닌 풍경의 성격, 실은 모든 욕망 속에 있는 풍경의 성격을 상기시켜 준다. "여성의 눈길을 끌 광고를 붙이기에 가장 좋은 장소는 거울"인 셈이다. 반대로, 섹슈얼리티에 대한 살아낸 경험은 종결을 산산조각내 버린다―

거부한다. 감응성 정신병*에 걸린 이조차도 어떤 다른·연인의 완벽한 결합을 모종의 죽음, 어떤 영원성이 부여된 죽음으로 상상함으로써 살고 죽을 수밖에 없다.[36]

실제로, 만일 우리가 이러한 타블로의 구조와 여성의 변덕스러움에 대한 해석을 부르는 구조를 결합시킨다면 —"마침내 이상형의 남자를 어쩌다 만나기 전까지는 그러겠지. 타블로! 어머나 세상에, 이게 누구야! 어떻게 지내? 지금껏 대체 어떻게 지내고 있었어? 입을 맞추겠지. 만나서 기뻐, 하며 입을 맞춘다. 서로의 외모에서 흠집을 찾는다. 너 근사해 보이는구나. 절친한 여자들끼리 속으로는 적의를 드러낸다. 몇 개나 남았어? 서로 소금 몇 톨도 안 건넬 것이다"[37]—극히 사실적인 장면뿐 아니라 그림엽서의 전체적인 작용도 볼 수 있다. 이들 타블로 속에 묘사된 여성성의 미세한 세계는 독자로 하여금 블룸의 외재화된 위치를 관음증 환자로 받아들이게 만드는 반면, 그와 대비되는 내부의 시선에 해당하는 설명은 내레이터의 목소리이며, 내레이터는 우리에게 볼 것과 보지 않을 것을 알려줌으로써 총체성에 대한 환상을 제시하고 있다. 핍 쇼peep show,** '야한' 그림엽서, 여성성의 표면에 대한 스트립쇼 등 '나우시카' 장은 기괴한 장면을 반복함으로써 그림의 온전성 자체에 무엇인가가 빠져 있음을 폭로한다. 케네스 클라크가 누드 연구에서 언급하고 있듯, 왜곡 없이는 움

---

* 가족 등 밀접한 관계의 두 사람이 동일하거나 유사한 정신장애를 가지는 현상.
** 동전을 넣고 부스 안에 들어가 보게 돼 있는 단편 포르노그래피 영화 또는 작은 창을 통해 훔쳐보는 방식으로 구경하게 돼 있는 일종의 스트립쇼.

직임을 묘사하기가 불가능하다.[38] 그러나 또 다른 차원에서 보면, 이상적인 몸은 정체라는 환상—몸은 변하지 않으며 그러한 이상을 형성하는 조건과 우연들은 초월적일 뿐 아니라 '고전적'이기도 하다는 환상— 안에만 존재한다. 살아낸 경험이라는 바로 지금 이 순간과 그러한 이상 사이에 간극이 존재하며 이 거리가 욕망을 빚어내고 존속시킨다.

라캉은 어린아이가 "높이stature, 지위status, 조각상statues"에 매료되는 심리를 어머니와의 관계와 연관시키고 있다. 아이가 여러 욕동愁動과 기능으로 뒤죽박죽인 시점에 어머니 자신은 조화로운 총체로서의 이미지를 유지한다.[39] 거울 단계stade du miroir*의 어린아이는 실재인 신체의 이미지를 하나의 통합된 이미지로 상상 속에서 동일시하게 된다. 이러한 통합된 주체의 형성 과정에서 자아는 사회성 안에 자리를 잡기 시작하고, 언어와 상징계에 의해 이루어지는 추가적인 변용도 가능하게 된다. 동시에, 상대가 형성되는데(처음에는, 어머니), 이는 주체의 욕구를 충족시킬 수도 있고 충족시키기를 거부할 수도 있는 타자다. 라캉은 헤겔의 개념을 차용해 욕망desire의 토대는 욕구need와 요구demand의 간극이라고 설명한다. "(헤겔의 설명대로) 인간의 욕망 자체는 매개의 기호를 통해 구성되며, 그 욕망을 인지하게 만드는 것은 욕망이다. 인간의 욕망에는 대상이 없다는 점에서, 욕망의 대상은

---

* 라캉이 사용한 정신분석학적 용어로, 경상(鏡像) 단계라고도 하며, 생후 6개월에서 1년 반에 이르는 유아의 발달 단계.

욕망, 타자의 욕망이다. 인간의 욕망은 모종의 매개 없이 구성되며— 가령, 음식을 먹어야겠다는 등의 가장 원초적인 욕구에서 나타남— 주인-노예 갈등의 순간으로부터 노동의 변증법을 통해 비롯되는 만족의 발전 과정 전반에서 또다시 발견된다."[40] 매개의 필요성에 관한 이러한 입장은 상상계와의 모든 관계를 포괄하도록 일반화할 수도 있겠지만, 여기서는 섹슈얼리티의 매개와 몸의 상품화에 특별히 초점을 맞추어보고자 한다.

톰 섭의 결혼식

성적 행위 자체는 반反스펙터클적이어서 관객과 공연자 사이의 거리를 지워 없애며, 비非사건nonevent으로서 내부로부터 틀을 만들어 씌울 수 없는 사건이다. 때문에 실제 삽입이 없었던 한, 경찰은 「오! 캘커타!」* 출연진을 급습하는 일은 가능하면 피하려 했던 것이다.[41] 이처럼 (그 바깥에 머물러야만 하는 수많은 사회적 장치에 의해 완전히 틀이 씌워지고 동시에 그와 병치된) 과도하게 자연적인 중심의 이면에는 가장 문화적인 매개 형태의 섹슈얼리티—결혼, 즉 비대칭 위에 대칭이라는 문화적 부과—가 있다. 결혼 의례로서의 결혼식은 자아가 물리적 몸으로부터 사회 및 소유 관계망으로, 유희에서 생산으로, 순환성에서 선형성으

---

* 중간에 배우들이 옷을 벗고 무대에 전라로 등장하는 탓에 외설 시비에 휘말렸던 뮤지컬.

로 변형됨을 의미한다. 모든 부르주아적 의례 가운데서도 가장 의미 있고, 계급 관계를 가장 상징적으로 드러내는 예식이며, 적어도 르네상스 이후로 상상의 영역 내에서 과장을 위해 가장 흔히 선택돼 온 의례였던 이유가 바로 여기에 있을 것이다. 현실을 살아낸 타블로인 결혼식은 보통 르네상스 희극의 결말이 된다. 여러 인물이 그로테스크한 익살극을 벌이는 가운데 결혼식 장면이 등장하여 중심 무대에서 균형을 이루다가 마지막에 그로테스크한 것들은 가장자리로 밀려난다. 신랑신부가 어울리지 않는다며 사람들 앞에서 요란하게 놀리는 '샤리바리charivari'* 전통이 결혼으로 상징되는 사회관계의 대칭을 확인하는 역할을 수행하는 것도 이와 비슷한 변증법이다. 나탈리 지먼 데이비스의 기록에 따르면, 프랑스에서는 "시골의 젊은 수도사들이 결혼한 부부의 행실을 판단할 권한을 행사했다. 결혼한 해에 임신에 실패한 아내, 아내에게 꼼짝 못하는 남편, 때로는 간통을 행한 자 등이 그 대상이 되었다. … 그러나 '샤리바리'라는 프랑스어의 초기 용례나 이 단어가 동네에서 가장 흔히 쓰인 경우는 본래 재혼에 관련된 것이었고, 특히 신랑과 신부의 나이 차이가 심할 경우에 많이 쓰였다."[42] 또한 에스틴 에번스는 아일랜드에서는 "오늘날까지도 늙은 남자와 젊은 여자의 결혼이나 재혼을 부자연스럽고 부적절한 일로 간주하는데, 아마도 이러한 관계가 재산 상속 문제

---

* 어울리지 않는 신혼부부나 비난할 대상이 있는 집 앞에서 비난의 뜻으로 냄비를 두드리는 등 시끄러운 소리를 내던 중세의 풍습.

톰 섬의 결혼식.

를 복잡하게 만들기 때문일 것이다. 비단 여기에만 해당되는 것은 아니겠지만, 웩스퍼드 카운티에서는 이런 식으로 평판이 좋지 않은 결혼식에는 젊은 남자들이 모여 신혼부부 곁에서 나팔을 불며 소란을 일으킨다. … 아일랜드의 결혼식에서 가장 기이한 전통 가운데 하나는 '밀짚 소년들'의 방문 행사로, 밀짚으로 만든 가면을 쓴 젊은이들이 불청객으로 찾아와 결혼식이 끝난 뒤 통상적으로 이어지는 무도회에서 멋대로 흥청거린다"고 적고 있다.[43]

북아메리카에서는 결혼식의 공식적인 언어 및 그 언어로 대표되는 공식적인 사회적 관계 그리고 그 언어에 정반대되는 유사한 일련의 모의 의례 사이에서 긴장 관계가 발견된다. 예를 들면, 앵글로색슨계나 아프리카계를 막론하고 수많은 개신교 공동체에는 '여자 없는 결혼식' 전통이 있다. 버지니아 지역 신문 『블루 리지 가이드*The Blue Ridge Guide*』1927년 4월 28일 자에는 그런 행사에 관한 이야기가 실려 있다. "지난 토요일 저녁 스페리빌의

레이놀즈 메모리얼 교회에서 있었던 결혼식 행렬에는 독특한 점이 있었으니, 온통 남자들뿐이었다. 유부남, 노총각, 청년, 사내아이 할 것 없이 다들 최신 유행 스타일의 여성복을 입고 파우더, 립스틱, 볼터치로 화장까지 했다. 이 얼마나 당혹스러운 광경인가! 신랑은 키가 아주 작은데 곁에 선 신부의 키는 2미터는 돼 보였다. 교회는 수용할 수 있는 인원인 200여 명하고도 조금 더 되는 사람들로 꽉 들어찼다. 하객들은 스페리빌, 우드빌, 워싱턴, 플린트힐 등 각지에서 모였고, 수줍은 신부는 워싱턴 D.C. 출신, 행복한 신랑은 스페리빌 출신이었다." 펜실베이니아 주 브로그빌에서도 제2차 세계대전 전후로 세인트제임스루터 교회 공터에서 '가짜 결혼식'이라 불리는 비슷한 행사가 열렸다. 남자들이 여자 옷을 입은 것은 똑같았지만, 1930년대, 40년대, 50년대 스페리빌의 결혼식에서 최신식 복장을 했던 것과는 달리, 20세기 초 여성들의 옷차림을 연상케 하는 긴 드레스와 밀짚모자로 여장을 했다. 인형의 집에서는 현대적인 의자보다는 빅토리아풍 의자가 '의자라는 것'의 기표로 더 적합하듯, 여자 없는 결혼식에서는 이런 고풍스러운 드레스가 여성성의 기표로 더 적합하다고 볼 수 있을지도 모른다. 대칭성을 비대칭으로, 신성한 것을 축제적 그로테스크함으로, 구절이 정해져 있는 직선형 예식을 익살스러운 즉흥 대화나 방백으로 대체한 그런 결혼식은 샤리바리 전통의 현대 버전으로도 볼 수 있겠다. '루터연맹Luther League'이라는 교회 내 십대들의 모임에서 주최했던 브로그빌의 여자 없는 결혼식은 특히나 그 샤리바리 전통에 가까웠다.

그런가 하면, 이처럼 카니발적 그로테스크함이 두드러지는, 과장된 결혼식과는 정반대되는 경우도 동일한 공동체 안에서 찾아볼 수 있었으니, 이는 바로 '톰 섬*의 결혼식Tom Thumb wedding'이라는 과장되게 이상적인 결혼 예식이다. 톰 섬의 결혼식에는 아이들이 어른 역할을 '연기'함으로써 이상화된 혹은 표준적인 결혼식을 미니어처 규모로 재생산하는 순서가 포함된다. 여자 없는 결혼식과 마찬가지로 톰 섬의 결혼식 역시 구두로나 인쇄 매체를 통해 전국으로 확산된 것으로 보이며, 아마도 미니어처화된 의례의 유일한 사례일 것이다. 매사추세츠 주 워터타운의 에이버리 A. 모턴은 1976년 글에서, 20세기 초 네브라스카 주 베서니에 있는 캠벌라이트 교회에서는 톰 섬의 결혼식 연출가로 한 여성을 고용하기도 했다고 회고했다. 1900년 당시 모턴은 여덟 살이었다.

최악은 누군가가 톰 섬의 결혼식이라는 연극을 기어이 해냈고 그 여자가 아이들을 뽑아서 훈련시키고 가르쳐서 공연을 하게 만들었다는 사실이다. 그녀로서는 돈을 벌기 위해 그 일을 했을 것이다. 톰 섬은 소녀에게 사랑의 노래를 불러야만 했다. 그 소녀는 누구였을까? 소녀는 목사의 딸이었고 꼬맹이였던 나는 그 노래를 불러야만 했다. 그 행사에 동원된 사람은 꽤 많았고, 나는 주인공 역할을 맡았으며 목사의 딸 역시 또 다른 주인공이었다.

---

* 엄지손가락 톰이라는 의미로, 영국 동화에 나오는 엄지만 한 주인공.

공연은 교회에서 열렸고, 톰 섬의 결혼식이라 불렸다. 그 여자는 이주쯤 그곳에 있으면서 성경학교 아이들을 동원하곤 했다. 부모들을 위한 하룻밤의 공연이었다.[44]

이 전문 연출가는 여기서 고정된 텍스트에 대한 욕구를 다룬다. 이를 반영하기라도 하듯, W. H. 베이커는 1898년 베이커 어린이 공연 시리즈의 일환으로 톰 섬의 결혼식을 공연했다. 하지만 이 시리즈의 다른 공연과는 달리, 어떤 작가의 작품이 아니었다. 대신, "펜실베이니아 주 필라델피아의 유니온 태버너클 교회의 공연이 원작"임을 명시했다. 공연 텍스트에는, "목사, 신랑 신부, 신부 들러리 대표, 신랑 들러리, 부모, 신부 들러리, 문지기, 하객, 꽃을 든 소녀가 있어야" 하며, 참가자들은 예식이 진행되는 단상 위에 대칭으로 정렬해야 한다고 명시되어 있다.

"의상은 실제 결혼식 의상과 비슷해야 한다. 최대한 정교해야 한다. 그래야 효과적일 뿐더러 저렴한 비용으로 손쉽게 만들 수 있기도 하다. 의상의 효과는 놀라워서 보통 어른들이 입는 옷을 입은 꼬마들에게 쏟아지는 열광적인 반응은 상상을 초월한다."[45] 베이커 대본의 의도는 진지한 의례를 조롱하는 것이다. 의례의 형식은 일반 결혼식이지만 과장된 패러디 언어를 사용함으로써 당대의 신랑신부 관계를 풍자하는 효과를 낼 수 있었다. 예를 들어 결혼 서약 부분의 대본은 다음과 같다.

나, 톰 섬은 이날부로 당신 제니 준을 아내로 맞아, 나쁠 때 말

			목사			
			☺			
			꽃을 든 소녀			
			☺ ☺ ☺ ☺			
하객 착석	신부 들러리들 기립	신부 들러리 대표 / 신부 / 신랑 / 신랑 들러리 대표			신랑 들러리들 기립	하객 착석
		☺ ☺ ☺ ☺				
		연단 앞				

예식 중 단상 배치도

고 좋을 때만, 가난할 때 말고 부유할 때만 사랑하겠습니다. 다만, 그대가 해준 음식을 먹고 설사가 나지 않아야 하고, 장모님은 분기에 한 번 이상 방문하지 않으며 잠은 자고 가지 않아야 하고, 그리고 일체의 모자 값은 그대를 사랑하는 아버님이 지불해야 합니다. 내가 그대를 구제 불능의 노처녀라는 비참한 처지로 아버님 손에 남겨두지 않은 데 대한 감사의 뜻으로 말입니다. 이 모든 것을 그대 제니 준에게 약속하겠습니다. 맹세합니다.

나, 제니 준은 이날부로 당신 톰 섬을 남편으로 맞아, 나쁠 때 말고 좋을 때만, 가난할 때 말고 부유할 때만 사랑하겠습니다. 다만, 당신이 술과 담배를 하지 않아야 하고, 당신 어머니가 어떤 식으로 요리했느니 단추를 어떻게 달았느니 셔츠 앞섶은 늘 반짝이게 했느니 하는 소리는 하지 않아야 하며, 하루 세 번 땔감을 가져다주고 재는 일주일에 한 번 내다 버리며 목욕통을 치우고 빨래하는 날에는 빨랫줄을 걸어주고 또 내려주어야 하고, 19세기의 '신여성'이 요구하는 그 밖에 모든 할 일을 충실히 이행해 주어야 합니다. 이 모든 것을 그대 톰 섬에게 약속하겠습니다. 맹세합니다.[46]

1982년 여름 필라델피아의 웨스트해거트에서 동네 축제의 날 행사의 일환으로 이루어진 세 쌍의 톰 섬 결혼식에서도 이와 비슷하게, 목사 역할을 맡은 소년은 각 신랑에게 물었다. "그대는 아내를 시내로 데려가 「E.T.」를 보여주고 로이로저스 식당에서 저녁을 사줄 것을 약속합니까?" 이어서 각 신부에게 물었다. "그대는 남편을 쇼핑백으로 데려가 케이크와 쿠키를 사는 데 남편의 돈을 몽땅 쓸 것을 약속합니까?" 대체로 엄숙하던 하객들 사이에서 웃음이 터지게 만드는 효과가 있는 기타 순서로는 결혼에 대한 신랑 들러리들의 반대 표명과 마침내 이루어진 성혼 선언이 있었다. "이제 신부에게 경례해도 좋습니다." 뿐만 아니라, 목사가 각 팀에게 붙이는 엉터리 이름에 따라 세 예식 각각에 해당하는 대본은 달라졌다. 첫 팀은 '고인돌들'이었고("우리는 이들 고인돌의 혼인을 위해 이 자리에 모였습니다"), 두 번째는 '스머프들,' 세 번째는 '제퍼슨들'이었다. 물리적 차원에서 보면 톰 섬의 결혼식은 한 어머니의 표현대로 '성대한 결혼식'의 완벽한 축소판인데, 이를 훼방하는 것은 텍스트다. 대본은 이 애니메이션의 만화적 속성을 패러디한다. 흑인 공동체에서는 마치 살아 움직이는 장난감 같은, 어른 복장을 한 어린아이뿐 아니라 대중문화 속 인종차별적 캐리커처도 풍자의 대상으로 삼았다. 결혼식의 물리적 구조와 배치의 정확한 디테일을 정교하고 세심하게 살려냄으로써 이러한 패러디 효과는 한층 고조된다. 1928년 4월 25일 자 『블루 리지 가이드』에는 "난쟁이들의 결혼식 혹은 톰 섬의 결혼식. 3~10세 아동 75여 명이 선사하는 완벽한 '상류사회 결혼식.' 100분에 100번 웃음 보장"이라는 광고가 실렸다. 이 경우 역시 특정한 이상이 표본화 혹은 미니어처화되는 경우로('상류사회' 결혼식이라는 어구에서 우리가 추정해 볼 수 있는 것은 공동체에서 흔히 보는 여느 결혼식이 아니라는 점), 패러디된 언어를 통해서만 변형될 뿐이다. 그러므로 공동체 입장에서는 상류사회의 가치에 대한 익숙한 정도와 능숙한 기술을 과시할 수 있는 기회인 동시에 내용적 측면에서 토착적인 것을 대체해 버리는 방식으로 풍자를 하게 된다("맹세합니다").

그러나 예나 지금이나 모든 톰 섬의 결혼식이 익살스러운 오락거리인 것은 아닌 듯하다. 만일 미니어처 결혼식이 내용의 대체 없이 단순히 규모만 축소한 것이라면, 가장 진지한 경우 경외감을 주고 가장 엄숙하지 않은 경우 매력을 전하는 행사가 된다. 브로그빌 교회의 결혼식이 그 예에 해당한다. 1950년대 중반 이 교회에서는 진짜 결혼식으로 신도들이 모이는 경우는 거의 없었고, 대신 소위 가짜 결혼식이나 여자 없는 결혼식이 점점 더 인기를 끌게 되었던 것으로 보인다. 1956년 이 교회의 담임목사는 톰 섬의 결혼식을 다른 가짜 결혼식들이 열리던 공터 말고 교회 본당에서 열도록 결정했다. 교회 여신도들이 예식 준비를 맡고, 성경학교 어린이들이 출연자가 되었다. 성경학교에 쌍둥이가 세

쌍 있어서 예식에 참여시킬 수 있었다는 사실 역시 목사가 제시하고 싶어 하는 대칭, 질서, 균형을 전반적으로 강조하는 데 한층 도움이 되었다. 결혼식에는 신부, 신랑, 신부 들러리 2명, 꽃을 든 소녀 2명, 결혼반지 전달자, 신부 들러리 대표, 신랑 들러리 대표, 안내자가 참석했다. 여자 없는 결혼식에서는 구식 의상을 입어야 했지만, 이 결혼식에서는 현대식 의상을 입을 수 있었다. 교회 여신도회에서는 소녀들이 입을 분홍색 물방울무늬의 스위스식 긴 드레스를 만들었고, 소년들에게는 흰 재킷에 검정 바지를 입히고 나비넥타이를 채웠다. 부케는 '미니어처' 꽃―물망초와 베이비 로즈―으로 만들었고, 어린이 성가대가 음악을 맡았다. 목사가 유일한 보통 크기의 참석자였는데, 그는 '평범한 결혼식'을 이끌듯 이 결혼 예식도 진행했다. 24년 뒤 나는 당시 참석자들과 신도들을 인터뷰했는데 그들은 그 결혼식이 "진짜 결혼식과 거의 흡사했다"고 회상했으며, "정말 거창한 결혼식이었다. 작지 않았다. 큰 행사였다"고 덧붙였다. 그 결혼식은 마치 실제 규모의 진짜 결혼식이 열릴 만한 공간에서 한꺼번에 거행되었으니, 그야말로 '진지한' 행사였다.

앞서 언급했던 다른 여러 미니어처 형태의 패러디 결혼식들과는 달리, 이 결혼식은 분명 모범 결혼식의 역할을 담당했다. 오크니 제도산 의자나 정교한 인형의 집에 비유해 생각해 보면, 이 보통 크기로 재현할 수 있는 결혼식 그 이상의 것이었다고 말할 수 있을 것 같다. 미니어처 형식 덕분에 디테일에 완벽을 기할 수 있었다. 전통적인 결혼식이 현대적인 결혼식―주로 사교적 성격을 띠는 행사라기보다는 사진을 찍기 위한 행사—으로 완전히 넘어온 이후의 시기에 이러한 결혼식 행사가 열렸다는 사실은 의미심장하다. 이러한 결혼식에서는 하객 접대보다도 사진 촬영 순서가 주가 되는 분위기였다. 중요한 점은 당시 참석자들이나 관객들 가운데 그 결혼식을 제대로 기억하는 사람은 거의 없었음에도 불구하고(출연자들의 수나 특성을 동일하게 묘사하는 사람이 하나도 없을 정도였음) 많은 이가 당시 사진들을 간직하고 있었다는 사실이다. 이러한 사진들은 타블로 같은 제시 방식을 통해 당시 사건에 대한 이야기를 들려주고 있었다. 신부 들러리 중 하나였던 사람의 앨범에는 그녀의 실제 결혼사진들이 톰 섬의 결혼식 사진들과 마주보는 페이지에 있었다. 놀랍게도, 포즈(단상에서 목사 앞에 선 뒷모습과 예배당 뒤쪽에 선 앞모습)가 완전히 똑같았다. 톰 섬의 패러디 결혼식은 다양한 물리적 대체를 통해 기술을 은근히 뽐내고 담론의 변경을 통해서는 기술을 대놓고 뽐낸다는 의미에서(가령, 레이스처럼 보이지만 훨씬 저렴한 치즈숙성용 무명천으로 의상을 만들도록 권장했다) 사실상 '연극'인 셈이다. 그러나 브로그빌의 결혼식은 규모 차원에서만 '현실성'과 동떨어져 있다. 행사 자체가 사진과도 같아서, 물리적 차원의 축소를 통해 성사될 수 있었던 행사를 묘사해 보여주는 이 사진은 행사를 치를 이유인 동시에 행사의 대체물이 되기도 한다. 이 결혼식 사진들은 그 자체로 초월을 향한 노력을 말해준다. 정면은 뒤고, 뒷면은 앞이며, 역사는 한꺼번에 멈춰 서 있다.

톰 섬의 결혼식은 아이를 요정처럼 여기던 빅토리아 시대 아동 숭배에서 비롯된 것으로, 카니발적 그로테스크 전통에서 비롯된 것은 아닌 듯 보인다. 이는 분명 빅토리아 시대에 공연됐던 찰스 셔우드 스트래턴이 주연한 P. T. 바넘의 서커스 쇼 '톰 섬 장군General Tom Thumb'이 누렸던 엄청난 인기와 연관되는 형식이다.[47] 바넘이 선보인 스트래턴은 괴물이나 프릭이 아니라 배우였다. 바넘과 함께한 스트래턴의 이력은 어린 시절부터 시작된 것이었고, 덕분에 그는 여러모로 스스로 마법에 걸린 동시에 보는 사람에게도 마법을 거는, 마치 장난감 같은 아이의 전형이 되었다. 스물여섯이 되던 1863년, 스트래턴은 라비니아 워런과 결혼식을 올렸다. 그녀 역시 난쟁이였으며, 결혼식은 뉴욕 시의 그레이스 교회에서 세간의 이목이 집중된 가운데 화려하게 치렀다. 여자 없는 결혼식이 이미 있기는 했으나, 이 사건은 손수 만든 스펙터클의 최신 표본 같은 역할을 했다. 종교적 권위의 허가와 그러한 권위를 뒷받침하는 전통적인 여성들의 문화가 있었던 덕분이다.

아이에게 결혼식은 그저 속박된 한 시간에 지나지 않는다. 웨스트해거트 결혼식에서는 몇몇 소년들이 '더 멋져' 보인다며 재킷 칼라를 세우기로 했지만, 의상을 담당한 여자들은 즉각 칼라를 젖혀버리며 소년들을 야단쳤다. 브로그빌의 목사가 톰 섬의 결혼식이 하나의 모범 역할을 하기를 바랐듯, 웨스트해거트의 결혼식도 대본은 패러디였지만 부르주아 가정의 일반적인 연회가 이어지곤 했다. 예식은 거리에서 치러졌다. 먼저, 몇 블록 행진이 있은 뒤 객석보다 **높이** 설치된 단상 위에서 결혼식이 거행됐다. 결혼식 날에는 이웃 주택들도 **바깥에** 결혼한 부부와 자녀들 사진을 붙여 장식을 해두었다. 결혼한 지 50년이 넘은 부부들은 가족사진이나 식구들이 만든 공예품, 기념일 선물 등을 포함한 특별한 것들을 전시하기도 했다. 이처럼 안을 뒤집어 바깥에 내보이는 것은 여러모로 카니발화의 전복에 해당한다. 가정 문화가 거리 문화를 전유함을 보여주며, 따라서 지각변동의 시작이라기보다는 방종의 끝을 의미한다.[48] 이는 '바깥이 안으로 들어옴'을 거부하는 것이며, 내면성의 전파다. 여자 없는 결혼식이 카니발에 대한 공식적인 허가라는 테두리 내에서 벌어지고, 먹고 마시는 연회와 즉흥을 포함했다고 한다면, 톰 섬의 결혼식은 위험한 것을 '귀여운' 것으로 대체한다. 이러한 결혼식은 외부로부터 조종당한다. 브로그빌의 어느 여성이 말했듯, "리허설이 있었어요. 그러니까 연습은 했지만 연회는 없었다는 얘깁니다." 여기에서 아이의 몸은 섹슈얼리티가 삭제된 몸―봉제선 없이 매끈한 인형의 몸―이다. 어른 옷을 겹겹이 갖춰 입은 아이는 마치 옷을 입힌 동물이나 유리 안에 갇힌 조가비나 마찬가지다. 게다가 결혼식이라는 맥락은 이러한 자연 정복을 모든 결혼식에 대한 과장으로서 한층 더 과장한다. 결혼식의 기능이란, 섹슈얼리티 길들이기, 대칭적 경제 및 사회관계 맺기, 신부 '맞아들이기'에 대한 과시다.

사실, 몸에 대한 이러한 이상적 미니어처화에서 상실되는 것은 섹슈얼리티 그리고 자연히 힘의 위험성이다. 몸은 하나의 이미지가 되고, 모든 의지 표명은 관찰자, 즉 훔쳐보는 자의 몫으로 옮겨진다. 몸은 살아낸 현실의 영역 대신 상품 관계의 영역 안에 존재한다. 홀은 인형에 관한 연구에서 다음과 같이 언급했다. "세상의 애정 표현 대부분은 지소어指小語*이며, 인형의 매력은 주로 그 축소된 크기에서 나온다. 인형이 두려움을 주는 경우는 대부분 큰 인형과 관련되어 있으며, 큰 인형의 매력은 인형놀이를 즐기는 시기의 아이들에게나 예외적으로 통할 뿐이다. … 우월감을 느끼고 싶어 하고, 대장 노릇을 하며, 저항이 제일 적은 곳에서 원하는 것을 성취하거나 분노라는 부모의 폭압에 대한 반응을 분출하려는 등의 아이들의 욕망을 작음smallness이 충족시켜 준다."[49] 초월에의 이 같은 충동이 지소어의 이면에 대한 고찰과 병치되어야 하는 것은, 지소어는 특히 어린이, 애완동물, 하인, 여성에게 적용되기 때문이다. 지소어는 애칭만큼이나 조작과 통제의 표현이기도 하다. 이와 마찬가지로, 상품광고에 등장하는 몸의 이미지—사진을 통해 축소된 뒤 우리 눈앞에 추상적으로 투사됨— 역시 일반화된 섹슈얼리티 혹은 좀 더 구체적으로 말하자면 일반화된 욕망의 효과를 지니며, 이는 곧 상품 그 자체, 그 유일한 '총체적' 이미지에 초점을 맞추게 된다. 이러한 과정을 통해 다리미판이나 자동차 부품 포장지에 흐릿한 연인 사진을 부착하는 것이 고유한 일이 된다. 사진과 상품의 관계는 얼핏 느껴지는 것과는 달리 임의적인 것이 아니다. 사진의 지시체는 일반화된 욕망으로, 이는 후기 자본주의의 모든 상품 관계의 기의이기 때문이다.

---

* 작음, 사소함, 애정, 친밀함 등을 나타내는 접미사가 붙어 파생된 단어들.

라캉에 따르면, 유아기에는 상상계에 대한 인식이 주체 형성 과정의 시작점이라고 한다면, 상상계의 기능은 그러한 형성 과정을 성인이 된 이후의 삶에서도 지속시켜 나가는 데 있다. 어느 특정한 순간 주체가 '나타나게' 되는 기반인 같음과 다름의 작용 속에서, 어린 시절과 현재의 관계, 반복이면서 또 반복이 아닌 이 관계는 어느 쪽 끝에서든 상상의 존재를 만들어낸다. 아이에게는 어머니가 욕망의 대상이고, 어른에게는 과거의 이미지, 그것을 상실하기 전의 이중적 관계, 그 순전한 몸 안의 몸은 재생산을 통해서만 근접할 수 있는 대상인 것이다. 이러한 어른의 욕망으로부터 어떤 대상—사용가치를 지닌 대상이 아니라 순전한 대상, 즉 살아낸 현실이라는 변화무쌍한 영역 속에 집어삼켜지지 않고 일정한 거리를 유지하며 완결된 상태를 유지할 대상—에 대한 요구가 나온다. 그렇다면 그 대상은 어린 시절—변하지 않을 시절—을 닮았다.

몸 읽기

우리는 우리 자신의 몸을 부분별로만 알고 있으므로, 우리 입장에서 볼 때 자아를 구성하는 것은 바로 이미지이며, 주관성을 구성하는 것도 이미지다. 이미지의 투사와 내적 투사introjection*

---

* 타인에 대한 것을 마치 자기자신의 것처럼 동화시키는 무의식적 과정, 일종의 방어기제.

의 과정을 통해 몸은 우리가 아는 바로 그 추상적 '형태,' 즉 추상적 총체성을 갖추게 된다. 예를 들어 의인화는 타자인 다른 동물보다는 사람의 몸의 형태에 대해 더 많은 것을 알려준다. 우리는 몸을 끊임없이 세계에 투사함으로써 그 이미지가 우리에게 되돌아올 수 있게 만들고자 한다. 그래서 타자, 거울, 동물, 기계에 그리고 예술적 이미지 위에 계속 몸을 투사하는 것이다. 뿐만 아니라, 여전히 우리 눈에 보이지 않는 채로 남아 있는 것은 구상미술의 주된 주제가 된다. 초상화와 흉상에서 머리와 어깨는 그런 대상이다. 얼굴은 자기 눈에 보이지 않으므로 의미와 중요성 면에서 거대해진다. 포르노 제작자의 스타일로 보면, 누군가에게 눈가리개를 씌우는 것만으로 충분히 그 혹은 그녀를 인간 이하의 존재, 즉 '그저 몸'에 불과한 존재로 만들 수 있는 것이다. 얼굴은 일종의 텍스트, 즉 존재하기 위해서는 반드시 '읽히고' 해석되어야만 하는 공간이 된다. 여성의 몸은 특히나 거울에 의해 구성되고 따라서 외적 이미지의 결합에 속박당하는 존재가 되기 쉬우므로, 얼굴에 의해 말해지고, 다른 이들이 읽고 표명해 내는 것에 의해 말해진다. 얼굴이라는 이미지를 파악한다는 것은 일종의 소유다. 우리는 여성의 얼굴이라는 이미지, 인물 사진에 대한 강박, 커버걸* 등에 온통 둘러싸여 있다. 얼굴은 타자의 소유이며, 여성 자신에게는 허락되지 않는다.

하지만 초상화가 대부분인 미니어처 그림에서는, 이 소유 패턴

---

* 잡지의 표지 모델로 등장한 매력적인 여성.

이 남성과 여성 모두에게서 나타난다. 르네상스부터 18세기 사이에 나온 미니어처는 장식용이거나(원형 또는 타원형이고, 장신구나 보석으로 몸에 걸칠 수 있었음) 수집 보관용이었다(비교적 크기가 큰 미니어처는 타원형 또는 직사각형 액자에 넣어 벽에 걸었음). 장식용이건 보관용이건 미니어처는 타자의 얼굴을 소유하는 방법이었다. 장식용 미니어처의 경우에는 타자가 타자의 얼굴 이미지를 자기 몸에 부착하며, 수집보관용 미니어처의 경우 얼굴은 몸의 삶과 유리된, 숙고의 대상이 된다. 그런 미니어처들은 멀리 떨어진, 추상화된 섹슈얼리티를 상징한다. 로버트 엘워드는 『미니어처 수집에 관하여On Collecting Miniatures』에서 이렇게 적고 있다. "누가 미니어처—'작은 초상화'라 불리던 그런 그림—를 좋아하지 않겠는가? 은판사진과 사진의 등장으로 유행 지난 것이 되어버리기 전까지 미니어처는 모든 이를 매혹시키던 존재였다. 이 작은 초상화의 매력을 누가 거부할 수 있겠는가? 숙녀의 가슴 위에 걸거나 팔목에 팔찌로 두르거나 손가락에 반지로 끼우게끔 만들어진, 그토록 귀엽고 우아하고 낭만과 감상으로 가득한 물건을 말이다. 미니어처는 우리에게 사랑에 관해 이야기한다. 예술과 사랑의 결합에서 탄생한 것이 바로 미니어처이기 때문이다."[50] 1560년대에 이미 미니어처는 필사 원고에서부터 수집장으로 그리고 다시 몸으로 자리를 옮긴 듯 보인다. 이 시기의 작품인 허트퍼드 백작부인 캐서린 그레이의 미니어처 초상화를 보면, 갓난 아들을 품에 안은 백작부인이 남편의 미니어처 초상화가 달린 리본을 목에 두르고 있다. 월싱엄 부인은 1572년에 그린 초상화에서, 남편의 초상화가 담긴 로켓을 목에 걸고 있다.[51] 여기에서 미니어처는 부적이자 기념품으로서 기능한다.

이런 의미에서 볼 때 미니어처는 세계를 되비추는 일종의 거울이면서도 '자기 반사적' 거울과는 정반대라고 할 수 있다. 거울에 비친 이미지는 주체가 그것을 투사하는 순간에만 존재하기 때문이다. 반면, 미니어처는 영원성이 부여된 '미래-과거'를 주체에 투사하며, 미니어처의 이미지는 '항상 거기' 있는 상태로 위안을 준다. 미니어처는 투사뿐 아니라 심오함도 선사하는 표면, '언제 멈출 지 모르는' 유리로서 보르헤스의 알렙 혹은 수정구슬과도 닮아 있다. 알렙을 들여다보던 보르헤스는 이렇게 말한다. "나는 마치 거울을 보듯 나를 유심히 바라보고 있는 주위의 셀수 없이 많은 눈을 보았고, 나는 그중 어떤 것도 나를 비추고 있지 않은 세계의 모든 거울을 보았다."[52] 미니어처를 일종의 거울이라고 한다면, 그것은 응답받은 사랑의 거울이다.[53] 미니어처는다른 형태의 마법과 마찬가지로 감염이나 재현을 통해 부재중인타자의 존재를 보장한다. 미니어처는 단순히 재현으로서 존재하는 경우, 공감 주술sympathetic magic*로서 기능하며, 머리카락 한타래나 리본 한 가닥 혹은 타자의 '일부분'인 어떤 다른 대상과함께 둘 경우에는 감염 주술contagious magic**로서 기능한다. 십대들이 서로 이름을 새겨 나누어 가지는 팔찌의 상징성이나 지

---

* 어떤 사물·사건 등이 공감 작용에 의하여 떨어진 곳의 (더 규모가 큰) 사물·사건에 영향을 미칠 수 있다는 신앙을 바탕으로 하는 일종의 주술.
** 어떤 사람과 접촉해 있던 것에 공작을 해서 그 사람에게 영향을 미치려는 주술.

갑 속 사진의 의미는 그런 미니어처로부터 유래한 것으로 볼 수 있을 것이다. 드루어리 거리 왕립극장에서 상연된 엘리자베스 버클리 크레이븐의 희곡 「미니어처 그림 : 3막 희극The Miniature Picture : a Comedy in Three Acts」에서 콤플라이는 엘리자에게 묻는다. "그 사람이 당신 사진을 가져갔습니까?" 그러자 엘리자가 대답한다. "물론 그랬죠. 목에다 걸고 갔어요. 하지만 그게 다가 아니에요. 그래 놓고는 내내 러블리스 양하고 같이 있더란 말이죠."[54] 내적 감정 대 외적 행동이라는 이런 모티프가 연극 속 사랑 이야기 플롯의 주축이 되고 있다. 타자의 얼굴을 로켓에 넣고 다니는 것은 이중의 내면성, 즉 반지로 에워싸 봉인해 버린 부르주아 결혼의 내면을 생성하는 일이다. 몸의 내부에 심장과 심장의 내용—타자—이 모두 있다. 기억해 두어야 할 것은 만족이라는 심장의 상태는 그 내면의 풍요로움 속에만 존재한다는 사실이다.

로켓은 또 하나의 몸의 은신처다. 덮개의 보호 기능에 의존하는 그런 은신처는 항상 노출될 위험이 있다. 카니발의 폭발적인 섹슈얼리티와는 대조적으로 '사적인 삶'이라는 속박되고 길들여진 섹슈얼리티를 상징한다. 니콜라스 힐리야드*는 「초상화 기법에 관한 논고Treatise Concerning the Arte of Limning」(1600)에서 엘리자베스 여왕 시대 사람들이 보석 세공한 로켓에 넣어 걸고 다니던 미니어처 초상화 기법에 대해 말한다. "(초상화는) 여타 채색

---

* 1547~1619. 미니어처 그림으로 두각을 나타냈던 영국의 화가이자 장식 예술가.

화나 선화와는 다른 것으로, 보통 사람들이 사용하는 물건이 아니다."[55] 로켓의 반대는 문신이다. 문신은 깊이 대신 또 하나의 표면을 생성한다. 문신은 공공연히 상징적이며, 공동의 상징과 가치를 환기함으로써 쉽게 읽히고 쉽게 노출된다. 로켓이 항상 상실의 위험을 안고 있는 것은, 그 마법은 소유 여부에 좌우되는 것이기 때문이다. 그에 반해 문신은 지워지지 않으며, 엄밀히 모든 소유가 분리나 상실의 가능성을 내포한다는 의미에서는 문신도 '소유'될 수는 없다. 다른 카니발적 그로테스크 이미지들이 그러하듯, 문신도 합일을 재현할 뿐이다.[56]

표면이 몸의 의미의 위치라면, 그것은 그 표면이 몸 스스로에게는 보이지 않기 때문이다. 얼굴이 몸 자신은 표현하지 못할 깊이와 심오함을 드러내준다면, 그것은 눈 그리고 어떤 면에서는 입도 가늠할 수 없는 심연의 입구이기 때문이다. 눈과 입의 겉모습 뒤에 자리 잡고 있는 것은 겉모습을 박탈당한 내면이다. 그렇기에 우리는 동요가 이는 얼굴의 표정을 읽을 수 있다. 이러한 읽기는 표면 수준에서는 절대 분명할 수 없으며, 타자의 정정訂正에 끊임없이 맞닥뜨리게 되기 때문이다. 얼굴은 일종의 '심오한' 텍스트다. 이 텍스트의 의미는 변화 그리고 독자와 저자가 끊임없이 주고받는 일련의 변경 사항들로 인해 복잡해진다. 여기서 저자는 기이하게도 몸에서 분리된 존재로, 존재하지도 부재하지도 않으며, 부분에서도 전체에서도 찾아지지 않고, 실은 이러한 읽기에 의해 **창조되는** 존재다. 이러한 해석 관습이 있으니, 서양문학의 가장 대표적인 토포스 가운데 하나가 얼굴을 책에 빗댄 설명인 것도 전혀 놀라운 일이 아니다. 쿠르티우스는 이 은유의 궤적을 찾아 중세 그리고 알라누스 데 인술리스와 헨리쿠스 셉티멜렌시스의 글까지 거슬러 올라간다. 여기서 사람의 얼굴은 그 안의 생각을 읽을 수 있는 책에 비유된다.[57] 단테는 중세 시인 베르톨트 폰 레겐스부르크의 뒤를 이어 이 은유를 한층 더 확장해 사람 얼굴에서 글자 OMO를 읽는 등 알파벳 상징체계까지 포함시켰다.

> 눈구멍은 보석이 빠진 반지 같았으며,
> 사람 얼굴에서 OMO를 읽는 자는
> 거기서 M 자를 알아볼 것이다.[58]

쿠르티우스는 존 헤이우드가 메리 튜더 여왕에게 바치는 시("읽거나 바라볼/ 다른 책은 내게 필요치 않나니"), 필립 시드니가 스텔라에게 바치는 시에서도 사례를 발견했다. 시드니는 이 시에서 책의 이미지를 사용해 아름다운 여자의 얼굴을 묘사했던 12세기 라틴 시인들을 따라 "자연이 그녀 안에 적은 내용"을 차용한다. 셰익스피어의 구절에서도 인용한다. "젊은 파리스의 얼굴이라는 책을 읽으면/ 아름다움이 펜으로 적어놓은 기쁨을 발견하리라. … / 이 아름다운 책에는 모호한 것이 있으니/ 그의 눈 속 여백에 적힌 것을 찾아보라."[59]

얼굴을 책에 빗대는 전통은 몸을 소우주로 보는 좀 더 전반적인 전통 안에서 찾아볼 수 있을 것이다. 이러한 전통에서는 다양한 방식으로 몸을 세계에 투사하고 또 세계를 몸에 투사함으로써, 레비스트로스가 말하듯이, 몸을 '생각해 보기 좋은' 어떤 대상으로 만든다. 소우주적 사고는 다른 과장법과 마찬가지로 규모와 디테일과의 관계의 병치를 포함한다. 상응성과 상대성 없이는 과장이 불가능하다. 그러나 미니어처화가 일상적 규모와 이례적 규모라는 대상과 재현의 병치를 포함하는 반면, 소우주적 사고는 별개로 보이는 현상들 간의 상응 관계를 정립시켜 모든 현상의 동일성을 제시해 보이는 것에 관한 문제다. 그러므로 그런 사고는 항상 신학과 '위대한 설계'의 전파 경향을 띤다. 다양성 속에 통일성이 있으며, 모든 현상은 우주의 본질적 특징들의 미니어처다.

우리는 플라톤의 사상에서 소우주론의 윤곽을 확인할 수 있다. 『티마이오스Timaeus』에서 플라톤은 우주cosmos가 살아 있는 유기체이며 그 자체로서 무언가가 '되고 있는' 과도기적 세계의 복사본이라고 주장한다. 『국가Republic』에서는 세 부분으로 된 이상적 국가와 세 부분으로 된 개인의 영혼 사이에서 유사성을 찾아내기도 한다. 국가의 통치, 군사, 생산계급은 영혼의 이성, 열정, 욕구에 각각 상응한다는 것이다.[60] 이런 사고방식을 확장한 것이 신플라톤주의의 핵심이 됐고, 그런 견해는 그리스 로마 시대는 물론 그보다 앞선 시기 전반에 걸쳐 신비주의, 주술, 점성술의 철학과도 밀접하게 연관되어 있었다.[61] 플라톤주의와 신플라톤주의의 소우주적 사상의 바탕은 인간 '본성'이라는 추상적 속성들과 우주의 물리적 측면들 간의 상응 관계다. 알라누스의

『자연의 불평De Planctu Naturae』에 따르면 자연은 대우주의 형상으로 인간을 창조했고, 행성들의 운동이 창공의 회전에 역행하듯 인간 역시 감각과 이성이 갈등 속에 있을 수밖에 없다.[62] 마찬가지로, 인류의 시대나 반복발생 법칙laws of recapitulation*의 순환 이론도 인간의 추상적 속성을 우주의 물리적 현상에 견주는 이 사고방식 안에 있는 것이 분명하다.

혜르만 로체의 『소우주Microcosmus』(1886)와 찰스 네이피어의 『자연이라는 책과 인간이라는 책The Book of Nature and the Book of Man』(1870) 등 다윈 이후의 여러 저작은 진화라는 원대한 진화적 설계의 테두리 안에서 생물학과 도덕성을 연계하려는 시도를 통해 이 주제를 반복한다. 로체는 "개인의 삶에서와 마찬가지로, 인류의 역사에서도 불가피한 변화들이 그 그림의 명확한 윤곽선 안에서 일어나며, 인간의 이양할 수 없는 가장 숭고한 열망은 그 안에서 재현된다"[63]고 주장한다. 네이피어는 이렇게 설명한다.

인간의 성격 유형들은 자연의 온갖 영역에서 설명된다. 가령, 유동체로 부유하는 탓에 모든 각도에서 살펴볼 현미경이 있어야 특성을 파악할 수 있는 기하학적 세포형 식물에서부터, 형태상 인간과 가장 비슷한 유인원에 이르기까지 다양하다. … 인간 내에

---

* 생물의 개체발생에 관하여 E.H. 혜켈이 제창한 설로 생물발생 원칙이라고도 하며, 개체발생은 계통발생이 단축된 급속한 반복이며 이것은 번식이나 영양의 생리적 기능에 의하여 규정된다고 본다.

서도 가장 걸출한 이들의 경우가 그러하듯, 다양한 유기체 가운데 가장 고등한 종들은 번식에 대한 관심 수준도 그만큼 높다. 고등 식물의 씨앗의 외피는 보호 능력이 우수하다. 파충류 목目 가운데 가장 우세한 종에 해당하는 비단뱀은 알을 낳고, 현세의 도마뱀 가운데 가장 덩치가 큰 종인 악어는 일반적인 도마뱀 유와는 달리 새끼를 싸고 있는 껍데기를 깨는 것으로 알려져 있다.[64]

네이피어는 이어 '물고기의 도덕적 의미', '정신의 화학', '빛의 도덕 철학' 같은 주제에 대해서도 논하고 있다.

이처럼 우주와 인간의 추상적 속성들 사이의 상응 관계를 정립하는 것과는 대조적으로, 다른 소우주적 철학들은 인간의 물리적 몸과 우주의 물리적 특성들 사이의 상응 관계를 지향한다. 이들 이론은 특히 르네상스 시대 미술과 건축에서 두각을 나타냈다. 1400년부터 1650년까지 영어에서 **소우주**microcosm라는 말은 **사람**man의 동의어로 사용됐다.[65] 레너드 바컨은 이렇게 표현했다. 조지 허버트의 시 「사람Man」에서 "전체의 포괄성과 미니어처의 비례의 조합은 르네상스 시대의 인간에 대한 핵심적이고도 전형적인 시선을 재현하고 있다. 그러나 허버트가 이러한 그림을 순전히 추상적인 용어로 그려내고 있는 것은 아니다. 사람을 집, 나무, 짐승, 천체, 세계, 궁전으로 지칭할 때, 그는 인간의 조건이 아니라 인간의 몸에 대해 말하고 있는 것이다. 오직 인간의 몸만이 객관적이고 무한하면서도 동시에 균형 잡힌 소우주의 이미지일 수 있다."[66] 르네상스 시대에는 인간의 몸이 무한한 균형을 지니고 있고 가능한 모든 형태를 그 안에 담을 수 있다고 여겼던 까닭에, 과학적으로나 우화적으로나, 인체를 완벽하게 균형 잡힌 미니어처 세계로서 보는 측정 및 해석에 토대를 둔 건축이 등장했다. 조반니 파올로 로마초는 『정교한 그림, 조각, 건축 기법에 관하여*Tracts Containing the Artes of Curious Paintings Carving Buildings*』 (1584)에서 "(신의 모든 피조물 가운데 가장 완벽한) 인체의 비례로부터 나온 척도가 바로 이 상박上膊*이다. 사람의 팔에 가까운 이 척도로 모든 사물을 가장 정확히 측정할 수 있다"[67]고 말한다. 그러나 르네상스 시대의 소우주적 사고가 주로 실용적이면서도 영적인 미적 철학을 전개하는 데 동원됐던 반면, 우주와 인간의 물리적 몸을 비교하는 다른 이론들은 신비주의로 발전했다. 예를 들어 카발라Cabala**에서는 인체를 모든 현상의 표본으로 본다. 천장 같은 하늘은 인간의 살갗에 대응되고, 별자리는 살갗의 구성에, 4원소는 인간의 살점에, 우주의 내적인 힘(천사와 신의 종 등)은 인간의 뼈와 혈관에 대응된다.[68] 야코프 뵈메의 기호 이론은 몸 전체가 하늘과 땅을 의미화한다고 주장한다. 체강(또는 방광)은 공기를, 심장은 불을, 혈액(또는 간)은 물을 나타내며, 동맥은 항성의 진로를 나타내고, 장은 항성들의 운동과 소멸을 나타낸다는 것이다. 인간의 머리에서 뇌가 그렇듯, 하늘은 자연의 심장이다.[69] 이와 마찬가지로, 19세기 중반의 구스타프 테오도어

---

* Brachium. 팔꿈치부터 어깨까지의 부분.
** 중세 유대교의 신비주의 철학.

페히너* 역시 우리의 뼈에는 바위가 있고 동맥에는 냇물이 흐르며 빛은 우리 눈을 관통하고 신경으로는 좋은 힘이 흐른다고 생각했다. 그는 지구와 인간이라는 유기체 사이에서 닮은 점을 50가지 이상 찾아내기도 했다.[70]

미니어처에 관련된 다른 사고 유형들과 마찬가지로, 소우주 철학은 과학적·역사적이라기보다는 사색적·미적이다. 오귀스트 콩트의 이론에서는 사회와 유기체 간의 유사성에 대한 언급을 찾아볼 수 있고, 국가와 관련해서도 반복발생 이론이 종종 이용되기도 하지만,[71] 소우주적 사고는 추상적 차원이든 물리적 차원이든 대개 개별적 '표본specimen' 개념에 주목한다. 그런 이론들이 사회적 영역에 실제로 접근하는 경우, 주로 문화적 타자에 대한 미화와 축소로 귀결된다. 가령, 네이피어는 『자연이라는 책』에서 "서인도제도 사람들이 성미가 불같은 것은 기후가 뜨겁기 때문"이라고 설명한다. 아일랜드 사람들 역시 성미가 불같다는 주장으로 인해 자신의 이론이 난관에 부딪히자 결국 그는 이렇게 생각한다. "아일랜드 사람들의 따뜻하고 흥분 잘하는 기질은 아마도 그들이 겪어온 격렬한 '뒤섞음'에서 기인할 것이다. 이는 여러 액체의 경우에도 그렇듯 사람들의 경우에도 온도를 높이는 작용을 한다. 두 가지 이상의 물질을 섞는 과정에서 화학적으로 열이 발생되듯이, 인종의 경우에도 여러 종족이 서로 연

---

* 1801~1887. 독일의 철학자이자 물리학자. 실험심리학의 선구자이자 정신물리학의 창시자이기도 하다.

합하게 되면 마치 발효제를 첨가한 것 같은 융합 작용이 일어나 엄청난 양의 흥분이 발생하게 되는 것이다. 아일랜드인들이 밀레시우스의 후손이라면 동양 혈통이 되는 셈인데, 그 출신지로 추정되는 소아시아는 여름에 특히 불같이 더운 기후다."[72] 정형화 stereotyping와 희화화caricature 과정 사이의 연관성이 바로 여기서 명백히 드러난다. 둘 다 특정한 '질적' 요소를 선택하고 과장하고, 그것을 양적 측면보다 우선적으로 배치하고, 선택한 본래의 요소를 실증하기 위해 인과성을 창안해 내는 과정을 포함한다. 원시적이고 시골스러운 것에 대한 미화에 대한 고찰 역시 바로 이 지점에서부터 시작해 볼 수 있다. '원시적' 또는 '농촌' 공동체를 좀 더 광범위한 사회적 원칙들로 이루어진 소우주로 보고자 하는 인류학, 특히 민족지학의 충동—마을이 곧 세계라는 생각—의 바탕 전반에는 바로 그러한 미화가 깔려 있다. 주류 역사학자이자 현대의 소우주 철학 옹호자인 조지 콘저는 이렇게 주장하기도 했다. "소우주론을 계속 재등장시키는 데 일조하는 것으로 생각되는 지속적 동기 중에서도 미적 동기는 가장 넉넉하면서도 가장 미지의 가능성들을 포함하고 있다는 점에는 의문의 여지가 없다."[73] 몸에 대한 이러한 여러 형태의 투사—그로테스크, 미니어처, 소우주—는 앎의 양식이자 앎의 대상이라는 두 가지 모두로서의 몸의 역설적 지위와 그 물리적 존재 바깥에서 그 이미지에 의해 구성된 자아의 역설적 지위를 폭로한다.

욕망의 대상

제1절 기념품

이기적인 것

몸이 규모를 인지하는 1차적 척도일 때, 그 측정하는 저울과 관련하여 과장은 일어날 수밖에 없다. 몸이 직접적 경험의 공간으로 확장되기 때문이다. 그러나 역설적이게도 몸에 대한 이미지를 그리는 순간 몸 자체는 과장될 수밖에 없다. 그 이미지가 몸을 세계에 투사한 결과물이든 객관화한 결과물이든 마찬가지다. 이렇듯 몸을 상상할 경우, 자기를 장소이자 대상인 동시에 매개로 상상할 때와 같은 문제가 발생한다. 우리는 지금까지 몸과 세계, 경험된 것과 상상된 것이 서로 접합하고 경계 짓는 데는 다양한 방식이 존재함을 살펴보았다. 첫째, 카니발의 그로테스크한 몸은 합일의 가능성을 제시한다. 여기에서 이미지는 몸으로부터 분리되지 않고 오히려 카니발이라는 민주적 공간, 얼굴과 얼굴을 맞대고 소통하는 시장이라는 공간 안에서 움직인다. 그러나 프릭쇼라는 미니어처 세계에서 몸은 동적 상태로부터 정적 상태로 옮겨간다. 이러한 스펙터클이 제공하는 초월적 관점을 통해 대상화된 몸은 자연히 스스로를 소유 대상으로 내놓게 된다. 이런 까닭에 얼핏 그로테스크함을 전시하는 듯 보이는 프릭쇼는 사실은 그것이 야기하는 거리감을 통해 반대로 완벽함을 전시하고 있는 셈이다. 기괴한 대상을 통해 우리는 정상적인 대상의 이미지를 끌어낸다. 한 시대의 전형적인 프릭의 모습을 안다는 것은 실은 그 시대 표준의 핵심 조건을 안다는 것과 마찬가지다. 소우주적 사고—몸을 우주의 모형으로, 우주를 몸의 모형으로 삼음—는 몸을 창조하는 과정에서 이미지가 맡은 역할을 보여주는 또 하나의 예다. 완벽함과 균형이라는 전제에서 출발하는 소우주론은 몸을 더 큰 '몸으로서의corporeal' 우주에 대한 은유로 삼는다. 분명한 점은 몸이 측정의 표준으로서 존재하기 위해서는 몸 자체가 과장을 통해 어떤 추상적 이상형이 되어야 한다는 것이다. 표준이 되는 **모형**model은 다양한 차이를 구체적으로 반영한 것이 아니다. 단어 자체에서 짐작 가능하듯, 모형이란 추상화된 이미지일 뿐, 어떤 살아낸 가능성의 표상이 아니다. 광고 모델의 경우 모델의 정체성을 밝히는 대신 익명성을 유지하는 이유가 바로 여기에 있다. 실제로, 모델의 이름이 알려지는 경우는 대부분 그 모델이 '살아 있는 존재'인 배우가 됐다는 뜻이다. 이러한 모형으로서의 몸과 달리 실제 살아낸 경험으로서의 몸은 변화하고 변형되기 마련이며, 무엇보다도 중요한 것은, 언젠가는 죽는다는 사실이다. 이상화된 몸은 죽음의 가능성을 암묵적으로 부정하며, 초월과 불멸의 영역, 고전의 영역을 제시하려 한다. 이것이 바로 대상이 되어버린 몸이며, 따라서 잠재적 상품으로서의 몸이라는 것은 추상적이고 무한한 교환 주기 내에서 **발생**한다.

교환경제하에서 문화가 발달하면서 진정한 경험을 구하는 일 그리고 그와 관련하여 진정한 대상을 찾는 일이 중요해진다. 사람들의 경험이 매개되고 추상화되면서 몸과 현상학적 세계의 살아낸 관계는 접촉과 실재에 관한 노스탤지어 어린 신화로 대체된다. '진정한' 경험은 모호하면서도 암시적인 것이 된다. 그러한 경험은 현재의 살아낸 경험이라는 지평 너머, 고풍스러운 것, 목가적인 것, 이국적인 것, 그 밖의 허구의 영역으로 표현되는 저 너머에 놓이기 때문이다. 이 거리두기 과정에서 몸에 대한 기억은 대상에 대한 기억으로 대체된다. 이는 자아의 바깥에 있으므로 의미가 과잉된 동시에 결핍된 기억이다. 대상의 경험은 몸의 경험 바깥에 있으므로, 절대 우리에게 완전히는 밝혀질 리 없는 온갖 의미로 가득 찬다. 게다가 기계적 생산양식의 연속성 탓에 우리는 그 바깥이 유일하고 진정한 맥락이며 대상은 그 맥락이 남긴 흔적에 불과하다고 인식하게 된다.

여기서 우리는 헤겔을 모델로 삼을 수 있을 것 같다. "진리는 모두가 만취해 흥청대는 디오니소스 축제의 향락이나 마찬가지다. 사람들이 제각각 흩어지는 순간 축제는 바로 해산되는 것이므로, 향락은 아직 깨지지 않은 투명한 평온함의 상태인 셈이다. … 그 움직임 전체를 깨지지 않은 하나의 정적인 덩어리로 볼 때, 그 과정에서 차별성을 획득하고 명시적 존재를 확보한 향락이 자기 회상self-recollection의 형태로 보존된다. 여기서 존재는 곧 자기 지식self-knowledge이고 자기 지식은 곧 무매개적immediate 존재다."[1] 신의 몸을 찢어발기는 행위는 매개되지 않은 직접 경험이라는 무아경 속에서 일어난다. 이렇게 비틀고 잘라내며 궁극적으로는 창조하는 행위 속에서 사회적인 의미가 성립되는 것이다. 초서의 면벌부免罰符팔이 이야기나 십자가 유물의 기이한 복원 같은 고전적 사기극이 서양을 어떻게 실제와는 다른 모습으로 묘사했는지만 생각해 봐도 알 수 있는 문제다.[2]

프릭쇼의 대미를 흔히 기념품이 장식하는 것은 우연이 아니다. 1941년 워싱턴 스트레이트 카니발의 거인과 난쟁이 미녀 쇼 마지막 부분을 예로 들어보자. 거인 토메이니는 말한다.

이 손 크기하고 (이 손을 봐주십시오) 여기 이 반지 크기를 잘 보십시오. 얼마나 큰지 반지 사이로 50센트짜리 은화를 통과시킬 수도 있습니다.

이걸 보십시오. 50센트짜리 은화가 이 행운을 가져다주는 큼직한 반지를 통과합니다.

믿어지지 않으시겠지만 반지 한가운데로 통과합니다.

이 반지들 각각에는 제 이름과 직업이 새겨져 있지요.

이제 이걸 여러분에게 기념품으로 나눠 드릴 겁니다. 자, 제가 하는 걸 잘 보세요.

제 손에 작은 책자가 있지요. 우리 부부의 결혼 생활과 인생 이야기, 우리 두 사람의 사진과 결혼 생활에 관한 10문 10답을 담고 있습니다.

여러분이 우리 부부에 대해 궁금해 할 만한 모든 내용이 이 책자에 있습니다.

지금부터 10센트에 판매합니다. 이 큼직한 행운의 반지도 책자에 끼워드립니다.

서커스의 특별한 기념품을 집에 가져가고 싶으시다면 동전을 들어주십시오. 저희가 자리로 얼른 달려가겠습니다.

단돈 10센트입니다.[3]

이 기념품은 정상적인 것에 대한 척도가 되는 동시에 쇼 관람이라는 경험이 진짜임을 입증한다. 거인은 우선 두 가지 기호—시각적 도식 자체와 자신이 노동을 통해 세상에 남긴 자국—를 사용해 자신이 원본임부터 증명한다. 몸의 그로테스크함에 대한 이야기에서 살펴보았듯, 스펙터클로서의 프릭쇼는 초월적인 동시에 멀리 거리를 둔 일종의 훔쳐보기를 허용한다. 즉, 미니어처화의 성립 여부는 보는 이의 입장에 달려 있을 뿐, 대상이 무엇인가와는 무관하다. 게다가 프릭끼리의 결혼은 극단 간의 비례적 관계를 보여주며, 문화적 기호는 자연적인 것의 한계를 넘어서고 있다. 이 기념품은 내용 차원에서 그로테스크함을 길들이며 성적인 내용까지 문화적 규범 속에 포섭해 넣고 있다. 그러나 기념품의 이러한 길들이기는 작용 차원에서도 이루어진다. 괴물을 집에 데려옴으로써 외적 경험은 내면화된다. 거인의 반지가 행운의 반지가 될 수 있는 것은 그것이 살아남았기 때문이다. 원본이 흔적으로 변하고, 사건은 기억과 욕망으로 옮겨갔음을 상징하는 물건인 것이다. 모든 결혼반지가 그렇듯, 거인의 반지 역시 서로 다른 반쪽끼리 만나 하나의 원을 이루듯 완벽히 결합했음을 보여주는 기념품이다. 그러나 이 경우에는 비례가 맞지 않는 부분끼리 비례적으로 결합하는 과정에서 사건은 또다시 자리를 옮긴다. 거인은 과잉을, 난쟁이 미녀는 결핍을 재현하며, 관객은 문화가 자연을 조화로운 것 속에 강제로 욱여넣는 이 현장의 목격자가 된다.

대상이 진정한 경험의 흔적 역할을 할 수 있다는 이러한 가능성을 보여주는 예가 바로 기념품이라고 할 수 있을 것이다. 기념품은 각각의 경험을 특별하게 인식한다. 우리는 반복될 수 있는 사건에 대해서는 기념품을 필요로 하지도 욕망하지도 않는다. 그러나 기록할 만한 사건에 대해서는 기념품을 필요로 하고 욕망한다. 실재성이 달아나버린 사건들, 그리하여 이제는 이야기 속에서 꾸며내야만 존재할 수 있는 사건들이 그에 해당한다. 기념품은 이야기를 통해서 본래의 맥락을 끊임없는 소비의 맥락으로 대체한다. 기념품은 만든 이의 살아낸 경험이 아니라 소유자/주인의 '간접' 경험을 재현한다. 수집품과 마찬가지로 기념품도 늘 밀수품 같은 낭만성을 전시한다. 기념품의 오점은 그 '자연적인' 장소로부터 떨어져 나왔다는 데 있기 때문이다. 그러나 기념품이 가치를 획득하는 것은 오직 해당 장소와의 물질적인 관계를 통해서다. 새 우표 발행 첫날을 기념하는 '초일봉투first-day covers'의 전통이라든가, 우편엽서를 받았을 때 앞면 그림에 나온 장소 대신 발신자의 집에서 보내온 것임을 깨닫고 느끼는 실망감 등도 이와 연관이 있다. 기념품은 갈망이라는 언어를 통해 원본의 맥락에 말을 건다. 기념품은 필요나 사용가치 때문에 생겨난 물건이 아니라 노스탤지어라는 충족될 길 없는 욕구에서 비롯되는 물건이기 때문이다. 기념품은 '이면'에만 가닿는 이야기를 만들어내며, 그러한 이야기는 미래를 향해 바깥으로 퍼져 나가는 대신 끊임없이 안으로만 파고든다. 여기서 우리는 프로이트가 물신物神(fetish)의 기원을 설명할 때 사용했던 체계를 발견하게 된다. 몸의 일부가 전체를 대신하거나 혹은 어떤 대상이 그 몸 일부를 대체하지만 결국은 역으로 온몸이 대상이 되어 전체를 대신할 수 있게 된다는 것이다. 그러므로 대상은 점차 그 자체로 불가능성으로 변형되어 결국 상실되며, 차이에 대한 동시적 경험이 가능해진다. 프로이트는 이를 남녀 간 해부학적 구분을 아는 동시에 알지 못하는 물신주의자의 상태로 규정해 설명한다. 여기서 은유는 어떤 것이 다른 것을 대체하는 데서 오는 불완전성 때문에 사실 환유에 가깝다. 환유적 대상의 소유는 일종의 박탈이다. 원 대상의 존재는 환유적 대상이 단지 대체물에 불과하며 따라서 멀리 떨어져 있다는 사실을 더욱 철저히 환기시키기 때문이다. 원 대상과 환유적 대상 간의 이러한 거리는 상실의 경험인 동시에 과잉된 의미작용의 경험이 된다. 어머니와의 이중적 관계의 상실이 재앙인 동시에 주이상스jouissance*의 경험인 것과 마찬가지다.[4]

기념품은 본질적으로 늘 불완전할 수밖에 없다. 그리고 이 불완전성은 두 단계로 작용한다. 첫째, 기념품은 그것을 처음 획득한 순간에 대한 환유다. 기념품은 견본이기 때문이다. 가령 코르사주에 쓰였던 리본을 따로 떼어 간직하는 경우, 움베르토 에코

---

* 라캉이 도입한 개념으로, 자기 파괴적 충동과 고통을 수반하는 쾌락, 향유, 희열 등 인간의 원초적 욕망을 지칭한다.

의 용어를 빌리자면 이 기념품은 동일 재료homomaterial의 복제품에 해당한다. 부분인 대상과 전체인 대상 사이에 존재하는 이러한 환유적 지시체에서 부분은 원본의 재료로 되어 있으므로 "부분인 동시에 복사판"인 셈이다.[5] 기념품이 작용하는 테두리 내에서 기호는 단순히 대상이 다른 어떤 대상을 지시하는 관계를 넘어 사건이나 경험을 지시하는 환유적 기능을 수행한다. 리본이 코르사주의 환유일 수 있지만, 오히려 코르사주 자체가 한층 더 추상적인, 즉 '상실된' 일련의 대상들에 대한 환유가 되기도 한다. 코르사주는 드레스, 춤, 특정 행사, 특정한 해의 봄, 모든 봄, 로맨스 등으로 확장될 수 있을 것이다. 또한 기념품이라고 해서 반드시 동일 재료 복제품일 필요는 없다. 가령 파리 여행 기념으로 산 플라스틱 미니 에펠탑은 동일 재료 복제품이 아니라 전혀 다른 매개로 된 재현물이다. 그러나 그 기념품이 동일 재료로 된 견본이든 아니든 상관없이 어쨌든 그 기념품은 이제는 멀어진 경험, 즉, 그에 대한 기억을 환기시키고 공명하며 가닿기만 할 뿐 절대 온전히 되살릴 수는 없는 경험의 견본으로서 존재하게 된다. 만일 기념품이 그 경험을 되살려낼 수 있다고 한다면 그것이 본래 지녔던 부분성은 사라지게 될 것이다. 부분성이야말로 기념품이 지닌 힘의 원천인데 말이다. 둘째, 기념품은 결핍된 부분으로서 남아서 서사적 담론으로 보완할 여지가 있어야 한다. 이러한 서사적 담론에는 욕망의 작용이 뚜렷이 드러난다. 에펠탑의 경우, 건축가가 만드는 모형은 건축물의 의미와 한계를 규정하는 역할을 하는 것과는 달리, 플라스틱으로 복제해 만든 기념품은 에펠탑의 의미와 한계를 규정하지 않는다. 복제 기념품은 모형이 아니라 암시다. 사실보다 뒤에 오면서도, 그 사실의 부분인 동시에 확장으로서 존재한다. 복제 기념품은 서사적 담론의 보완 없이는 아무런 기능도 하지 않는다. 서사적 담론은 그 기념품을 본래의 기원에 연결시켜 주는 동시에 그러한 기원에 관한 신화를 창조해 낸다.

그렇다면 이러한 기원에 관한 서사란 무엇인가? 그것은 내면성과 정통성에 대한 이야기다. 대상에 관한 이야기가 아니라 그 소유자에 관한 이야기다. 물질적 측면에서 볼 때, 골동품으로서 기념품의 가치는 미미하다. 게다가 기념품은 대개 장소나 경험과 연관되는데, 장소와 경험은 비매품이다.[6] 대체품으로서 기념품이 가지는 힘은 유추의 틀 안에서 작용하는데, 여기서 정통성에 대한 상상과 경험 간의 관계는 기념품에 대한 서사의 관계와 같다. 기념품은 그 스스로 이야기의 시작점이 됨으로써 정통성이라는 핵심을 대신한다. 그러한 서사는 그 물건의 주인에게만 해당하는 이야기로, 그 어떤 다른 사람의 경험에 관한 이야기로도 일반화시킬 수 없다. 내면과 외부, 주체와 대상, 기표와 기의 사이의 간극을 메우려는 시도가 바로 서사다. 그러한 서사가 나와 물건 주인의 관계까지 포함될 만큼 확장되거나 그 기념품이 (우리가 앞으로 논하게 될) 수집품으로 변하지 않는 이상, 내가 남의 기념품에 대해 자랑스러워할 수는 없는 일이다. 상속 받은 물건의 주인이 바로 이러한 대리자의 위치에 해당한다고 볼 수 있다. 가령 존 마퀀드의 소설 『고故 조지 애플리 : 회고록 형식의 소설*The*

Late George Apley : A Novel in the Form of a Memoir』의 플롯을 생각해 보자. 한 가족이 '라파예트 장군이 보스턴 방문 당시 실수로 마데이라 산 백포도주 한 잔을 쏟았던 낡디낡은 양탄자'의 소유권을 놓고 격렬한 언쟁을 벌인다. 그러한 기념물은 가족 구성원 모두의 기념품인 동시에 어느 누구의 기념품도 아니다. 이를 소유함으로써 증명되는 소속감이라는 것은 해당 사건 자체에 관한 것이라기보다는 그러한 사건으로 인해 세워진 위신에 관한 것이다. 기원과 관련하여 생성된 서사는 베블런의 주장대로 사실상 혈통에 관한 이야기다. 베블런은 한 집안에 대대로 재산이 있었음을 증명해 주는 것이라면 무엇이든 유한계급에 각별한 가치를 지닌다고 적은 바 있다. 가보의 기능은 이야기라는 수단을 통해 말 그대로 혈연관계의 중요성을 엮어내는 것으로, 그 과정에서 역사나 인과율 같은 거시적 관점은 생략되어 버린다. 마찬가지로, 유명 관광지를 찍은 수준 높은 사진들이 많다고 해서 개인적인 기념사진이나 '나의 프랑스 여행' 같은 제목의 여행서의 가치가 퇴색되지는 않는다.

딘 매카넬은 여행에 관한 책에서 명소나 관광지가 사회 차원의 수집품이라면 기념품은 관광객 개인 차원의 수집품이라고 적고 있다.[7] 전형적인 기념품에 대해 매카넬은 다음과 같이 표현한다.

> 어떤 명소의 이름이나 사진이 박힌 종이성냥, 엽서, 연필, 재떨이처럼 흔한 기념품이 있는가 하면, 베시 로스의 저택이나 에이

브러햄 링컨 생가 그림이 인쇄된 관광 기념품용 수건이나 행주도 있다. 이러한 물건들은 본래 용도로 쓰이는 대신 부엌 벽 같은 곳에 고정되어 걸린다. 흰색 실크류를 덮개로 만들어 씌우고 금술 장식을 단 정사각형 쿠션에 마치 캔버스처럼 나이애가라 폭포 등의 명소 그림을 작게 그려 넣은 특별한 기념품도 있다. 이러한 물건의 경우 가짜 모조품이 집 안의 잘 보이는 곳에 공공연히 놓이기도 한다.[8]

여기서 중요한 핵심은 그러한 물건이 '가짜'인가 아닌가가 아니다. 조금 관점을 달리 해보면, 지금 여기서 일어나고 있는 일은 외부의 내면화다. 그리고 모든 엽서의 경우에서 알 수 있듯, 공간적 차원에서 볼 때 이러한 변화는 규모의 축소를 통해 일어난다. 기념품이란 공적이고, 기념비적이며, 3차원적인 대상을 미니어처로 축소시킨 것이다. 즉, 개별 물체로서 봉투에 넣거나 2차원적으로 재현하거나 개인 주체가 사적인 관점의 틀 안에서 전유할 수도 있는 대상이 되는 것이다. 기념품으로서의 사진은 압화壓花의 논리적 연장선상에 있다. 물리적 차원의 축소와 서사를 통한 의미 강화를 통해 특정한 순간이 보존된 것이다. 다른 감각들을 소거한 대가로 시각적 친밀감을 담보하는 사진의 침묵(유광 인화지는 보는 이를 반사하여 몰입을 가로막음)은 그러한 서사의 분출, 자기 이야기의 전달 효과를 극대화시킨다. 사진에 얽힌 이야기 자체가 노스탤지어의 대상이 되기 때문이다. 별도로 표시하지 않는 한 사진 속 조상들은 모두 추상적 존재가 되어 고유한 이름을 상실하며, 온갖 가족 여행이 똑같은 여행으로 비슷하게 변한다―어느 나라건 정형화된 공원, 폭포, 나들이 장소, 획일화된 바다가 등장한다.

기념품은 역사를 잠시 사적인 시간 속으로 옮겨 놓음으로써 영락없는 **달력**이 된다. 그러한 기념품에서 주로 나타나는 특징은 공공 상징물의 사유화(예를 들어 자유의 종 미니어처), 역사와 개인적 순간의 병치(예를 들어 개인적인 '약속'을 적은 당일 날짜 옆에 놓인 1776년이라는 연도), 시중에서 구매 가능한 대량생산품(물질로서의 기념품)의 개인 소장품('나의 필라델피아 여행'에 대한 지시체)으로의 결과적 변형 등이다. 가장 대표적인 기념품인 엽서의 경우, 공적인 대상이 사적인 소유물로 변모했음을 알리는 설명이나 제시 등 복잡한 과정이 특징적으로 나타난다. 우선, 엽서는 문화적으로 규명된 장소의 대량생산된 조망으로서 구매된다. 그러나 실제 그 장소 자체라는 '진정한' 맥락 안에서 이루어지는 이러한 구매 행위가 일종의 사적 경험으로서 나타나는 것은, 사회적 대상에 관해 좀 더 획일적으로 인쇄된 설명 문구 이면에 개인적 내용을 손글씨로 써넣음으로써 자아는 그 대상을 되찾기 때문이다. 그런 다음 엽서는 일종의 제스처로서 어느 중요한 타자의 손에 내맡겨진다. 사회적 대상을 통해 자신이 어떻게 규명되는지 개괄적으로 보여주는 이러한 **선물**의 제스처를 통해 주체는 의무를 생성하고 수용하는 위치에 놓인다. 타자의 엽서를 수신하는 행위는 마치 영수증이나 고객보관용 반쪽짜리 티켓처럼 그 장소에 얽힌 경험이 진짜임을 입증해 준다. 이로 인해 우리는 그 장소를 비로소 해당 주체 자신의 장소로서 명명할 수 있게 된다.

우리는 외부 장소에 관한 기념품과 개인적 경험에 관한 기념품을 구분해야 한다. 전자는 매카넬의 목록에 있는 기념품처럼 대부분 구매 가능한 재현물인 반면, 후자는 일반적인 상품으로 구할 수 없는 일종의 견본이다. 대량생산 기념품의 주요 소비자는 아이들이라 할 수 있는데, 이는 어른과는 달리 아이들은 가지고 있는 두 번째 유형의 기념품이 거의 없으므로 각자 살아온 나름의 역사에 관한 기호를 즉각 구매할 수 있어야 한다는 점과 무관하지 않다. 두 번째 유형의 기념품은 마치 지도처럼 개인적 삶의 궤적을 밀착하여 보여주며, 주로 인생의 통과의례(출생, 성인식, 결혼식, 죽음)와 관련하여 주체의 상태 변화라는 추상적 지시체에 대한 물질적 기호로서 기능한다. 그런 기념품들은 따로 보관하는 경우가 드물고 한데 모여 한 권의 자서전이 된다. 스크랩북, 메모리 퀼트, 사진첩, 육아 수첩 등이 그 예에 해당한다. 그런 기념품들이 대체로 책의 속성을 지니는 경우가 많다는 점은 의미심장하다. 물질적 가치가 거의 없는 껍데기 안에 엄청난 '내적 의미'가 담길 수 있다는 것 그리고 기념품이나 책은 각자 나름의 특정 맥락을 초월할 수 있다는 것에 특히 주목할 필요가 있다. 그러나 이와 동시에 이들 기념품은 책과 같은 기계 복제 방식을 철저하게 거부한다. 스크랩북의 사본을 만든다 해도 자신이 소유하는 것은 원본을 닮은 것에 불과하다는 사실을 뼈아프게 자각하지 않을 수 없다. 원본은 언제든 사본을 밀어낼 수 있지만,

기계 복제품의 경우 그럴 가능성은 없다.[9] 그러므로 폐품 더미에서 나온 퀼트 수예품처럼 물질적 가치는 거의 없는 개인의 추억거리 물품도 그 주인에게는 더없이 소중한 물건일 수 있는 것이다. 추억이 얽힌 그러한 물품은 자전적 이야기와 연관되어 있고 개인적 삶의 의미를 구성한다는 점에서 그 삶의 가치 그리고 그러한 가치를 창출할 수 있는 자신의 역량을 상징하게 된다. 이 지점에서 질감의 은유도 끌어올 수 있다. 어린아이가 처음으로 경험하는 환유적 전치에서 애착의 대상에 이르기까지, 이 유형의 기념품은 육체적 감각의 지배를 받는다. 그러한 대상이 주는 통렬한 감각—손으로 만져서 인식한 것은 눈으로 보아 인식한 것보다 우위를 점함—은 **재결합**을 약속하나 그 약속을 지키지는 않는다. 세피아톤으로 보정한 사진이나 빈티지풍으로 만든 가구, 탈색시킨 청바지 등은 어쩌면 이러한 **낡은** 것이 주는 충만감 때문에 인기가 있는지도 모른다.

거리와 친밀감

기념품에는 이중의 기능이 있다. 특정 과거 혹은 그 밖에 어떤 식으로든 거리가 먼 경험이 진짜임을 인증하고 그와 동시에 현재를 폄하하는 것이다. 현재는 너무 비개인적이거나 너무 모습을 쉽게 드러내거나 혹은 너무 거리를 둔다. 기념품의 지시대상인 직접적이고 친밀한 접촉의 경험과는 대조적이다. 이러한 지시체는 곧 진정성이다. 여기와 저기 사이에 존재하는 것은 망각이며,

이는 과거와 현재를 철저한 분리를 의미하는 빈 공간이다. 기념품에 얽힌 노스탤지어가 작용하는 공간은 바로 그 현재와 과거 사이의 거리다. 과거는 "직접 살아낸" 경험일지라도 상상된, 인류 타락 이전의 경험이다. 진짜는 현재의 시공간으로부터 무조건 멀리 떨어진 곳에 위치하게 된다. 때문에 우리는 기념품이라 하면 오래된 물건이나 이국적인 물건을 떠올리기 마련이다.

　기념품으로서의 골동품은 시간상으로 어찌할 수 없으리만치 멀어진 경험에 대한 노스탤지어의 무게를 항시 짊어지고 있다. 가족, 마을, 직접 관계 맺은 공동체에 대한 경험 등이 포함된다. 골동품과 신체적 유물을 대비시켜 보면 친밀한 거리를 창출하는 데 있어 골동품이 맡은 몫이 무엇인지 더 잘 이해할 수 있을 것이다. 죽은 자의 기념품인 신체적 유품은 한때 인간적 의미를 지녔던 물질적 잔재에 불과하다. 그러한 것들은 죽음의 기념품이므로, 유품, 사냥 전리품, 머리 가죽 같은 것들은 가장 강렬하게 잠재적인 기념품인 동시에 가장 강렬한 반反기념품이기도 하다. 이러한 기념품은 여느 기념품이 그렇듯 물질이 의미가 되는 변화를 상징하는 것을 넘어, 의미가 물질로 전락하는 끔찍한 변형도 보여준다. 본래 기념품의 기능이 과거에 대한 연속적이고 개인적인 이야기를 창조하는 것이라고 한다면, 그러한 죽음의 기념품들은 그 연속성을 차단하고 거부한다. 죽은 몸이라는 기념품은 노스탤지어에 젖어 과거를 기리는 역할도 하지 못한다. 지나온 역사의 의미를 삭제한 것이기 때문이다. 해를 입히려는 악의에 찬 부두교 주술에 쓰이는 그러한 기념품의 기능을 떠올려보

자. 또는 1937년 헤르만 괴링이 '국제품평회'를 개최해 사냥 전
리품들을 대대적으로 전시했던 것을 떠올려볼 수도 있겠다. 이
는 죽음의 수용소와 의미 부정의 시도에 대한 예고편이었다. 성
인聖人들의 유품 반환 같은 제스처를 통한 복원과는 달리, 이들
기념품이 뜻하는 것은 신성한 서사의 중단과 저주의 개입이다.
기이하게도, 시간이 흐르면서 그러한 현상 자체는 환유적 치환
을 통해 재구성되기도 한다. 가령 파시즘 문화가 펑크적·키치적
으로 전유되는 것과 마찬가지다.

　역사나 개인에 대한 대격변 이론이나 묵시종말론은 경험의 연
속성을 부인한다. 그러나 골동품 연구의 경우, 기념품의 미학에
서 영향을 받은 역사 이론이 포함된다. 골동품 연구는 언제나 기
능적으로 모호한 태도를 취하는데, 그 기저에서 읽히는 것은 낭
만주의에 대한 노스탤지어 어린 욕망 혹은 진짜임을 입증해 보
이려는 정치적 욕망이다. 르네상스 시대 노르웨이, 스웨덴, 잉글
랜드 왕실의 골동품 애호가들의 골동품 수집은 대개 정치적 동
기에서 비롯되고 정치적 지원을 통해 이루어질 수 있었다. 그러
한 골동품 수집은 주로 왕국 역사의 정통성을 입증하는 데 이
용됐다. 실제로, 헨리 8세가 스스로를 잉글랜드 교회의 수장으
로 선포했던 1533년, 존 릴런드가 국왕 전속 골동품 수집가로
임명됐다. 그는 영국 역사를 세속적·지역적 측면에서 접근하려
는 목적을 대리 수행하기 위해 영국의 골동품과 고문헌을 연구
했다. 캠던의 저서 『브리타니아Brittania』(1586)의 집필 의도 역시
교황의 역사를 국가의 역사로 대체하기 위함이었다. 그러나 17세

기 말부터 18세기 초로 넘어오면서 골동품 연구의 동기는 한층 더 복잡해졌다. 헨리 본의『민중의 유물』(1725)처럼 민간에 전해져 내려오는 이교와 구교의 잔재를 드러내 그러한 풍습을 조롱하고자 쓴 책이 있는가 하면, 존 오브리의『약전Brief Lives』과『잡록Miscellanies』이나 서리나 월트셔 지역의 '자연사' 및 골동품 연구 같은 경우도 있다. 이는 모두 1690년대에 집대성된 것으로, 그 시대착오성을 감안하고 본다면 이후 다가올 낭만주의에 대한 예고편이나 마찬가지였다. 오브리의 연구 내용에서 골동품들은 존중의 대상으로서 기록되고 연구되어야 할, 죽어가는 영국의 과거를 상징하기 때문이다.

과거에 대한 오브리의 경외심은 당시 현재진행형이던 변혁의 소용돌이에서 비롯됐을 것이다. 상업주의와 산업주의가 영국의 지형을 변형시키면서, 무너져가던 농촌 문화의 여러 산물이나 구조물은 중상류계급이 노스탤지어를 품는 대상이 됐다. 19세기 초 제임스 스토러와 존 그레이그는 자신들이 쓴『골동품과 지형의 수납장, 대영제국에서 가장 흥미로운 사물들에 대한 우아한 시선을 담다Antiquarian and Topographical Cabinet, Containing a Series of Elegant Views of the Most Interesting Objects of Curiosity in Great Britain』(1807~1811)를 이렇게 홍보했다. "『골동품과 지형의 수납장』은 이처럼 지속적인 후원을 통하여 가장 유서 깊은 유물들의 형체를 보존하는 일에 꾸준히 앞장설 것이다. 시간은 우리가 감지하지 못할 만큼 극히 조금씩 그 유물들을 계속 깎아내고 있다."[10] 골동품 연구 단체들은—1572년 영국에서 처음 등장하여 제임스 1세 시대에 탄압받

다가 1718년에 복권됨―19세기 말까지 활발히 활동했다. 하지만 오브리의 경우와 마찬가지로 이들 단체 역시 구체적인 시대 상황에 좌우되며 그에 따라 가치를 정립하는 방식 또한 끊임없이 변화를 겪을 수밖에 없었다. 제임스 1세 시대에 골동품 연구를 탄압했던 것은 기사단의 정치적 충성이 되살아날 위험을 차단하기 위해서였다. 골동품 연구는 과거 기사도 시대에 널리 유행했던 취향을 되살려냈기 때문이다. 이와 마찬가지로 민족주의의 구체적 내용 역시 시간과 공간에 따라 변화해 왔다. 캠던의 시대를 지나 박물학 연구가 부흥한 빅토리아 시대에 이르면서 잉글랜드의 민족주의는 목가적인 것, 탈중심적인 것, 집단적 '민족정신'을 숭앙하는 낭만적 민족주의로 변모했다. 그러나 신세계에서 골동품 연구는 극단적인 문화적 타자에 해당하는 아메리카 원주민에 관한 발견에 집중되었다. 그러나 구성하는 주체가 원주민이 아닌 역사가들인 탓에 원주민들의 이야기는 먼 과거이건 현재이건 연속성을 갖추기가 쉽지 않았다. 잉글랜드 골동품 연구가 조세프 헌터는 『요크 카운티의 럽셋, 히스, 샬스턴, 액턴의 골동품 기록*Antiquarian Notices of Lupset, the Heath, Sharlston, and Ackton, in the County of York*』(1851) 서문에서 이렇게 설명한다.

지구상에는 두 종류의 나라가 있으니, 바로 **새로운 나라**와 **오래된 나라**다. ⋯ 생각이 깊고 나름의 취향이 있으며 도덕적 인식과 감각으로 심장이 고동치는 사람이 있다면 과연 이 두 나라 중 어디에서 살겠다고 할까? ⋯ 나는 내 자신이 **오래된 나라**에서 태어났다는 사실이 태생으로 인한 운명적 이점 중 하나라고 생각한다. … 가슴을 울리는 이야기와 연관된 대상이나 오랜 세월에 걸쳐 온 나라가 꾸준히 깊은 관심을 가지고 다뤄온 사안을 단호히 결정한 바 있는 장소가 도처에 있는 그런 나라에 살고 있다는 것이 나는 굉장히 좋다. 〔중략 부호는 헌터〕

헌터의 저서를 비롯한 다수의 작품들을 보면 골동품은 국가의 유년기, 목가적 풍경, 이야기의 기원과 연관되어 있다.

1846년경 민속folklore이라는 용어가 유물antiquity이라는 용어를 대신하게 된 것은 기념품 안에 내재된 이야기의 자연스러운 논리적 전개다. 실제로 진화론자였던 앤드루 랭은 이렇게 적기도 했다. "지구 전역에서 골고루 발견되는 조야한 석기 도구를 우리는 인류가 기술을 가졌다는 가장 오래된 표본으로 간주한다. 그렇다면 지구 전역에서 골고루 발견되는 유령, 물귀신, 요정, 숲 속의 여자의 존재에 관한 이야기들(브르타뉴 지역과 뉴칼레도니아 지역의 이야기가 정확히 일치함)에 대해서도 마찬가지로 인류의 원형적 상상력의 표본으로 간주해야 타당하지 않겠는가?"[11] 이리하여 구비 전승은 물질문화에 대한 추상적 등가물로 간주되었다. 구비 전승은 물리적 유물 같은 방식으로 '나이'를 먹을 리 없는 반면, 골동품 연구자들은 전설이나 민담을 현재에 대한 담론 안에 존재하는 문명 초기에 대한 표본으로 간주한다. 구비 전승에 대한 이러한 이론이 성립하려면 방언과 표준어, 지방어와 중앙어를 구분해야 했다—여기서 발전시키기 시작한 대상이 바로 과학과 국가에 관한 추상적 언어였다. 포사이스는 『골동품 선집 *Antiquary's Portfolio*』(1825)에서 이렇게 장담했다. "철학자는 한층 더 고상한 종류의 즐거움을 마주하게 될 것이다. 머나먼 과거 시점의 인류 지성의 비참한 상태를 오늘날 상대적으로 순수하고 완벽한 종교나 자유로운 이성의 행복한 승리에 대조시켜 볼 수 있기 때문이다."[12]

그러므로 골동품 연구가는 과거와 거리를 두는 동시에 과거를 전유하고자 한다. 골동품 연구가로서의 감수성을 유지하려다 보니 분명 역사의식에 균열이 생겼을 것이고 자신이 속한 문화를 타자화시킬 —단절된 채 멀리 떨어진 것으로 만들— 수 있다는 생각이 들었을 것이다. 시간은 이해의 상실에 부수적으로 따르는 것으로 보아야 하는데, 그러한 상실된 이해는 대상을 다시 깨움으로써 그리하여 이야기를 다시 깨움으로써 어느 정도 되살릴 수 있다. 『골동품의 보고와 서지학자*The Antiquarian Magazine and Bibliographer*』(1882)라는 잡지 1권에 실린 H. R. 와드모어의 시 「시간의 발자국Time's Footsteps」에는 이런 구절이 있다.

책, 그림, 깃털 장식 투구,
방패, 창, 검, 빛나는 무기,
과거의 모든 것은 빛을 뿜어내는데
주교의 지팡이는 이제 일없이 놓여 있다

우리가 여기서 보물로 삼으려는 모든 것은 지나갔으며,

그 지나간 모든 것이 과거에 생을 부여할 수 있다

그러면 우리는 세속의 풍랑 속에서 스러져갈 다른 무엇도 건
져내리라

현재가 그것을 소중히 다루지 않을지언정

이렇게 과거의 대상을 깨울 때 수반되는 결과는 농민 계급의
대상화, 농촌의 삶을 '진기한' 대상으로 만드는 미화, 더 순수했
지만 오히려 축소되어 손에 잡히지 않는 과거의 생존이다. 의도
와 인과관계를 찾는 역사가와는 달리, 골동품 연구가는 과거에
대한 물적 증거를 찾으려 든다. 그러면서도 동시에 찾는 것은 과
거와 현재의 내적 관계로, 이는 절대적 단절을 통해 성립되는 관
계다. 따라서 이 연구는 주로 미학적 성격을 띤다. 실제 과거를
지우고 상상된 과거를 만들어내 소비할 수 있게 만들려는 시도
이기 때문이다. 골동품 연구가가 죽은 자를 깨우려면 먼저 죽일
수 있어야 한다. 그러므로 이러한 미학적 접근 속에서, 상징은 일
단 그 사물을 살해함으로써 모습을 드러내고 이러한 죽음 속에
서 살해자의 욕망은 영원한 것이 된다는 라캉의 공식이 재확인
된다.[13]

도구에서부터 건축이나 방언 등 '특색' 형태를 띠는 '존재'이기
만 하면, 골동품의 세계에서는 농촌과 시골 생활의 모든 측면이
기념품이 된다. 그리고 그런 기념품을 향한 욕구는 곧 자연을 예
술로 둔갑시킨다. 탄생 시점의 '순수한 자연'의 상실을 애도하는
것이다. 골동품은 낭만주의에 의해서 그림처럼 아름다운 것들과

밀착된다. 1775년에서 1784년까지 프랜시스 그로스가 발간한 잡지 『골동품 목록The Antiquarian Repertory』의 광고를 보면 "귀중한 옛 유물을 보존하고 설명하기 위해 우아한 조각으로 장식한 잡록집"을 자처한다. 여기서 다시 지위status, 정체stasis, 조각상statue 의 공식이 등장한다. 오래된 물건이 잉크와 활판을 통해 타블로로 재현되어 그러한 옛 작품의 글과 함께 담기는 것이다. 실제로, 고서적은 '화집portfolio'이나 '선집cabinet'으로 기재되는 경우가 많다. 가령 윌리엄 헨리 파인의 『소우주 : 혹은 작은 풍경화 천여 점 속에 담아본 대영제국의 미술, 농업, 제조업에 관한 그림 같은 소묘Microcosm ; or, A Picturesque Delineation of the Arts, Agriculture, and Manufactures of Great Britain in a Series of a Thousand Groups of Small Figures for the Embellishment of Landscape』(1845)는 "대영제국의 활기찬 삶의 풍경을 묘사한 아름다운 그림을 학생과 일반 독자에게 보여주기" 위한 책이었다. 그런 작업은 노동을 추상으로, 자연을 예술로, 역사를 정물로 변형시킨다. 18세기와 빅토리아 시대의 자연 기념물(조가비, 나뭇잎, 나비 수집본 등)이나 현대의 '스노볼(물을 채운 플라스틱 공 안에 특정 장소를 재현해 만들어 넣고 '눈'이나 반짝이 가루를 함께 넣은 기념품)'이 특정 환경을 밀봉하여 실제 경험이라는 가능성을 차단함으로써 영원한 것으로 박제시키는 것과 다를 바 없는 방식이다. 기념품은 영원한 죽음이라는 정체 상태를 덧씌움으로써 죽음의 순간을 부정한다.

기념품의 세계는 보는 이에게 초월성을 전달하므로, 미니어처로 변한 듯 보이기도 한다. 의미가 확대된 그만큼 물리적 차원이 축소된 세계, 외부가 내면이 된 세계로 말이다. 그러나 미니어처가 된 대상은 종종 과거에 말을 걸면서도, 한편으로는 생산의 시간을 캡슐 안에 밀봉해 넣어버린다. 미니어처가 과도하게 집중하는 대상은 주로 세세함, 정확성, 균형인데, 이는 사실 장인 문화—산업 생산이 시작되면서 상실된 것으로 여겨지는 문화(오늘날 미니어처를 생산하는 대표적 주체인 마이크로 공학은 예외로 하자)—의 특징이다. 골동품 애호가는 사용가치, 즉 산업화 이전 마을 경제의 특징을 담은 대상에 노스탤지어를 느낀다. 본래의 맥락을 잃고서도 살아남은 그런 물건들은 한때 그 주변에 머물렀던 삶의 방식이 남긴 흔적으로 여겨지기 때문이다. 산업화 이전의 수공구手工具들을 마치 인쇄물이나 그림이라도 되는 양 벽에 걸어두는 것이 레스토랑 인테리어 장식으로 유행했던 것도 이러한 맥락에서 이해할 수 있을 것이다.

하지만 일단 기념품이 되어버린 미니어처가 주로 다루는 것은 생산의 시간보다는 소비의 시간이다. 예를 들어 전통적인 바구니를 만드는 장인은 땔감이나 달걀을 담을 수 있는 실물 크기의 바구니를 만드는 동시에 장난감용으로 판매할 미니어처 바구니도 만들 수 있었을 것이다. 그러나 경제체제의 변화로 인해 실물 크기 바구니 시장이 축소되면서, 미니어처 바구니에 대한 수요가 증가하기 시작한다. 이제 더 이상 바구니는 견본이 아니다. 이제는 멸종돼 버린 소비 양식을 보여주는 기념품이 된 것이다. 사용가치의 영역으로부터 **선물**의 영역으로 자리를 옮겼다. 이제 교환 행위는 재료와 공정 차원을 떠나 사회관계라는 차원으로 추상화되었다.[14] 『사일러스 마너*Silas Marner*』(1861)의 도입부도 이러한 변화의 시작을 보여주고 있다. "농가마다 물레바퀴가 윙윙거리며 바쁘게 돌아가던 —실크와 섬세한 레이스로 치장한 귀부인들조차도 윤기 흐르게 세공한 참나무 물레바퀴를 장난감으로 지니던— 시절, 오솔길 사이 외딴곳이나 골짜기 깊숙이 자리 잡은 고장에서는 얼굴이 창백하고 몸집이 유난히 작은 사람들을 볼 수 있었다. 건장한 시골 사람들에 비하면 마치 상속권을 박탈당한 종족의 후예처럼 보였다." 앞서 『아담 비드*Adam Bede*』(1859)를 썼던 조지 엘리엇이 보기에 이러한 변화는 다름 아닌 '구시대의 여가'로부터 '오락'으로의 이동이었다. "여가는 이제 가고 없다. 물레바퀴를 타고 같이 떠났다. 햇살 따스한 오후마다 집 앞에 물건을 가져다주던 짐마차, 더딘 사륜차, 역마차들과 함께 가버렸다. 머리 좋은 철학자들은 증기기관이 인류를 위해 여가를 만들어내는 과업을 달성했다고 말할 테지만, 그들의 말은 믿지 말라. 증기기관은 맹렬한 생각이 달려들 법한 진공 상태를 만들어낼 뿐이다."[15] 여가가 있던 시절, 물레바퀴는 계급 구분에 따라 사용가치와 장난감을 나누었지만, 여가가 오락으로 대체된 이후 도구로서의 물레바퀴는 완전히 자취를 감춰버렸다. 이 작품에서 엘리엇은 삶의 양식 전반이 생산에서 소비로 변형될 것임을 예고하고 있다. 그림처럼 아름다운 대상 속에 암시돼 있던, 상품으로서의 문화, 즉 관광 문화라는 유령이 등장하는 순간이다. 산업 생산에서 볼거리 문화로의 이러한 변형을 우리는 오늘날 후기 자본주의의 위기 속에서 거듭 목격하고 있다. 실제로 최근 미시건 주의

플린트 카운티는 자동차 업계의 디즈니랜드 격인 오토월드*를 만들어 대공황 수준의 실업 문제를 해결하겠다는 계획을 발표했다. 세계 각지에서 관광객을 끌어올 수 있으리라는 것이다.

분리 그리고 복원

기념품의 섬세하고도 밀폐된 세계는 이상화된 자연의 세계다. 자연이 투쟁의 영역으로부터 제거되어 개인과 내면이라는, 가정의 영역으로 편입된 것이다. 기념품은 유년기에 대한 자의적인 기억을 불러일으키는 데 가장 흔히 쓰인다. 스크랩북 같은 개인적인 삶의 이력이 담긴 기념품이나 국가나 민족 등 좀 더 확장된 주제와 연관된 어린 시절의 골동품에서 우리는 그러한 기억의 모티프를 발견한다. 그러한 유년기는 실제 살아낸 유년기가 아니라, 자의적으로 기억한 유년기이자 물질적으로 살아남은 유년의 부스러기들로 만들어진 유년기다. 따라서 이는 과거를 되살려 낸 것이라기보다는 현재의 파편들로 만들어낸 콜라주다. 사진을 꽂아놓은 사진첩이나 골동품 수집선이 그렇듯 과거는 현재에 남아 있는 조각들로 편집된다. 이들 대상과 지시체들 사이에는 아무런 연속적 동일성이 없으며, 기억이라는 행위만이 유일한 유사점이다. 그리고 노스탤지어 어린 욕망이 고개를 드는 것은 바로 이 유사성과 동일성 사이의 간극에서다. 노스탤지어에 젖은 이

---

* 일종의 자동차 테마파크. 이후 경영난으로 결국 폐업함.

는 거리감에 매혹되는 것이지, 지시대상 그 자체에 매혹되는 것은 아니다. 노스탤지어는 상실 없이는 지속될 수 없다. 노스탤지어가 유사성과 동일성 사이 간극을 메우고자 하는 목표를 달성하려면 실제 살아낸 경험이 필요하다. 그러한 경험은 기호와 기의 사이의 간극을 지워 없애고, 노스탤지어의 존재 이유인 욕망을 상쇄시킨다.

기념품을 사용할 때 생겨나는 거리감—유년기와 오래된 물건에 대한 거리감—에서 제3의 측면은 공간적 거리감—이국적 기념품—이다. 정통성과 내면성은 먼 과거에 자리를 잡듯, 이국적인 것이 경험에 진정성을 부여하는데, 이러한 경험은 어린아이에 비유되는 원초적인 것이나 비교적 순수했던 현대 문명의 초기에 비유되는 원시적인 것 등의 개념들과 엮여 있다. 장 보드리야르는 『사물의 체계Le Systeme des objets』에서 이국적인 사물은 골동품과 마찬가지로 현대적 사물의 추상적 체계에 진정성을 부여하는 기능을 한다고 표현하고 있으며, 토착적 사물의 매력은 그 선재성先在性에서 나온다고 주장한다. 이러한 선재성은 이국적 사물의 형태와 제작 방식 두 가지 모두에서 나타나는 특징으로, 그 사물을 어린 시절과 그 시절의 장난감이라는 유사하게 선재하는 세계로 연계시킨다.[16] 그러므로 이국적 사물의 진정성은 원시 문화 자체가 만들어낸 조건들에서 기인하는 것이 아니라, 원시적/이국적인 것과 소유자의 태생 간 유추, 즉 다름 아닌 소유자 본인의 유년기라는 근본적 타자성이 가지는 진정한 '속성'에서 비롯되는 것이다. 보드리야르의 표현에 따르면, 현대적인 것은 "차갑고" 오래된 것과 이국적인 것은 "따뜻하다." 오늘날의 신화는 현대 소비사회의 추상적인 개념들로부터 멀리 떨어진 어린 시절 안에 후자에 속하는 사물들을 배치시키기 때문이다. 그러한 사물들 덕에 우리는 자기 삶의 곳곳을 다니며 문화적 타자를 사유화하고 소비함으로써 "길들이는" 여행자가 될 수 있는 것이다.

몽상과 마찬가지로 이야기도 상징계를 창조하는 데 쓰인다. 따라서 여행기 역시 이와 유사한 과정을 통해 당대의 실제 연관성 외부에 남아 있는, 거리가 먼 경험들을 미니어처화하고 내면화하는 기능을 수행한다. 여행자는 여러 사물과 장면을 찾아내는데, 사물과 그 모습의 관계가 지속되는 것은, 아니, 명확히 드러나는 것은 기념품의 작용을 통해서다. 로버트제닝스앤드컴퍼니에서 1830년대 이후 출간했던 여행 서적들이 바로 이러한 낭만주의 장르의 대표적인 예에 해당한다. 토머스 로스코는 『비스케와 카스티유의 관광객*The Tourist in Biscay and the Castilles*』에서 바욘에 대해서 이렇게 적고 있다. "예기치 않게 발이 묶이는 바람에 생긴 여유 시간을 이용해 우리는 그림 같은 풍경을 찾아 나섰다. 그런 풍경은 마치 얌전한 인물마냥 대개 적막하고 외딴곳에 몸을 숨기고 있는 법이다. 우리가 그림 같은 풍경을 찾느라 훑고 지나갔던 성벽 안팎의 수많은 질척이는 샛길이며 골목길은 끔찍했지만, 어쨌든 순례가 아주 성과가 없지는 않았다. 좀 뜯어 고친 느낌은 있었지만, 허물어질 만큼 낡지는 않은 오래된 집들이 여러 채 아직 보였고, 각각은 화풍에 대한 흥미로운 연구거리가 될 법했다."[17] 로스코가 그림 같은 풍경을 강조한 반면, W. H. 해리

슨은 『포르투갈의 관광객』에서 좀 더 골동품에 초점을 맞추어 "관심을 기울일 가치가 있다고 여겨지는 모든 물건 … 그리고 그러한 것들에 대해 우리가 아는 모든 것"[18]을 독자에게 전달했다며 결론을 맺는다. 여행의 기능은 사물에 대한 소격─눈에 보이는 것, 표면적인 것을 이야기를 통해 그 깊은 내면을 드러내게 만드는 일─이다. 이러한 내면은 사물에 대한 지각의 문제로, **오염**(질척거리는 끔찍한 길)이나 주체의 경계 해체 위험을 감수한 대가로 얻을 수 있다. 그 과정은 차후 집이라는 익숙한 맥락 내에서 기념품을 통해 좀 더 안전하게 재생 반복된다.

이국적인 사물은 전유된 거리를 재현하며, 좀 더 일반적인 문화제국주의를 상징하는 일종의 관광 재고품이다. 이국적인 것을 기념품으로 소유한다는 것은 견본과 전리품을 동시에 소유하는 것이다. 그 대상은 외부의 것이자 이질적인 것으로서 모습을 드러내는 한편, 소유자의 무매개적 경험에서 곧바로 나온 것으로서 모습을 드러낼 수밖에 없다. 그러므로 친밀한 거리 내에 놓이게 되고, 공간은 내면, 즉 '개인적' 공감으로 변형된다. 골동품의 경우 시간이 내면으로 변화되는 것과 마찬가지다. 걸리버가 챙겼던 자기 모험의 기념품들을 떠올려보자. 소인국 릴리퍼트에서는 소, 양, 금화와 '국왕 폐하의 전신 초상화'를, 거인국 브로브딩낵에서는 '왕의 수염 가닥으로 만든 머리빗 그리고 여왕의 엄지 손톱 부스러기를 지지대 삼아 왕의 수염 가닥을 꽂아 만든 다른 물건들'을 포함한 '희귀한 물건들로 이루어진 조촐한 수집선'을 가져왔다. 바늘과 핀, 여왕이 머리를 빗을 때 빠진 머리카락들과 반지들, 시녀의 발가락에서 잘라낸 티눈, 쥐 가죽으로 만든 바지, 하인의 치아 같은 것들이었다. 이들 기념품은 걸리버가 경험한 것에 대한 증거이자 자기 나름의 척도로서 기능한다. 프릭쇼거인의 반지나 소책자가 관객의 경험이 진짜였음을 입증하는 역할을 하듯이 말이다. 모든 골동품이 그렇듯 걸리버의 기념품들역시 이야기를 생성하는 기능을 수행한다. 릴리퍼트의 기념품은대부분 온전한 전체이거나 동물에 관련된 것으로서 한 세트 중대표성을 띠는 요소나 모형으로 기능하는 반면, 브로브딩낵에서가져온 기념품은 어떤 것의 일부이거나 사람에 관련된 것으로서몸의 견본이면서도 우리를 그 몸으로부터 소격시킨다. 그러나 이들은 앞서 언급했던 죽음의 가능성이 담긴 기념품과는 달리, 몸에서 떨어져 나온 버릴 것들로부터 수집한 금기 항목들이다. 수염 뭉치, 손톱 부스러기, 빠진 머리카락, 티눈은 없어지거나 다른누군가가 가져간다 해서 몸이 축나지 않는다. 오히려 과잉과 재생이라는 이중의 능력을 입증해 보이는 셈이다. 이러한 기념품들은 대상이 된 인간은 타자화하면서도 소유자로 하여금 그 타자를 부분별로 구석구석 알게 한다. 걸리버가 브로브딩낵에서 가져온 기념품들은 '평범'하지 않으며, 걸리버가 그곳 사람들과 얼마나 가까운 관계를 맺었던가—부분적이면서도 친밀한 관점—를 보여준다. 동화에 등장하는 기이한 임무의 대상("거인의 머리카락 세 가닥을 뽑아와야 한다")이 대리 수행된 것이 아니라 소격된 혹은 위험한 친밀도 내에서 직접 살아낸 경험의 증거이듯 그기념품들은 '진짜'다. 이들이 나름의 가치를 획득하는 것은 오직 걸리버의 이야기라는 맥락 안에서다. 그러한 이야기가 없다면 그 사물들은 무의미할 뿐 아니라 처분 가능한 대상에 대한 과장에 불과하다.

오래된 대상은 먼 과거로부터 온 것이기는 하나 현재보다 "따뜻한" 친근감이 부여되어 있다. 그러나 이국적인 대상은 이와는 대조적으로 어쨌든 위험한 것이며, "따뜻"하다 못해 "뜨겁"기까지 하다. 본래의 맥락으로부터 제거당한 그 이국적 기념품은 생존—기념품 자체의 생존과 더불어, 익숙한 맥락 외부에서의 소유자의 생존—의 증표다. 그 기념품의 타자성은 타자성에 대한 소유자의 수용력을 보여준다. 즉, 궁극적으로 진기한 것은 그 기념품이 아니라 그 소유자가 되는 셈이다. 기념품의 위험성은 그 낯설음, 해석의 난해함에 있다. 이 지점에서 몽상의 의미작용이 통제 불가능해질 가능성은 늘 존재한다. 스스로 주도권을 가지게 된 사물이 잠들어 있던 파괴력을 일깨울 수 있게 되는 것이다. 이처럼 사물에 의한 몽상의 전유는 「원숭이의 손The Monkey's Paw」이나 M. R. 제임스의 유령 이야기 같은 공포물의 토대가 되기도 한다. 그러한 이야기들 속에서 호기심이 이해로 대체되는 것은 반드시 소유자의 안녕을 대가로 바치는 경우에 한해서다.

그러나 대부분의 이국적 기념품에 작용하는 은유는 역시나 길들이기에 관한 것이다. 기념품은 일반화된 의미에 한해서만 의미화 능력을 지니고 있을 수 있어서, 구체적인 지시체를 상실한 채 결국은 소유자를 묘사하는 추상화된 타자성을 가리키게 된다. 넬슨 그래번은 '제4세계 예술'에 관해 다음과 같이 주장했다.

'문명화된 사회'가 점차 표준화된 대량생산 제품에 의존하게 되면서 계급, 가문, 개인 간 변별이 사라지고, 그러한 변별에의 수요를 메우기 위해 외래의 이국적 예술품의 수입이 증가한다. 고급 취향이나 지위 과시형 시장의 경우가 특히 그에 해당한다. 기념품이나 고가의 수입품 등에서 대상과 연관되는 위신을 얻는 것이다. 이러한 예술품이 상징하는 해외여행이나 탐험, 다문화주의 등에 관련된 일종의 인증이 존재하는 셈이다. 그와 동시에, '플라스틱 세계' 안에서 사람이 **손으로 만든** 것이라는 노스탤지어가 작용한다.[19]

따라서 그러한 사물들은 스스로에게 이국적 색채를 입히는 동시에 사용가치에 대한 노스탤지어 어린 욕망을 충족시켜 준다. 그러한 사물들에 대한 수요로 인해 사용가치를 고려해 만든 진짜 전통 공예품과는 거리가 먼 상품들로 가득한 기념품 시장이 창출된다는 사실은 아이러니다. 또한 이러한 기념품들의 주된 특징은 대량생산이라는 새로운 기법에 있다. 따라서 이국적 경험의 이용 가능성과 '이국적 사물'의 이용 가능성 사이에는 정비례 관계가 성립한다. 그 이국적 경험이 다수에 해당하는 관광객이 얼마든지 구매할 수 있는 것이 되는 순간, 점점 더 이국적인 경험을 좇게 되거나(최후의 개척자나 최후의 미지의 섬을 홍보하는 관광포스터를 떠올려보라) 또는 소비자 본인의 토착 문화 가운데 '고전적인 것'을 지향하는 정반대의 과시 형태로 나타날 수도 있다. 타민족 손님들이 즐겨 찾는 '민속' 음식점들이 다양하게 있는 그러한 도시에서는 "전통 미국식 요리"라는 광고 문구를 내걸고 있는 레스토랑도 심심찮게 볼 수 있다. 실은 프랑스식 요리법인 데글레이즈deglaze* 없이는 애초에 성립조차 안 되는 문구인데 말이다.

이국적 사물의 창안이 일어나려면, 먼저 분리가 있어야만 한다. 분명한 것은 그 대상은 맥락으로부터 소격되고, 그 맥락 안에서 해당 대상은 기념품으로서 전시되리라는 사실이다. 또한 사용가치와 전시가치가 별개라는 점 역시 분명하다.[20] 이러한 과정을 보여주는 예로는 미국 내 급진적인 세대 분리만한 것이 없을 것이다. 그러한 세대 분리는 노스탤지어를 자극하는 특정 형태의 정원 예술로 나타난다. 홍학이나 낮잠 자는 멕시코 농부처럼 일부러 찾아낸 이국적인 문화적 타자의 형태도 있지만, 가장 흔한 형태는 짐마차 바퀴, 당나귀 수레, 썰매, 멍에 같은 오래된 물건들이다. 이러한 환유적 형태는 버려진 사용가치의 접합이다. 이들은 명시적으로 전시됨으로써 그 집 거주자가 산업화되었음을 드러내 준다. 이들 거주자는 부모 세대의 삶의 방식에 대해 관광객 입장이 되어버린 것이다.

하지만 '관광객용 예술품'을 만들어낸다는 것은 처음부터 전시가치를 창출함으로써 이러한 점진적인 변형을 피해 간다는 뜻이다. 이 경우 분리는 시간적 차원이 아니라 공간적 차원에서 일

---

* 고기 등을 굽거나 볶을 때에 바닥에 눌어붙은 부스러기를 와인이나 물, 크림 등을 넣고 녹여 소스의 기초 재료로 만드는 것.

어난다. 따라서 전체적이고 통합된 문화적 타자에 대한 환상을 통해 목가적인 것과 원시적인 것을 창안해 낼 필요가 있다. 관광 기념품 자체로 볼 때, 그 형태와 내용은 갈수록 그들을 소비해 줄 관광상품 시장의 기대에 의해 빚어진다. 그래번의 지적에 따르면, 기념품 제작자는 대량생산된 수입 기념품과 경쟁해야 하므로, 토착 예술은 점점 더 크기가 작아진다. 작은 기념품을 만들 뿐 아니라 전통 공예품도 미니어처로 제작하기 시작한다. 앞에서 예로 든 바구니 장인의 경우처럼 말이다. "장식으로서의 활용도, 재료 절감, 실물과는 무관한 민속적이면서도 깜찍한 느낌" 등은 미니어처로 만들어진 상품의 대표적인 장점일 것이다.[21] 본래의 맥락에서는 주로 그 사물의 기능과 밀접하게 연관되던 특질들이 밀려나고 사용가치와 소비자의 상징체계가 그 자리를 대신한다. 윌리엄 배스컴은 이러한 관광산업의 영향은 아프리카 미술의 세 가지 양식의 흐름으로 이어졌으며, 모두 서구의 미학적 원리로부터 비롯되었음을 발견했다. 첫째, 서구의 자연주의와 리얼리즘 사상을 좇는 경향이 나타났다. 전통적인 양식들이 19세기 유럽의 픽처레스크 양식으로 대체되었다. 둘째, 정반대 극단에 해당하는 그로테스크 양식을 좇는 흐름이 등장했다. 배스컴은 이러한 경향이 "아프리카 조각의 힘이나 야만성에 대해 유럽이 품었던 편견과 더불어 유럽의 예술적 취향에 독일 표현주의 Expressionism가 미쳤던 영향을 반영하는 것일 수 있다"는 결론을 내렸다. 셋째는 거대화 경향이다. 가령 요루바족 조각가들은 이파Ifa 점술에 사용되는 종 또는 추—보통 20~40센티미터 길이에 지름 2.5센티미터—를 1미터 길이에 지름 7.5센티미터로 재현한다. 거대화를 통해 만든 이는 자기 제품에 더 많은 비용을 청구하는 동시에 수고는 덜 들일 수 있다. 디테일에는 신경을 훨씬 덜 써도 되기 때문이다.[22] 비슷한 맥락에서, 그래번은 이렇게 적고 있다. "에스키모족 동석凍石 조각가들이나 코르도바의 성상聖像 조각가들은 전형적인 작은 조각상에 비해 고가의 큰 조각상을 제작하는 편이 시간과 노력이 훨씬 적게 든다고 생각한다."[23] 따라서 관광객의 미학이 사물을 끊임없이 이국화하고 소격시키고 있는 셈이다. 그리고 본래는 전통적이고 통합적인 이상향의 문화를 연상시킨다는 바로 그 이유로 인해 가치를 인정받던 사물들이 바로 그 동일한 관광상품 시장의 변덕스러운 요구 때문에 변형되고 과장되며 개조된다는 사실은 아이러니다.

기념품의 활용에 있어서 분리의 반대 면은 바로 복원—여기서는 복원이라는 거짓 약속—이다. 기념품이 흔적으로서 기능하기 위해서는 본래 맥락으로부터 제거돼야만 하나, 동시에 반드시 이야기 및 몽상을 통해 복원돼야 한다. 다만, 기원의 '진정한', 즉 태생적 맥락으로 복원되는 것이 아니라, 상상적 맥락으로 복원된다. 그러한 상상적 맥락의 주된 주제는 소유자의 어린 시절의 투사다. 복원은 일련의 불만족스러운 현재 상황들에 대한 대응으로 볼 수 있다. 오늘날 도시의 '젠트리피케이션gentrification'* 작업

---

* 낙후된 지역의 주택이 재개발되고 고급화되면서 중상류층이 유입되고 저소득층은 떠나게 되는 현상.

의 일환으로 종종 진행되는 건물 복원의 기저에는 계급 관계의 복원이 자리 잡고 있듯, 기념품의 복원은 곧 현재의 이데올로기를 위해 지나간 것과 멀리 있는 것을 보수적으로 이상화하는 작업이다. 따라서 모든 기념품은 이데올로기가 발명해 낸 자연에 관한 기념품이라고도 할 수 있을 것이다. 이러한 결론은 유리 상자에 넣어둔 빅토리아 시대의 조가비 전시뿐 아니라 모든 자연물을 어떤 식으로든 현재 사건들의 흐름으로부터 떨어뜨려 배치함으로써 대상화시키는 보다 광범위한 경향과도 일맥상통한다.

기념품의 적절한 맥락은 몽상의 전치displacement뿐이며, 이는 곧 욕망의 기원/객체/주체 간의 간극이다. 수집품은 완전히 숨겨지거나 아니면 눈에 띄게 전시되는 반면, 기념품은 '수집되지 않은' 이상 '상실된' 상태다. 본래의 모든 맥락과 사용가치를 제거당한 채 그것을 보는 이로 하여금 '놀라고' 몽상에 빠져들게 만드는 것이다. 기념품이 실제로 놓이는 장소는 보통 그 물질적 무가치함에 상응한다. 가령 다락이나 창고는 일이나 일상생활과는 멀리 떨어진 맥락이다. 같은 집에서도 다른 방들은 특정 기능(부엌, 욕실)이나 제시(응접실, 현관)와 연관된 공간이어서 일상생활의 시간성이라는 틀 안에 존재하지만, 과거의 시간성과 연관된 공간인 다락이나 창고는 과거를 동시적 질서 속에 마구 섞어 넣으며, 이 동시적 질서를 재정리하도록 기억을 초대한다. 천국과 지옥, 도구와 장식, 조상과 후손, 부패와 보존으로 말이다. 기념품은 잊힐 운명이므로, 그 비극은 기억의 죽음 속에 있다. 그리고 이는 자필서명의 비극이자 자서전의 동시적 말소이기도 하다. 이 지점에서 우리는 비석 없는 무덤이라는 강렬한 비유를 되짚게 되며, 이는 아무런 상응하는 상징계의 재생도 없이 이루어지는 어머니와의 재결합인 셈이다.

제2절 소비의 천국, 수집품

파괴된 맥락

기념품은 관심을 과거로 전치시킨다. 기념품은 단지 맥락에서 벗어난 사물, 그저 어쩌다 보니 현재까지 살아남은 과거의 사물이 아니라, 과거 안에 현재를 가둬 넣는 기능을 수행한다. 기념품이 마술적 사물인 것은 바로 이러한 변형 때문이다. 그러나 기념품의 마법은 일종의 실패한 마법이기도 하다. 모든 마술적 사물의 경우가 그렇듯 여기서도 수단적 속성이 본질을 대체하지만, 이러한 수단적 속성은 기껏해야 부분적인 변형만 시킬 뿐이다. 욕망을 불러일으키기 위해서는 기념품이 유래한 곳은 닿을 수 없는 장소로 남아 있어야 한다.

모든 기념품은 자연의 기념품이다. 그러나 여기서 자연은 가장 문화적으로 변용變容되고 가장 합성된 의미에서의 자연이다. 자연은 기념품을 통해 통시적通時的으로 배열되며, 그 공시성共時性과 무無시간성은 인간의 시간과 질서 속으로 교묘하게 재편된다. 유리 밑에 넣어 말린 압화가 들려주는 이야기는 자연 속의 그

꽃들 자신에 관한 것이 아니라 자연 속에서 그 주인이 차지하는 의미에 관한 것이다. 압화는 좀 더 크고 숭고한 자연, 인간의 경험과 인류 역사에 의해 차별화된 자연의 표본이다.

이러한 기념품과는 달리, 수집품은 표본이라기보다는 사례이며, 환유라기보다는 은유다. 수집품은 관심을 과거로 전치시키지 않으며, 오히려 과거가 수집에 이용당한다. 기념품은 과거에 진정성을 부여하지만 과거는 수집품에 진정성을 부여한다. 수집품은 일종의 자기 폐쇄적 형태를 추구하는데, 이는 무역사성 때문에 가능하다. 수집품은 역사를 **분류**—시간성의 영역을 초월한 질서—로 대체시킨다. 그러한 수집품에서 시간은 원점으로 복원될 대상이 아니며, 오히려 모든 시간은 수집품의 세계 안에서 동시 존재 또는 동시 발생하게 된다.

기념품은 그 수단적 속성 안에 여전히 사용가치의 흔적을 품고 있지만, 수집품은 사용가치에 대한 완전한 미화를 표상한다. 수집품은 놀이play로서의 예술형식에 해당하며, 이러한 형식은 대상들에게 관심과 조작된 맥락의 세계라는 새로운 틀을 씌우는 작업이 포함된다. 다른 예술형식들과 마찬가지로, 수집품의 기능은 본래 맥락의 복원이 아니라 새로운 맥락의 창조에 가까우며, 이러한 맥락은 일상의 세계와 직접적이라기보다는 은유적인 관계를 맺고 있다. 그러나 다수의 다른 예술형식들과 수집품이 다른 점은 재현적이지 않다는 데 있다. 수집품이 제시하는 것은 은폐된 세계다. 대표성을 띠는 수집품을 지니고 있다는 것은 독자적인 세계 구축에 필수적인 최소 완전수만큼의 요소들을 갖추고 있다는 의미이며, 이러한 독자적인 세계는 그 하나로 충분한 세계, 반복은 배제하고 권위는 획득한 세계다.

양해를 구하며 비유하자면, 수집선의 원형은 그렇다면 노아의 방주라고도 할 수 있을 것 같다. 노아의 방주는 대표성을 띠는 세계이면서도 그 본래 맥락은 지워 없앤 세계다. 방주는 노스탤 지어의 세계가 아니라 기대의 세계다. 땅 그리고 거기서 나오는 잉여분들은 파괴되나, 수집선은 그 무결성과 경계를 그대로 유지한다. 본래의 기원으로부터 완전히 잘려 나온 그 대상은 새로운 연속체를 생성해 낼 수 있게 되고, 수집자가 선택하여 확정한 맥락 내에서 다시 시작할 수 있게 된다. "혈육 있는 모든 생물을 너는 각기 암수 한 쌍씩 방주로 이끌어 들여 너와 함께 생명을 보존하게 하되 새가 그 종류대로, 가축이 그 종류대로, 땅에 기는 모든 것이 그 종류대로 각기 둘씩 네게로 나아오리니 그 생명을 보존하게 하라. 너는 먹을 모든 양식을 네게로 가져다가 저축하라. 이것이 너와 그들의 먹을 것이 되리라."* 방주의 세계는 앞선 창조에 의존한다. 노아는 세계를 창안한 것이 아니라, 그저 하느님의 중재자였을 뿐이다. 노아가 망각으로부터 구해낸 것은 하나에 하나를 더한 둘이며, 이 둘은 비대칭의 대칭적 결합을 통해 연속성과 무한성을 생성해 낼 수 있는 한 쌍을 이룬다. 기념품의 핵심을 기억하기 혹은 적어도 기억의 발명이라고 한다면, 수집품의 핵심은 잊기, 즉 유한한 수의 요소들이 상호 결합을 통해 무

---

*『창세기』 제6장 제19~21절.

한한 몽상을 생성해 내며 새로이 시작하는 것이다. 문제는 누구의 노동이 방주를 만들었는가가 아니다. 안에 무엇이 들었는가다.

스크랩북이나 메모리 퀼트를 수집품이라기보다는 기념품으로 보아야 하는 이유가 바로 이러한 목적의 차이에 있다.[24] 그러한 대상들을 제대로 이해하고 보면, 전체는 점차 부분들로 나뉘며 그 각 부분은 유래나 습득의 맥락을 환유적으로 지시함을 알 수 있다. 이것이 바로 우리가 살아 움직이는 장난감에서 볼 수 있었던 사물이 서사로 변하는 경험이다. 사실, 이러한 경험은 자비에르 드 메스트르의 『내 방 여행 *Voyage Autour de Ma Chambre*』 같은 작품에 나오는 "활물活物" 원리가 된다. "그림을 명쾌하게 설명하는 것은 생김새에 대한 설명을 듣고 그와 비슷한 초상화를 그리는 것만큼이나 불가능한 일이다."[25] 반면, 수집품 내 요소는 각각 대표성을 띠며, 조합된 상태에서 작용하여 만들어내는 새로운 전체는 수집품 자체의 맥락이 된다. 수집품이라는 공간적 전체는 '이면에 숨은' 각각의 이야기들을 대체한다. 영국 중상주의 미학에 관한 글에서 제임스 H. 번은 다음과 같이 주장한다. "골동품 진열장에 있는 각 문화적 잔여물은 모여 있는 다른 것들 가운데서 한정된 암시성을 지닌다. 만일 쌓아놓은 이국적 물품들의 의도치 않은 아름다움이 중상주의의 뜻밖의 결과로서 체현되었다면, 기호학의 관점에서 이는 절충주의의 특수한 사례로 볼 수 있다. 절충주의는 토착 역사와 지형의 속성들을 의도적으로 무시한다."[26] 따라서 번이 1688년부터 1763년 사이 시기로 규정하는 중상주의 미학은 골동품 미학의 정반대인 셈인데, 이는 중요한 지점이다. 골동품 애호가는 유래와 존재감이 선사하는 노스텔지어에 감동하며, 앞서 캠던의 『브리타니아』에서 보았듯 땅의 문화를 입증하는 역할을 한다. 그러나 중상주의자는 복원에 감동하는 것이 아니라 추출과 연속성에 감동하며, 대상을 맥락으로부터 제거시킨 뒤 교환경제를 규정하는 기표들의 작용 안에 배치한다.

수집품의 경우 분류가 기원을 대신하여 시간성을 공간적이면서도 물질적인 현상으로 만들기 때문에 수집품의 존재는 조직과 분류 원칙에 좌우된다. 보드리야르의 지적대로 수집과 축적의 개념은 반드시 구분해야 한다. "가장 낮은 단계는 물질적 축적 단계다. 다 지난 신문을 차곡차곡 쌓아놓는다거나 식량을 가득 채워놓는 것—이는 구강기 몰입과 항문기 정체의 중간 정도에 해당할 것이다— 그리고 같은 물건을 시리즈로 모으는 것이 그런 종류다. 수집은 문화로 이어진다. … 어느 한쪽을 다른 한쪽과 계속 연계시키면서 이것들은 사회적 외연, 인간관계 등을 감싸 안는다."[27] 사람의 수집품과 숲쥐의 수집품이 다른 점은 바로 여기에 있다. 윌리엄 제임스는 캘리포니아의 숲쥐는 서식처 주위에 못을 대칭적 요새 형태로 늘어놓는 습성이 있지만 그렇게 '수집된' 사물들—은화, 담배, 시계, 연장, 칼, 성냥, 유리 조각 등—은 아무런 연속성도 없고 사물 간의 관계나 수집이라는 맥락과의 연관성도 없다고 지적했다. 그러한 단순한 축적은 분명 문화나 경제와 아무런 연관이 없다. 그러나 엄밀한 의미의 수집품은 그러한 구조들과 연계되어 있다. 애호가가 취미로 수집한 사물들은 상호 관계나 그러한 관계에 함축된 연속성 속에서만 의미를 지니지만, 숲쥐가 모은 사물들은 본질적인 사물들이다. 즉, 숲쥐의 관심을 끌어낼 만한 감각적 특질들로 인해 그 자체로 완결성을 지니는 사물들이다. 윌리엄 제임스는 본질적인 사물들을 수집하는 그러한 동일한 성향을 정신병원의 '구두쇠들'에게서 발견했다. "대중적 상상력과 과장된 정서가 유독 두드러지던 '구두쇠,' 비참한 몰골의 그 인간혐오자는 여러 정신질환자 가운데 그저 한 명일 뿐이다. 지적 능력은 여러모로 별문제가 없을지 모르나, 본능, 특히 소유와 관련된 본능은 정상이 아니다. 이들의 광증은 분점分點의 세차歲差(precession of the equinoxes)* 따위와는 무관하듯 관념의 연상과도 아무런 관련이 없다."[28] 때문에 제임스는 수집벽이 있는 이들은 손에 넣은 물건은 계속 지니고 있으려는 제어 불능의 충동에 시달린다는 결론을 내린다. 이 시점에서 우리는 이러한 형태의 광증이 마치 항문기 단계와 같은 결합 그 자체를 위한 결합 충동임을 덧붙일 수 있을 것 같다. 이러한 충동은 육체의 한계를 지워 없애려는 시도인 동시에 "육체와 영혼을 한데 모아두려는" 절박한 시도다.

이러한 경우를 보면 예술의 결과물과 광증의 결과물 사이에 어떤 공통점이 있는 것이 분명하지만, 구두쇠의 수집품은 차별화를 거부한 것인 반면, 애호가의 수집품은 차별화를 수용하며

---

* 천체의 작용에 의하여 지구 자전축의 방향이 조금씩 변하면서 태양이 적도를 통과하는 분점이 해마다 조금씩 달라지는 현상.

차별화야말로 그 존재근거라는 사실 또한 분명하다. 그러므로 '엄밀한 의미'의 수집품은 늘 구속救贖에 대한 기대에 동참한다. 가령, 결과적으로 대상을 동전 주고 사들이는 것coining-in이나 동전들 그 자체가 대상의 지위를 획득하는 것을 그 예로 들 수 있을 것이다. 그러나 광인의 수집품은 그저 수집 그 자체를 위한 수집품이자 수집이라는 움직임 자체를 위한 수집품이다. 이러한 수집품은 사물들의 **체계** 자체를 거부하며, 따라서 그러한 체계의 토대이자 체계가 의미를 획득할 수 있는 유일한 영역으로서 기능하는 정치경제 전체마저도 환유적으로 거부하는 셈이다. 보드리야르 역시 수집품이 지니는 연속성 때문에 수집된 대상들에 대한 '형식적' 흥미는 늘 '실질적' 흥미를 대체하기 마련이라고 결론 내린 바 있다.[29] 이러한 대체는 미적 가치가 사용가치를 대체하는 순간까지 유효하게 지속된다. 그러나 그러한 미적 가치는 문화적인 것(유예, 구속, 교환 등)과 명백히 연관되어 있으므로, 그 가치 체계는 바로 문화적인 것의 가치 체계다. 수집품의 형식주의는 결코 '공허한' 형식주의가 아니다.

안과 밖

수집품을 구체적으로 설명할 때 어떤 구성 원리가 사용되었는가 하는 질문은 곧 그 수집품이 무엇에 관한 것인지 파악하는 출발점이다. 수집품이 시간, 공간, 혹은 대상 자체의 내적 특질에 따라 구성된 것이라는 설명만으로는 충분치 않다. 이러한 각각의 매개변수는 안과 밖, 공과 사, 의미와 교환가치라는 변증법 속에서 나뉘기 때문이다. 대상을 시간에 따라 배열한다는 것은 개인적 시간과 사회적 시간을 그리고 자서전과 역사를 병치함으로써 개인의 삶, 즉 역사적 시간을 초월하면서도 그와 평행한 개인적 주체의 시간에 관한 허구를 창조해 내는 일이다. 마찬가지로, 수집품의 공간적 구성—좌에서 우로, 앞에서 뒤로, 이면에서 전면으로— 역시 눈과 손을 이용해 개인이 수집품을 인식하고 이해하는 창조의 과정에 좌우된다. 수집품의 공간은 공적인 곳과 사적인 곳, 드러냄과 숨김 사이를 오가야만 한다. 때문에 미니어처는 수집 품목으로서 적합하다. 개인의 소비에 적합한 크기일 뿐 아니라 그 디테일의 과잉은 무한성과 거리를 내포하기 때문이다. 우리는 수집선 전체를 '볼' 수는 있지만, 그 개별 구성 요소는 '볼' 수 없다. 이로써 우리는 이 지점에서 같음과 다름 사이의 작용을 볼 수 있으며, 이러한 상호작용이야말로 대상 자체가 지닌 특질에 따라 구성된 수집선을 규정짓는 특징이다. '같다'는 이유로 대상들을 하나의 연속된 집단으로 묶는 것은 동시에 그들의 다름에 의미를 부여하는 일이기도 하다. 수집된 사물들이 서로 닮아 있을수록, 그것들을 구분하려는 수고가 더 들기 마련이다. 연속에 관한 이러한 강박의 경우로는 피프스의 서재를 예로 들 수 있다.

새뮤얼 피프스는 틈만 나면 서재를 다시 정리하는 사람이었는데, 결국에는 책을 크기 순서로 분류하기에 이르렀다. 모든 책제목이 잘 보이도록 큰 책은 뒤쪽에, 작은 책은 앞쪽에 두어 선반에 두 줄로 정돈하고 최대한 키가 비슷한 책들끼리 나란히 있도록 정렬했다. 이 깔끔한 수집가는 목재 받침대를 따로 제작하여 필요한 곳에 세우기까지 했는데, 키가 더 작은 책들 아래에 넣어 받치거나 심지어 책 장정에 맞추어 금박을 입히기도 했다! 이러한 배열 방식에서 주제나 참조 편의성은 부차적인 문제였으나, 신성불가침의 영역인 일기만큼은 예외였다. 이성을 되찾은 모양인지 그는 크기가 제각각인 공책 여러 권에 썼던 일기들을 각 부분들이 따로 떨어지지 않고 모여 있도록 하나로 제본함으로써 서재 전체의 정리 체계도 해치지 않을 수 있게 했다.[30]

피프스의 수집선은 동일성을 지닌 하나의 시리즈로서(받침대까지 사용한 배열) 전시되는 동시에 낱권의 집합으로서("모든 책제목이 잘 보이도록")도 전시되어야만 한다. 여기서 정보를 희생하면서도 포기할 수 없는 동일성이라는 것은 형식적 흥미가 실질적 흥미를 대체한다는 보드리야르의 주장의 실례에 해당한다. 애서가의 책 수집 동기가 대개 여기에 해당한다는 사실은 모조 양장본 "책들"을 세트로 구입하는 경우를 통해서도 분명히 알 수 있다. 이러한 책들은 마치 전집으로 구성된 책들처럼 보이지만 실은 빈껍데기다.

수집선을 구성하는 것은 그 구성 요소들이 아니다. 수집선은 구성 원칙을 통해 존재하게 된다. 만일 그 원칙이 수집을 시작할 때부터 확실히 정해져 있다면, 그 수집선은 유한할 예정이거나 적어도 유한할 가능성을 지닌다. 만일 그 원칙이 무한성이나 연속 자체를 지향한다면, 수집선은 끝없이 확장될 것이다. 첫 번째 유형의 예로 윌리엄 커루 해즐릿은 동전 수집가의 사례를 제시한다.

처음의 선택을 고수하는 수집가가 있는가 하면, 시기별로 다른 시리즈를 모으는 수집가도 있다. 그런가 하면 종잡을 수 없이 잡다하게 수집하는 사람도 있다. 그러나 이들 모두 적당한 범위 내에서 연속 구성에 포함시킬 대상의 내력, 특성, 문제 등을 판단할 수 있는 능력을 키워야 하나 이는 수용 가능한 수준이어야 한다. 탁월한 논문들을 완비하는 경우만 하더라도 둘째가라면 서러워할 정도의 열의가 넘치는 끈질긴 수집가도 중도에 단념할 만한 과업이다. 대개 수집은 어느 정도는 느슨하고 모호한 원칙에 따라 구성되기 마련이다. 다들 이해가 갈 테지만, 수집의 1단계는 어쨌거나 적진에 대한 사전 정찰과 횡단할 미지의 땅에 대한 측정이 되어야 한다. 대략의 비용 계산은 물론이다.[31]

두 번째 유형의 예로는 C. 몬티소어가 제시한 어린이들의 성직자 이름 수집 놀이의 사례를 들 수 있다. "색깔별 성직자들에는 초록, 검정, 하양, 잿빛 등의 이름을 붙이고, 행복한 성직자들엔 축복, 평화, 기쁨 같은 이름을 붙였다. 미덕, 선, 지혜 같은 이름이 붙은 좋은 성직자들도 있었다. 가진 돈이 그것뿐이라는 의미의 페니, 파딩, 반#페니 같은 이름의 가난한 성직자들도 있었고, 재산, 돈 같은 이름의 부자 성직자들도 있었다. 나쁜 성직자 그룹엔 소심, 교활 같은 이름을 붙였다."[32] 이 지점에서 우리는 발터 벤야민의 인용문 수집 프로젝트도 떠올려볼 수 있을 듯하다. 그가 인용문 모음을 통해 보여주고자 했던 것은 무한히 재생산되는 언어 자체의 연속성이었다.

구성 원칙과 구성 요소들 자체 사이의 모든 본질적 연계성은 수집선에 의해 최소화된다. 사실, 돌멩이나 나비 수집본과 동전이나 우표 수집본 사이에서 별다른 차이는 찾기 힘들다. 수집가가 대상을 손에 넣는 순간, 생산은 소비로 대체된다. 대상이 수집선이라는 풍경 자체로 자연화되는 것이다. 즉, 돌멩이와 나비 모음은 분류를 통해 문화로 변하고, 동전과 우표 모음은 노동의 삭제와 생산 맥락의 삭제를 통해 자연으로 변하는 셈이다. 대상을 기원과 생산의 맥락으로부터 떼어낸 뒤 그 맥락을 수집이라는 맥락으로 대체하려는 충동은 뉴욕의 플로이드 E. 니콜스의 수집 습관 같은 경우에서 확연히 드러난다. 수집가 중의 수집가인 그는 자신의 수많은 수집품을 유형별로 늘어놓는 대신, 그 수집품들이 하나의 이야기를 들려줄 수 있도록 그룹별로 나누곤 한다. "가령, 미니어처 고양이, 생쥐, 위스키 잔, 위스키 병을 가지고 이런 속담을 지어내는 식이다. '밀로 만든 위스키 한잔이면 생쥐도 고양이 낯에 침을 뱉는 법이다.' 그리고 미니어처 낙하 몇 마리에는 뜨개질용 바늘 5호를 붙여 놓고 그 바늘에서 줄을 당기면 그 위에 올려진 낙타가 가로질러 움직이며 바늘귀를 완전히 통과할 수 있도록 줄을 설치해 놓기도 했다."[33] 니콜스의 방식은 생산의 서사가 수집의 서사로 대체되고, 역사의 서사가 개인 주체—여기서는 수집가 자신—의 서사로 대체된 대표적인 경우를 보여준다.

기념품이 차지하는 공간이 몸통(부적), 주변부(기억), 또는 사적인 전시라는 모순(몽상)이라면, 수집품의 공간은 드러냄과 숨김, 조직과 무한한 혼돈 사이의 복잡한 상호작용이다. 수집품은 상자, 수납장, 벽장, 길게 이어진 선반 등에 의존한다. 수집품이 이들 경계선에 의해 규정되는 것은 자아의 확장이 부르주아적 가정 공간이라는 범위 내에서 허용되는 것과 마찬가지다. 환경이 연장된 자아가 되려면, 환경에 대해 작용하거나 환경을 변형시키는 대신, 환경을 채움으로써 그 본질적인 비어 있음을 표명할 필요가 있다. 장신구, 장식품 그리고 이를 통해 궁극적으로 추구하는 적절한 예법은 주체의 공간 이외에 여타 관련 공간을 비움으로써 사적 공간의 경계를 규정한다. 환경milieu 및 분위기ambience라는 용어의 어원을 연구한 레오 슈피처*의 소논문은 시사점이 많은데, 진정한 장소라는 개념이 인간과 자연 간의 대우주/소우주 관계라는 고전적 접근으로부터 점증적 단계들이라는 중세적 이론으로 옮겨가는 추이를 좇고 있다. 전자의 개념에서 공간은 기후이자 보호자이며 무언가를 야기하는 존재인 반면, 후자의 개념에서는 사회적 위치가 곧 존재의 자연적 장소가 된다. 17세기 후반이 되면 진정한 장소의 개념은 내면적 개념으로 변한다.

---

* 1887~1960. 오스트리아의 로망스어학자이자 문예비평가.

"(어떤 것을 둘러싸고 있으며 '안은 채워진') '환경'이라는 개념이 가장 확실히 제시되는 것은 내면 상황에 대한 그러한 묘사 속에서이고, 개개인마다 **무매개적** 환경을 지니고 있다. 이전 세기에 같은 유형의 그림들 사이에서 유행했던 흐름이 기억날 것이다. 살림살이가 잘 갖춰진 주거 공간이 선사하는 아늑함과 안락함을 묘사하는 실내 모습 말이다. … 한때 인류를 품어주던, 세계를 포괄하는 형이상학적 둥근 지붕이 사라져버린 지금 인간은 무한한 우주에 남겨진 채 이리저리 떠돌게 되었다. 그러니 그는 더욱더 자신이 직면한 무매개적·물리적 환경을 여러 사물로 채워 넣으려 들게 된다."[34]

무매개적 환경을 사물들로 채워 넣는 이러한 과업이 단지 사용가치에 관한 일이라면 문제는 꽤나 간단할 것이다. 그러나 이러한 채워 넣기는 치장과 제시의 차원이어서 실내는 자기 연출의 표본이자 투사가 된다. 미적 규준의 모순점들은 바로 계통성과 개인성 간의 모순으로, 조화와 혼란, 수열과 조합, 패턴과 변용이 부딪친다. 『가구, 유리, 도자기 수집의 첫걸음*First Steps in Collecting Furniture, Glass, and China*』에서 그레이스 발루아가 했던 전반적인 조언을 살펴보자.

20세기 들어 얼기설기 대충 만든 자그마한 식당의 한쪽 벽 전체를 (본래는 주방 이외의 장소에는 놓을 용도가 아닌) 커다란 웨일스풍 찬장이 차지한 채 그 안에 일상생활에 필요한 도구들이나 비스킷 보관함 또는 양념통 같은 것들이 장식처럼 놓여 있는 모습을 보고 있노라면 나는 무언가 부조화를 느낀다. 간혹 이 찬장이 소위 '응접실'까지 올라와서는 그 육중하고도 단순한 고풍스러운 윤곽을 이런 것들 사이로 들이미는 경우도 있다. 야자수 화분들과 볼품은 없지만 쓰기 편한 서덜랜드식 다탁 그리고 흥측함의 절정인 케이크·식빵·버터용 삼단 쟁반 같은 것들 사이로 말이다. 이러한 것들은 편리할지는 몰라도 저 오래된 찬장과는 안 어울리니 문제다! … 물론 모든 것이 같은 시기에 만들어진 것일 필요는 없다. 내 눈엔 이 또한 단조롭고 재미없어 보인다. 조상 대대로 살아온 집은 조금씩 지어지는 것이 당연하다. 각 세대마다 그 오래된 집에 무엇인가를 덧붙이거나 각자 흔적을 남기기 때문이다. 나는 제임스 1세 시대 양식의 의자와 셰라턴풍 장식장이 어우러지고, 오래된 사주식 침대가 17세기 브라이들 체스트 그리고 18세기 헤플와이트 의자와 공간을 함께 쓰는 모습이 좋다. 집 안팎의 모든 것이 온통 로버트 애덤*풍인 완벽한 18세기 저택보다는 그런 근사한 조화가 내게는 훨씬 더 매력적으로 느껴진다.[35]

수집가들에 대해 풍자한 부스 타킹턴의 『수집가의 선반*The Collector's Whatnot*』에 "앙구스툴라 토머스"라는 사람이 수집품 "채워 넣기pooning" 혹은 배치하기에 관해 쓴 이와 비슷한 에세이가 실려 있다는 사실은 아이러니다. 앙구스툴라는 이렇게 조언한다.

---

* 18세기 영국의 건축가로, 로마의 영향을 받은 고전주의 양식의 대표자.

"시기에 너무 집착하지 마라. 이집트 힉소스 왕조 시대에 만들어진 **괜찮은** 가구 몇 점을 거실에 들여놓았다면, 셰라턴이나 이스트레이크 가구와도 쉽게 조화를 이룰 것이다. 그 사이에 중국 명나라 화병이나 오래된 프랑스제 사냥총을 두기만 하면 된다. 혹은 멕시코산 도기류나 자바 술병을 몇 개 간단히 늘어놓기만 해도 그 시기적 간격을 잘 메울 수 있다."[36] '진지한' 조언이건 풍자건, 소유가 수집이나 배열과 별개로 이루어질 수 없는 것임을 이 글은 함축하고 있다. 각 기호의 배치는 일련의 연쇄적 기표들과 연관되며, 그 궁극의 지시체는 방의 내부—그 자체로는 본질상 비어 있음—가 아니라 주체의 내면이다.

이러한 내면에 관한 서사를 구성하기 위해서는 사물의 본래 맥락을 말소시켜야 한다. 이들 사례의 경우 순수한 연속성보다 절충주의가 중시되어야 하는 것은 무엇보다도 절충주의는 자기 자신의 이질적 구성을 특징적으로 보여주기 때문이다. 자아는 역사적 현실의 다양한 우연적 사고와 분산을 초월할 수 있는 존재다. 그러나 동시에 절충주의는 무언의 연속성과는 선을 그으면서도 그 연속성에 의존한다. 자아는 실내를 장식으로 채워 넣는, 사물들의 단순한 소비자가 아니라, 환상을 생성해 내는 주체다. 환상 속에서 자아는 그 사물들의 생산자, 즉 배열과 조작을 주재하는 생산자가 된다. 발루아가 독자들에게 보여주는 이 넘치는 자신감은 곧 지배계급의 자신감이기도 하다. 그녀가 "보고 싶어 하는" 17~18세기 골동품의 "제어된 다양성"에 얼마든지 접근 가능한 이 독자층이 역사의 생산에서 담당하는 역할은 잉여가치 수집이라는 사치에 좌우된다. 여기서 우리는 '벼룩'시장의 구조적 의미를 주류 문화의 여가 취향과 폐기된 유행, 즉 시장 경제에 좌우되는 것으로 볼 수 있을 것이다. 마찬가지로, 수집에 관한 발자크의 소설 『사촌 퐁스_Cousin Pons_』의 원래 제목은 『기생충_Le Parasite_』이었다. 이처럼 별로 연관성이 없는 익살에서도 알 수 있듯, 수집하기의 경제는 환상의 영역이다. 더 큰 규모의 경제체제에 좌우되면서도, 교환, 대체, 복제 가능성이라는 나름의 원칙들을 갖춘 경제인 것이다. 발자크의 내레이터는 이렇게 말한다. "잡동사니bric-à-brac를 사는 즐거움은 부차적으로 따라오는 기쁨이다. 주고받는 물물교환이야말로 최상의 즐거움이다."[37] 아마 "이것저것 아무것이나" 정도로 옮길 수 있는 잡동사니라는 표현에는 습득과 교환이라는 과정이 함축적으로 담겨 있는데, 이는 수집가의 허위 노동이다. 바로 여기에 수집이라는 경제체제에 대한 모순된 노스탤지어가 깃들어 있다. 수집품의 소규모 경제는 잉여가치라는 더 큰 규모의 경제에 의존하는 동시에 그대로 되비추기는 하지만, 그 나름의 교환 원칙이나 의미 면에서는 자급자족적이며 자기 발생적이다. 더 큰 규모의 경제가 노동의 변환을 통해 사용가치를 교환가치로 대체한 반면, 수집의 경제는 화폐제도를 사물들의 체계로 변환시킨다. 실제로, 이 사물의 체계는 그 원천이었던 화폐제도 자체의 취약점에 대한 방어막으로서 고안되는 경우가 많다. 이로써 수집품은 초월과 독립의 아우라를 획득하는데, 이는 개인성에 관한 중산계급의 가치를 대변한다.

기념품을 폄하하려면 그것이 진짜가 아니라고 말하면 되고, 수집된 사물을 폄하하려면 '그것이 곧 **당신**은 아니다'라고 말하면 된다. 따라서 슈퍼처의 모형에서 자아가 사물들과 함께 내면을 점유하는 것으로 본 것은 완전히 적절치는 않다. 여기서 담긴 쪽은 **바로** 자아이며, 물질로서의 몸은 단지 대상의 다양성 및 연속성 테두리 안에 있는 또 하나의 위치에 불과하기 때문이다. 사적인 공간의 특징은 외부의 물질적 경계와 내부의 과잉 의미 작용이다.

시리즈를 다루는 것은 곧 무한성이라는 불을 다루는 것이나 마찬가지다. 수집선에서 무한성이라는 위협에는 언제든 경계를 분명히 획정함으로써 대처해 낼 수 있다. 개별 대상에 대한 관심과 전체에 대한 관심이 상충하듯, 동시다발적인 여러 집합도 상충한다. 따라서 수집은 그 생성과 연쇄 방식에 있어 통제하고 담는 형태로 나타날 수밖에 없다. 그리고 그 자체가 실제 용기로 쓰이는 사물들—양념통, 물주전자, 소금후추 병 세트, 꽃병, 찻주전자, 상자 등—이 수집 품목으로서 인기가 높다는 사실을 논할 때 간단한 프로이트 모형 못지않게 반드시 감안해야 할 것은 바로 이러한 담음의 기능이다. 이 사물들이 부여하는 유한한 경계는 수집이라는 무한한 가능성과 배치되며, 용기가 채워지는 순간 그들의 유한한 사용가치 역시 그 사물들의 새로운 미적 기능에 해당하는 측정 불가능한 비어 있음과 상충하게 된다.

범주화가 수집선에 유한성을 부여하는 경우도 있다. 실제로, 수집가는 이러한 유한성에 집착하게 된다. 1980년 3월 16일 자

『뉴욕타임스』에는 티파니에서 만든 오래된 우편 저울 세 개를 찾고 다녔던(아마 지금도 찾고 다닐) 한 남자의 이야기가 실렸다. 세상에 아홉 개만 남은 것으로 알려진 그 저울 가운데 여섯 개를 소유하고 있던 그는 나머지 저울 세 개의 행방을 찾기 위해 돈을 주고 특별 수색 의뢰를 하기도 했다. 윌리엄 월시의 『고서적 편람*Handy-book of Literary Curiosities*』에 이에 필적하는 이야기가 나온다.

자신이 가지고 있던 어느 희귀 서적이 세상에 단 하나뿐이라고 오래도록 믿었던 어느 돈 많은 영국인 수집가의 이야기다. 어느 날 그는 엄청난 충격에 빠진다. 파리에 같은 책이 한 부 더 있다는 소식을 들은 것이다. 그러나 마음을 다잡은 그는 곧 영국해협을 건너 적수의 집으로 찾아갔다. "당신 서재에 이러이러한 책이 있다면서요?" 그는 다짜고짜 물었다. "그렇습니다", "음, 내가 그걸 사고 싶습니다만", "하지만 선생님 …", "천 프랑을 드리겠습니다", "파는 물건이 아니라서요. 저는 …." "이천!" 그러다 결국 2만 5천 프랑까지 나왔고, 그 파리 신사는 결국 이 보물을 떠나보내기로 합의했다. 그 영국인 수집가는 지폐를 한 장씩 세어 2만 5천 프랑을 건네고는 방금 사들인 물건을 꼼꼼히 살펴보며 만족스러운 미소를 짓더니 그 책을 불 속에 던져 넣었다. "당신 미쳤어요?" 파리 신사는 비명을 지르며 책을 건져보려 몸을 굽혔다. "그만둬요." 영국인 수집가가 그의 팔을 잡으며 말했다. "내 정신은 말짱합니다. 나 역시 저 책이 한 권 있어요. 나는 그게 한 권뿐인 줄 알았지요."**38**

오늘날까지 수집에 관련된 전설처럼 내려오는 이야기다(모리스 랭스에게서 들은 이야기를 보드리야르가 뉴욕판으로 다시 전하고 있다).**39** 이는 범주가 내용을 대체하는 이야기이자, 수집이 창조의 반정립antithesis이 되는 과정에 관한 이야기이기도 하다. 완벽한 신비주의를 추구하다 보면 수집은 노동과 역사 두 가지 모두를 파괴해야만 한다. 유일무이한 사물을 소유하려는 장서광의 욕망은 정상에서 벗어난 것들에 대한 집착으로도 나타난다. 디즈레일리의 기록에 따르면, 키케로는 아티쿠스에게 골동품 수집을 도와달라는 편지를 썼다고 한다. "우정의 이름으로 청하건대, 특이하거나 희귀한 것을 보면 무엇이든 부디 놓치지 말아주시오."**40**

수집가는 어떤 유한한 집합(티파니 우편 저울)에 대해 정의를 내리거나 독특한 사물을 소유함으로써 반복이나 연속에 대한 제어력을 갖게 된다. 후자의 경우 기계 복제 시대가 도래하면서 특별한 울림을 지니게 되었다. 정상에서 벗어난 독특한 사물은 기계의 결함을 의미하는데 이는 그 기계가 수작업 생산에서 발생하는 결함을 반사적으로 의미했던 것과 마찬가지 방식이다. 베블런 역시 과시적 소비에 관한 비평에서 손으로 만든 사물의 조야함이 역설적이게도 과시적 낭비의 징후라는 결론을 내렸다. "수작업은 좀 더 낭비적인 생산방식이다. 따라서 금전적 측면의 인정이 목적이라면 수작업으로 만들어진 제품이 훨씬 쓸모가 있다. 자연히 수작업의 흔적은 명예로운 것이 되고, 이러한 흔적을 내보이는 제품일수록 유사한 기계 생산품보다 더 높은 등급이 매겨진다. … 고급 교육을 받은 이들의 눈에 수공예품이 뛰어난 가치와 매력이 있는 것으로 비치는 것은 사실 그 조야함 덕분인데, 그러한 명예로운 조야함의 흔적을 감별해 내는 일은 섬세한 안목의 문제다."[41] 그러므로 재단된 조야함으로서의 물질적 속성은 의미의 과잉 세련과의 긴장 속에서 제시된다. 이러한 긴장감은 개별 사물의 특이성과 단일성이 수집선 전체의 연속성과 대조를 이루며 병치되면서 한층 더 과장된다.

수집은 대개 그 내용이나 연속성 차원의 담음에 해당하지만, 한편으로는 한층 더 추상적인 의미에서 담음의 문제이기도 하다. 노아의 방주처럼 시민적 차원의 방대한 수집선인 도서관이나 박물관은 통제와 유폐幽閉라는 형식 안에서의 경험을 재현한다. 인간은 세상의 모든 것에 대해 알 수는 없지만, 적어도 수집선을 통해 닫힌 지식에는 접근할 수 있다. 그러한 지식은 그 나름의 맥락에서는 초월적이고 포괄적이지만, 동시에 절충적이면서도 유별난 것이기도 하다. 그러므로 그러한 지식은 그 무역사성으로 인해 배타성을 띠게 되고 따라서 무작위적인 것이 된다. 수집에 관한 글은 대개 지식의 방식으로서의 수집에 대해 끊임없이 논하려 든다. 앨리스 반 리어 캐릭은 『수집가의 행운Collector's Luck』 서문에서 이렇게 강조한다. "수집은 일시적인 열정도 아니고, '신이 내린 광기' 같은 것도 아니다. 교양 교육 정도로 보는 것이 적절한 해석이다."[42] 사실, 역으로 유한계급 고유의 교양 교육 자체가 수집의 한 형태라고도 할 수 있을지 모른다. '교육적 취미'라는 개념은 통제하고 소유하려는 수집가의 욕구를 정당화한다. 그 욕구는 개인 주체가 알 수 있는 한도를 한참 벗어난 영역에서 생산되고 소비되는, 무한히 소비 가능한 대상의 세계 안에 자리한다. 기호학적 의미에서 도서관은 세계를 재현하고 있는 것으로 볼 수 있겠지만, 이는 수집가의 관점은 아니다. 수집가에게 도서관이란, 여느 수집선이 해당 범주의 사물을 대표하듯, 책들의 대표적 집합일 뿐이다. 그러므로 수집가 입장에서는 책의 물질적 속성을 우선시하게 된다. 브뤼에르는 이 점에 대해 이렇게 풍자한 바 있다. "그런 수집가가 한 명 있다. 그 사람 집에 들어서는 순간 나는 강하게 풍겨오는 모로코 가죽 냄새를 맡으며 층계참에서 이미 기절할 준비가 된 상태다. 그는 괜히 내게 근사한 판본과 표지장식용 금박, 에트루리아식 장정들을 보여주며 하나하나 이름을 불러주는데, 마치 그림이 걸린 화랑이라도 구경시켜주는 듯하다! … 그의 정중한 태도는 고맙지만, 나는 사실 그와는 달리 그가 서재라 칭하는 그 제혁소에 가보고 싶은 마음은 별로 없다."[43]

하지만 수집에 대한 주된 은유로서 기능해야 하는 것은 도서관이 아니라 박물관이며, 진짜를 손에 넣고 가까운 맥락 안에 모든 공간과 시간성을 가두고자 애쓰는 곳의 대명사 역시 다름 아닌 박물관이다. 『부바르와 페퀴셰Bouvard and Pécuchet』에 관한 글에서 에우제니오 도나토는 이렇게 적었다.

박물관이 전시하는 일련의 대상들은 그것들이 어떤 식으로든 일관된 재현적 우주를 구성한다는 허구를 통해서만 지탱될 수 있다. 허구란, 대상에서 꼬리표로, 연속된 대상에서 연속된 꼬리표로, 전체로서의 속성을 획득하기 위해 반복되는 환유적 전치를 통해 생성해 낼 수 있는 재현으로, 비언어적 우주에 상당히 적합한 방식이다. 그러한 허구는 순서정하기와 분류하기, 즉 파편들의 공간적 병치를 통해 세계에 대한 재현적 이해가 가능해진다는 무비판적 믿음의 결과다.[44]

따라서 수집선이 세계를 표상하는 방식에는 두 가지가 있다. 첫째, 부분이 전체를, 항목이 맥락을 대체하는 환유적 전치다. 둘째, 시공간을 규정할 분류 체계의 발명이다. 수집된 구성 요소들을 통해 세계를 설명하는 것이다. 여기서 본래 맥락에 특권을 부여하는 일은 억제해야 함을 알 수 있다. 사실, 수집된 구성 요소들은 이미 세계에 의해 설명된 것이기 때문이다. 이러한 흐름에 따라 우리는 박물관의 소장품 습득 과정에서 탈맥락화라는 가벼운 제스처 속에 숨은 논리를 발견하게 된다. 이러한 움직임은 어느 문화권의 보물들을 모아다가 다른 문화권의 박물관에 전시하는 데까지 이른다. 이와 마찬가지로, 자연사박물관은 자연이 다른 곳에서는 불가능한 방식으로 '한꺼번에' 존재하게 만든다. 그러한 박물관의 허구 탓에, 가령 식물들의 정체성을 표명하는 것이 린네 분류법이지, 그 반대는 아니다. 자연사박물관에서든 동물원에서든 타블로 장면이 인기를 끄는 것은 동시성을 지향하는 극적 충동과 서로 반대되는 것들 간의 적당한 화해를 단적으로 보여주는 부분인데, 이는 그러한 수집의 대표적 특성이다.

몬티소어는 어린이 독자들을 겨냥해 쓴 수집에 관한 책에서 이렇게 조언한다. "집집마다 '박물관'은 하나씩 있어야 해요. 작은 찬장의 선반 하나여도 좋아요. 여기에 바닷가에서 주운 예쁜 조가비들이나 바위틈에서 찾아낸 오래된 화석들, 울타리 밑에서 주운 잎맥만 앙상한 낙엽들, 언덕배기에서 발견한 특이한 난초들 같은 것에 정성스레 이름과 날짜를 적어 올려두는 거예요. 그 박물관에 넣어두기 전에 각각의 사물에 대해 최대한 알아둔 다음 일람표를 붙입니다. 그 사물의 이름만 적지 말고, 발견한 장소의 이름과 날짜도 함께 적어두세요."[45] 가정마다 나름의 우주를 조성하는 데 참고할 만한 지침인 셈이다. 자연이란 손쉬운 분류 체계—이 경우는 "개인적" 분류 체계—에 의해 확정된 대상들의 집합 그 이상도 이하도 아니다. 대상은 사용가치로 규정될 때 환경 속으로까지 몸을 확장시키는 역할을 하지만, 수집을 통해 규정될 경우 그러한 확장은 전도顚倒되어 개인적인 각본 속에 환경을 끌어들이는 역할을 담당한다. 수집선의 특징을 규정하는 일련의 말들 중 궁극적인 용어는 바로 '자아,' 즉 수집가 본인의 명시적 '정체성'이다. 그러나 이를 확장시켜 보면 모순되게도 축적, 은둔, 집적, 비밀 유지를 지향하는 물신주의적 충동이 자아에게 무결성을 부여하는 동시에 과도한 의미작용을 부과하는 역할을 한다. 제임스 번은 영국의 중상주의 문화에 관한 논고에서 이러한 의미의 과잉이 실은 수집가를 포화飽和시킨다고 주장했다. "어떤 문화적 증표를 우연히 제거하면 그 원천이 말살되지만, 그와 동시에 그 주인의 기호학적 토대마저 의도치 않게 압도하게 된다."[46] 주인이 압도당하는 과정을 보여주는 사례로는 『생명의 집』 결말 부분에 나오는 마리오 프라츠의 인상적인 모습을 떠올려볼 수 있을 것이다. 프라츠는 수집한 사물들로 가득 찬 방을 되비추는 볼록거울을 들여다보며 자기자신을 먼지 한 줌이나 다름없는 존재로 인식한다. 박물관의 작품들 사이에 멀찌감치 따로 떨어져 있는 한 점의 작품처럼 말이다.

수집과 물신주의 간의 경계는 축적과 비밀주의와의 긴장 속에서 분류와 전시로 매개된다. W. C. 해즐릿이 썼듯, "동전 수집은 화폐를 모으는 사람이 아닌 수집벽이 있는 사람으로부터 비롯된 것이었다. (비교적 최근으로 치자면) 새뮤얼 피프스가 그러했듯, 주조 화폐의 역사에서 개인들은 초창기부터 몇 점씩 따로 챙겨 보관했다. 놀랍거나 신기한 물건이었기 때문이다. 간혹 불안한 물건이라 여겨 남몰래 땅에 묻어놓는 경우도 있었다."[47] 수집벽이 있는 사람은 불완전한 대체(부분-대상)에 대한 제스처—기원origin을 기념품으로 대신할 때 드러나는 제스처—가 강박이 되어, 대체할 기표들이 반복되며 일종의 사슬을 형성한다. 레비스트로스의 토템 연구를 바탕으로 보드리야르는 물신주의를 규정짓는 욕망과 주이상스는 사물들 자체보다도 사물들 간의 체계적 속성에서 비롯된다고 결론짓는다. "돈(황금)의 매력은 그것의 물질성도, 어떤 (노동의) 힘 혹은 어떤 잠재적 능력을 획득하는 등가성도 아니다. 돈의 매력은 체계성에 있다. 즉 절대적 추상성 덕분에 모든 가치를 전적으로 대체할 수 있다는 잠재적 성질이 그 안에 내재되어 있다는 것이 돈의 매력이다."[48] 그러한 수집의 체계성은 욕망의 수량화로 이어진다. 기념품의 노스텔지어는 그 깊이를 가늠할 수 없지만, 욕망은 순서를 매겨 배열하고 조작할 수 있다. 이 지점에서 우리는 프로이트의 물신주의 이론과 마르크스의 이론을 동시에 생각해 볼 필요가 있다.

물신화된 대상은 그 참조 기준이 교환경제체제 내에 있어야 한다. 오늘날 소비문화에서 일어나는 몸에 대한 물신화는 이미지 체계에 좌우되며, 이 체계 안에서 육체는 또 다른 재현 지점으로 변형된 것이다. 라캉의 지적대로, 어떤 대상을 소유하는 기쁨이란 타자들에 종속되어 있다. 즉, 지시체계—우리가 정신분석적인 삶의 역사 혹은 교환경제 내 '존재'의 위치를 표시하는 지점들로서 다각도로 그리고 동시적으로 규정지을 만한 체계— 안에서의 대상의 위치가 그 물신적 가치를 결정하는 것이지, 그 사물의 어떤 내재적 속성이나 그 본래 맥락 같은 것이 결정하는 것이 아니다. 대상이 사용가치로부터 철저히 분리될수록, 그것은 더 추상화되고 그 지시적 성격은 한층 더 다의성을 띠게 된다. 물신 숭배를 자극하는 손과 눈, 소유와 초월 사이의 변증법은 이러한 추상성에 좌우된다. 그러므로 절충과 초월이라는 그 속성들 속에서 수집선이 개인의 개성에 대한 은유로 기능할 수 있음을 확인했듯이, 수집선은 교환경제의 사회적 관계들에 대한 은유로서도 기능할 수 있다. 수집은 마르크스가 설명한 —이제는 익히 알려진— 상품의 객체화 개념의 복제판인 셈이다.

그것은 인간 자신들의 일정한 사회적 관계일 뿐이며 여기에서 그 관계가 사람들 눈에는 물체와 물체 사이의 관계를 환상적 형태를 취하게 된다. 따라서 그와 유사한 예를 찾으려면 종교적인 세계의 신비경으로 들어가야만 한다. 여기에서는 인간 두뇌의 산물이, 독자적인 생명을 부여받고 그들 간에 또 사람들과의 사이에서 관계를 맺는 자립적인 모습으로 나타난다. 마찬가지로 상품세계에서는 인간 손의 산물이 그렇게 나타난다. 이것을 나는 물신숭배라고 부르는데, 그것은 노동 생산물이 상품으로 생산되는 순간 이들에게 달라붙는 것으로서 상품생산과는 불가분의 것이다.[49]

이러한 설명을 통해 노동의 소외가 발생하는 과정을 알 수 있다. 교환 주기 내에서 노동력이 추상화되면서 몸의 작업을 의미 작용이라는 측면에서 인식할 수 있게 되는 것이다. 살아낸 관계 속에 도사린 이러한 노동의 소격은 기념품의 작용 속에서 인식할 수 있다. 기념품이란 대상과 본래 맥락 사이의 간극을 슬퍼하면서도 기뻐하기 때문이다. 즉, 노동의 소외에 의해 대상이 만들어지는 것이다. 그러나 마르크스의 물신화 과정 모형은 전도에 초점을 맞추고 있으며, 이러한 전도 현상으로 인해 의미의 생산자인 자아는 그 생산과는 별개의 존재로 여겨지게 된다. 이러한 소외의 최종 단계, 즉 자아가 재화 소비로 구성되는 단계까지 확인하려면, 마르크스의 설명을 한 단계 더 확장해야 한다.

소비자에게 고유한 노동이란 무엇인가? 그것은 순전히 마법이나 다름없는 노동, 즉 구체적이거나 물질적인 수단을 통해서가 아니라 추상성의 조작을 통해 작용하는 일종의 환상적 노동이다. 따라서 수집품은 기념품과는 달리 '생산'에 대한 은유를 '획득된 것'이 아닌 '포획된 것'으로서 제시한다. 기원이 되는 장면은 자연의 변형이 아니다. 그러기에는 너무 늦었다. 그런가 하면 단순한 전유의 장면도 아니다. 기원은 세계에 대한 몸의 작용을 통해 성립되는 장면이기 때문이다. 기념품에게는 우리가 가지만, 수집품은 우리에게 온다. 세상은 주어진 것이며, 우리는 이곳에서 가치의 생산자가 아니라 상속자라고 수집품은 우리에게 말한다. 우리는 수집품을 '운 좋게 얻는' 것이며, 수집품은 특정한 습득의 장면에 직결될 수 있겠지만, 그러한 장면들의 무결성은 수집품 자체의 초월적이고도 무역사적 맥락에 종속된다. 이러한 맥락은 유래한 본래 맥락을 파괴한다. 기념품의 경우 대상이 마술적으로 변하고, 수집품의 경우 생산방식이 마술적으로 변한다. 운에 대한 이러한 믿음에서 우리는 노동의 추가적 삭제를 발견한다. 베블런이 『유한계급론The Theory of the Leisure Class』에서 말했듯이, "행운에 대한 믿음이란, 연속된 현상 속에서 우연적 필연을 감지해 내는 것이다."[50] 기념품은 마술처럼 우리를 그 기원의 장면으로 이동시키지만, 수집품은 그 마땅한 목적지인 습득의 장면으로 마법적으로 그리고 연속적으로 이동시켜 준다. 그리고 이러한 습득의 장면은 전시 공간 안에 연속적으로 배열된 대상들을 통해 끝없이 반복된다. 따라서 수집된 대상들은 물질적 환경에 대한 노동의 연속적 작용의 결과라기보다는, 일종의 살아 움직이는 세계의 연속성을 제시하고 있는 것이다. 이들의 생산은 스스로 동기부여되고 스스로 실현된 듯 보인다. 만일 그 대상들이 '만들어진' 것이라고 한다면, 그것들을 만드는 주체는 습득자의 기쁨을 위해 스스로를 창안해 내는 듯 보이는 과정이다. 사물들 간의 관계에 대한 환상은 또다시 사회적 관계를 대신한다.

기념품은 습득의 장면을 타자와의 결합으로서 재구성함으로써 자아가 곧 세계인 상상계 이전의 낙원을 기약한다. 그러한 재결합에 도달하기 위한 장치로 상징계, 즉 서사를 동원해야 하는 순간에도 말이다. 그러나 수집품은 이러한 움직임을 한발 더 끌고 간다. 노동을 지워 없앤다는 면에서 수집은 인류 타락 이전의 것이다. 타락 이전의 아담과 이브는 굳이 욕망을 명시하지 않고도 욕구를 충족할 수 있었지만, 인간은 수집의 요소들을 '찾는다.' 수집가가 구축하는 행운의 서사는 생산의 서사를 대체한다. 따라서 수집은 물질적 생산이라는 맥락에서 완전히 분리될 뿐 아니라 모든 소비 형태 가운데 가장 추상적인 형태에 해당한다. "수집 가능한" 것들의 세계를 규정짓는 특정한 교환 주기로 다시 변환된다는 점에서, 수집된 대상은 돈의 궁극적 자기 참조성과 연속성을 단순히 재현하는 동시에 '고작' 돈 따위와는 별개인 독립적 존재임을 스스로 선언한다. 눈에 보이지 않는 모든 노동자 가운데서도 실제로 돈을 만드는 노동자들이 가장 잘 보이지 않는다는 사실을 떠올려볼 수 있을 것이다. 그러므로 수집된 모든 대상은 사치품objets de lux인 셈이다. 자기 참조적 교환이라는 마술적 순환 속에서 사용가치와 물질성으로부터 추출된 대상들이다.

이러한 순환은 엘리엇이 "구시대의 여가old leisure"와 "오락 amusement"을 구분했던 것을 새삼 떠올리게 한다. 수공예는 산업화 이전의 생산양식과 직결되므로, 사용가치는 그 미적 형태의 핵심에 자리한다. 마찬가지로, 오락의 생산은 산업화 이전의 생산양식의 연속성과 추상성을 흉내 낸다. 가령, 스퀘어댄스의 경우 블루그래스 음악과 마찬가지로 그 연속, 분산, 재통합의 패턴 측면에서 기계적 생산양식의 구조의 모방으로 볼 수 있을 것이다. 현대 소비사회에서 수집은 집에서 여가를 보내는 대표적인 방식으로서 수공예를 대신한다. 역설적이게도, 이러한 수집하기는 수작업으로 만든 단 하나의 대상이라는 산업화 이전의 미적 가치와 기성품의 습득/생산이라는 산업화 이후의 방식을 결합시키고 있다.

메타소비 : 여성 흉내 내기

산업화 이전의 내용과 산업화 이후의 형식 간의 이러한 모순된 조합은 수집을 둘러싼 일련의 모순들 가운데 하나일 뿐이다. 우리는 수집품이 재현하는 소비주의 유형을 좀 더 면밀히 살펴볼 필요가 있다. 수집품은 미적 소비 형태를 제시하면서 기능적 소비를 위한 조건을 만들어내고, 장식과 잉여의 공간을 표시해 구분함으로써 필수의 양식을 규정한다. 그러나 어떤 수집선을 **한 꺼번에 통째로** 구입해 버리는 것은 용납되지 않는다. 수집선은 반드시 순차적으로 획득되어야만 한다. 이러한 순차성은 수집품과 그 수집가의 일대기를 규정하고 분류할 수단이 되며, 구매로 노동을 체계적으로 대체하는 것을 가능하게 한다. 수집품의 '획득'은 단지 **기다림**을 요하는 일이며, 이때 생기는 휴지休止는 수집가의 전기에 기록된다.

게다가 수집선은 그 구성 요소들의 가치만으로는 정의내릴 수 없다. 연쇄된 기표들 속에서 상품이 차지하는 상대적 위치에 교환체계가 좌우되듯이, 전체로서의 수집선은 개별 수집품들의 단순한 총합과는 무관한 별개의 가치─미적 가치든 혹은 다른 어떤 가치든─를 내포한다. 우리가 지금까지 여기서 미적 가치를 강조했던 것은 수집에서는 본래의 맥락 참조라는 가치가 아니라 조작과 배치라는 가치가 작용하기 때문이다. 따라서 기념품의 물질적 가치는 개인사에 관련된 잉여가치와 병치된 덧없는 것임을 앞서 보았듯이, 수집품의 덧없음이라는 속성 역시 수집품 간의 관계와 수량 자체의 가치에 그 자리를 내어줄 수 있다. 각각의 동전은 어느 순간 액면이라는 무한한 의미, 가장 심층적인 표면이 되어버리지만, 그와 동시에 셈이라는 차원도 제시한다. 쌓아둔 동전 더미가 기약하는 것은 세계 자체를 대체할 수도 있는 순환적 세계의 축적이다. 앞서 살펴본 이야기에서 크루소 역시 결국 돈을 가져가기로 했던 것처럼, 대재앙에 직면하면 사람들은 금과 골동품을 모은다.

한편, 이러한 가치 척도 반대편에 있는, 엄밀히 따지면 덧없는 것들로 이루어진 수집선─맥주캔, 헌 옷, 와인병, 선거운동 배지 등 버릴 만한 항목들로 구성된 수집선─에 대해서도 생각해 보아야 한다. 그러한 수집선들은 초월적 형태로서의 오래된 것과 고전적인 것의 가치를 부정하는 반反수집의 사례로 보일 수도 있을 것이다. 그러나 그러한 수집선은 수집을 부정하는 데 그치지 않는다. 첫째, 그 어떤 단일 요소로는 지탱될 수 없는 미적인 타블로를 축적과 배열을 통해 제시할 수 있다. 가령, 창가에 모아놓은 와인병이나 양념통들은 빛과 공간을 차별화시킨다. 이러한 방식으로 이들 역시 숲쥐가 모은 못이나 유리 조각처럼 '내재적 사물'로서 기능할 수도 있다. 둘째, 덧없는 것들의 수집선은 교환경제의 몇몇 주요 특성─순간성, 참신성, 추상성─을 과장하는 데 이용된다. 또한 그러한 과장을 통해 혹은 그러한 과장 덕분에 그 수집선들은 궁극적 형태의 소비주의가 된다. 새로운 것에 고전적인 성격을 부여하여 양식과 유행을 과거와 미래 양방향으로 확장시키는 것이다.

키치적인 대상과 캠프적인 대상은 오래된 것을 대중화시키는 동시에 유행은 낡은 것으로 만들어버리며, 내재성의 마지막 경계를 무너뜨린다. 보드리야르는 『소비의 사회』 중 키치에 관한 짧은 단락에서 키치는 사물이 디테일로 포화된 상태라 규정한다.[51] 그러나 이러한 포화는 기념품이나 '고전적' 수집 품목 등을 전부 포함하여 가치가 부여된 수많은 대상의 한 가지 특성이다. 어쩌면 키치적 대상이 물질성의 포화를 제공한다고 하는 편이 더 정확할지도 모르겠다. 여기서 물질성은 급기야 상반된 두 목소리─과거와 현재, 대량생산과 개별 주체, 망각과 물화物化─로 갈라져 모순을 이룰 만큼 포화된 상태라는 것이다. 그러한 대상들은 모든 소비문화를 주관화하고 대중에게 노스탤지어를 불러일으키는 역할을 한다. 사실, 이 노스탤지어가 대중을 일종의 주체로 만들어준다. 키치적 대상에 대한 감상은 엄밀한 의미의 기념품에 대한 감상처럼 개인의 자전적 이야기 차원에서 이루어진다기보다는 집단 정체성의 차원에서 감상이 이루어진다. 키치적 대상은 한 시대의 기념품이지 특정 자아의 기념품이 아니기 때문이다. 때문에 이러한 대상은 주로 사회화가 집중적으로 이루어지는 청소년기에 모으게 되는 경향이 있다. 전형적인 기념품은 주관성이 두드러지기 시작하는 유년기에 주로 모으는 것과 마찬가지 맥락이다. 키치적 대상들의 순차성은 대중문화 자체의 끊임없는 시대구분을 통해서도 분명히 드러난다. 그러한 것들의 가치는 모든 수집이 그러하듯 자기 참조적인 수집가 시장의 변동에 따라 좌우되나, 유행이라는 부차적 제약도 따른다. 뿐만 아니라, 수공구手工具 같은 대상은 고유한 사용가치가 있는 반면, 키치적 대상은 고유한 사용가치라 할 만한 것이 애매하다. 본래 맥락 속에서 키치적 사물들의 가치는 무엇보다도 그 동시대성, 즉 스타일에 대한 변화무쌍한 요구와의 관계에 있다. 따라서 키치적 품목과 캠프적 품목은 메타유행metafashion의 형태로 볼 수 있을 것 같다. 이러한 사물들의 수집선은 교환경제 안에서 끊임없이 재창조되는 새로움에 대한 담론을 형성한다. 그리고 대중성이라는 좁은 시간과 깊은 공간을 붕괴시켜 오래된 것의 깊은 시간과 좁은 공간 속으로 함몰시킴으로써[52] 이데올로기에 이바지하며,

계급 관계를 뒤섞어놓는 이러한 이데올로기는 생산노동을 영속적인 소비노동으로 대체한다.

키치라는 용어는 본래 '질척이게 한데 섞다'라는 뜻의 독일어 'kitschen'에서 왔다. 즉, 수집품으로서의 키치적 대상은 사용가치로부터의 추상화를 한 단계 더 심화시킨다. 앞서 살펴보았듯이, 수제품의 수집은 인간의 노동 시간을 과시적 낭비라는 동시성으로 변환한다. 기념품으로나 수집품으로서의 키치적 대상을 향한 욕망은 과도한 물질성을 모순적으로 전시함으로써 물질성을 완전히 해체했음을 드러낸다. 내부는 그 경계를 부숴버리고 외부라는 순전한 표면을 제시한다. 키치적 대상은 유행 속도로의 초월이 아니라 유행 속도로의 등장을 상징한다. 그 소모 가능성은 곧 모든 소비재의 소모 가능성이며, 사용가치와 솜씨를 대체하는 새로움에 대한 의존이다.

캠프는 어쩌면 좀 더 복잡한 용어일지도 모르겠다. 『아메리칸 헤리티지 사전』(노스탤지어를 표현하는 제목으로 삼기에 이보다 더 적절한 기준이 있을까?)의 정의를 보면, 그 어원은 불확실하나 결과적으로 다음과 같은 뜻을 지니게 되었다. "대개 기이하거나 천박한 혹은 진부하다고 여겨지는 태도나 취향을 가장하거나 선호함 … 기이한 행동을 하거나 (특히 남성이) 여성스럽게 행동하다."[53] **키치**와 **캠프**는 어떤 식으로 사용되든 모방, 가짜, 흉내라는 뉘앙스를 담고 있다. 그들의 의미는 소비문화의 가치를 과장되게 전시하는 데 있다. 유행이 여성성의 영역에서 일어나는 것은 유행하는 것들이 단지 소소한 것의 상징이라서가 아니다. 여기서 우리는 주체가 여성적인 것에 우선한다는 내재적이고 기능적인 주장 그 이상으로 나아가야 한다. 오히려 '흉내로서의 여성성'은 여기서 남성적 생산성, 권위, 단언에 대한 담론을 모방하는 일정한 담론을 형성한다. 우리가 캠프에서 볼 수 있는 여성적인 것에 대한 그 이상의 흉내내기는 주체로부터 '여성적 담론'을 철저히 분리시킨다. 역사적으로 이러한 분리가 일어난 것은 주체들을 이질적으로 만들어 노동시장 전반에 뿔뿔이 흩어놓으려는 자본의 필요에 따른 것이었다. 따라서 이러한 분리는 여성적인 것을 벗겨내 버리는 결과를 낳았고, 여성적 담론을 패러디의 대상으로 전락시키고 말았다. '영원히 여성적인' 것은 고전적인 것의 개념, 정치·경제가 요구하는 초월의 개념을 제시하며, 캠프는 바로 이에 대한 패러디다. 그리고 이러한 패러디는 여성적인 것을 수면 위로 노출시킴으로써 여성성이라는 심오한 얼굴을 순전히 물질적 관계로서 보여주는데, 이러한 관계는 여성들을 교환이라는 순환주기 안에 배치시키는 동시에 그들의 노동을 눈에 보이지 않게 만들어버린다. 여성을 소비자 개념으로 이해하는 것은 '바기나 덴타타vagina dentata'* 신화를 축어적으로 받아들이는 것 못지않은 환상 혹은 폭력이다. 이는 여성의 실제 노동, 실제 생산성을 지워 없애려는 개념적 접근이기 때문이다. 그러나 이러한 삭제가 교환 주기라는 가능성 자체를 만들어내기도 한다.

---

* 이빨을 가진 질이라는 뜻의 라틴어로, 성교 도중에 해를 입을 수 있다는 모티프의 전설 혹은 환상. 남성의 거세 공포와 연관된다.

만일 통상적인 수집이라는 것이 후기 자본주의의 추상개념들 속 노동의 최종 삭제를 뜻한다고 한다면, 메타소비 형태로서의 키치와 캠프는 교환경제의 작용 안에 내포된 모순들로부터 생겨났으며, 일종의 반反주체를 의미한다는 결론이 불가피하다. 이들 반주체가 바로 그 교환경제하에서 의미에 관한 서사로 인해 불가피하게 등장했다는 사실은 아이러니다. 민중 계급이 어쨌든 **가진** 것이 있다는 환상을 품는 것은 오직 모방 덕택이다. 추상화, 연속 요소, 참신함 그리고 동시에 사치로서의 모방은 오늘날 소비문화의 고전일 수밖에 없다. 이러한 모방은 우리가 의심 없이 자연이라 여기던 그 장소로부터 결국 시장을 탈취해 냈다는 방증이다.

결론

곡언법曲言法*

> 예술과 인생은 둘 다 전적으로 광학 법칙에, 관점에,
> 환영에 좌우되며, 솔직히 말하자면, 둘 다 필연적 오류에 좌우된다.
> — 니체, 『비극의 탄생』, 「뒤돌아보는 비판적 시선」

캠프와 키치, 마술적 노동의 형태로서의 소비의 확산, 여기서 여성적인 것에 관한 담론의 과잉 표명 등의 모순은 무엇일까? 기호의 위기 속 모순은? 그러므로 내 글은 책의 물질성이 약속하는 은폐보다는 이러한 기호의 폭로로 매듭을 짓고자 한다. 그러나 신神의 등 뒤에 있는 기계를 폭로하는 것은 단지 은유들을 대체하는 것이나 다름없다. 사실상, 유기적인 것을 앞의 위치에, 파사드의 위치에, 그것이 내내 놓여 있던 그곳에 두는 일이다. 얼굴 맞대기를 거부한 채, 우리는 어깨 너머로 이야기하는 중이다. 유기적인 것의 물화라는 이 문제는 내 논의 자체 안에도 노스탤지어의 증상이 있음을 알려주고 있다. 사용가치의 유토피아라든가, 소외되지 않은 주체보다도 '현실적인' 어떤 주체의 표명이라는 소외의 장소 그리고 마지막으로 "살아낸 경험"이 약속하는 동시

---

* litotes. '명백한', '솔직한', '간단한' 등을 뜻하는 그리스어가 어원으로, 반의어의 부정을 통해 역으로 강한 긍정을 유도하는 수사법. '많다'는 뜻을 표현하기 위해 '적지 않다'고 하거나, '좋다' 대신 '나쁘지 않다'고 말하는 방식이다.

적 의식이라는 이상 같은 것들이 그에 해당할 것이다.

미니어처에 대해 이야기한다는 것조차도 모방에서부터, 즉 모형이라는 간접성과 거리에서부터 시작하는 일이다. 미니어처는 어느 정도 거리를 둔 채 의미작용의 사슬 속으로 들어온다. 미니어처에 진품이란 없으며, 이미 지워져버린, 너무 늦어버린 이 장면으로부터 사라져버린, 물건 '그 자체'가 있을 뿐이다. 지금까지 살펴보았듯이, 미니어처는 기억의 구조, 어린 시절의 구조 그리고 궁극적으로는 역사에 대한 서사의 이차적(그리고 동시에 인과적) 관계의 구조를 표상한다. 사실, 모든 대상이 그렇듯 미니어처는 자아의 한 가지 버전을 찾아내지만, 우리의 관심은 그러한 특정 대상들이 새로 만들어내는 자아의 여러 특정한 버전을 향할 수밖에 없다. 바로 그 미니어처의 사유화되고 길들여진 세상으로부터, 그 자그마한 진실성으로부터 '진정한' 주체는 생겨나는 것이며, 개인적 소유물에 대한 그 주체의 초월성은 일상의 시간성에 대한 광장히 연대기적이며 따라서 철저히 단편적인 경험을 대신한다. 미니어처가 제시하는 자기애 혹은 심지어 자위행위나 다름없는 시선 그리고 그것이 거울처럼 되비춰 소우주로 추상화하는 과정은 지배력에 대한 환영, 즉 공간 속으로 함몰되는 시간 그리고 질서 속으로 편입되는 이질성에 대한 환영을 선사한다. 여기서 살아 움직임에 대한 꿈은 곧 살아 움직임으로 인한 공포, 인형에 대한 공포이기도 하다. 그러한 움직임은 주체의 말소—더 이상 꿈꾸는 이가 필요치 않은 꿈이라는 비인간적 스펙터클—로 이어질 뿐이기 때문이다.

반면, 거인에 대해 이야기한다는 것은 진정한 몸이라는 허구에 동참하는 일이다. 거인, 그 과잉성, 과도한 의미작용, 동시적 파괴와 창조는 주체의 사회적 지위와 사회적 통합에 관한 과장 혹은 거짓말이다. 자연적 존재로서 거인은 이미 그곳에 있다. 우리는 언어를 상속받듯, 거인 역시 상속받는다. 프랑스 두에 지방 사람들이 알고 있듯, 언어와 거인은 결국 동일한 것이기 때문이다. 만일 거인이 기계가 아니라고 한다면, '그'는 여전히 점점 더 먼 거리에서 이야기되는 대상이며, 이는 시간상(전설적 거인들이 선사시대 거인들이 되는 동시대성)으로나 공간상(토착적 거인들의 대중적 스펙터클의 거인들로의 변천)으로도 마찬가지다. 미니어처와 개인적인 것의 창안의 관계를 지금까지 강조했듯, 거대한 것과 집단적인 것의 창안의 관계에 대해서도 강조할 필요가 있다. 거인의 진정한 몸은 부분으로서의 자아와 이데올로기적 전체 간의 병합을 의미하기 때문이다. 우리는 토착적 거인들의 등장 속에서 지역성, 기원 그리고 상호 경험한 동일성의 창조를 통해 거인들의 위치를 확인할 수 있었다. 그러나 교환경제 내에서 바로 이러한 거대한 존재들이 담당하는 기능 역시 과소평가해서는 안 된다. 전 지구적 토착성에 참여하려는 주체의 욕망을 상품에 대한 헌신적 추구와 구매 이상으로 잘 설명하는 것이 또 어디 있겠는가? 이들 상품의 기호가치는 교환이라는 사회적 영역 내에서 차지하는 위치에 의해 전적으로 표명된다.

지금껏 나는 소소하고 유희적인 특정한 형식들—이 글에서는, 역사라는 주어진 사회적 형태 속에서 파생적이고 부차적인 형식들—의 작용에 초점을 맞춰왔다. 이는 단지 주변적인 것들에 가치를 부여하려는 미적 욕망도 아니고, 재현의 윤곽 속에서 실재를 좇아보려는 충동도 아니다. 과장에 관한 모든 진지한 연구는 응당 어리고, 여성적이고, 미쳐 있고, 나이 든 존재들에 관한 담론에 대한 고찰로부터 시작되고 끝나야 하기 때문이다. 의미작용 체계는 의미라는 수사를 통해 작동하며, 그 체계의 주변부에 있다는 것은 중심(진정성, 진실성, 합의)으로부터 내던져졌다는 뜻이며 간접적인 것의 추상성을 살아낸다는 의미이기 때문이다. 이러한 주장에서 정상적인 것을 단순히 상대화하는 것만으로는 충분치 않다. 과장—다시 말해, 의식의 과장—은 명백히 의식이라는 경제 속에서의 일종의 분출이며, 이러한 분출은 참을 수 없는 그러므로 대상화될 수밖에 없는 지위를 획득한다.

여기서 기호 위에 기호, 즉 기호는 항상 기호를 억압한다는 라캉의 공식은 우리에게 기준이 될 수 있을 것이다. 이런 의미에서, 우리는 일종의 엽서와도 같은 기호에 마지막으로 눈길을 던져볼 수 있다. 묘사/이데올로기는 절대 자막이 될 수 없으며 따라서 실재를 포착해 낼 수도 없고, 한쪽에서 바라본 모습은 다른 면을 억압한다. 대상과 그 대상에 주어진 본래의 맥락 사이에서는 돌이킬 수 없는 거리가 생겨나고, 자아의 차별화와 이국성은 늘 경험의 경계라는 문화적 판단에 의해 미리 표명된다. 그러나 강조되든 혹은 억압되든, 역사적으로 의식적이든 혹은 무의식적이어서 잠재적이든, 기호는 수많은 차이 가운데 차지하는 그 위치에 의해 작용하게 되며, 서사와 마찬가지로 죽음으로 향하는,

그러므로 죽음에 맞서는 제스처다. 섹슈얼리티라는 살아낸 경험 속에서 우리는 아무런 재현이 없는 지시체를 보았다. 이와 마찬가지로, 죽음이라는 운명을 경험하고자 하는 주체의 욕망 속에서 그 운명에 대한 순응을 거부함으로써 그것을 초월하려는 동시적 욕망이 생겨난다. 아무런 지시체가 없는 재현을 해내는 것이다. 모든 기호는 죽은 자의 땅에서 날아든 엽서이자, 다른 한편으로는 갈망의 흔적이며, 이 흔적이야말로 기호의 고유한 이름이다.

주석

제1장 서술과 책에 관하여

1. "그러나 인물의 개성이 추상적 삶을 부여하는 것이 아니라, 오히려 그 반대로 작용하는 경우가 많다. 우리가 생각을 마음에 '품으면,' 흥분이 오고 곧 엄청나게 심오하고 확장된 의미들을 짊어지게 된다." 알레고리적 이미저리(allegorical imagery)에 대해 로즈먼드 튜브는 이렇게 설명한다.(Tuve, *Allegorical Imagery*, p. 26 참조) 숄스와 켈로그는 *The Nature of Narrative*에서 이러한 알레고리와 연대기적 리얼리즘 간의 괴리에 대해 E. M. 포스터의 설명을 인용하고 있다. "포스터는 고대와 현대의 서사를 '가치에 따른 삶'과 '시간에 따른 삶'으로 대비시킴으로써 이러한 상황을 간명하게 제시했다."(p. 169)

2. Watt, *The Rise of the Novel*, p. 14.

3. 같은 책, p. 25. 리처드슨에 대해 와트는 "여러 장면에서, 서사의 호흡은 실제 경험에 매우 근접한 어떤 것을 세세하게 설명함으로써 느려졌다"고 지적한다. 그러나 여기서 우리는 와트의 단순한 공식에 대해 의문이 생긴다. 일상의 삶이란 본래 디테일에 대한 세세한 관심을 수반한다는 것인가? 그보다는, 글 안에 구체적인 디테일들을 축적하는 것은 실재로서의 구체적인 것들, 특히 계급 관계의 **실현**을 의미하는 상품들에 대한 부르주아적 이상화에 경의를 표하는 일이라고 말할 수 있을 것이다.

4. 볼프강 이저는 이렇게 적고 있다. "특정 텍스트가 전달되고 번역되는 과정의 상호 주관적 구조를 서술할 때, 우리가 처음 부딪치는 문제는 절대 전체 텍스트가 특정 임의의 순간에 한꺼번에 인식될 수 없다는 사실이다.

이런 측면에서 텍스트는 전체로서 보여지거나 적어도 착상될 수 있는 주어진 대상들과는 다르다. 텍스트의 '대상'은 읽기라는 서로 다른 연속된 단계들을 통해서만 상상될 수 있다. 우리는 언제나 주어진 대상의 바깥에 서 있으면서도 문학적 텍스트 안에 놓이게 된다. 따라서 텍스트와 독자의 관계는 대상과 관찰자의 관계와는 사뭇 다르다. 텍스트와 독자는 주체-객체의 관계가 아니며, 이해해야 할 그 대상 안에서 오가는, 움직이는 관점이 있을 뿐이다." Iser, *The Act of Reading*, pp. 108~109. 최근 수잔 브라운은 (바흐친의 개념, 크로노토프(chronotope)*를 차용하면서) 등장인물의 발전을 가능하게 하고 (오비디우스 이래) 단편소설이 '등장인물의 본질' 개념을 제시할 수 있게, 즉 등장인물이 통제된 상황 속에서 시험을 당하는 근본적 문화 특성을 체현할 수 있게 하는 것은 바로 소설의 길이라고 주장했다. (Brown, "The Chronotope of the Short Story" 참조) 이러한 도발적인 주장은 자아라는 개념의 역사적 구성이나 그 구성에 대한 포괄적 변화들과 한층 더 밀접한 연관이 있을 수도 있다.

5. Defoe, *Robinsen Crusoe*, p. 122.

6. MacCannell, *The Tourist*, p. 20.

7. Eco, *A Theory of Semiotics*, pp. 24~25.

8. Vološnov, *Marxism and the Philosophy of Language*, p. 184.

9. Abrahams, "The Complex Relations of Simple Forms," p. 126.

10. Benjamin, *Illuminations*, p. 239.

11. O'Súilleabhain, *Storytelling in Irish Tradition*, p. 11.

12. Butor, *Inventory*, pp. 20~21.

13. 작가의 시간, 독자의 시간, 이야기 전개 시간, 이야기하기라는 행위의 시간, 텍스트의 재현 시간 간의 차이에 관한 논의는 Dolezel, "A Scheme of Narrative Time," pp. 209~217 참조.

---

* 그리스어 chronos와 topos의 합성어가 어원으로, '시공간' 혹은 '시공성'으로 번역할 수 있다. 바흐친은 「소설 속의 시간과 크로노토프의 형식」이라는 논문에서, 크로노토프를 "문학작품 속에 예술적으로 표현된 시간과 공간 사이의 내적 연관"으로 정의한다.

14. Benjamin, *Illuminations*, p. 228.

15. 자세한 내용은 David Cook, *History of Narrative Film*, p. 11 참조. 물론, 공포를 낳는 표면 난입의 또 다른 예로는 히치콕의 '부재하는 대상' 연출 기법을 들 수 있다. 이 섹션의 영화 이론에 대한 다양한 견해와 통찰은 티모시 코리건에게서 큰 영향을 받은 것이다.

16. Aronowitz, "Film : the Art Form of Late Capitalism," p. 114 참조. 이에 대한 보완적 시각은 Bazin의 *What is Cinema?*(『영화란 무엇인가』, 박상규 옮김, 시각과언어, 1998) 참조.

17. K. Burke, *Counterstatement*, p. 143.

18. 그러나 읽기의 고독에 관한 이러한 대중적이고도 본질적으로 사회적인 가정은 개인의 자기 향상이라는 이데올로기와 연계될 수밖에 없다. 콜리지에서 솔레르스에 이르기까지, 읽기와 쓰기 관련 이론가들은 독자와 작가 간의 사회적·대화적 관계에 주목해 왔다. Corrigan의 *Coleridge, Language, and Criticism*을 참조. 읽기에 관련된 실제 사회적 관습은 예나 지금이나 상당히 다를 수 있다. 현대 초기 프랑스의 일터나 여타 집단적 상황 내에서의 읽기 장소에 관해서는 Davis의 *Society and Culture in Early Modern France*, pp. 189~226을 참조. 협력적 문해 개념에 관해서는 Shuman, *Retellings*를 참조.

19. Robinson, *Crusoe*, p. 107.

20. Marx, *Capital*, p. 90(『자본 I-1』, 강신준 옮김, 길, 2008).

21. Robinson, *Crusoe*, pp. 170~171.

22. Wilgus, *Anglo-American Folksong Scholarship since 1898*, p. 4 참조.

23. Marx, *Capital*, p. 43.

24. Vološinov, *Marxism and the Philosophy of Language*, pp. 23~24.

25. Lefebvre, *Critique de la Vie Quotidienne*, 1 : 340. "순환 움직임 혹은 주기적 리듬의 반복은 기계적 행위의 반복과는 다르다. 전자가 자체의 고유한 시간성 속에서 비축적적으로 이루어지는 과정인 데 비해 후자는 연속적이든 비연속적이든 선형적인 시간성 속에서 축적적으로 이루어지는 과정이다."

26. 같은 책, p. 216.

27. Jankélévitch, *L'Irréversible et la nostalgie*, pp. 46~47. "이미 첫 번째를 경험해 본 사람은 두 번째의 반복이 이전 것을 다시 한 번 되풀이하는 것, 혹은 새로 한 번 더 하는 것이 아니라, 또 다른 첫 번째로 받아들인다. 두 번째 경험에서는 이미 잘 알고 있다거나 지루하다거나 친숙하다거나 하여튼 어떤 식으로든 기시감 혹은 '기-경험감'을 느낄 수 있다. 그렇지만 기시감 자체가 두 번째가 첫 번째와는 동일하지 않다는 것을 의미한다. 두 번째를 하는 사람은 첫 번째를 알고 있는 사람이고 따라서 두 번째에서 첫 번째를 알아본다. 그러나 '알아-보다'는 완전히 새롭게 아는 것, 혹은 특별한 앎이지 첫 번째 알았던 것의 재탕은 아니다."

28. 무매개적 경험에 대한 이러한 특권 부여를 가다머는 "역사주의의 순진한 가정"이라 칭하며 "다시 말해, 우리는 우리 자신을 시대정신 안에 고정해 두고 자기 나름의 기준이 아니라 그 시대의 사상과 사고로 생각해야 한다"고 지적한다. Gadamer, "The Historicity of Understanding," pp. 117~133(p. 123) 참조.

29. Jankélévitch, *L'Irréversible et la nostalgie*, p. 288. "사랑이 그렇듯 향수는 선견적이지만, 동시에 자신에게 스스로 부여하는 정당성은 회고적이다. 그러나 사랑의 효과이자 사랑의 발현인 이 정당성은 그 감성을 확인해 주고 또 적법한 지위를 부여한다."

30. 데리다는 레비-스트로스 저작의 이러한 노스텔지어적 흐름에 주목하면서 *Structural Anthropology*에 이어지는 단락들에서 "사회적 비(非)진정성의 조건으로서의 글쓰기"를 정의한다고 적고 있다. "이런 측면에서 결핍을 나타내는 특성으로 정의되어야 하는 것은 오히려 현대사회다. 우리가 서로 맺고 있는 관계는 전 세계적인 경험, 즉 어떤 한 사람에 대한 또 다른 누군가의 구체적인 '이해'의 바탕 위에 이따금씩 단편적으로 존재할 뿐이다. 이 관계들은 대체로 글로 쓰인 문서들을 통해 이루어진 (간접적) 구성의 결과물이다. 우리는 더 이상 타자들(이야기꾼, 사제, 현자, 원로 등)과의 직접적 (경험적) 접촉을 내포하는 구전으로 우리의 과거와 연결되지 않는다. 서가에 쌓인 책들을 통해 연결될 뿐이며, 비평은 그 책들로부터 저자들에 대한 그림을 그려보려 애를 쓴다―하지만 극심한 어려움을 겪는다. 또한 우리는 온갖 중재자들―글로 쓰인 문서나 행정 기구―을 통해 동시대의

무수한 다수와 소통하며, 이들 중개자는 분명 우리의 접촉 범위를 엄청나게 확장시키지만 동시에 그 맥락들을 어느 정도는 '진정하지 않은' 것으로 만든다." Derrida, *Of Grammatology*, pp. 136~137(강조 표시는 데리다. 『그라마톨로지』, 김성도 옮김, 민음사, 2010) 참조.

31. Lotman, "Primary and Secondary Communication-Modeling Systems," pp. 95~98(p. 98). 모델링 체계의 개념에 관한 논의는 p. 7 참조.

32. Lotman, "Point of View in a Text" 참조.

33. Pratt, *Toward a Speech Act Theory of Literary Discourse*, p. 143, n. 13.

34. 볼프강 이저는 소설에 대해 이렇게 적은 바 있다. "소설의 한계가 어느 완결된 인물을 드러낼 수 없다는 데 있다면, 완결된 현실을 기록하려는 것은 훨씬 더 불가능한 일이다. 그러므로 리얼리즘이라 불리는 소설이라 할지라도 주어진 현실의 특정한 측면들만을 보여줄 뿐이다. 물론, 작가의 이데올로기를 감추기 위해 그러한 특정 측면들의 선별은 암묵적으로 이루어질 수밖에 없다. (Iser, *The Implied Reader*, p. 103 참조.) 그러나 이런 식의 문제 인식은 꽤나 순진한 접근이다. '실재'는 허구로서는 어림잡을 수밖에 없는 외부인 것만큼이나 다양한 허구의 과정들의 문제이기도 하기 때문이다. 읽기 행위에 대한 이저의 공식은 프로테스탄트식 개종 모델에 차라리 흡사하며, 숨은 의도와 사유화된 계시라는 개념을 바탕으로 하고 있다.

35. Butor, *Inventory*, p. 21.

36. Riffaterre, *Semiotics of Poetry*, p. 87(『시의 기호학』, 유재천 옮김, 민음사, 1989).

37. Debord, *The Society of the Spectacle*, p. 6(『스펙타클의 사회』, 이경숙 옮김, 현실문화연구, 1996).

38. Baudrillard, *Le Système des objets*, p. 43(『사물의 체계』, 배영달 옮김, 지만지, 2011).

39. Marin, *Etudes sémiologiques, écritures*, peintures, p. 89.

40. R. Williams, *Marxism and Literature*, p. 41 참조(『마르크스주의와 문학』, 박만준 옮김, 지만지, 2013).

41. Eco, *A Theory of Semiotics*, pp. 71~72. 에코는 "기호는 다른 무언가를 유의미하게 대신한다고 받아들일 수 있는 모든 것이다. … 따라서 **기호학은 본래 거짓말에 동원할 수 있는 모든 것을 연구하는 학문**"(p. 7)이라고 주장한다(『일반 기호학 이론』, 김운찬 옮김, 열린책들, 2009).

42. 프루스트에 관한 에세이에서 들뢰즈는 이와 비슷한 주장을 하고 있다. "모든 다른 기호들 위에 있는 예술이라는 기호의 우월성은 무엇인가? 〔프루스트에게는〕 나머지 기호들은 물질적이라는 것이다. 우선, 방출한다는 점에서 물질적이다. 이 기호들은 그것들을 담고 있는 대상이라는 외피에 절반은 덮여 있다. 감각적 속성, 사랑받는 얼굴 역시 물질이다. (중요한 감각적 속성들은 무엇보다도 냄새나 맛—가장 물질적 속성—인 것은 우연이 아니다.) 예술의 기호들만이 비물질적이다. … 다른 기호들은 기원부터나 대상의 외피 안에 절반은 덮인 상태라는 점에서뿐만 아니라 전개 혹은 '해설'된다는 점에서도 물질적이다. … 프루스트는 자신을 짓누르는 필연에 대해 이야기하곤 한다. 어떤 것은 늘 다른 어떤 것을 연상시키거나 상상하게 만든다는 것이다. 그러나 예술에서 이러한 유추의 과정이 지니는 중요성이 무엇이든, 예술은 그 가장 심오한 공식을 여기서 찾지 않는다. 우리가 다른 어떤 것에서 어떤 기호의 의미를 발견하는 한, 물질은 정신에 굴하지 않고 계속 연명할 것이다. 반면, 예술은 우리에게 진실된 합일, 비물질적 기호와 전적으로 정신적인 의미 간의 합일을 선사한다." Deleuze, *Proust and Signs*, pp. 39~40(『프루스트와 기호들』, 서동욱·이충민 옮김, 민음사, 2004).

43. Butor, *Inventory*, p. 42.

44. D'Israeli, *Curiosities of Literature*, 1:1.

45. 같은 책, p. 3.

46. 같은 책, p. 5.

47. Valéry, *Aesthetics*, pp. 218~219.

48. 같은 책, p. 218.

49. Bombaugh, *Gleanings for the Curious*, p. 722.

제2장 미니어처

1. Derrida, *Of Grammatology*, p. 18(『그라마톨로지』, 김성도 옮김, 민음사, 2010).

2. Sokol, "Portraits of Modern Masters," *The Georgia Review*, Vol. 32, no. Summer, 1979. 여기에 수록된 초상화들은 원래 고담북마트 갤러리에 1978년 2월 20일부터 3월10일까지 전시된 작품들이다. 소콜의 다른 작품들은 *Antaeus* 1982년 여름호 참조.

3. D'Israeli, *Curiosities of Literature*, 1 : 231~232.

4. Curtius, *European Literature and the Latin Middle Ages*, p. 328.

5. McMurtie, *Miniature Incunabula*, pp. 5~6.

6. Stone, *An Unusual Collection of Miniature Books*, foreword.

7. Avery, *A Short List of Microscopic Books*, p. 121.

8. A *Miniature Almanack*, 1820/1821.

9. Hooke, *Micrographia*, Nicholson의 연구들—*The Microscope and English Imagination, Mountain Gloom and Mountain Glory* 그리고 *Science and Imagination* 참조.

10. Henderson, *Newsletter*, February 1, 1928 참조.

11. 같은 책.

12. Avery, *A Short List of Microscopic Books*, no. 129.

13. Henderson, *Newsletter*, July 15, 1928.

14. 1841년판 『슐로스의 잉글랜드 보석 책력』에는 "노턴 부인의 시적인 삽화가 실려 있다." 크기는 2×1.4센티미터로, 아름다운 돋을새김 초상화와 풍경화로 장식됐다. 총 62페이지인 이 책력에는 '시 여섯 편, 달력, 왕가, 유럽의 군주들, 각료들, 궁내 귀족 부인들, 앨버트 왕자의 일가' 등이 수록돼 있다. (Avery, *A Short List of Microscopic Books*, no. 127 참조.) 물론, 미니어처 경전은 부적 역할도 했다. 1900년, 글래스고의 출판업자 데이비드 브라이스는 1.9×1.3센티미터 크기의 신약 성서 10만 부를 인쇄했고, 제1차 세계대전이 임박하자 우표 크기의 쿠란을 수십만 부 찍었다. 영국 정부는 이 미니어처 경전을 돋보기 달린 작은 금속첩에 담아서 무

슬림 병사들에게 지급하여 부적 삼아 목에 걸도록 했다. (Henderson, *Miniature Books*, p. 21 참조.)

15. *Miniature Books*, p. 13.

16. 같은 책, pp. 15~16.

17. Stone, *A Snuff-boxful of Bibles*, p. 12.

18. Janes, *Miniature Bible*, pp. 7~10.

19. *Wisdom in Miniature*, p. iv.

20. Ariés, *Centuries of Childhood* 참조.

21. Henderson, *Newsletter*, February 1, 1928.

22. Solomon Grildrig(필명), *The Miniature*, pp. 3~4. 여기서 우리는 특히 미니어처 서술의 문제에 관심이 있으나, 이 문제를 '표준 척도'라는 일반적 개념의 문제와 따로 떼어서 볼 수는 없다. 여기서는 *Art and Illusion*(『예술과 환영』, 차미례 옮김, 열화당, 2003) p. 303의 Gombrich의 주장을 참고해 볼 수 있겠다. "우리가 동전이나 집 같은 사물의 이미지를 떠올릴 때 일정한 크기가 있다면, 그것은 오즈굿 교수가 주장한 대로, 우리가 평소에 사물을 관찰하는 일반적인 상황 속에서 생각하는 바로 그 동일한 습관 때문이다. 우리는 손바닥 안의 동전을 길 건너편 집과 비교한다. 아이들이 그런 대상을 그릴 때 기준이 되는 척도에 영향을 미치는 것이 바로 이러한 상상 속 표준 거리이며, 이는 우리가 개미와 사람을 묘사하는 방식에도 영향을 미치게 된다. 달의 크기가 10센트 동전만 하게 보이나 아니면 1달러 동전만 하게 보이나 하는 짓궂은 질문도, 앞서 얼핏 언급하긴 했지만, 명쾌한 답이 나오기는 어렵다. 하지만 누군가 달이 핀 머리나 증기선처럼 생겼다고 주장한다면 대부분 아니라고 할 것이며, 그러한 의견이 참이 될 만한 상황을 생각해 내기는 쉬울 것이다."

23. Halliwell, *The Metrical History of Tom Thumb the Little*, preface. Wood는 *Giants and Dwarfs*, pp. 242~243에서 이렇게 덧붙인다. "톰 헌은 베네딕투스 아바스의 연표 부록에 적기를, 톰 섬에 관련된 허구는 에드거 왕 직속 난쟁이 광대의 실화로 만들어졌다고 했다. 1630년에 쓴 "Tom Thumbe, his Life and Death"이라는 글에는 아래와 같은 대목

이 있다.

> 아서의 궁전에 톰 섬이 정말로 살았다
> 힘은 장사에
> 원탁에서도 으뜸
> 게다가 용맹무도한 기사다
> 키는 기껏해야 일인치
> 혹은 반의 반 뼘
> 그러니 당신은 이 작은 기사가
> 정말 용맹했느냐 물을 것이다.

1697년의 한 책력에 따르면, 당시로부터 104년 전, 톰 섬과 가르강튀아가 솔즈베리 고원에서 결투를 벌였다고 한다.

24. Yonge, *The History of Sir Thomas Thumb*, p. 21, p. 23.

25. Swift, *Gulliver's Travels*, pp. 38~39.

26. Bachelard, *The Poetics of Space*, p. 160

27. Lévi-Strauss, *The Savage Mind*, pp. 24~25.

28. Olrik, "Epic Laws of Folk Narrative," pp. 129~141(p. 138).

29. Roussel, *How I Write Certain of My Books*, p. 50.

30. Roussel, *Impressions of Africa*, pp. 12~13.

31. Roussel, *How I Write Certain of My Books*, p. 10.

32. 같은 책.

33. 루셀에 관한 책에서 푸코는 이렇게 적었다. "어떤 특별한 중심점이 있어서 그것을 중심으로 풍경이 조직되고 또 거기에서 멀어지면 풍경이 점점 지워지는, 그런 식의 중심점은 없다. 그보다는 거의 똑같은 규모의 공간 세포들이 상호적 관계없이 연이어 있는 식이다(『로쿠스 솔루스(*Locus Solus*)』에 나오는 부활의 공간이 이것과 비슷하다). 이들의 위치는 전체와의 관계 속에서 규정되는 게 아니라, 그물망을 따라가면서 한 곳에서 다른 곳으로 넘어갈 수 있는 인접성에 따라 규정된다." Foucault, *Raymond Roussel*, pp. 138~139.

34. Roussel, *How I Write Certain of My Books*, p. 18.

35. 같은 책, p. 5.

36. Heppenstall, *Raymond Roussel*, p. 69. 제임스 조이스 역시 다중적 목소리를 내는 기호들을 사용하여 『피네건의 경야』 텍스트를 궁극적으로는 세계를 말하는, 다층적으로 서로 얽힌 일련의 주제 체계로까지 확장시키고 있다.

37. Heppenstall, *Raymond Roussel*, pp. 64~65 참조. "자크 B. 브루니우스가 고안한 '루셀 읽기 장치'가 1938년 초현실주의 박람회에 전시됐다. 이는 삼각대 위에 얹힌 형태의 탁자로, 독자가 그 둘레를 걷게 되어 있었다. 이후 다른 이들은 손잡이가 달린 형태로 만들기도 했다. 기본 발상은 어떻게든 그 삼각대를 최대한 빨리 지나칠 수 있게 해보려는 것이었다. 루셀 본인도 비슷한 발상을 해본 적이 있었다. 다만, 다리가 여러 개인 받침대가 아니라 제각기 다른 색의 인쇄용 잉크를 사용한 장치였다. … 중요한 부분은 페이지들을 절단하지 않는 것이었다. … 처음에 루셀은 책 두께가 너무 얇을 것으로 판단했기 때문이다. 그는 먼저 고정된 일정 수의 페이지에 전면 삽화를 할당한 다음, 왼쪽 페이지마다 아무것도 인쇄하지 않은 채 비워둠으로써 책의 두께를 거의 네 배로 만들었다. 그런 방식으로 신인상주의 기법답게 … 네 페이지마다 한 번씩만 텍스트를 실은 것이다. … 이러한 인쇄 방식 덕에 이 책은 페이지 절단 없이 전체 텍스트를 읽을 수 있었고 삽화도 전혀 볼 필요가 없었다. 삽화가에게 전달된 꼼꼼한 지침은 어느 지점에서 절단되지 않은 페이지 사이를 호기심 가득한 표정으로 들여다보고 있는 남자의 그림으로 귀결된다." 정체(stasis), 타블로, 관음증의 접합에 관해서는 제4장 '상상 속의 몸'에서 다시 논할 예정이다.

38. Borges, *"The Aleph" and Other Stories*, pp. 19~20. 「알렙」에 관한 해설에서 보르헤스는 이렇게 적고 있다. "이야기를 쓸 때의 내 주된 문제는 월트 휘트먼이 아주 성공적으로 성취했던 것—무한한 것들을 한정된 목록으로 추려냄— 안에 있다. 이는 분명 불가능한 과제다. 그토록 혼돈스러운 열거는 흉내나 낼 수 있을 뿐이며, 명백히 무작위적으로 보이는 모든 요소는 비밀스러운 연상이나 대조를 통해 인접한 요소와 연계될 수밖에

없기 때문이다."(p. 264)

39. Zigrosser, *Multum in parvo*, pp. 11~12. 음악의 미니어처화 불가능성의 예외로는 파월의 플루트, 바이올린, 비올라, 비올로첼로, 하프시코드를 위한 "바로크 앙상블을 위한 소품(Miniatures for Baroque Ensemble)"(Opus 8) 같은 작품들을 예로 들 수 있을 것이다. 10분짜리 소품 여러 개로 구성된 바로크풍의 장식적 요소를 비교적 제한된 시간적 프레임 안에 압축시켜 넣었다.

40. Zigrosser, *Multum in parvo*, p. 52. Bombaugh의 *Gleanings for the Curious*, pp. 823~826의 "multum in parvo" 항목도 참조. 봄보가 제시한 예들 ("세계를 지배하는 상자들(boxes)로는 탄약상자(cartridge-box), 투표함 (ballot-box), 배심원석(jury-box), 모자상자(band-box)*가 있다.")이 우리에게는 기이하게도 시대에 뒤떨어진 듯 느껴진다는 것은 "작음 안에 많음"이 특정한 이데올로기적 토양에서만 유효하다는 사실을 시사한다.

41. Roussel, *Impressions of Africa*, p. 81.

42. Foucault, *Raymond Roussel*, p. 135.

43. Riffaterre는 텍스트 생산에 있어 이러한 은유의 힘에 관해 쓴 *Semiotics of Poetry*의 어느 단락에서 이렇게 언급한 바 있다. "양극화 법칙이 적용된다. 문체적으로 강조되는 순간 움직임 없음을 말하는 모든 진술은 결국 움직임을 말하는 진술을 만들어낼 것이다. 부동의 상태가 자연스럽고 영구적이 될수록 유동성은 더 두드러지고 환상은 더 도발적으로 변한다. 그 결과, 가구나 가구 위에 놓인 장신구의 부동성 그 자체야말로 눈에는 보이지 않는 그들의 이동성의 증거가 될 수 있으며, 보이지 않는 이동성은 곧 비밀스러운 삶에 필적한다."(p. 69)

44. Townsend, *Written for Children*, p. 47에 인용.

45. Clarke, *The Return of the Twelves*, pp. 19~20. 브론테 남매가 유년기에 쓴 "Young Men's Play"는 "글래스타운 연방"이라는 네 왕국을 지어내고 있는데, 마이크로그라피아의 형태로 기록되어 있다. Ratchford의 *The*

---

* 본래 여자들이 모자를 비롯한 개인 소지품을 보관하는 데 쓰던 상자를 지칭하는 단어로, 여기서는 여성의 권리를 상징.

Brontës' Web of Childhood, p. xiii에는 이런 구절이 나온다. "나는 샬롯 브론테와 남동생 브람웰의 필사본 작품 100여 종의 원본 혹은 사본을 살펴보았는데 이는 브론테가에서 출간한 작품들에 맞먹는 분량이다. 대부분 세밀한 수공 인쇄로 제작되었다고 가스켈 부인은 기술한다. 초기 필사본은 3.2~3.8센티미터에서부터 작은 옥타브(small octaves)만 한 것에 이르기까지 다양한 크기의 인쇄본으로 나왔고, 정교한 표제지와 서문, 그리고 서명과 출간일을 포함한 출판사 표장을 갖췄다." 래치포드판 Emily Brontë's *Gondal's Queen*의 경우, 어린 브론테 남매의 작품 세계도 놀랍지만, 1977년에 서른한 살의 나이로 세상을 떠난 현대 화가 도널드 에반스의 뛰어난 작품들도 눈여겨 볼만하다. 에반스는 열 살 이후 사망 전까지 "세계의 목록(The Catalogue of the World)"이라는 제목으로 4천 점 이상의 우표를 그리고 목록화했다. 이 작은 수채화들을 통해 그는 "자신에게 특별한 모든 것을 가상의 국가들에서 발행한 우표 형식을 통해 기념했으며, 각 장마다 그 국가들의 역사와 지리, 기후, 화폐, 관습 등을 상세히 묘사해 넣었다." 본인 인생의 기념품이자 상상 세계의 기념품인 이들 우표에는 풍경, 과일, 채소, 식물, 동물, 풍차, 거트루드 스타인의 작품, 중국 도자기, 비행기, 친구들 등이 묘사돼 있다. 각 우표는 「세계의 목록」에 수록된 가공의 장소와 연관되어 있었다. 330페이지 분량에 3개 국어로 된 이 목록에는 발행 일자, 액면가, 색상은 물론 해당 가공 국가의 통화로 환산한 가격과 소인을 찍은 우표까지 소개되어 있다. Eisenhart, *The World of Donald Evans*, pp. 10~12 참조.

46. Clarke, *The Return of the Twelves*, p. 123.

47. 같은 책, p. 124.

48. 같은 책, p. 66.

49. *Allemagne, Histoire des jouets*, p. 17.

50. Plato, "Meno : The Immortality of the Soul," *Works*, 3 : 3~55(52).

51. Jackson, *Toys of Other Days*, p. 19. 성인의 장난감에 관한 더 자세한 내용은 Ariés, *Centuries of Childhood*, pp. 67~71 참조. *Las miniaturas en el arte popular Mexicano*, p. 9에서 Mauricio Charpenal에는 멕시코 민속 미술에서 미니어처가 담당하는 의례적·장식적 기능이 간단히 언급되

어 있다.

52. Daiken, *Children's Toys Throughout the Ages*, p. 58 참조.

53. Clayton, *Miniature Railways*, p. 6.

54. 같은 책, p. 19.

55. Wells, *Little Wars*, pp. 105~106.

56. Clayton, *Miniature Railways*, p. 94.

57. 「토비 저그」 참조.

58. Allemagne, *Histoire des jouets*, pp. 145~147. 시칠리아식 예수 탄생 모형의 다양한 예로는 팔레르모의 에트노그라피코 피트레 박물관의 소장품을 들 수 있으며, 더 작은 것으로는 시라쿠사의 산 조반니 성당 지하묘지에서 관광객 안내를 담당하는 수도사가 만든 부속 모형이 있다. 성속을 나란히 배치한 이 소우주적 패턴은 시칠리아 목자들의 목각품(적어도 19세기 작품들)에서도 전형적으로 나타난다. "이들 조각상과 목각품의 인물상과 장식은 막힌 원 안에 배치되어 원 밖으로 나가는 경우는 아주 드물다. 맨 앞줄에는 성 파스칼, 성 게오르기우스, 성 엘리기우스, 성 안토니오스, 성 비투스 등 성자들과 사람에게 친근하고 유용한 동물이나 그 무리가 배치된다. 둘째 줄에는 십자고상(十字苦像), 성모칠고상(聖母七苦像), 동정녀 마리아상, 성 요셉, 파울라의 성 프랜시스 등 널리 숭앙받는 성자상들 그리고 목자가 태어나거나 살았던 도시의 수호성자상이 등장한다. 목자에게 중요한 주변의 개, 소, 양 같은 동물들이 추가되는 경우도 흔하며, 해, 달, 별 그리고 고운 새도 드물지 않게 등장하는가 하면, 고독하고 소박한 예술가의 상상을 자극할 만한 제복 차림에 자세를 취하고 있는 병사가 있을 때도 있다." Salomone-Marino, *Customs and Habits of the Sicilian Peasants*, p. 232.

59. McClinton, *Antiques in Miniature*, p. 5.

60. Gröber, *Children's Toys of Bygone Ages*, p. 20.

61. 같은 책, p. 23.

62. Benson, *The Book of the Queen's Dolls' House*, p. 5.

63. 규모의 문제와 관련된 포프의 작품에 관한 Price의 의견은 *To the Palace of Wisdom*, pp. 143~163 참조.

64. 물론, 여기서 연상되는 대목은 『햄릿』 2막 2장이다.

> 햄릿 : 덴마크는 감옥이다.
>
> 로젠크란츠 : 그럼 이 세상도 그렇습니다.
>
> 햄릿 : 훌륭한 감옥이지. 수없이 많은 감방과 수용소와 지하 감옥이 있으니. 덴마크는 그중에서도 최악이네.
>
> 로젠크란츠 : 저희는 그렇게 생각하지 않습니다, 폐하.
>
> 햄릿 : 그렇다면 자네들에게는 그렇지 않은 것이겠지. 좋은 것이나 나쁜 것이 따로 있지 않고, 생각이 그렇게 만들 뿐이니까. 내게는 이곳이 감옥이야.
>
> 로젠크란츠 : 그렇다면 폐하의 야망이 그렇게 만드는 겁니다. 폐하의 마음에는 이 나라가 너무나 비좁은 겁니다.
>
> 햄릿 : 천만에, 나는 호두 껍데기 속에 갇혀서도 무한한 우주의 제왕을 자처할 수 있는 사람일세. 악몽만 꾸지 않는다면 말이야.

65. DeLong, "Phenomenological Space-Time." 테네시대학교의 실험을 상세히 다루고, 조사자의 편견이나 청각적 개입 등 결론에 관한 다양한 제약 사항에 대해서도 논의하고 있다. 경험 대 규모와 시간과의 관계는 $E=X(T)$로 진술할 수 있는데, 여기서 X는 해당 환경의 규모와 상호적이다. "하지만 공간 규모가 보는 이의 몸집에 비례한다는 사실도 명백하다"고 덧붙이고 있다.(p. 682) 논의에서 배제된 요인 하나는 휴게실이라는 지속적 일상 개념의 '연장선'상에 있는 환경으로서의 여가 공간을 분명히 선택했다는 점이다. 규모의 '표준'을 규모에 관한 우리의 경험과 별개로 논할 수 없음을 보여주는 또 다른 사례로 Gombrich의 *Art and Illusion*, p. 311의 지리학적 묘사 관습에 관한 논의를 찾아볼 수 있다. "규모가 인상에 미치는 효과가 공식적으로 인정된 과학적 설명이 한 가지 있다. 산맥 구획을 담당하는 지리학자들은 지정된 비례에 따라 높이와 너비의 관계를 과장할 것이다. 그들은 수직적 관계를 실제대로 그리면 오히려 실제와 다른 것처럼 보인다는 사실을 깨달았다. 우리의 이성은 에베레스트 산의 해발고도 8,800미터가 자동차로는 수 분 내에 횡단 가능한 8킬로미터 남짓한 거리에 불과하다는

사실을 선뜻 받아들이지 않으려 한다."

66. Swift, *Gulliver's Travels*, p. 12.

67. McClinton, *Antiques in Miniature*, p. 8.

68. Henderson, *Lilliputian Newspapers* 참조.

제3장 거대한 것

1. P. Watson, *Fasanella's City*.

2. Brewer, *Dictionary of Phrase and Fable*, p. 460.

3. Massingham, *Fee, fi, fo, fum*, pp. 57~66(pp. 65~66).

4. 같은 책, p. 70. M. Williams, "Folklore and Placenames."

5. Massingham, *Fee, fi, fo, fum*, pp. 103~105.

6. M. Williams, "Folklore and Placenames," p. 365.

7. Broderius, *The Giant in Germanic Tradition*, pp. 43~91.

8. Blake, *Poems*, p. 186.

9. Homer, *Odyssey*, p. 148.

10. Broderius, *The Giant in Germanic Tradition*, p. 140.

11. Spenser, *The Poetical Works of Edmund Spenser*, p. 35.

12. Broderius, *The Giant in Germanic Tradition*, p. 188.

13. M. Williams, "Folklore and Placenames," p. 366.

14. Longinus, *On the Sublime*; E. Burke, "Inquiry into the Origin of Our Ideas of the Sublime and Beautiful." 이들 양식에 관한 논의는 Monk, "The Sublime," Sypher, "Baroque Afterpiece : The Picturesque" 참조.

15. Hussey, *The Picturesque*, p. 4.

16. Magoon, "Scenery and Mind," pp. 1~48(pp. 8~10).

17. W. Burton, *The Scenery-Shower*, pp. 25, 4.

18. *Earth Art*의 "Notes Toward an Understanding" 참조.

19. 미니멀리즘적 조각의 연극적 성격, 즉 보는 이를 무대의 일부로 만드는

연극성에 관한 설명은 Fried, "Art and Objecthood" 참조.

20. Tillim, "Earthworks and the New Picturesque," p. 43.

21. *Earth Art* 참조.

22. 그러나 여기서 모더니즘적 충동 역시 아이러니를 띨 수 있다. 가령, 뉴 저지 주 퍼세이크 카운티의 기념물들을 돌아본 스미슨의 사진들은 산 업주의의 잔해에 관한 기록이다. Smithson, "The Monuments of Passaic" 참조.

23. Fried, "Art and Objecthood," p. 15.

24. Fisher, "City Matters : City Minds," p. 372.

25. Bakhtin, *Problems of Dostoevsky's Poetics*, p. 95.

26. R. Burton, *The Anatomy of Melancholy*, p. 47. 이 인용 부분에 관해서 는 필립 홀랜드에게 감사를 전하고 싶다. "Robert Burton's *Anatomy of Melancholy* and Menippean Satire," p. 272에 그는 이렇게 적고 있다. "위에서 내려다보는 시선에 어떤 특정한 극적 상황을 부여하든, 메니푸 스 방식에서 그 함의는 늘 동일하며, 그러한 시선은 그 구조적 이중성에 구체적 이미지를 제공한다. 그러한 시선은 관찰 대상이 되는 영역에서 우 세한 ('진실'이라는 버전의) 특정 시점을 거부한다. 또 다른 시점(예를 들 면, 반대되는 이데올로기로서의 특정한 또 다른 '진실')에서 보는 것이 아 니라, 스스로 자리를 정하지 못한 상태에서 보는 것이며, 그 진실은 바라 보이는 영역을 장악하는 ('진실'의) 관점에 반대되는 관점으로, 또 다른 (반대 이데올로기 같은 또 다른 특정한 '진실'의) 관점이 아닌 막연한 어 떤 위치의 관점이다. 이 관점의 진실은 비고정성 자체 혹은 접근 불가능 한 초월성 안에 머무는 것이다. 위에서 내려다보는 시선은 타자성의 원리 를 재현한다. 굽어보는 이는 그 아래의 작품을 대화에 끌고 들어갈 수 있 겠지만, 절대 그 안에 스스로 흡수될 수는 없다."

27. Lefebvre, *La Production de l'espace*.

28. Bakhtin, *Rabelais and His World*, pp. 342~343.

29. 같은 책, p. 343.

30. Rabelais, *Gargantua and Pantagruel*, pp. 47~48.

31. 같은 책, pp. 74~75.

32. Radin, *The Trickster*의 위네바고족 트릭스터 설화에 관한 분석 참조.

33. Darré, *Géants d'hier et d'aujourd'hui*, p. 32.

34. 14세기 초 종교재판관은 알비파에 대해 이렇게 썼다. "더군다나 그들은 저속한 말로 쓰인 복음서와 사도 서간을 읽으면서 자신들에게 유리하면서도 로마교회의 규정에 배치되는 방향으로 해석하고 적용하고 있다." Cantor, *The Medieval World, 300-1300*, pp. 279~280 참조. *Religion and the Rise of Western Culture*, pp. 208~209에서 도슨은 다음과 같이 지적하고 있다. "이단 카타리파 혹은 알비파는 종교개혁운동 교파가 아니었고 이교 형태의 기독교는 더더욱 아니었다. 이슬람교와의 간극보다도 오히려 더 기독교와 거리가 먼 고대 동방 종교가 재등장한 셈이다. 그리하여 교황은 무슬림을 상대하며 썼던 것과 동일한 방법을 동원했으니, 십자군 원정을 일으키고, 기독교 국가 군주들에게 신앙을 지키기 위해 무력을 동원할 것을 호소했다. 또한 기존의 영향권 내 지역에 대한 재개종 선교 운동을 병행했고, 급기야는 억압적 법전을 도입하여 종교재판으로까지 이어졌다."

35. Darré, *Géants d'hier et d'aujourd'hui*, p. 83.

36. 같은 책, p. 36.

37. Fairholt, *Gog and Magog, the Giants in Guildhall*, p. 15~17.

38. 같은 책, pp. 51~52.

39. 같은 책, pp. 100~101. 페어홀트는 거인인 성자 크리스토퍼에 대해 이야기하는데, 기독교로 개종한 뒤 여행자들을 업고 위험한 강을 건네주는 일에 평생 헌신한 인물이다. 전설에 따르면 어느 날 밤 한 아이가 건네달라고 청했는데 아이가 무겁고 물살이 높게 인 탓에 크리스토퍼가 익사할 뻔했다고 한다. 훗날 그 아이는 크리스토퍼가 업고 건넌 아이가 바로 그리스도 자신이라고 말한다(같은 책, pp. 103~104).

40. 같은 책, p. 64.

41. 같은 책, pp. 89~90.

42. 같은 책, p. 65.

43. Kowzan, *Littérature et spectacle*, p. 180.

44. Debord, *The Society of the Spectacle*, p. 29.

45. 같은 책, p. 153.

46. M. Leach, *Standard Dictionary of Folklore, Mythology, and Legend*, 1:453.

47. Squire, *Celtic Myth and Legend*, p. 38.

48. Fairholt, *Gog and Magog, the Giants in Guildhall*, pp. 100~101.

49. Swift, *Guliver's Travels*, p. 71.

50. 같은 책, p. 90.

51. 같은 책, p. 95.

52. 같은 책, p. 84.

53. 같은 책, p. 17.

54. Ponge, *The Voice of Things*, pp. 58~59.

55. Lowenthal, *Literature, Popular Culture, and Society*, pp. 109~136.

56. Lippard, *Pop Art*, p. 98.

57. Rose, "Blow-Up—the Problem of Scale in Sculpture," p. 83. 영화와 관련한 복제 현상의 논의는 Metz, *Le Signifiant Imaginaire*와 Baudry, "Cinéma : Effets idéologiques" 참조.

58. Lippard, *Pop Art*, p. 78.

59. Rose, "Blow-Up—the Problem of Scale in Sculpture," p. 83.

60. Moog, "Gulliver Was a Bad Biologist."

61. Aristotle, *On the Art of Fiction*, p. 27. 이러한 유형의 주장은 Jessup의 "Aesthetic Size," pp. 34~35 참조. "과도한 밀집이나 부하가 발생하는 경우, 구조는 희미해지고 명료성은 결핍되어 불편감과 흥미의 상실로까지 이어지는 결과를 낳는다. 그 어떤 것도 충분히 끝까지 좇아가거나 결합하여 완수하지 못하며, 그 결과는 영속적이고도 미적인 좌절이다." 민족중심주의와 역사관 부재에 대한 해법은 바흐친의 크로노토프 개념에서 찾을 수 있을 것이다. 바흐친에 따르면 문학작품에 반영된 시간과 공간은 다양한 사회가치에 의해 결정된 구체적 전체다. 가령, 실험적 소설은 시공간이라는 문화특정적인 개념들과 그것들이 진보 및 인물 개념과 맺고 있는 관계에 좌우된다. Bakhtin, *The Dialogic Imagination* 참조. 17세기와 18세기의 시공간 개념과 문학 장르의 관계에 대한 도발적 분석은

Kawasaki, "Donne's Microcosm," 그리고 Stevick, "'Miniaturization in Eighteenth-Century English Literature" 참조.

62. Bakhtin, *Problems in Dostoevsky's Poetics*, pp. 63~82.

63. Jessup, "Aesthetic Size," p. 32.

64. Ellman, *Ulysses on the Liffey*의 부록 "The Linati and Gorman-Gilbert Schemas Compared," pp. 186~199(p. 195) 참조.

65. Rabelais, *Gargantua and Pantagruel*, p. 393.

66. Thomas, *The Tall Tale and Philippe d'Alcripe*, p. 79.

67. 같은 책, p. 26.

68. Hurston, *Mules and Men*, p. 73.

69. Thomas, *The Tall Tale and Philippe d'Alcripe*, p. 7.

70. Dorson, *American Folklore*, pp. 199~243 참조.

71. Beath, *Febold Feboldson : Tall Tales*, p. 19. 그리고 Beath, *Legends of Febold Feboldson*도 보라.

72. Dobie, "Giants of the Southwest," p. 71.

73. Dorson, *American Folklore*, p. 224.

74. Dobie, "Giants of the Southwest," p. 11.

75. Dorson, "Mose the Far-Famed and World Renowned."

76. Dorson, *American Folklore*, pp. 216~226.

제4장 상상 속의 몸

1. Lacan, *Ecrits*(Sheridan 옮김), pp. 314~315.

2. E. Leach, "Anthropological Aspects of Language" 참조.

3. Bakhtin, *Rabelais and His World*, p. 317.

4. Robertson, *Preface to Chaucer*. 여기서 로버트슨은 『캔터베리 이야기』의 인물 묘사는 마치 13세기 말에서 14세기의 고딕양식의 악덕에 대한 묘사가 공식적인 재현 양식을 패러디하듯 풍자적 성격을 띤다고 지적한다.

5. Davis, *Society and Culture in Early Modern France*, pp. 97~99 참조. 어맨

다 다건은 그러한 카니발 호객꾼들이 나눠준 기념품 주화들의 사례에 대해 기록한 바 있다. 펜실베이니아대학교 민속과 민중의 삶 연구 과정의 다건이 제출한 박사 논문 참조.

6. Davis, *Society and Culture in Early Modern France*, p. 137.

7. Evans, *Irish Folk Ways*, p. 279.

8. Radin, *The Trickster*. 상징적 전복에 관련된 최근 선집으로는 Babcock, *The Reversible World* 참조. 반전과 전복에 관한 다양한 접근법에 관한 저자의 연구는 제3장 "Nonsense"에서 확인 가능하다.

9. Fisher, "The construction of the Body," p. 8. 같은 저자의 "The Recovery of the Body"도 참조.

10. Fiedler, *Freaks*, p. 20.

11. Swift, *Gulliver's Travels*, p. 81.

12. Wood, *Giants and Dwarfs*, pp. 313~314.

13. Fiedler, *Freaks*, p. 107.

14. Ritson, *Fairy Tales, Legends, and Romances*, p. 6, 각주.

15. Fiedler, *Freaks*, p. 214.

16. 같은 책, p. 201.

17. Wood, *Giants and Dwarfs*, pp. 310~311.

18. Fiedler, *Freaks*, p. 113, p. 108.

19. *Popular Tales of the West Highlands*(Edinburgh : Edmonston, 1860)에서 J. F. Campbell의 주장에 관한 자세한 설명은 MacRitchie, *Fians, Fairies, and Picts*, p. vii 참조. "이 군도에는 한때 요정으로 기억되어 온 몸집 작은 부족이 살았는데, 요정의 존재에 대한 믿음은 스코틀랜드 고지대에 사는 이들에 국한된 것은 아니었기 때문이다." W. Y. Evans Wentz의 *The Fairy Faith in Celtic Countries*(London : Frowde, 1911)의 "An Irish Mystic's Testimony"에서는 "아일랜드 요정들의 특징은 평행세계에서 상대적 불멸의 삶을 누리며 훨씬 더 큰 삶의 공간을 누빈다는 것"(p. 64)이라 적고 있다. 웬츠의 저서는 캐슬린 레인의 서문을 포함하여 재출간됐다(Gerrards Cross : Colin Smythe, 1977).

20. Kirk, *The Secret Commonwealth*, p. xxiv.

21. Latham, *The Elizabethan Fairies*, p. 82. 아일랜드 전승에 따르면 요정들은 변신에 능하여 위풍당당한 거인 또는 소인 등 원하는 모습으로 달리 나타날 수 있었다. 몸집이 작은 요정들만 등장하는 잉글랜드 전승과의 이러한 차이점은 르네상스 시대 아일랜드 작가들에게 중요한 부분이었다. Hirsch, "Yeats and the Commonwealth of Faery"를 참조할 것. 그러나 허시는 예이츠의 친구인 더멋 맥마누스가 "'요정'이라는 단어는 사람 형상을 한 막강한 정령이라는 중세의 개념과는 완전히 달라져 버렸다. 중세의 요정은 두려움을 느낄 대상까지는 아니라 하더라도 존중하며 대해야 할 대상이었는데, 이제는 꽃에서 꽃으로 나비처럼 옮겨다니는, 날개 달린 아담하고 귀여운 존재로 연상된다. … 〔요정이라는 단어는 이제〕 비현실적이고 어린애 같은 모든 이미지와 결부돼 버렸다"고 썼음을 지적한다. Macmanus, *The Middle Kingdom*, p. 23 참조.

22. Hall, *A Study of Dolls*, p. 48. 섹슈얼리티를 멀리하고 축소시키는 이러한 관습은 내세의 요정, 즉 타락천사에게 악마적 섹슈얼리티의 이미지를 부여했던 중세의 개념과는 확연히 구분된다. 이러한 중세의 시각에 관한 논의는 Duffy, *The Erotic World of Fairy*를 참조할 것.

23. Kirk, *The Secret Commonwealth*, p. 8.

24. 같은 책, p. 14.

25. Briggs, *The Fairies in English Tradition and Literature*, p. 21.

26. *Folk-Lore* 32 : 47. Spence, *British Fairy Origins*, p. 174에 인용.

27. Latham, *The Elizabethan Faries*, p. 104.

28. Ritson, *Fairy Tales, Legends, and Romances*, p. 25 참조.

29. Doyle, *The Coming of the Fairies* 참조.

30. E. Watson, *Fairies of Our Garden*, pp. 141~142.

31. Speaight, *The History of the English Toy Theatre*, p. 89.

32. 에드워드 리어의 리머릭(limericks)*에서 덮개에 관한 일관된 은유가 나오는 것에도 주목해 볼 필요가 있다. 여기 등장하는 인물들은 한결같이

---

* 5행으로 된 풍자적인 시.

가발, 모자, 모피 옷과 소매장식, 솜털 장식 따위로 한껏 뽐내며 눈에 띄는 모습을 하고 있다. 보드리야르는 *Critique of the Political Economy of the Sign*에 수록된 에세이 "Sign Function and Class Logic"에서 이 덮개를 다른 방식으로 읽어낸다. "여기서 우리는 중복성이라는 가정의 소유물에 대한 전적으로 바로크적이고 연극적인 덮개를 생각하게 된다. 식탁은 식탁보로 덮고, 식탁보 위에는 비닐을 또다시 보호 용도로 덮는다. 창문에는 커튼과 이중 커튼을 단다. 양탄자·덮개·컵받침·벽판·차양도 있다. 자잘한 것들은 깔개 위에, 꽃은 각기 화분에, 각 화분은 화분받침에 놓인다. … 단순히 소유하는 데서 그치는 것이 아니라 소유한 것을 몇 배고 강조해야 하는 것이 바로 작은 집 주인이나 시시한 부자의 강박증이다."(p. 42) 그다음 이렇게 덧붙인다. "여기에서 과시처럼 작용하는 소유 기호들의 과잉 작동은 소유하려는 의도일 뿐만 아니라 얼마나 **잘** 소유하고 있는가를 보여주려는 의도로도 분석할 수 있다." 그리고 동시에 중산층은 자신의 계급적 운명과의 타협을 체념적으로 받아들여야 하는 계급인 탓에, 그러한 과잉작동은 "이들(중산층)이 달성해 낸 것의 한계로 … 결국 도달할 수 있는 지점은 여기라는 암묵적 인식"(pp. 42~43)을 부각시키고 있다(「기능—기호와 계급의 논리」, 『기호의 정치경제학 비판』, 이규현 옮김, 문학과지성사, 1998).

33. Joyce, *Ulysses*, p. 359(『율리시즈』, 김종건 옮김, 범우사, 1997, p. 412).

34. 타블로를 외치는 실내 놀이에 관해서는 Gifford와 Seidman의 *Notes for Joyce*, p. 321 참조.

35. Joyce, *Ulysses*, p. 368.

36. Bersani, *A Future for Astyanax*에서 승화된 욕망과 날것인 욕망의 차이를 설명.

37. Joyce, *Ulysses*, p. 369.

38. Clark, *The Nude*, p. 234.

39. Lacan, *The Language of the Self*, p. 174.

40. Lacan, *Ecrits*, p. 111. 그리고 Coward·Ellis, *Language and Materialism*, p. 118(Coward와 Ellis 번역)에 인용.

41. Kowzan, *Littérature et spectacle* 참조.

42. Davis, *Society and Culture in Early Modern France*, p. 105.

43. Evans, *Irish Folk Ways*, p. 286.

44. 앨빈 슈워츠의 에이버리 모턴 인터뷰(1976년 매사추세츠 주 워터타운)와 앨빈 슈워츠가 저자에게 보낸 편지(1979년 12월 30일). 브로그빌 결혼식에 관해서는 엘시 다운스, 달린 윌리엄스, 고 루스 크로퍼드, 나의 할머니 넬리 브라운, 어머니 델로레스 브라운 스튜어트의 도움을 받았다. 웨스트해거트 예식에 관한 정보는 도샤 메이슨, 에바 존슨, 세라 앳킨스의 도움을 받았다. 또 현장 답사 동안 통찰력 있는 의견을 제시해 준 데버라 코디시에게도 감사를 전한다. 버지니아대학교 인류학과의 찰스 퍼듀 Jr. 교수는 여기 서술된 버지니아판 톰 섬 결혼식 이야기들을 기꺼이 보내주었다. 펜실베이니아 남동부 및 뉴저지 남부에서 톰 섬의 결혼식이 맥을 이어오고 있다는 사실은 내 강의를 들은 여러 학생들이 그런 의례에 참석한 경험을 들려준 덕분에 확인할 수 있었다. 고맙게도 마블 프레이저와 켈리 미시 두 학생은 톰 섬의 결혼식에 관련된 정보와 사진들까지 제공해 주었다. 준비 과정에 관한 이야기는 Charlie Mingus의 자서전 *Beneath the Underdog*, pp. 18~23 참조. 좀 더 최근 사례로는 1982년 9월 26일에 펜실베이니아 주 첼트넘의 아르메니아 홀리트리니티교회에서 열렸던 톰 섬의 결혼식을 들 수 있다. 이 행사에서는 전문적으로 결혼 예복을 제작하는 신자가 어린이 의상을 담당했다. 결혼식 자체는 대관식을 포함하여 전통적인 아르메니아식을 따랐지만 어린이들에게는 장난스러운 이름을 붙여주었다. 신부는 노피 발부시안('차가운 얼음'), 신랑은 마시스 닥스후니언('핫도그'), 꽃을 든 소녀와 반지를 전달하는 소년은 둘 다 '오디(독주의 원료)'를 뜻하는 투차리언이라는 성을 썼다. 끝으로, 목사의 이름은 하이르 예르긴키언('아버지 천국')이었다.

45. *The Tom Thumb Wedding*, p. 5. 이 저서의 재쇄본에는 다음과 같은 경고문이 포함됐다. "플로리다 주 잭슨빌과 미주리 주의 캔자스시티에는 '꼬맹이들의 결혼식', '제니 준의 결혼식', '난쟁이 혹은 톰 섬의 결혼식'이라는 이름으로 유사한 오락거리를 선보이려는 사람들이 있다. 그러면서 그런 공연을 통해 1911년과 1914년에 발생한 '저작권'을 기준으로 자기네가 그 '권리'를 '침해'당한 것이라 주장하는데, 이는 우리가 주장하는 날

짜보다도 13년에서 16년 늦은 시점이다."

46. 같은 책, pp. 9~10.

47. Barnum, *Struggles and Triumphs*, 1 : 240~258, 284~290도 참조. 빅토리아 시대 잉글랜드의 행사에서 난쟁이들이 차지했던 위치에 관한 논의는 Altick, *The Shows of London*, pp. 255~256 참조.

48. Abrahams와 Bauman의 "Ranges of Festival Behavior" 참조.

49. Hall, *A Study of Dolls*, p. 48.

50. Elward, *On Collecting Miniatures*, p. 8.

51. Murdoch 등, *The English Miniature*, pp. 76~77. "From Manuscript to Miniature," pp. 25~84 참조.

52. Borges, *"The Aleph" and Other Stories*, p. 27.

53. 여기서는 구혼자와 미니어처를 주고받을 때 사용하도록 제안된 형식을 인용하는 것이 적절할 듯하다. Tousey의 *How to Write Letters*, pp. 38~39.

> 숙녀가 보내는 편지, 구혼자에게 미니어처를 보내며
> 18××년 7월 11일, 보스턴.

친애하는 당신께 : 제 건강을 염려해 주신 따뜻한 마음에 진심으로 감사드립니다. 다행히도 저는 여느 때처럼 건강히 지내고 있습니다. 우리가 함께 보냈던 행복한 시간이 종종 떠오르곤 합니다. 당신과 함께 할 때마다 얼마나 즐거움이 가득한지, 몇 시간도 단 몇 분 만에 지나버리는 것 같아요. 제가 표현이 변변치 않은 느낌이지만 여기 동봉하는 작은 것을 보면 당신도 좋아해 주시리라 믿습니다. 저와 함께 있지 않을 때 이걸 보면 저를 떠올리실 수 있을 테니까요. 하도 닮은 모습이라 우쭐한 느낌마저 만들지만, 어쨌거나 당신이 저를 떠올리는 데 이 물건이 도움이 된다면, 이 장인의 솜씨가 헛되이 쓰이지는 않았겠지요. 이것을 우정의 표시로 받아주시기를 빌며,

> 친애하는 당신께
> 진심을 담아
> (_____)

자신이 청혼한 여인으로부터 미니어처를 받은 남성의 답장.

18××년 6월 3일, 시카고, 메인스트리트

친애하는 ＿＿＿＿ : 그대에게 속한 어떤 생생한 증거가 필요하다는 생각은 단 한 번도 해보지 못했습니다. 그럼에도 오늘 하나를 받고 나니, 내가 원했던 최고의 선물은 바로 내가 가장 기억하고 싶은 사람의 초상화라는 것을 깨달았습니다. 장인의 솜씨가 드러나는 이 증표를 바라보노라니 그대에 대한 기억이 더욱 강렬해짐을 느낍니다. 이는 내 마음속에서 무한한 기쁨의 원천이자 그대가 곁에 없는 동안 위안이 되어줄 것입니다. 그대의 선물을 이루 말할 수 없이 기쁜 마음으로 받았음을 새삼 다시 말해 무엇하겠습니까마는, 당장 내가 그대에게 보답으로 보내드릴 만한 더 나은 것이라고는 이것을 늘 간직하고 다니리라는 굳은 약속뿐이군요. 그저 이것이 그대가 보내준 그 작은 보물이 내게 얼마나 귀한 존재로 다가오는지 보여주는 증거가 되기를 바라 마지않으며,

사랑하는 ＿＿＿＿에게
당신의 사람으로부터, 사랑을 담아
(＿＿＿＿＿＿)

54. Anspach, *The Miniature Picture*, pp. 16~17.
55. Hilliard, *A Treatise*, p. 62. 블레이크가 미니어처 그림에 거부감을 가졌던 것은 그 물질성, 즉 그 안에 담길 만한 모든 상징적·역사적 내용을 압도해 버리는 물질성에 대한 확고한 비판적 시선 때문이었음을 상기할 수 있다. 이러한 맥락에서 블레이크는 "A Pretty Epigram for the Entertainment of Those Who Have Paid Great Sums in the Venetian and Flemish Ooze"에서 이렇게 적고 있다.

자연과 예술이 여기 한 벌로 묶였으니
가장 중대한 것은 언제나 가장 세세하다
루벤스에게는 식탁 의자와 걸상이 중대하고
라파엘로에게 중대한 것은 머리 발 손이다.

55. Blake, *The Poetry and Prose of William Blake*, p. 505. Erdman의 *Blake : Prophet Against Empire*, p. 384 참조.

56. 비슷한 점을 지적하며, 시멜은 이렇게 적고 있다. "사람을 '장식'하는 모든 것은 물리적인 몸과의 밀접함이라는 척도를 기준으로 정렬이 가능하다. 사람의 몸에 '가장 가까운' 장식이라 할 수 있는 문신은 자연적인 부족들에게서 특징적으로 나타난다. 이와 반대쪽 끝에 놓이는 대표적인 것으로는 금속과 보석 장식이 있는데, 이는 전적으로 비개인적인 성격을 띠며 누구나 착용할 수 있다." *The Sociology of Georg Simmel*, pp. 338~344 의 "Adornment" 참조(인용은 p. 340).

57. Curtius, *European Literature and the Latin Middle Ages*, p. 316.

58. 같은 책, p. 330.

59. 같은 책, pp. 332~336.

60. Barkan, Nature's Work of Art, p. 9와 Conger, *Theories of Macrocosms and Microcosms*, p. 7의 논의 참조. Boas는 *The History of Ideas*의 10장 "The Microcosm"에서 이렇게 설명한다. (pp. 219~220) "소우주 (작은 세계)'라는 어휘는 플라톤의 제자 아리스토텔레스가 「형이상학」 (252b, 26)에서 처음 사용했다. 아리스토텔레스는 우주가 움직이는 원리를 이렇게 설명한다. "만약 [스스로 시작된] 움직임이 어떤 동물이라는 작은 세계에서 발생할 수 있다면, 더 큰 세계 안에서 왜 안 되겠는가?" 이 문장에 대해서는 적어도 다음 세 가지를 생각하게 된다. (1) 동물을 소우주라고 부른 첫 사례다. (2) 동물의 특성이 우주에 투사됐으며, 훗날 스토아학파에서는 우주를 '거대한 동물(mega zoon)'*로 지칭하기도 했다. (3) 소우주가 사람을 특정해 지칭하는 것은 아니다. 희한한 점은, 이 세 번째 항목은 더 이상 발전시켜 설명하지 않았다는 것이다. 하지만 '소우주'라는 단어를 보면, 그것은 확실히 '인간'을 의미한다고 생각해도 좋다."

61. Conger, *Theories of Macrocosms and Microcosms*, p. 28.

---

* 거대한 개체라는 뜻.

62. Curtius, *European Literature and the Latin Middle Ages*, p. 118.

63. Lotze, *Microcosmus*, 1: xiv.

64. Napier, *The Book of Nature and the Book of Man*, pp. 12~13.

65. Conger, *Theories of Macrocosms and Microcosms*, p. 71.

66. Barkan, *Nature's Work of Art*, p. 2.

67. Barkan, p. 126에 인용.

68. Conger, *Theories of Macrocosms and Microcosms*, p. 45.

69. 같은 책, p. 64.

70. 같은 책, p. 88.

71. 같은 책, p. 111, p. 110.

72. Napier, *The Book of Nature and the Book of Man*, p. 25.

73. Conger, *Theories of Macrocosms and Microcosms*, p. 136. 소우주 철학에 관한 소논문 Conger, *Synoptic Naturalism*도 참조.

제5장 욕망의 대상

1. Hegel, *The Phenomenology of Mind*, pp. 105~106(『정신현상학』, 임석진 옮김, 한길사, 2005).

2. 종교적인 것이든 혹은 가정적인 소박한 것이든, 유적 숭배에 관한 논의는 Mackay, *Extraordinary Popular Delusions*, pp. 695~702 참조. 유적 숭배에 관한 이야기 가운데 가장 비극적이고도 희극적인 이야기로는 시칠리아 귀족 가문의 몰락을 그린 소설 Giuseppe di Lampedusa, *The Leopard* 의 마지막 장 pp. 295~320을 꼽을 수 있다.

3. Strate's Carnival, Washington, D.C., 1941, Archive of Folk Culture, Smithsonian Institution, AFS #4699-4705에서 녹취. 이 녹음본을 들려준 어맨다 다건과 스티브 자이틀린에게 감사한다. 스펙터클에 대한 참여 혹은 관람 기념품을 받는 (또는 구매하는) 관습은 서커스 프릭쇼에만 국한된 것이 아니다. 1851년 이전 잉글랜드 정부 주관 박람회의 구성에 관한 논문에서 구사미쓰는 이렇게 썼다. "이 박람회에 전시된 기계 모형의

견본품을 방문객들에게 판매했다. 직물이나 캘리코* 견본은 수요가 높아 1838년 맨체스터의 주빌리 채러티 여학교 학생들은 박람회 첫 참관 기념으로 자기네 모습이 인쇄된 캘리코 견본을 한 장씩 집으로 가져가라고 할 때 뛸 듯이 기뻐했다." Kusamitsu, "Great Exhibitions before 1851," p. 79와 *Manchester Guardian*(1838년 1월 31일 자) 참조.

4. Freud, *Standard Works*, 7:153~155, 21:150~157. Schafer, *Aspects of Internalization*, pp. 98~99.

5. Eco, *Theory of Semiotics*, p. 227.

6. MacCannell, *The Tourist*, p. 158.

7. 같은 책, p. 42.

8. 같은 책, pp. 148~149.

9. 한 예로, *The Souvenir: By the Ladies Literary Union of Hillsdale College, Hillsdale Michigan*(1860년 8월)을 보자. "그해 학생들이 학생회 임명을 위해 쓴 글의 양이 엄청납니다. 학장님께서 보기에는 이들 덧없는 창작물에서 특별히 두각을 나타내는 글을 찾기 어려울지 몰라도, 저희가 보기에 몇몇은 정말 가치가 있습니다. 그 글들은 심장에서 나온 것이기 때문입니다. 훗날 미소와 눈물로 떠올리게 될 일들이고, 저희가 뿔뿔이 헤어질 때는 은판사진에 서로의 얼굴을 담아가고, 이 글들의 사본도 가져가고 싶은 것이 자연스러운 마음입니다. 아, 우리가 더 이상 한데 어울릴 수 없다니요! … 그 모든 학창 시절의 추억을 머금은 샘은 그 마법 같은 손길에 터져 나올 겁니다."

10. Storer와 Greig, *Antiquarian and Topographical Cabinet*, vol. 1, advertisement.

11. Gomme, *Folk-lore Relics of Early Village Life*, p. 4에 인용된 Andrew Lang, *The Folk-lore Record*, vol. 2, p iii의 서문.

12. Forsyth, *The Antiquary's Portfolio*, 1:i. 이 책의 서두에서는 19세기 초까지 영국제도 골동품 수집의 역사를 간략히 소개한다(1:v-xi).

---

* 올이 촘촘하고 색깔이 흰 무명베. 원래는 가벼운 프린트가 된 인도산 평직 직물을 일컬었는데 요즘은 여러 종류의 면직물을 두루 지칭하기도 한다.

13. Lacan, *Ecrits*(Sheridan 번역), p. 104.

14. Marshall, "Mr. Westfall's Baskets," pp. 168~191 참조.

15. Elliot, *Adam Bede*, p. 543.

16. "그리고 의미를 넓혀서 한 번 더 말하자면, 그것은 이국적인 사물이다. 다른 세계의 색다른 풍경은 어쨌거나 현대인에게는 과거 속으로 뛰어든 것 같은 효과를 준다(관광과 비교해 보라). 수공품, 즉 모든 나라의 토산 장신구는 매혹적이고 다양하고 특이한 물건이라기보다는, 오히려 과거의 형태와 제조 방식을 나타내며 유년 시절과 장난감의 세계와 교체할 수 있는 이전의 세계를 암시하는 사물이다." Baudrillard, *Le Système des Objets*, p. 106, 각주(『사물의 체계』, 배영달 옮김, 지만지, 2011).

17. Roscoe, *The Tourist in Spain*, 3 : 5.

18. Harrison, *The Tourist in Portugal*, p. 289.

19. Graburn, *Ethnic and Tourist Arts*, pp. 2~3.

20. 본래의 사용가치가 관광/전시의 동시적 가치로 대체되는 특이한 전복의 사례도 찾아볼 수 있다. 대대로 전해 내려오는 원형적 인물을 미니어처로 만들거나 병따개로 만든다든가 골동품의 경우 촛대에 전선을 연결해 사용하는 경우 등이 그에 해당할 것이다.

21. Graburn, *Ethnic and Tourist Arts*, p. 15.

22. Bascom, "Changing African Art," pp. 313~314.

23. Graburn, *Ethnic and Tourist Arts*, p. 15.

24. Montiesor, *Some Hobby Horses*의 결론은 다음과 같다. "어떤 종류건 수집품이 선사할 수 있는 최고의 기쁨은 그것을 모아가던 날들에 대한 기억이다. '배열'하느라 시간을 쏟았던 행복한 휴일들, 간절히 원하던 품목이 선물로 더해지던 찬란한 생일들, 미심쩍은 보물들을 두고 벌이던 소소한 말다툼과 주장들, 밤새 책 읽다 떠오른 기발한 생각들(p. 193) 같은 것들 말이다." 이는 수집품이 기념품으로서 이용된 경우로 간주해도 무방할 것이다. 몬티소어의 책은 어린이들을 대상으로 하고 있고, 그 안에는 몬티소어 본인이 어린 시절 즐거워했던 놀이들에 대한 노스탤지어가 가득하다는 점에서 특히 그렇다.

25. De Maistre, *Voyage autour de ma chambre*, p. 51(『밤에 떠나는 내 방 여

행』, 장석훈 옮김, 지호, 2001).

26. Bunn, "The Aesthetics of British Mercantilism," p. 304.

27. Baudrillard, *Le Système des objets*, p. 146.

28. James, *Principles of Psychology*, 2 : 424.

29. Baudrillard, *Le Système des objets*, p. 147~148.

30. Rigby, *Lock, Stock, and Barrel*, p. 79.

31. Hazlitt, *The Coin Collector*, p. 15.

32. Montiesor, *Some Hobby Horses*, pp. 190~191.

33. O'Donnell, *Miniaturia*, p. 163, p. 165.

34. Spitzer, "Milieu and Ambiance," p. 195. 그리고 Praz, *History of Interior Decoration*.

35. Vallois, *First Step in Collecting*, pp. 3~4.

36. Van Loot, Kilgallen, Elphinstone(필명 Booth Tarkington), *The Collector's Watnot*, pp. 144~145.

37. De Balzac, *Cousin Pons*, p. 9.

38. Walsh, *Handy-book of Literary Curiosities*, pp. 95~96.

39. Baudrillard, *Le Système des objets*, p. 131.

40. D'Israeli, *Curiosities of Literature*, 2 : 343. Walsh의 *Marquis d'Argenson* 인용. "'기억나요.' 그는 운을 떼더니 말한다. '한번은 유명한 장서가를 만나러 갔어요. 그분이 어마어마한 가격이 붙은 희귀본 한 부를 구입했다는 겁니다. 너그럽게도 그 귀한 것을 직접 볼 수 있게 해주더군요. 전 순진하게도 용기를 내어 물었어요. 혹시 책 애호가로서 그 희귀본을 재인쇄할 생각으로 사들인 것이냐고요. 그랬더니 겁에 질린 말투로 '하느님, 맙소사!' 소리를 지르더라고요. '어찌 내가 그런 어리석은 짓을 할 거라고 생각할 수가 있소? 그렇게 되면 이 책은 더 이상 희귀하지 않을 것이고, 그럼 어떤 값어치도 없어질 것이 아니겠소? 게다가, 우리끼리 얘기지만, 다시 찍을 만한 가치가 있는지도 사실 모르겠고요.' 내가 대꾸했죠. '그렇다면 희귀성이 그 책의 유일한 매력이군요.' 그 말에 그는 흡족한 듯 맞장구를 치더군요. '바로 그거요. 난 그거면 충분하오.'" Walsh, *Handy-book of Literary Curiosities*, p. 95.

41. Veblen, *The Theory of the Leisure Class*, p. 114.

42. Carrick, *Collector's Luck*, 서문(n. p.).

43. D'Israeli, *Curiosities of Literature*, 1 : 7에 인용.

44. Donato, "The Museum's Furnace," p. 223.

45. Montiesor, *Some Hobby Horses*, p. 192.

46. Bunn, "The Aesthetics of British Mercantilism," p. 317.

47. Hazlitt, *The Coin Collector*, p. 19.

48. Baudrillard, "Fétichisme et idéologie," p. 217.

49. Marx, *Capital*, p. 83(『자본 I-1』 강신준 옮김, 길, 2008).

50. Veblen, p. 184(『유한계급론』, 김성균 옮김, 우물이 있는 집, 2012).

51. Baudrillard, *La Société de consommation*, pp. 166~168.

52. Glassie, *Patterns in the Material Folk Culture of the Eastern United States*, p. 33 참조. "일반적으로 민속자료는 공간상으로는 천차만별이고 시간대별로는 소소한 차이를 보이는 편이다. 그러나 대중문화 또는 학술 문화의 산물은 공간상 큰 차이를 보이지 않고 시간대별로 큰 변화를 보인다."

53. 다양한 차원에서 이 캠프 개념에 관한 고전적 분석은 Sontag, "Notes on Camp"(『해석에 반대한다』, 이민아 옮김, 이후, 2002) 참조.

참고문헌

Abrahams, Roger D., "The Complex Relations of Simple Forms," *Genre* 2, 1969, pp. 104~128.

Abrahams, Roger D., and Richard Bauman, "Ranges of Festival Behavior," In *The Reversible World : Symbolic Inversion in Art and Society*, edited by Barbara A. Babock, Ithaca, New York : Cornell University Press, 1978, pp. 193~208.

Allemagne, Henri, *Histoire des jouets*, Paris : Librairie Hachette, n.d.

Altick, Robert, *The Shows of London*, Cambridge : Harvard University Press, 1978.

Anspach, Elizabeth Berkeley Craven, *The Miniature Picture : A Comedy in Three Acts*, London : G. Riley, 1781.

Ariés, Philippe, *Centuries of Childhood : A Social History of Family Life*, Translated by Robert Baldick, New York : Alfred A. Knopf and Random House, Vintage Books, 1962.

Aristotle, *On the Art of Fiction : "The Poetics,"* Translated by L. J. Potts, 1953. Reprint, Cambridge : Cambridge University Press, 1968.

Aronowitz, Stanley, "Film : The Art Form of Late Capitalism," *Social Text* 1, 1979, pp. 110~129.

Avery, Samuel P., *A Short List of Microscopic Books in the Library of the Grolier Club, Mostly Presented by Samuel P. Avery*, New York : The Grolier Club, 1911.

Babcock, Barbara A., ed. *The Reversible World : Symbolic Inversion in Art and Society*, Ithaca, New York: Cornell University Press, 1978.

Bachelard, Gaston, *The Poetics of Space*, Translated by Maria Jolas, Boston: Beacon Press, 1969.

Bakhtin, Mikhail, *The Dialogic Imagination*, Translated by Caryl Emerson and Michael Holquist, Edited by Michael Holquist, Austin: University of Texas Press, 1981.

_____, *Problems of Dostoevsky's Poetics*, Translated by R. W. Rotsel, Ann Arbor, Mich.: Ardis, 1973.

_____, *Rabelais and His World*, Translated by Helene Iswolsky, Cambridge: MIT Press, 1968.

Balzac, Honoré de, *Cousin Pons*, Translated by Ellen Marriage, New York: Merrill and Baker, 1901.

Barkan, Leonard, *Nature's Work of Art: The Human Body as Image of the World*, New Haven: Yale University Press, 1975.

Barnum, P. T., *Struggles and Triumphs: or, The Life of P. T. Barnum, Written by Himself*, Edited by George S. Bryant, 2 vols, New York: Alfred A. Knopf, 1927.

Bascom, William, "Changing African Art," In *Ethnic and Tourist Arts*, edited by Nelson Graburn, Berkeley: University of California Press, 1979, pp. 303~319.

Baudrillard, Jean, "Fétichisme et idéologie: La Réduction sémiologique," *Nouvelle Revue de Psychanalyse* 2, 1970, pp. 213~224.

_____, *For a Critique of the Political Economy of the Sign*, Translated by Charles Levin, St. Louis: Telos Press, 1981.

_____, *La Société de Consommation, ses Mythes, ses Structures*, Paris: Le Point de la Question, 1970.

_____, *Le Système des Objets*, Paris: Gallimard, 1968.

Baudry, Jean-Louis, "Cinéma: Effets idéologiques produits par l'appareil de base," *Cinéthique* 7~8, 1970, pp. 1~8.

Bazin, André, *What Is Cinema?*, Translated by Hugh Gray, Berkeley : Unirersity of California Press, 1967.

Beath, Paul R., *Febold Feboldson : Tall Tales from the Great Plains*, Lincoln : University of Nebraska Press, 1948.

_____, *Legends of Febold Feboldson*, Lincoln : Federal Writers Project in Nebraska, 1937.

Benjamin, Walter, *Illuminations*, Translated by Harry Zohn, Edited by Hannah Arendt, New York : Schocken Books, 1976.

Benson, Arthur, *The Book of the Queen's Dolls' House*, London : Methuen, 1924.

Bersani, Leo, *A Future for Astyanax : Character and Desire in Literature*, Boston : Little, Brown, and Co., 1976.

Blake, William, *Poems of William Blake*, Edited by William Butler Yeats, New York : Boni and Liveright, n.d.

_____, *The Poetry and Prose of William Blake*, Edited by David V. Erdman, with a commentary by Harold Bloom, Garden City, New York : Doubleday, 1965.

Boas, George, *The History of Ideas*, New York : Charles Scribner's Sons, 1969.

Bombaugh, C. C., *Gleanings for the Curious from the Harvest Fields of Literature*, Hartford, Connecticut : A. D. Worthington, 1875.

Borges, Jorge Luis, *"The Aleph" and Other Stories, 1933-1969*, Translated by Norman Thomas Di Giovanni in collaboration with the author, New York : E. P. Dutton, 1978.

Brewer, Ebenezer Cobham, *Dictionary of Phrase and Fable*, Edited by Ivor Evans, New York : Harper and Row, 1970.

Briggs, Katharine M., *The Fairies in English Tradition and Literature*, Chicago : University of Chicago Press, 1967.

Broderius, John P., *The Giant in Germanic Tradition*, Chicago : University of Chicago Libraries, 1932.

Brontë, Emily, *Gondal's Queen : A Novel in Verse*, Edited by Frannie

Ratchford, Austin : University of Texas Press, 1955.

Brown, Suzanne Hunter, "The Chrontope of the Short Story : Time, Character, and Brevity," 1982, Department of English, Dartmouth Colledge, Photocopy.

Bunn, James H., "The Aesthetics of British Mercantilism," *New Literary History* 11, 1980, pp. 303~321.

Burke, Edmund, "A philosophical Inquiry into the Origin of Our Ideas of the Sublime and Beautiful : with an Introductory Discourse Concerning Taste," In *Works* 1:55~219, London : Oxford University Press, 1925.

Burke, Kenneth, *Counterstatement*, Chicago : University of Chicago Press, Phoenix Books, 1957.

Burton, Robert, *The Anatomy of Melancholy*, Edited by Holbrook Jackson, New York : Random House, 1977.

Burton, Warren, *The Scenery-Shower, with Word Paintings of the Beautiful, the Picturesque, and the Grand in Nature*, Boston : William Ticknor, 1844.

Butor, Michel, *Inventory*, Translated by Richard Howard, New York : Simon and Schuster, 1961.

Cantor, Norman F. ed., *The Medieval World, 300 -1300*, London : Macmillan, 1970.

Carrick, Alice Van Leer, *Collector's Luck : or, A Repository of Pleasant and Profitable Discourses Descriptive of the Household Furniture and Ornaments of Olden Time*, Boston : Atlnatic Montly Press, 1919.

Charpenel, Mauricio, *Las Miniaturas en el arte popular Mexicano*, Latin American Folklore Series, no. 1, Austin : University of Texas Center for Intercultural Studies in Folklore and Oral History, 1970.

Clark, Kenneth, *The Nude*, Garden City, New York : Doubleday, 1956.

Clarke, Pauline, *The Return of the Twelves*, New York : Coward, McCann,

1963.

Clayton, Howard, *Miniature Railways*, Lingfield, Surrey: Oakwood Press, 1971.

Conger, George P., *Synoptic Naturalism*, Minneapolis: University of Minnesota Library, 1960.

_____, *Theories of Macrocosms and Microcosms in the History of Philosophy*, New York: Russell and Russell, 1967.

Cook, David, *History of Narrative Film*, New York: W. W. Norton, 1981.

Corrigan, Timothy, *Coleridge, Language, and Criticism*, Athens: University of Georgia Press, 1982.

Coward, Rosalind, and John Ellis, *Language and Materialism: Developments in Semiology and the Theory of the Subject*, London and Boston: Routledge and Kegan Paul, 1977.

Craven, Elizabeth Berkeley. Anspach, Elizabeth Berkeley Craven을 보라.

Curtius, Ernst Robert, *European Literature and the Latin Midde Ages*, New York: Harper and Row, 1953.

Daiken, Leslie, *Children's Toys Throughout the Ages*, London: B. T. Batsford, 1953.

Darré, René, *Géants d'hier et d'aujourd'hui*, Arras: Imprimerie de la Nouvelle Société anonyme du Pas-de-Calais, 1944.

Davis, Natalie Zemon, *Society and Culture in Early Modern France*, Stanford: Stanford University Press, 1975.

Dawson, Christopher, *Religion and the Rise of Western Culture*, Garden City, New York: Doubleday, 1958.

Debord, Guy, *The Society of the Spectacle*, Anonymous translation, Detroit: Black and Red, 1970.

Defoe, Daniel, *Robinson Crusoe*, Edited by Michael Shinagel, New York: W. W. Norton, 1975.

Deleuze, Gilles, *Proust and Signs*, Translated by Richard Howard,

New York : George Braziller, 1972.

DeLong, Alton J., "Phenomenological Space-Time : Toward an Experiential Relativity," *Science* 213, 1981, pp. 681~683.

Derrida, Jacques, *Of Grammatology*, Translated by Gayatri Chakravorty Spivak, Baltimore : Johns Hopkins University Press, 1976.

D'Israeli, Isaac, *Curiosities of Literature*, 2 vols, Paris : Baudry's European Library, 1835.

Dobie, J. Frank, "Giants of the Southwest," *Country Gentleman* 91, 1926, p. 11, pp. 71~72.

Doležel, Lubomir, "A Scheme of Narrative Time," In *The Semiotics of Art*, edited by Ladislav Matejka and Irwin R. Titunik, Cambridge : MIT Press, 1976, pp. 209~217.

Donato, Eugenio, "The Museum's Furnace : Notes Toward a Contextual Reading of *Bouvard and Pécuchet*," In *Textual Strategies : Perspectives in Post-Structuralist Criticism*, edited by Josué Harari, Ithaca, New York : Cornell University Press, 1979, pp. 213~238.

Dorson, Richard, *American Folklore*, Chicago : University of Chicago Press, 1973.

_____, "Mose the Far-Famed and World Renowned," *American Literature* 15, 1943, pp. 288~300.

Doyle, Sir Arthur Conan, *The Coming of the Fairies*, Toronto : Hodder and Stoughton, 1922.

DuBois, W. E. B., *The Souls of Black Folk*, New York : Blue Heron Press, 1953.

Duffy, Maureen, *The Erotic World of Fairy*, London : Hodder and Stoughton, 1972.

Earth Art, Catalog of an exhibition at the Andrew Dickson White Museum of Art, January 11~March 16, 1969 ; Ithaca, New York : Cornell University Press, 1970.

Eco, Umberto, *A Theory of Semiotics*, Bloomington : Indiana University Press, 1976.

Eisenhart, Willy, *The World of Donald Evans*, New York : Dial/Delacorte, A Harlin Quist Book, 1980.

Eliot, George, *Adam Bede*, New York : Washington Square Pres, 1977.

_____, *Silas Marner*, New York : New American Library, 1960.

Ellman, Richard, *Ulysses on the Liffey*, New York : Oxford University Press, 1972.

Elward, Robert, *On Collecting Miniatures, Enamels, and Jewellry*, London : Arnold, 1905.

Erdman, David, *Blake : Prophet Against Empire*, Princeton : Princeton University Press, 1977.

Evans, E. Estyn, *Irish Folk Ways*, London : Routledge and Kegan Paul, 1972.

Evans Wentz, E. E., *The Fairty Faith in Celtic Countries*, 1911. Reprint, Gerrards Cross, Buckinghamshire : Colin Smythe, 1977.

Fairholt, F. W., *Gog and Magog, the Giants in Guildhall : Their Real and Legendary History, with an Account of Other Civic Giants, at Home and Abroad*, London : John Camden Hotten, 1859.

Ferry, Jean, *Une Etude sur Raymond Roussel*, Paris : Arcanes, 1953.

Fiedler, Leslie, *Freaks : Myths and Images of the Secret Self*, New York : Simon and Schuster, 1978.

Fielding, Henry, *Tom Jones*, New York : New American Library, 1963.

Fish, Stanley E., "How Ordinary Is Ordinary Language?," *New Literary History* 5, 1973, pp. 40~54.

Fisher, Philip, "City Matters : City Minds," *Harvard English Studies* 6, 1975, pp. 371~389.

_____, "The Construction of the Body," Photocopy.

_____, "The Recovery of the Body," *Humanities in Society* 1, 1978, pp. 133~146.

Forsyth, J. S., *The Antiquary's Portfolio : or Cabinet Selection of Historical and Literary Curiosities, on Subjects Principally Connected with the Manners, Customs, and Morals ; Civil, Military, and Ecclesiastical Governments & c. of Great Britain, During the Middle and Later Ages*, 2 vols, London : G. Wightman, 1825.

Foucault, Michel, *Raymond Roussel*, Paris : Gallimard, 1963.

Freud, Sigmund, *Standard Works*, Translated by James Strachey, Vols. 7 and 21, London : Hogarth Press, 1953.

Fried, Michael, "Art and Objecthood," *Artforum* 5, 1967, pp. 12~23.

Gadamer, Hans-Georg, "The Historicity of Understanding," In *Critical Sociology*, edited by Paul Connerton, Harmondsworth, Middlesex : Penguin Books, 1976, pp. 117~133.

Gifford, Don, and Robert Seidman, *Notes for Joyce*, New York : E. P. Dutton, 1974.

Glassie, Henry, *Patterns in the Material Folk Culture of the Eastern United States*, Philadelphia : University of Pennsylvania Press, 1968.

Gombrich, E. H., *Art and Illusion*, Princeton : Princeton University Press, 1972.

Gomme, George Laurence, *Folk-lore Relics of Early Village Life*, London : E. Stock, 1883.

Graburn, Nelson, *Ethnic and Tourist Arts*, Berkeley : University of California Press, 1979.

Grildrig, Solomon(pseud), *The Miniature : A Periodical Paper*, Edited by Thomas Rennell, H. C. Knight, G. Canning, and others, Windsor : C. Knight, 1804.

Gröber, Karl, *Children's Toys of Bygone Ages*, Translated by Philip Hereford, New York : Frederick A. Stokes, 1928.

Hall, Stanley G., *A Study of Dolls*, New York : E. L. Kellogg and Co., 1897.

Halliwell, J. ed., *The Metrical History of Tom Thumb the Little, as Issued*

Early in the Eighteenth Century in Three Parts, London : Whittingham
and Wilkins, 1860.

Harrison, W. H., *The Tourist in Portugal*, London : Robert Jennings and
Co., 1839.

Hazlitt, William Carew, *The Coin Collector*, London : G. Redway, 1896.

Hegel, G. W. F,, *The Phenomemology of Mind*, Translated by J. B.
Baillie, New York : Harper and Row, 1967.

Heidegger, Martin, *An Introduction to Metaphysics*, Translated by Ralph
Mannheim, New Haven : Yale University Press, 1959.

Henderson, James Dougald, *Lilliputian Newspapers*, Worcester, Mass. : A.
J. St. Onge, 1936.

_____, *Miniature Books*, Leipzig : Tondeur and Sauberlich, 1930.

_____, *Miniature Books : Newsletter of the LXIV mos Society*, February 1,
1928.

Heppenstall, Rayner, *Raymond Roussel : A Critical Guide*, London : Calder
and Boyers, 1966.

Hilliard, Nicholas, *A Treatise Concerning the Arte of Limning Together
with a More Compendious Discourse Concerning Ye Art of Liming by
Edward Norgate*, Edited by R. K. R., Thornton and T. G. S. Cain,
Ashington, Northumberland : Mid Northumberland Arts Group
and Carcanet New Press, 1981.

Hirsch, Edward, "Wisdom and Power : Yeats and the Commonwealth
of Faery," *Yeats-Eliot Review*, 1986.

Holland, Philip, "Robert Burton's *Anatomy of Melancholy* and
Menippean Satire, Humanist and English," Diss. : University of
London, 1979.

Homer, *The Odyssey*, Translated by Robert Fitzgerald, Garden City,
New York : Doubleday, Anchor Books, 1963.

Hooke, Robert, *Micrographia ; or, Some Physiological Descriptions of Minute
Bodes Made by Magnifying Glasses, with Observations and Inquiries There*

Upon, London:Jo. Maryn and Ja. Allestry, 1665.

Hunter, Joseph, *Antiquarian Notices of Lupset, the Heath, Sharlston and, Ackton, in the County of York*, London:J. B. Nichols and Son, 1851.

Hurston, Zora Neale, *Mules and Men*, Bloomington:Indiana University Press, 1978.

Hussey, Christopher, *The Picturesque : Studies in a Point of View*, G. P. Putnam and Sons, 1927.

Iser, Wolfgang, *The Act of Reading : A Theory of Aesthetic Response*, London:Routeledge and Kegan Paul, 1978.

_____, *The Implied Reader*, Baltimore:Johns Hopkins University Press, 1974.

Jackson, Emily, *Toys of Other Days*, New York:Charles Scribner's Sons, 1908.

Jacobs, Flora Gill, *A World of Doll Houses*, New York:Gramercy, 1965.

James, M. R., *Ghost-Stories of an Antiquary*, London:Edward Arnold, 1912.

James, William, *The Principles of Psychiatry*, 2 vols, New York:Dover, 1950.

Janes, Rev, Edmund S. ed., *Miniature Bible*, Philadelphia:W. N. Wiatt, 185?.

Jankélévitch, Vladimir, *L'Irréversible et la Nostalgie*, Paris:Flammarion, 1974.

Jessup, Bertram, "Aesthetic Size," *Journal of Aesthetics and Art Criticism* 9, 1950, pp. 31~38.

Jonson, Ben, "To Penshurst," *In The complete Poetry of Ben Jonson*, edited by William B. Hunter, New York:New York University Press, 1963, pp. 77~81.

Joyce, James, *Ulysses*, New York:Random House, Vintage Books, 1961.

Kawasaki, Toshihiko, "Donne's Microcosm," In *Seventeenth Century*

Imagery, edited by Earl Miner, Berkeley : University of California Press, 1971, pp. 25~43.

Kirk, Robert, *The Secret Commonwealth of Elves, Fauns, and Fairies*, 1691, 1815. Reprint, London : D. Nutt, 1893.

Klein, Melanie, *"Love, Guilt, and Reparation," and Other Works, 1921-1945*, New York : Delacorte Press, 1975.

Kowzan, Tadeusz, *Littérature et spectacle*, The Hague : Mouton, 1975.

Kristeva, Julia, "Motherhood According to Giovanni Bellini," In *Desire in Language*, edited by Leon S. Roudiez, translated by Thomas Gora, Alice Jardine, and Leor S. Roudiez, New York : Columbia University Press, 1980, pp. 237~270.

Kusamitsu, Toshio, "Great Exhibitions Before 1851," *History Workshop* 9, 1980, pp. 70~89.

Lacan, Jacques, *Ecrits*, Paris : Editions du Seuil, 1966.

_____. *Ecrits*, Translated by Alan Sheridan, New York : W. W. Norton, 1977.

_____, *The Language of the Self : The Function of Language In Psychoanalysis*, Translated by Anthony Wilden, Baltimore : Johns Hopkins Press, 1968.

Lampedusa, Giuseppe di, *The Leopard*, Translated by Archibald Colquhoun, New York : Pantheon, 1960.

Lang, Andrew, Preface to *The Folk-lore Record, for Collecting and Printing Relics of Popular Antiquities*, vol. 2, London, 1879.

Latham, Minor White, *The Elizabethan Fairies : The Fairies of Folklore and the Fairies of Shakespeare*, New York : Columbia University Press, 1930.

Leach, Edmund, "Anthropological Aspects of Language : Animal Categories and Verbal Abuse," In *Reader in Comparative Religion*, edited by William Lessa and Evon Vogt, 3rd ed., New York : Harper and Row, 1972, pp. 206~220.

Leach, Maria, ed., *Standard Dictionary of Folklore, Mythology, and Legend*, 2 vols, New York : Funk and Wagnalls, 1949.

Lefebvre, Henri, *Critique de la Vie Quotidienne*, 2 vols, Paris : L'Arche, 1958.

_____. *La Production de l'espace*, Paris : Editions anthropos, 1974.

Leinster, Murray, *Land of the Giants*, New York : Pyramid Publications, 1968.

Lévi-Strauss, Claude, *The Savage Mind*, Chicago : University of Chicago Press, 1973.

Lippard, Lucy, *Pop Art*, New York : Praeger, 1966.

Longinus, *On The Sublime*, Edited by D. A. Russell, Oxford : Clarendon Press, 1964.

Lotman, J. M, "Point of View in a Text," *New Literary History* 6, 1975, pp. 339~352.

_____, "Primary and Secondary Communication-Modeling Systems," In *Soviet Semiotics*, translated and edited by Daniel P. Lucid, Baltimore : Johns Hopkins University Press, 1977, pp. 95~98.

Lotze, Hermann, *Microcosmus : An Essay Concerning Man and His Relation to the World*, Translated by E. Hamilton and E. E. Constance Jones, 2 vols, New York : Scribner and Welford, 1886.

Lowenthal, Leo, *Literature, Popular Culture, and Society*, Palo Alto : Pacific Books, 1961.

MacCannell, Dean, *The Toursist : A New Theory of the Leisure Class*, New York : Schocken Books, 1976.

McClinton, Katharine, *Antiques in Miniature*, New York : Charles Scribner's Sons, 1970.

Mackay, Charles, *Extraordinary Popular Delusions and the Madness of Crowds*, London : R. Bentley, 1841. Reprint, New York : Noonday, 1970.

Macmanus, Dermot, *The Middle Kingdom*, Gerrads Cross, Buckinghamshire: Colin Smythe, 1975.

McMurtie, Douglas, *Miniature Incunabula : Some Preliminary Notes on Small Books Printed During the Fifteenth Century*, Chicago: Privately printed, 1929.

MacRitchie, David, *Fians, Fairies, and Picts*, London: K. Paul, Trench, Trubner and Co., 1893.

Magoon, E. L., "Scenery and Mind," In *The Home Book of the Picturesque*, New York: G. P. Putnam, 1852, pp. 1~48.

Maistre, Xavier de, *Voyage autour de ma chambre*, Paris: Flammarion, 1932.

Marin, Louis, *Etudes sémiologiques, ecritures, peintures*, Paris: Klincksieck, 1971.

Marquand, John P., *The Late George Apley : A Novel in the Form of a Memoir*, Boston: Little, Brown, 1937.

Marshall, Howard Wight, "Mr. Westfall's Baskets : Traditional Craftsmanship in Northcentral Missouri," In *Readings in American Folklore*, edited by Jan Harold Brunvand, New York: W. W. Norton, 1979, pp. 168~191.

Marvell, Andrew, "Upon Appleton House," In *The Poems and Letters of Andrew Marvell*, edited by H. M. Margoliouth, New York: Oxford University Press, 1971, pp. 62~86.

Marx, Karl, *Capital : A Critique of Political Economy*, Translated by Samuel Moore and Edward Aveling, New York: Modern Library, 1906.

Massingham, Harold John, *Fee, fi, fo, fum, or, The giants of England*, London: Kegan, Paul, Trench, Trubner, 1926.

Metz, Christian, *Le Signifiant Imaginaire*, Paris: 10/18, 1977.

Mingus, Charlie, *Beneath the Underdog : His World as Composed By Mingus*, Edited by Nel King, New York: Alfred A. Knopf, 1971.

A Miniature Almanack, Boston: Charles Ewer, 1819/1820, 1820/1821.

Monk, Samuel, "The Sublime: Burke's *Enquiry,*" In *Romanticism and Consciousness*, edited by Harold Bloom, New York: W. W. Norton, 1970, pp. 24~41.

Montiesor, C., *Some Hobby Horses: or, How to Collect Stamps, Coins, Seals, Crests, and Scraps*, London: W. H. Allen and Co., 1890.

Moog, Florence, "Gulliver Was a Bad Biologist," *Scientific American* 179, 1948, pp. 52~55.

Mukařovský, Jan, "Standard Language and *Poetic Language,*" In *A Prague School Reader on Esthetics, Literary Structure, and Style*, edited by Paul Garvin, Washington, D. C.: Washington Linguistics Club, 1955, pp. 19~35.

Murdoch, John, Jim Murrell, Patrick J. Noon, and Roy Strong, *The English Miniature*, New Haven: Yale University Press, 1981.

Napier, Charles O. G., *The Book of Nature and the Book of Man, in Which Man Is Accepted as a Type of Creation—the Microcosm—the Great Pivot on Which All Lower Forms of Life Turn*, London: J. C. Hotten, 1870.

Nicholson, Marjorie Hope, *The Microscope and English Imagination*, Smith College Studies in Modern Languages, Northampton, Mass.: Smith College, 1935.

_____, *Mountain Gloom and Mountain Glory: The Development of the Aesthetics of the Infinite*, Ithaca, New York: Cornell University Press, 1959.

_____, *Science and Imagination*, Ithaca, New York: Cornell University Press, 1956.

O'Donnell, Georgene, *Miniaturia: The World of Tiny Things*, Chicago: Lightner Publishing Co., 1943.

Olrik, Axel, "Epic Laws of Folk Narrative," In *The Study of Folklore*, edited by Alan Dundes, Englewood Cliffs, New Jersey: Prentice-Hall, 1965, pp. 129~141.

O'Súilleabhain, *Séan, Storytelling in Irish Tradition*, Cork:The Mercier Press and The Cultural Relations Commission of Ireland, 1973.

Plato, *Works*, Translated by B. Jowett, 4 vols, in 1, New York:Tudor, n.d.

Ponge, Francis, *The Voice of Things*, Translated by Beth Archer, New York:McGraw-Hill, 1972.

Powell, Mel, *Miniatures for Baroque Ensemble*, Opus 8, New York:G. Schermer, 1959.

Pratt, Mary Louise, *Toward a Speech Act Theory of Literary Discourse*, Bloomington:Indiana University Press, 1977.

Praz, Mario, *The House of Life*, Translated by Angus Davidson, New York:Oxford University Press, 1964.

_____, *An Illustrated History of Interior Decoration : From Pompeii to Art Nouveau*, Translated by William Weaver, New York:Thames and Hudson, 1982.

Price, Martin, *To the Palace of Wisdom*, Garden City, New York:Doubleday, 1964.

Pyne, William Henry, *Microcosm : or, A Picturesque Delineation of the Arts, Agriculture, and Manufactures of Great Britain in a Series of a Thousand Groups of Small Figures for the Embellishment of Landscape*, 1845. Reprint, New York:B. Blom, 1971.

Rabelais, François, *Gargantua and Pantagruel*, Translated by J. M. Cohen. Harmondsworth, Middlesex:Penguin Books, 1969.

Radin, Paul, *The Trickster*, New York:Schocken Books, 1972.

Ratchford, Fannie, *The Brontës' Web of Childhood*, New York:Russell and Russell, 1941.

Riffaterre, Michael, *Semiotics of Poetry*, Bloomington:Indiana University Press, 1978.

Rigby, Douglas, *Lock, Stock, and Barrel : The Story of Collecting*, Philadelphia:J. B. Lippincott, 1944.

Ritson, Joseph, *Fairy Tales, Legends, and Romances Illustrating Shakespeare and Other Early English Writers to Which Are Prefixed Two Preliminary Dissertations : 1 On Pygmies*, 2, On Fairies, Edited by William C. Hazlitt, London : F. and W. Kerslake, 1875.

Robertson, D. W., *Preface to Chaucer*, Princeton : Princeton University Press, 1962.

Roscoe, Thomas, *The Tourist in Spain, Vol. 3, Biscay and the Castiles*, London : Robert Jennings and Co., 1837.

Rose, Barbara, "Blow-Up—the Problem of Scale in Sculpture," *Art in America* 56, 1968, pp. 80~91.

Roussel, Raymond, *How I Write Certain of My Books*, Translated by Trevor Winkfield, New York : Sun Press, 1977.

_____, *Impressions of Africa*, Translated by Lindy Foord and Rayner Heppenstall, London : Calder and Boyers, 1966.

Salomone-Marino, Salvatore, *Customs and Habits of the Sicilian Peasants*, Edited and translated by Rosalie N. Norris, Rutherford, New Jersey : Fairleigh Dickinson University Press, 1981. 원서는 *Costumi e usanze dei contadini di Sicilia*, 1897.

Schafer, Roy, *Aspects of Internalization*, New York : International Universities Press, 1968.

Scholes, Robert, and Robert Kellogg, *The Nature of Narrative*, New York : Oxford University Press, 1966.

Shuman, Amy, *Retellings : Storytelling and Writing Among Urban Adolescents*, Ph. D. diss., University of Pennsylvania, 1981.

Simmel, Georg, *The Sociology of Georg Simmel*, Translated and edited by Kurt Wolff, New York : Free Press of Glencoe, 1950.

Smithson, Robert, "The Monuments of Passaic," *Artforum* 6, 1967, pp. 48~51.

Sokol, John, "Portraits of Modern Masters," *The Georgia Review* 32, 1979, pp. 368~376.

Sontag, Susan, "Notes on Camp," In *"Against Interpretation" and Other Essays*, New York : Dell, 1969, pp. 277~293.

The Souvenir : By the Ladies Literary Union of Hillsdale College, Hillsdale, Michigan, August 1860, no. 1, Toledo : Pelton, Stewart, and Waggoner, 1860.

Speaight, George, *The History of the English Toy Theatre*. London : Studio Vista, 1969.

Spence, Lewis, *British Fairy Origins*, London : Watts and Co., 1946.

Spenser, Edmund, *The Poetical Works of Edmund Spenser*, Edited by J. C. Smith and E. De Selincourt, London : Oxford University Press, 1960.

Spitzer, Leo, "Milieu and Ambiance : An Essay in Historical Semantics," *Philosophy and Phenomenological Research : A Quarterly Journal* 3, no. 1, 1942, pp. 1~42 ; 3, no. 2, 1942, pp. 169~218.

Squire, Charles, *Celtic Myth and Legend*, Hollywood : Newcastle Publishing Co., 1975(초판은 *The Mythology of the British Isles*라는 제목으로 1905년 출간).

Stevick, Philip, "Miniaturization in Eighteenth-Century English Literature," *University of Toronto Quarterly* 38, 1969, pp. 159~173.

Stewart, Susan, "The Epistemology of the Horror Story," *Journal of American Folklore* 95, 1982, pp. 33~50.

_____, *Nonsense : Aspects of Intertextuality in Folklore and Literature*, Baltimore : Johns Hopkins University Press, 1979.

_____, "The Pickpocket : A study in Tradition and Allusion," *MLN* 95, 1980, pp. 1127~1154.

Stone, Wilbur Macey, *A Snuff-boxful of Bibles*, Newark : Carteret Book Club, 1926.

_____, *An Unusual Collection of Miniature Books, Formed by a Lady*, New York : Flandome Press, 1928.

Storer, James, and I. Grieg, *Antiquarian and Topographical Cabinet,*

Containing a Series of Elegant Views of the Most Interesting Objects of Curiosity in Great Britain, N. p., pp. 1807~1811.

Swift, Jonathan, *Gulliver's Travels*, Edited by Robert A Greenberg, New York : W. W. Norton, 1970.

Sypher, Wylie, "Baroque Afterpiece : The Picturesque," *Gazette des Beaux-Arts* 27, 1945, pp. 39~58.

Thomas, Gerald, *The Tall Tale and Philippe d'Alcripe*, St. John's : Department of Folklore, Memorial University of Newfoundland, 1977.

Tillim, Sidney, "Earthworks and the New Picturesque," *Artforum* 7, 1968, pp. 42~45.

"The Toby Jug," *The Antiquarian*, November 1923.

The Tom Thumb Wedding and the Brownie's Flirtation, Boston : W. H. Baker, 1898.

Tousey, Frank, *How to Write Letters : Everybody's Friend, Samples of Every Conceivable Kind of Letters*, New York : Frank Tousey, 1890.

Townsend, John Rowe, *Written for Children, Harmondsworth*, Middlesex : Penguin Books, 1965.

Tuve, Rosemond, *Allegorical Imagery : Some Medieval Books and Their Posterity*, Princeton : Princeton University Press, 1966.

Valéry, Paul, *Aesthetics*, Translated by Ralph Mannheim, New York : Random House, 1964.

Vallois, Grace, *First Steps in Collecting Furniture, Glass, China*, New York : Medill McBride, 1950.

Van Loot, Cornelius Obenchain, Milton Kilgallen, and Murgatroyd Elphinstone(pseud. of Booth Tarkington, Kenneth Lewis Roberts, and Hugh MacNair Kahler), *The Collector's Whatnot : A Compendium, Manual, and Syllabus of Information and Advice on All Subjects Appertaining to the Collection of Antiques, Both Ancient and Not So Ancient*, Boston : Houghton Mifflin, 1923.

Veblen, Thorstein, *The Theory of the Leisure Class*, New York : New

American Library, 1953.

Vološinov, V. N., *Marxism and the Philosophy of Language*, Tranlated by Ladislav Matejka and I. R. Titunik, Hawthorne, New York : Mouton, Seminar, 1973.

Walsh, William S., *Handy-book of Literary Curiosities*, Philadelphia : J. B. Lippincott, 1892.

Watson, Emily, *Fairies of Our Garden*, Boston : J. E. Tilton, 1862.

Watson, Patrick, *Fasanella's City : The Paintings of Ralph Fasanella, with the Story of His Life and Art*, New York : Random House, Ballantine Books, 1973.

Watt, Ian, *The Rise of the Novel*, Berkeley : University of California Press, 1974.

Wells, H. G., *Little Wars : A Game for Boys from Twelve Years of Age to 150 and for That More Intelligent Sort of Girls Who Like Boys' Games and Books ; with an Appendix on Kriegspiel*, London : Frank Palmer, 1913.

Wilgus, D. K., *Anglo-American Folksong Scholarship since 1898*, New York : Rutgers University Press, 1959.

Williams, Mary, "Folklore and Palcenames," *Folklore* 74, 1963, pp. 361~376.

Williams, Raymond, *Marxism and Literature*, Oxford : Oxford University Press, 1977.

Winter, Carl, *Elizabethan Miniatures*, Harmondsworth, Middlesex : Penguin Books, 1943.

Wisdom in Miniature; or, The Youth's Pleasing Instructor, New York : Mahlon Day, 1822.

Wood, Edward, *Giants and Dwarfs*, London : R. Bentley, 1868.

Yonge, Charlotte M., *The History of Sir Thomas Thumb*, Edinburgh : Thomas Constable, 1856.

Zigrosser, Carl, *Multum in Parvo : An Essay in Poetic Imagination*, New York : George Braziller, 1965.

옮긴이의 말

　매혹은 힘이 세다. 어떤 대상과 (무려) 관계를 맺기로 마음을 정하는 데에는 필시 매혹의 순간이 있기 마련이다.

　"우리는 반복될 수 있는 사건에 대해서는 기념품을 필요로 하지도 욕망하지도 않는다."

　이 책을 좀 더 알아보기로 마음먹은 것은 아마도 이 문장을 읽은 순간이었을 것이다. 무엇인가를 혹은 누군가를, 아니 어쩌면 어떤 시절을 '기념'하는 ─'기념'한다고 믿고 싶은─ 자잘한 낡은 물건들 안에 담긴 상실의 기억 혹은 예감이 불현듯 떠오르는 바람에 이건 어쩌면 내 이야기일지도 모른다는 착각이 들었기 때문인지도 모르겠다.

　저자 수잔 스튜어트에 따르면, 언어와 지시대상 사이에는 늘 '미끄러짐'이 있어서 모든 언어는 결국 본질에서 일탈한 것일 수밖에 없다고 하니, 결과적으로 나는 그 '미끄러짐' 덕분에 이 책을 만나게 된 셈인지도 모른다.

그렇게 '미끄러진' 덕분에 매혹되어 덜컥 번역을 시작하기는 했지만 과연 지난한 과정이 나를 기다리고 있었다. 저자는 영문학, 인류학, 시학, 민속학을 두루 공부한 이력에 걸맞게 종횡무진 거침없는 필력을 선보이며, 기호학, 정신분석학, 페미니즘, 포스트모더니즘, 마르크스주의 등 다양한 분야의 개념을 끌어다가 독창적이고 기발한 솜씨로 '갈망'에 관한 한 편의 이야기를 완성해 내고 있다. (본문에 언급된 쿠나족 몰라 수예품의 형형색색 화려한 아름다움을 아마도 이 책에 비견해 볼 수 있을 것이다.) 비전공자로서 이런 책을 옮긴다는 것이 쉬웠을 리 없지만, 다행히도 관련된 좋은 책들과 자료들로부터 많은 도움을 받을 수 있었다.

여러 권 시집을 낸 시인이기도 한 저자답게 간결하고 함축적인 문장들을 선보이고, 어려운 개념들을 촘촘히 엮어가면서도 이따금씩 유머와 재담을 섞어가며 솜씨 있게 독자의 긴장을 푸는 것도 잊지 않는다. 둘러앉아 지금껏 본 가장 못생긴 사람 이야기를 늘어놓는 허풍쟁이 사내들의 일화라든가 톰 섬의 결혼식에서 신랑, 신부 역할을 맡은 꼬마들이 읊어 내려가는 기상천외한 서약문 같은 대목에서는 아마 웃음을 참기 힘들 것이다. 시인이 쓴 글이기에 더더욱 허투루 쓴 단어가 하나도 없으리라는 생각에 내내 긴장의 끈을 늦추지 못했던 나도 중간중간 맛깔난 양념처럼 더해진 이런 에피소드를 만날 때마다 저절로 긴장을 풀고 신이 나서 번역을 했던 기억이 난다. 부디 그 순간의 즐거움이 독자 여러분에게도 고스란히 전해지기를.

저자의 말마따나 읽는 행위의 핵심은 텍스트 자체가 아니라

'독자의 변화'에 있다. 변화가 일어나 특정한 시점이 완성되고 나면 이제 세상 어디를 바라보든 그 새로운 시선이 그 위에 각인될 수밖에 없는 것이다.

『갈망에 대하여』를 읽고, 그리고 옮기고 나서 내게 일어난 '변화'는 무엇일까. 우선, 내가 버리지 못하고 꾸역꾸역 껴안고 있는 물건들에게서, 그리고 끊임없이 떠들고 끄적이는 습관 속에서 내 안에 있는 상실의 기억이나 거기서 파생돼 나오는 예감과 불안, 그리움, 욕망 같은 것을 읽어내게 됐다는 것이다. 그리고 이 책에 등장하는, 우리가 손쉽게 '괴물' 혹은 '프릭'으로 치부해 버리는 존재들―작다는, 크다는, 흔치 않다는, 제각각의 이유로 대상화된 채 가장자리 혹은 바깥으로 밀려나 소외돼 버린 모든 존재들―에 대해서도 다시 떠올리게 됐다.

기형의 동물이나 사람을 웃음거리로 만들어 구경하던 그 옛날 방식의 쇼는 없어졌을지 몰라도, 저자가 이 책을 처음 집필하던 때나 혹은 그로부터 또 30여 년이 지난 지금도 세상은 여전히 새로운 기묘한 기준을 내세워 또 다른 누군가를 손쉽게 객체화·타자화하고 있지 않은가. 4장 「상상 속의 몸」에서 여성에게 '얼굴'―존재에게 핵심적인 텍스트에 해당하는 부분―은 타자에게 소유될 뿐 여성 자신에게는 허락되지 않는다는 표현이 나오는 것을 보면, 저자는 아마도 여성을 여전히 객체화·타자화되고 있는 대표적 존재로 보았던 것 같다. 책머리에 적은 '나의 어머니 그리고 할머니들에게 이 글을 바친다'는 문구도 비로소 의미심장하게 읽힌다.

책의 부제에만도 여러 가지—미니어처, 거대한 것, 기념품, 수집품—가 등장하지만, 결국은 "갈망이라는 일종의 통증" 혹은 "죽은 것을 산 것으로" 만들려는 "서사의 욕망"에 관한 이야기다. 대개 대상도 불분명한 이 갈망은 멀리 떨어져 있음을 애달파하는 것이면서도 동시에 그 멀리 떨어져 있음이 지속되어야만 존재할 수 있고 그럼으로써 "영원한 욕망이 된다"는 점에서 보면 그 자체로 이율배반적이기도 하다. 그러므로 그 모순된 욕망의 흔적인 기호는 죽음을 예감하면서도 죽음에 맞서는 몸짓인 셈이다. 우리가 끝없이 이해를 갈구하지만 끊임없이 오해하고, 번번이 미끄러지면서도 그리고 앞으로도 미끄러질 것을 알면서도 멈춰 설 수 없는 이유가 바로 거기에 있을 것이다.

끝으로, 좋은 책을 만나게 해 준 윤양미 대표, 지치지 않게 늘 격려해 준 가족들, 필요한 책들을 직접 구해주기까지 하며 응원했던 친구들, 그리고 마지막 퍼즐조각 몇 개를 맞추지 못해 허우적대던 나를 건져주신 정영목 선생님께 감사를 전하고 싶다.

2015년 12월
박경선

찾아보기

아

㉪

㉫

갈망에 대하여
미니어처, 거대한 것, 기념품, 수집품에 관한 이야기

지은이 수잔 스튜어트
옮긴이 박경선
펴낸이 윤양미
펴낸곳 도서출판 산처럼
등 록 2002년 1월 10일 제1-2979
주 소 서울시 종로구 사직로8길 34 경희궁의 아침 3단지 오피스텔 412호
전 화 02) 725-7414
팩 스 02) 725-7404
이메일 sanbooks@hanmail.net
홈페이지 www.sanbooks.com

제1판 제1쇄 2015년 12월 25일

값 22,000원
ISBN 978-89-90062-64-2 93800
* 잘못된 책은 바꾸어드립니다.